Een geschiedenis van de wereld in 10¹/₂ hoofdstuk

Grote ABC nr. 750

Julian Barnes

Een geschiedenis van de wereld in 10¹/₂ hoofdstuk

Vertaald door Else Hoog

Amsterdam · Uitgeverij De Arbeiderspers

Eerste druk, 1991
Tweede druk, 1991
Derde druk, 1991

Copyright © 1989 Julian Barnes
Copyright Nederlandse vertaling © 1991 Else Hoog/
B.V. Uitgeverij De Arbeiderspers, Amsterdam
Oorspronkelijke titel: *A history of the world in 10½ chapters*
Uitgave: Jonathan Cape Ltd., Londen
Omslag: Géricault, 'Het vlot van de *Medusa*', (detail), 1819,
Musée du Louvre, Parijs
Omslagontwerp: Alje Olthof

ISBN 90 295 0139 1 / CIP

Voor Pat Kavanagh

Inhoud

I
De verstekeling

De kolossen stopten ze in het ruim bij de neushoorns, de nijlpaarden en de olifanten. Het was een verstandig besluit om ze als ballast te gebruiken; maar u kunt u indenken hoe het er stonk. En er was niemand om de boel uit te mesten. De mannen waren al overbelast vanwege het voederschema en hun vrouwen, die onder die flitsende vuurtongen van parfum ongetwijfeld net zo smerig roken als wij, waren veel te fijn gebouwd. Dus moesten we de boel zelf uitmesten, als we wilden dat het gebeurde. Om de paar maanden hesen ze het zware luik op het achterdek op met de winch en lieten de vogels van de schoonmaakploeg erin. Tenminste, eerst moesten ze die walm laten ontsnappen (en er waren niet al te veel vrijwilligers voor het hijsen); dan fladderden zes à acht van de minst pietluttige vogels zowat een minuut voorzichtig om het luik heen voordat ze naar binnen doken. Ik herinner me niet meer hoe al die vogels heetten – een van die koppels bestaat zelfs niet meer – maar u kent het type wel. U hebt toch weleens nijlpaarden met hun bek open zien staan terwijl kwieke kleine vogeltjes als uitzinnige mondhygiënistes tussen hun tanden pikten? Stel u dat voor op grotere, viezere schaal. Ik ben zeker niet overdreven fijngevoelig, maar zelfs ik moest rillen van dat tafereel in de diepte: een rij monsters met toegeknepen ogen, die gemanicuurd werden in een riool.

Er heerste strenge discipline aan boord van de Ark; dat is het eerste waarop ik moet wijzen. Het leek niet op die speelgoedversies van beschilderd hout waar u als kind misschien mee hebt gespeeld – allemaal gelukkige paartjes die vrolijk over de reling turen vanuit hun comfortabele, goed geschrobde hokken. U moet geen cruise op de Middellandse Zee voor u zien, met dieren die loom roulette speelden en zich in avondkleding hulden voor het diner; in de Ark waren alleen de pinguins in rok. Bedenk wel: dit was een lange, gevaarlijke reis – ja, gevaarlijk, ook al waren sommige regels van tevoren vastgelegd. Bedenk ook dat we het hele dierenrijk aan boord hadden: zoudt u de jachtluipaarden op springafstand van de antilope hebben neergezet? Een zekere mate van security was onvermijdelijk en met extra sloten, hokinspecties en een avondklok gingen we akkoord. Maar helaas werd er ook gestraft en waren er isoleercellen. Een zeer hooggeplaatst iemand raakte bezeten van het verzamelen van inlichtingen; en bepaalde reizigers waren bereid als verklikker te fungeren. Ik moet tot mijn spijt zeggen dat er tijden waren dat er bij het leven geklikt werd bij de leiding. Die Ark van ons was geen natuurreservaat; soms had hij meer weg van een gevangenisschip.

Natuurlijk ben ik me er van bewust dat de verslagen uiteenlopen. Uw soort heeft zijn eigen, steeds herhaalde versie, die zelfs skeptici nog altijd weet te bekoren; terwijl de dieren over een compendium van sentimentele mythen beschikken. Maar die zullen ook niet dwars gaan liggen, begrijpt u wel? Niet terwijl ze bejegend zijn als helden, terwijl ze er een eer in stellen om stuk voor stuk vol trots hun afstamming terug te voeren tot de Ark. Ze zijn uitverkoren, ze hebben het doorstaan, ze hebben het overleefd: het is logisch dat ze stilzwijgend voorbijgaan aan de vervelende episodes, dat ze geheugenstoornissen hebben als hun dat zo uitkomt. Maar ik hoef geen blad voor mijn mond te nemen. Ik ben helemaal niet uitverkoren. Ik ben juist met opzet niet uitverkoren, net als verschillende andere soorten. Ik was een verstekeling; ik heb het ook overleefd; ik ben ontkomen (eraf komen was niet makkelijker dan erop komen); en ik ben talrijk geworden. Ik ben een beetje een buitenstaander in de samenleving der dieren, die nog altijd nostalgische reünieën houdt: er is zelfs een Zeebenenclub voor soorten die niet één keer misselijk zijn geweest. Als ik terugdenk aan de Reis, voel ik geen enkele verplichting; mijn lens is niet aangekoekt met de vaseline van de dankbaarheid. Mijn verslag kunt u geloven.

U hebt waarschijnlijk wel begrepen dat de Ark uit meer dan één schip bestond? Het was de naam die we voor de hele vloot gebruikten (je kunt nauwelijks verwachten dat je het complete dierenrijk kunt samenpersen in iets dat niet meer dan driehonderd el lang is).

Regende het veertig dagen en veertig nachten? Ach, natuurlijk niet–dat zou niet erger geweest zijn dan de gemiddelde Engelse zomer. Nee, het regende zo'n anderhalf jaar, heb ik uitgerekend. En was het water honderdvijftig dagen op de aarde? Maak daar maar een jaar of vier van. Enzovoort. U bent altijd hopeloos geweest met data. Naar mijn mening komt dat door uw curieuze bezetenheid van de tafel van zeven.

In het begin bestond de Ark uit acht schepen: het galjoen van Noach dat het voorraadschip op sleeptouw had, gevolgd door vier iets kleinere schepen, elk met een zoon van Noach als kapitein en daarachter, op veilige afstand (want de familie was bijgelovig ten opzichte van ziektes), het hospitaalschip.

Het achtste schip stelde ons korte tijd voor een raadsel: een wendbaar sloepje met versierselen van opengewerkt sandelhout langs de hele achtersteven, dat kruiperig dicht bij Chams ark voer. Aan de lijzijde rook je soms tantaliserend vreemde parfums; 's nachts, als de storm afnam, hoorde je af en toe vrolijke muziek en schel gelach–geluiden die ons verrasten, omdat we hadden aangenomen dat alle vrouwen van Noachs zonen zich veilig aan boord van hun eigen schepen hadden genesteld. Maar die geparfumeerde, vrolijke boot was niet stevig: hij verging door een plotselinge rukwind en Cham was weken later nog zwaarmoedig.

Het voorraadschip was het volgende dat er aanging, op een sterreloze avond toen de wind was gaan liggen en de uitkijken doezelig waren. Het enige dat er de volgende ochtend aan Noachs vlaggeschip hing, was een stuk dik kabeltouw dat doorgeknaagd was door iets dat scherpe snijtanden had en zich kon vastklampen aan natte touwen. Dat heeft ernstige beschuldigingen over en weer ten gevolge gehad, dat kan ik u vertellen; misschien is dit zelfs wel de eerste keer geweest dat er een diersoort overboord verdween. Niet lang daarna ging het hospitaalschip verloren. Er werd gemompeld dat die twee gebeurtenissen met elkaar in verband stonden, dat de vrouw van Cham–die niet uitblonk in sereniteit–had besloten zich op de dieren te wreken. Het scheen dat haar complete levensproduktie van geborduurde dekens met het voorraadschip was gezonken. Maar er is nooit iets bewezen.

Toch was het verlies van Varadi verreweg de grootste ramp. U kent Cham en Sem en die andere, wiens naam met een J begint; maar wie Varadi was weet u niet, hè? Hij was de jongste en de sterkste van Noachs zonen, wat hem bij zijn familie natuurlijk niet verschrikkelijk populair maakte. Hij had ook gevoel voor humor – hij lachte tenminste veel, wat voor uw soort meestal afdoende bewijs is. Ja, Varadi was altijd vrolijk. Je kon hem over het halfdek zien paraderen met een papegaai op beide schouders; hij mepte de viervoeters joviaal op hun achtersten, waar ze met een waarderend gebrul op reageerden; en er werd verteld dat de organisatie in zijn ark lang niet zo tiranniek was als in de rest. Maar ja; op een ochtend werden we wakker en ontdekten dat Varadi's schip van de horizon was verdwenen, met medeneming van een vijfde deel van het dierenrijk. Ik denk dat u de sumurg wel leuk zou hebben gevonden, met zijn zilverkleurige kop en zijn pauwestaart; maar de vogel die in de boom des levens nestelde was evenmin bestand tegen de golven als de getijgerde woelmuis. Varadi's oudere broers schreven het toe aan gebrekkige stuurmanskunst; ze zeiden dat Varadi veel te veel tijd had verspild aan verbroedering met de dieren; ze zinspeelden er zelfs op dat God hem gestraft had voor een onduidelijke overtreding die hij als kind van vijfentachtig had begaan. Maar wat de waarheid over Varadi's verdwijning ook mag zijn, het is een ernstig verlies geweest voor uw soort. Zijn genen zouden u een hoop goed hebben gedaan.

Wat ons betreft is de hele Reis begonnen toen we een uitnodiging ontvingen ons in een bepaalde maand op een bepaalde plaats te melden. Dat was de eerste keer dat we van het plan hoorden. Over de politieke achtergrond wisten we niets. Dat God vertoornd was op Zijn eigen schepping was nieuws voor ons; wij zijn er gewoon tegen wil en dank bij betrokken geraakt. *Wij* hadden nergens schuld aan (u gelooft dat verhaal over de slang toch niet echt? – dat was alleen maar smerige propaganda van Adam), en toch waren de gevolgen voor ons even ernstig; alle soorten uitgeroeid op één paar fokdieren na, en dat paar werd de volle zee op gestuurd onder het bevel van een oude schurk met een alcoholprobleem, die al in de zevende eeuw van zijn leven was.

Het werd dus bekendgemaakt; maar natuurlijk vertelden ze ons de waarheid niet. Dacht u dat er in de omgeving van Noachs paleis (nee, hij was niet arm, die Noach) toevallig van iedere diersoort van de wereld een voorbeeld woonde? Kom nou. Nee, ze waren genoodzaakt te adverteren en vervolgens het beste paar uit te kiezen dat zich aanmeldde. Omdat ze geen algehele paniek wilden veroorzaken, kondigden ze een wedstrijd aan voor koppels – een soort schoonheidswedstrijd-annex-hersengymnastiek-annex-quiz-voor-verknochte-stelletjes – en droegen de gegadigden op zich uiterlijk in zekere maand aan Noachs poort te melden. U kunt zich de problemen indenken. Om te beginnen meet niet iedereen zich graag met anderen, dus misschien kwamen alleen de hebberigste dieren opdagen. Dieren die niet slim genoeg waren om tussen de regels door te lezen bedachten dat ze helemaal geen behoefte hadden aan een geheel verzorgde luxe-cruise voor twee personen, dank u vriendelijk. Ook hadden Noach en zijn staf geen rekening gehouden met het feit dat sommige soorten in een bepaalde tijd van het jaar hun winterslaap houden; laat staan met het nog voor de hand liggender feit dat sommige dieren zich langzamer voortbewegen dan andere. Er was bijvoorbeeld een buitengewoon relaxte luiaard – een beeldschoon dier, dat kan ik persoonlijk bevestigen – die nauwelijks onderaan zijn boom was aangekomen toen hij werd weggevaagd door de grote vloedgolf van Gods wraak. Hoe noemt u dat – natuurlijke selectie? Ik zou het liever professionele incompetentie willen noemen.

De hele organisatie was eerlijk gezegd een zootje. Noach raakte achter met de bouw van de arken (het hielp niet dat de werklieden tot het besef kwamen dat er niet genoeg kooien waren om hen ook te herbergen); met het resultaat dat er niet genoeg aandacht werd besteed aan de selectie van de dieren. Het eerste redelijk presentabele stel dat kwam opdagen werd aangenomen – dat leek het systeem te zijn; stambomen werden in ieder geval maar hoogst oppervlakkig nagetrokken. En verder, hoewel ze *zeiden* dat ze er van alle soorten twee zouden nemen, bleek toen het er op aan kwam... dat sommige dieren eenvoudig ongewenst waren op deze reis. Dat was het geval met ons; daarom hebben we ons aan boord moeten verbergen. En een groot aantal beesten, die over uitstekende wettige argumenten beschikten dat ze een aparte soort vormden, werd afgewezen. Nee, van jullie hebben we er al twee, kregen ze te horen. Nou ja, wat maken die paar extra strepen op jullie staart en die pluimen langs jullie ruggegraat uit? We *hebben* jullie al. Sorry.

Er waren prachtige dieren bij, die zonder partner kwamen en moesten achterblijven; er waren ouders die weigerden van hun kinderen gescheiden te worden en er de voorkeur aan gaven samen te sterven; er vonden medische onderzoeken plaats, dikwijls van schandelijk intieme aard; en de hele nacht was de lucht buiten Noachs omheining zwanger van de jammerkreten der afgewezenen. Kunt u zich voorstellen wat voor sfeer er heerste toen eindelijk bekend werd waarom ze ons gevraagd hadden ons voor die zogenaamde wedstrijd te lenen? Dat heeft aanleiding gegeven tot een hoop jaloezie en onbehoorlijk gedrag, zoals u wel zult begrijpen. Sommige edele soorten draafden gewoon het bos in, omdat ze weigerden te overleven op de grievende voorwaarden die God en Noach hun boden en de voorkeur gaven aan uitroeiing en de golven. Er werden harde, afgunstige woorden gesproken over vissen; de reptielen begonnen duidelijk zelfvoldaan te kijken; vogels trainden om zo lang mogelijk in de lucht te blijven. Af en toe werden er bepaalde soorten apen gesignaleerd, die zelf primitieve vlotten probeerden te bouwen. In zekere week brak er een mysterieuze epidemie van voedselvergiftiging uit in het Kamp der Uitverkorenen en voor sommige minder robuuste soorten moest de hele selectieprocedure toen weer van voren af aan beginnen.

Er waren momenten dat Noach en zijn zoons volslagen hysterisch werden. Klopt dat niet met uw versie van het verhaal? Hebt u zich altijd laten vertellen dat Noach wijs, rechtvaardig en godvrezend was, terwijl ik hem meteen al heb beschreven als een hysterische schurk met een alcoholprobleem? Die twee gezichtspunten zijn niet volstrekt onverenigbaar. Laten we het zo stellen: Noach deugde van geen kanten, maar *u had de rest eens moeten zien*. Voor ons kwam het nauwelijks als een verrassing dat God had besloten met een schone lei te beginnen; het enige onbegrijpelijke was dat hij ook maar iets verkoos te behouden van deze schepping, die haar schepper niet bepaald in een gunstig daglicht stelde.

Af en toe was Noach bijna op het punt van gek worden. De Ark lag achter op schema, de handwerklieden moesten gegeseld worden, er bivakkeerden honderden doodsbange dieren in de buurt van zijn paleis en niemand wist wanneer de regens zouden beginnen. God wilde hem niet eens een datum noemen. Iedere ochtend keken we naar de wolken; zou het een westenwind zijn die de regen bracht, net als anders, of zou God Zijn speciale slagregens van een heel andere kant laten komen? En terwijl het weer langzaam verslechterde, namen de kansen op opstand toe. Sommige afgewezenen wilden de Ark vorderen om zichzelf in veiligheid te brengen, andere wilden hem helemaal verwoesten. Dieren met een beschouwelijke inslag begonnen hun eigen selectiekriteria op te stellen, gebaseerd op dierafmetingen of diernuttigheid in plaats van louter aantallen; maar Noach weigerde hooghartig te onderhandelen. Hij was een man die er zijn eigen theorietjes op nahield en van die van anderen moest hij niets hebben.

Toen de vloot zijn voltooiing naderde, moest hij dag en nacht bewaakt worden. Velen probeerden zich aan boord te verbergen. Op een dag werd er een handwerksman betrapt die een schuilplaats probeerde uit te hollen in de onderste spanten van het voorraadschip. En soms zag je zielige dingen: een jonge eland die zich aan de reling van Sems ark had vastgebonden; vogels die zich in duikvlucht op de beschermende netten stortten; enzovoort. Verstekelingen werden onmiddellijk ter dood gebracht als ze gesnapt werden; maar die publieke vertoningen waren nooit afdoende om de wanhopigen af te schrikken. Onze soort, dat kan ik met trots vermelden, is zonder omkoperij of geweld aan boord gekomen; maar wij lopen ook niet zo in het oog als jonge elanden. Hoe we het voor elkaar gekregen hebben? We hadden een ouder met een vooruitziende blik. Toen Noach en zijn zoons op hardhandige wijze de dieren fouilleerden terwijl ze de loopplank op kwamen, met hun ordinaire handen door verdacht wilde vachten woelden en enkele van de allereerste en meest onhygiënische prostaatonderzoeken uitvoerden, waren wij al lang en breed aan hun blikken ontsnapt en lagen veilig in onze kooien. Een van de scheepstimmerlieden heeft ons aan boord gebracht, zonder te weten wat hij deed.

Twee dagen woei de wind uit alle richtingen tegelijk; en toen begon het te regenen. Het water stroomde uit een vuile hemel neer om de zondige wereld te reinigen. Grote druppels spatten op het dek uiteen als duiveëieren. De gekozen vertegenwoordigers van iedere soort werden van het Kamp der Uitverkorenen naar de hun toegewezen ark gebracht: het was een tafereel dat aan een gedwongen massahuwelijk deed denken. Toen schroefden ze de luiken dicht en begonnen we allemaal te wennen aan het donker, het opgesloten zijn en de stank. Niet dat we ons daar in het begin iets van aantrokken; we waren te opgetogen omdat we mochten blijven leven. De regen bleef maar vallen, ging af en toe over in hagel en ratelde tegen de spanten. Soms hoorden we buiten het knallen van de donder en dikwijls het weeklagen van achtergelaten beesten. Na een tijdje werden die kreten minder frequent; toen wisten we dat het water aan het stijgen was.

Ten slotte brak de dag aan waarnaar we hadden uitgekeken. Eerst dachten we dat het een vertwijfelde aanval was van de laatst overgebleven dikhuiden, die de Ark trachtten binnen te komen of hem op zijn minst wilden omgooien. Maar nee: het was de boot die naar opzij overhelde toen het water hem van zijn rustplaats begon te tillen. Als u het mij vraagt was dat het hoogtepunt van de Reis; dat was het moment waarop de broederschap tussen de beesten en de dankbaarheid jegens de mens even rijkelijk vloeiden als de wijn aan Noachs tafel. Later... maar misschien was het onnozel van de dieren dat ze Noach en God überhaupt hadden geloofd.

Nog voor het water begon te stijgen was er al reden tot ongerustheid. Ik weet dat uw soort neerkijkt op onze wereld, die ze wreed, kannibalistisch en achterbaks vindt (hoewel u best zou kunnen toegeven dat we daardoor dichter bij u staan in plaats van verder van u af). Maar onder ons had van begin af aan altijd het gevoel overheerst dat we elkaars gelijken waren. O natuurlijk, we aten elkaar op en zo; de zwakkere soorten wisten maar al te goed wat huń te wachten stond als ze het pad kruisten van iets dat zowel groter als hongeriger was. Maar dat beschouwden we gewoon als iets dat nu eenmaal zo was. Het feit dat het ene dier in staat was het andere dood te maken, maakte het eerste dier niet superieur aan het tweede; alleen gevaarlijker. Misschien is dit een idee dat u moeilijk kunt vatten, maar er bestond wederzijds respect tussen ons. Een ander dier opeten was geen reden om het te verachten; en opgegeten worden boezemde het slachtoffer—of de familie van het slachtoffer—geen overdreven bewondering in voor de smikkelende soort.

Noach – of Noachs God – heeft daar verandering in gebracht. U hebt een zondeval gehad, wij ook. Maar wij zijn geduwd. Het begon ons op te vallen toen de selecties voor het Kamp der Uitverkorenen aan de gang waren. Het klopte inderdaad dat ze van alles twee stuks uitzochten (en je kon zien dat daar in wezen wel wat inzat); maar daarmee was de kous nog niet af. Eenmaal in het kamp begon het ons op te vallen dat sommige soorten niet tot één paar maar tot zeven waren teruggebracht (weer die bezetenheid van zeventallen). Eerst dachten we dat die extra vijf meegingen als reserve, voor het geval het oorspronkelijke paar ziek werd. Maar toen kwam de waarheid langzaam aan het licht. Noach – of Noachs God – had bepaald dat er twee categorieën dieren waren: reine en onreine. Reine dieren kwamen in zeventallen de Ark binnen; onreine in tweetallen.

U kunt zich voorstellen dat de dieren intens geïrriteerd raakten over het oneerlijke beleid dat God ten opzichte van de dieren voerde. Ja, eerst vonden zelfs de reine dieren het gênant; ze wisten dat ze niet veel gedaan hadden om die speciale bescherming te verdienen. Hoewel ze algauw beseften dat 'rein' zijn geen onverdeeld genoegen was. 'Rein' zijn betekende dat ze opgegeten mochten worden. Zeven dieren waren welkom aan boord, maar vijf daarvan waren bestemd voor de kombuis. Het was een merkwaardig eerbewijs dat hun gebracht werd. Maar het betekende in elk geval dat ze de comfortabelste verblijven kregen tot op de dag van hun rituele slachting.

Ik kon het soms nog wel over me verkrijgen de humor van de situatie in te zien en lucht te geven aan de lach van de uitgestotene. Maar de soorten die zichzelf serieus namen kregen te kampen met allerlei ingewikkelde jaloezieën. Het varken leed er niet onder, want dat heeft nu eenmaal geen sociale ambities; maar sommige andere dieren vatten het begrip onreinheid op als een persoonlijke krenking. En het moet gezegd worden dat het systeem – althans, het systeem zoals Noach het begreep – tamelijk onzinnig was. Wat was er zo bijzonder aan herkauwers met gespleten hoeven, vroeg je je af? Waarom moesten de kameel en het konijn een tweederangs-status krijgen? Waarom werd er onderscheid gemaakt tussen vissen met en vissen zonder schubben? De zwaan, de pelikaan, de reiger, de hop; behoren die niet tot de fraaiste diersoorten? En toch kregen ze niet het predikaat 'rein'. Waarom moesten de muis en de hagedis in het verdomhoekje–terwijl die toch al problemen genoeg hadden, zou je denken–zodat hun zelfvertrouwen nog verder ondermijnd werd? Hadden we er maar een glimp van logica in kunnen bespeuren; had Noach het maar beter uitgelegd. Maar die deed niets anders dan blindelings gehoorzamen. Noach was, zoals u ongetwijfeld vaak gehoord hebt, een zeer godvrezend man; en Gods karakter in aanmerking genomen was dat waarschijnlijk het veiligst. Maar als u het huilen van de schaaldieren had kunnen horen, het sombere, perplexe klagen van de kreeft, als u de verdrietige schaamte van de ooievaar had kunnen zien, dan had u begrepen dat het tussen ons nooit meer zou worden wat het geweest was.

En er was nog een klein probleem. Door een ongelukkig toeval was onze soort erin geslaagd zeven leden aan boord te smokkelen. Niet alleen waren we verstekelingen (waar sommigen iets tegen hadden), niet alleen waren we onrein (waar sommigen nu al op neerkeken), maar tevens hadden we die reine en wettige soorten belachelijk gemaakt door hun heilige getal na te bootsen. We besloten gauw dat we voortaan zouden liegen over ons aantal–en we vertoonden ons nooit tegelijk op dezelfde plaats. We kwamen erachter welke delen van het schip welwillend tegenover ons stonden en welke we moesten vermijden.

U zult dus begrijpen dat het vanaf het eerste begin een treurig konvooi was. Sommigen van ons treurden om hen die we hadden moeten achterlaten; anderen waren beledigd over hun status; weer anderen, hoewel in theorie bevoorrecht door het predikaat rein, waren terecht beducht voor de oven. En bovenal was daar Noach met zijn gezin.

Ik weet niet hoe ik u dit het beste kan vertellen, maar Noach was geen aardige man. Ik besef dat dit een gênante gedachte is, omdat u allemaal van hem afstamt; toch is het zo. Hij was een monster, een opgeblazen aartsvader die de ene helft van de dag voor zijn God kroop en dat de andere helft op ons afreageerde. Hij had een staf van goferhout waarmee... nou, sommige dieren hebben tot op de huidige dag de strepen op hun rug staan. Het is verbazingwekkend wat angst kan aanrichten. Ik heb gehoord dat het bij uw soort zo is dat het haar in enkele uren tijds wit kan worden door een hevige schok; in de Ark waren de gevolgen van de angst nog spectaculairder. Er was bijvoorbeeld een stel hagedissen, dat van kleur verschoot wanneer ze Noachs goferhouten sandalen op de gang hoorden naderen. Ik heb het zelf gezien: hun huid raakte zijn natuurlijke kleur kwijt en nam die van de omgeving aan. Als Noach langs hun hok kwam bleef hij staan, vroeg zich vluchtig af waarom het leeg was, en wandelde verder; en terwijl zijn voetstappen wegstierven, kregen de doodsbange hagedissen langzaam hun gewone kleur terug. In de jaren na de Ark is dit kennelijk een handige truc gebleken; maar het is allemaal begonnen als een chronische reactie op de 'Admiraal'.

Bij de rendieren lag het ingewikkelder. Die waren altijd nerveus, maar het was niet alleen angst voor Noach, het zat dieper. Wist u dat sommige dieren vooruit kunnen zien? Zelfs *u* is dat eindelijk opgevallen, nadat u duizenden jaren met onze gewoontes in aanraking bent geweest. 'O kijk,' zegt u, 'de koeien liggen in de wei, dat betekent dat het gaat regenen.' Nou, natuurlijk ligt het allemaal veel subtieler dan u zich in de verste verte kunt voorstellen en ze doen het echt niet om als goedkope weerhaan voor de mensen te fungeren. Hoe dan ook… de rendieren hadden last van iets dat dieper zat dan Noach-angst, iets dat zonderlinger was dan stormzenuwen, iets… dat met later te maken had. Ze stonden te zweten in hun hokken, ze hinnikten neurotisch in tijden van drukkende hitte; ze schopten tegen de goferhouten schotten als er geen duidelijk gevaar was – en ook geen gevaar dat pas achteraf bleek – en als Noach zich voor zijn doen bepaald ingetogen had gedragen. Maar de rendieren voelden iets. En het was iets dat we toen nog niet konden weten. Alsof ze wilden zeggen: Dachten jullie dat dit het ergste was? Daar zou ik maar niet op rekenen. Maar wat het ook was, zelfs de rendieren konden het niet precies zeggen. Iets verafs, iets heel belangrijks… iets van later.

Het is begrijpelijk dat de anderen veel meer inzaten over de nabije toekomst. Tegen zieke dieren werd bijvoorbeeld altijd meedogenloos opgetreden. Dit was geen hospitaalschip, zei de leiding voortdurend; ziek zijn was verboden en simuleren ook. Wat eigenlijk niet rechtvaardig of realistisch was. Maar je paste er wel voor op om je ziek te melden. Een piezeltje schurft en je lag in het water voordat je je tong kon uitsteken. En wat dacht u dat er dan met je wederhelft gebeurde? Wat voor nut heeft vijftig procent van een paar fokdieren? Noach was heus niet zo sentimenteel dat hij er bij de overgeblevene op zou aandringen om zijn natuurlijke leven uit te leven.

Anders gezegd: wat denkt u verdomme dat Noach en zijn familie in de Ark aten? Natuurlijk aten ze *ons*. Ik bedoel, als u een kijkje neemt in het huidige dierenrijk, dan denkt u toch niet dat het altijd zo beperkt is geweest? Een heleboel beesten die allemaal min of meer op elkaar lijken, dan een hele tijd niets en dan weer een heleboel beesten die er min of meer hetzelfde uitzien? Ik weet wel dat u een theorie hebt ontwikkeld om dit begrijpelijk te maken – het gaat over de relatie tot het milieu en overgeërfde vaardigheden of zo – maar er is een veel eenvoudiger verklaring voor die mysterieuze lacunes in het spectrum van de schepping. Een vijfde deel van alle diersoorten is samen met Varadi vergaan; en al die andere die ontbreken, zijn opgegeten door Noachs kliek. Echt waar. Er was bijvoorbeeld een koppel poolpluvieren – beeldige vogels. Toen ze aan boord kwamen hadden ze een gespikkelde, blauwachtig bruine vederdos. Een paar maanden later raakten ze in de rui. Dat was volstrekt normaal. Naarmate hun zomerveren verdwenen kwam hun spierwitte winterdos erdoorheen. Natuurlijk zaten we niet in het poolgebied, dus technisch gezien was het onnodig; maar je kunt de natuur toch niet tegenhouden? Noach was ook niet tegen te houden. Zodra hij zag dat de pluvieren wit werden, concludeerde hij dat ze iets onder de leden hadden en liet ze uit bezorgdheid voor de gezondheid van de rest van het schip koken met een plukje zeewier. Hij was in veel opzichten een onontwikkeld man en een ornitholoog was hij al helemaal niet. Wij hebben toen een verzoekschrift ingediend en hem bepaalde dingen uitgelegd over de rui en wat dies meer zij. Na een tijdje scheen hij het te begrijpen. Maar voor de poolpluvier was het toen al te laat.

Natuurlijk bleef het daar niet bij. Voor Noach en zijn familie waren we gewoon een drijvend cafetaria. In de Ark kwamen rein en onrein gelijk tot hen; eerst lunchen, dan geloven, dat was de regel. En u hebt geen idee wat een weelde van in het wild levende dieren Noach u heeft afgepakt. Of eigenlijk hebt u dat wel, want dat is het nou net: u hebt er wel degelijk ideeën over. Al die imaginaire beesten waarover uw dichters in vroeger eeuwen hebben gefantaseerd; u denkt zeker dat dat bewuste verzinsels waren, of paniekzaaierige beschrijvingen van dieren waarvan ze in het bos een vage glimp hadden opgevangen na een te overdadige jachtlunch? De verklaring is eenvoudiger, vrees ik: Noach en zijn bende hebben ze opgevreten. Ik vertelde al dat er aan het begin van de reis een paar kolossen in het ruim stonden. Ik heb ze zelf niet goed kunnen bekijken, maar ik heb gehoord dat het indrukwekkende beesten waren. Maar Cham, Sem of die andere wiens naam met een J begon, schijnt tijdens het familieberaad geopperd te hebben dat je de kolos best kon missen als je de olifant en het nijlpaard al had; en bovendien – het betoog was een combinatie van praktisch inzicht en principe – zou de familie Noach maanden kunnen leven van twee van die grote karkassen.

Natuurlijk gebeurde dat niet. Na een week of wat kwamen er klachten dat ze elke avond kolos moesten eten, dus werden er – louter ter wille van afwisseling in het menu – een paar andere soorten opgeofferd. Af en toe werd er schuldig gedaan alsof ze wel degelijk een zuinige huishouding voerden, maar ik kan u dit vertellen: aan het eind van de reis was er een heleboel gepekelde kolos over.

Met de salamander liep het net zo af. De echte salamander, bedoel ik, niet dat onopvallende dier dat u nog altijd zo noemt; onze salamander leefde in vuur. Dat was pas een uniek beest; toch bleef Cham of Sem of die andere erop hameren dat het risico eenvoudig te groot was op een houten schip, dus moesten de salamanders en de twee vuren waarin ze leefden weg. De karbonkel ging er ook aan, alleen maar omdat de vrouw van Cham het idiote verhaal had gehoord dat hij een edelsteen in zijn kop had. Een opgetut mens, die vrouw van Cham. Dus toen hebben ze een van die karbonkels gepakt en zijn kop afgehakt; ze spleten zijn schedel doormidden en vonden helemaal niets. Misschien heeft alleen het vrouwtje een edelsteen in haar kop, opperde de vrouw van Cham. Dus toen hebben ze de andere ook opengemaakt, met hetzelfde negatieve resultaat.

Het volgende opper ik met enige aarzeling; maar ik vind toch dat ik het moet doen. Soms vermoedden we dat het doodmaken volgens

een bepaald systeem gebeurde. Er werd in elk geval meer uitgeroeid dan strikt noodzakelijk was uit het oogpunt van voeding – veel
meer. En tegelijkertijd zat er aan sommige soorten die werden
doodgemaakt bijna niets eetbaars. Bovendien kwamen de meeuwen
soms vertellen dat ze karkassen over de achtersteven hadden zien
gooien waar nog een heleboel prima vlees aan zat. We begonnen te
vermoeden dat Noach en zijn bende het op sommige dieren gemunt
hadden, uitsluitend omdat ze waren zoals ze waren. De basiliscus
is bijvoorbeeld al heel in het begin overboord gegooid. Nu was hij
natuurlijk niet zo aangenaam om naar te kijken, maar ik beschouw
het als mijn plicht om aan te tekenen dat er haast niets eetbaars onder die schubben zat en dat de vogel op dat moment zeker niet ziek
was.

Eigenlijk begonnen we, toen we er naderhand aan terugdachten,
een bepaald patroon te ontwaren en dat patroon is begonnen met de
basiliscus. U hebt er natuurlijk nooit een gezien. Maar als ik een
vierpotige haan beschrijf met een slangestaart en erbij vertel dat hij
ontzettend vuil keek en een wanstaltig ei legde dat hij vervolgens
door een pad liet uitbroeden, dan begrijpt u wel dat dit niet het
charmantste beest van de Ark was. Maar hij had toch zeker dezelfde
rechten als iedereen? Na de basiliscus was de griffioen aan de beurt;
na de griffioen de sfinks; na de sfinks de hippogrief. Dacht u soms
dat al die dieren produkten van rijke fantasieën waren? Geen sprake
van. En ziet u wat ze met elkaar gemeen hadden? Het waren allemaal kruisingen. Wij geloven dat het Sem was – hoewel het ook best
Noach zelf kan zijn geweest – die iets had met de reinheid van de
soort. Belachelijk natuurlijk; en zoals we onderling altijd zeiden, je
hoefde maar naar Noach en zijn vrouw te kijken of naar hun drie
zoons en hun drie vrouwen, om in te zien wat een genetisch zootje
de mensheid zou worden. Waarom moesten zij dan moeilijk gaan
doen over kruisingen?

Toch was dat met de eenhoorn het verdrietigst. Na die geschiedenis hebben we nog maanden in de put gezeten. Natuurlijk deden
de gebruikelijke smerige geruchten de ronde – dat Chams vrouw
zijn hoorn gebruikt had voor schandelijke dingen – en de leiding
voerde de gebruikelijke postume lastercampagne om het beest
zwart te maken; maar daar werden we alleen maar beroerder van.

Het onomstotelijke feit is dat Noach jaloers was. Wij keken allemaal tegen de eenhoorn op en dat kon hij niet uitstaan. Noach – wat heeft het voor zin de waarheid voor u te verzwijgen? – Noach was kwaadaardig, vies, onbetrouwbaar, jaloers en laf. Hij had zelfs last van zeeziekte: als de zee woest was trok hij zich terug in zijn hut, liet zich op zijn goferhouten bed vallen en kwam er alleen maar uit om zijn maag om te keren in zijn goferhouten wasbak; je kon de smerige lucht een dek verder ruiken. De eenhoorn daarentegen was sterk, eerlijk, onverschrokken en onberispelijk verzorgd en een zeeman die nimmer een moment van onpasselijkheid heeft gekend. Op een keer raakte Chams vrouw tijdens een storm vlak bij de reling haar evenwicht kwijt en sloeg bijna overboord. De eenhoorn – die op ons aller aandringen dekverlof had – galoppeerde op haar toe, stak zijn hoorn in haar slepende mantel en pinde haar vast aan het dek. Hij heeft stank voor dank gekregen; de Noachs hebben hem op zekere Vertrekzondag in de stoofpot laten stoppen. Ik zweer dat het waar is. Ik heb persoonlijk gesproken met de havik van de bodedienst, die een pannetje warm eten moest bezorgen op Sems ark.

U hoeft me natuurlijk niet te geloven; maar wat staat er in uw eigen archieven? Dat verhaal over Noachs naaktheid bijvoorbeeld – weet u nog wel? Het gebeurde na de Landing. Het zal niemand verbazen dat Noach toen nog tevredener over zichzelf was dan eerst – hij had de mensheid gered, hij had het succes van zijn dynastie verzekerd, God had een officieel verbond met hem gesloten – en hij besloot het de laatste driehonderdvijftig jaar van zijn leven kalmpjes aan te doen. Hij stichtte een dorp (dat u Arguri noemt) op de lagere hellingen van de berg en bracht zijn tijd door met het verzinnen van nieuwe onderscheidingen en eerbewijzen voor zichzelf: Heilige Ridder van de Storm, Grote Commandant van de Winden, enzovoort. In uw heilige tekst staat dat hij een wijngaard plantte op zijn land. Ha! Zelfs de botste geest kan dat eufemisme vertalen: hij was altijd dronken. Op een avond had hij na een bijzonder zware sessie juist zijn kleren uitgetrokken, toen hij op de vloer van zijn slaapkamer in elkaar zakte – wat wel vaker gebeurde. Cham en zijn broers kwamen toevallig juist langs zijn 'tent' (dat sentimentele woestijnwoord gebruikten ze nog altijd om hun paleizen aan te duiden) en gingen naar binnen om te kijken of hun alcoholistische vader zich niet had bezeerd. Cham ging de slaapkamer binnen en... nou, een naakte man van zeshonderdzoveelenvijftig jaar die stomdronken op de grond ligt is geen fraai gezicht. Cham deed wat hoorde, wat een zoon betaamt: hij beval zijn broers hun vader te bedekken. Als teken van respect–hoewel die gewoonte zelfs toen al in onbruik begon te raken–gingen Sem en die andere, die met een J begint, het slaapvertrek van hun vader achterstevoren binnen en slaagden erin hem in bed te stoppen zonder hun blik te laten vallen op de voortplantingsorganen die uw soort zo'n mysterieuze schaamte inboezemen. Een door en door vrome en eervolle daad, zou je denken. En hoe reageerde Noach toen hij wakker werd met een van die vlijmscherpe jonge-wijnkaters? Hij vervloekte de zoon die hem had gevonden en bepaalde dat alle kinderen van Cham knechten moesten worden van de gezinnen van de twee broers die achterstevoren zijn kamer waren binnengekomen. Kunt u me vertellen waar dat op slaat? Ik kan uw verklaring wel raden: zijn beoordelingsvermogen was aangetast door de drank en we moeten het zielig vinden en geen kritiek leveren. Nou, misschien. Maar ik wil alleen maar dit zeggen: *wij* hebben hem meegemaakt in de Ark.

Het was een grote man, Noach–ongeveer het formaat van een gorilla, hoewel de overeenkomst daar ophoudt. De kapitein van de vloot–halverwege de reis heeft hij zich zelf tot admiraal gepromoveerd–was een lelijke oude man, die zich onbevallig bewoog en niets gaf om de reinheid van zijn persoon. Hij was niet eens in staat om zijn eigen haar te laten groeien behalve om zijn gezicht heen: verder was hij voor de bedekking van zijn lichaam afhankelijk van de huiden van andere soorten. Als je hem met een gorilla vergelijkt zie je meteen welke schepping superieur is: die met de sierlijke bewegingen, de grotere kracht en het aangeboren gevoel voor ontluizen. We vroegen ons in de Ark onophoudelijk af hoe het kwam dat God de mens als protégé had verkozen boven meer voor de hand liggende kandidaten. Hij zou veel meer loyaliteit hebben ondervonden van de meeste andere soorten. Ik denk dat er niet half zo veel ongehoorzaamheid zou zijn geweest als hij voor de gorilla had gekozen–dan was de zondvloed waarschijnlijk helemaal niet nodig geweest.

En zoals die vent stonk... Een natte vacht die op een soort groeit die er een eer in stelt zich zelf te verzorgen, gaat nog wel; maar een klamme, met zout bekorste pels die onverzorgd om de hals van een slordige soort hangt waar hij niet thuishoort, is een ander verhaal. Zelfs toen het noodweer bedaarde, wilde die oude Noach maar niet droog worden (ik vertel alleen maar wat de vogels zeiden, en de vogels kon je geloven). Hij droeg het vocht en de storm met zich mee als een schuldige herinnering of als een belofte van nog meer slecht weer.

Er waren nog meer gevaren op de Reis behalve dat ze lunch van je zouden maken. Neem bijvoorbeeld onze soort. Toen we eenmaal aan boord waren en ons verstopt hadden, waren we behoorlijk tevreden over onszelf. U begrijpt dat dit ver voor de tijd van de fijne injectienaald met een oplossing van karbolzuur in alcohol was, voor de tijd van creosoot en metaalnaftenaten en pentachloorfenol en benzeen en paradichloorbenzeen en orthodichloorbenzeen. Gelukkig kwamen we de familie Cleidiae en de mijt Pediculoides en de parasitische wespen van de familie Braconidae niet tegen. Maar toch hadden we een vijand, een geduldige vijand: de tijd. Stel dat de tijd onze onvermijdelijke gedaanteverandering van ons eiste?

Toen we op een dag beseften dat de tijd en de natuur onze neef *xestobium rufovillosum* te pakken hadden, betekende dat een ernstige waarschuwing. Dat heeft grote paniek gezaaid. Het was op het laatst van de reis, in rustige tijden, toen we alleen nog maar bezig waren de dagen uit te zitten en te wachten op Gods welbehagen. Midden in de nacht, toen de Ark stillag en er overal stilte heerste – een stilte die zo bijzonder en diep was dat alle beesten ernaar begonnen te luisteren, zodat hij nog dieper werd – hoorden we tot onze verbazing het tikken van *xestobium rufovillosum*. Vier of vijf scherpe tikken, toen stilte, toen een antwoord in de verte. Wij, de onaanzienlijke, discrete, geminachte doch verstandige *anobium domesticum*, konden onze oren niet geloven. Dat eitje larve wordt, larve pop, en pop imago is de onverbiddelijke wet van onze wereld: pupatie is niets om je over te schamen. Maar dat onze neven en nichten, tot volwassenen getransformeerd, dit moment uitkozen, uitgerekend dit moment, om hun amoureuze intenties te etaleren, was bijna ongelofelijk. We zaten op zee, in een levensgevaarlijke situatie, we konden elke dag uitgeroeid worden en het enige waar *xestobium rufovillosum* aan kon denken was seks. Het moet een neurotische reactie op de angst voor uitroeiing zijn geweest of iets dergelijks. Maar toch...

Een van Noachs zoons kwam kijken wat dat geluid te betekenen had terwijl onze domme neven en nichten, die niet anders konden dan ruchtbaarheid aan hun begeerte geven, met hun kaken tegen de muur van hun holletjes tikten. Gelukkig bezaten de kinderen van de 'Admiraal' slechts een globale kennis van het dierenrijk dat hun was toevertrouwd en hij zag het regelmatige getik aan voor het kraken van de spanten van het schip. Algauw stak de wind weer op en kon *xestobium rufovillosum* veilig afspraakjes maken. Maar wij anderen zijn voorzichtiger geworden door dit voorval. *Anobium domesticum* besloot met zeven stemmen tegen nul om met verpoppen te wachten tot na de ontscheping.

Het moet gezegd worden dat Noach, weer of geen weer, als zeeman niet veel bijzonders was. Hij was gekozen om zijn vroomheid en niet om zijn stuurmanskunst. Als het stormde was hij waardeloos en op een kalme zee was hij niet veel beter. Hoe ik daarover kan oordelen? Ik vertel wederom alleen maar wat de vogels zeiden – de vogels die weken achter elkaar in de lucht kunnen blijven, de vogels die zich van de ene kant naar de andere kant van de planeet kunnen verplaatsen met behulp van navigatiesystemen die even gecompliceerd zijn als alles wat uw soort in dat opzicht heeft bedacht. En de *vogels* zeiden dat Noach niet wist wat hij deed – dat hij een schreeuwlelijk was, die alleen maar kon bidden. Het was toch niet zo moeilijk wat hij moest doen? Tijdens de orkaan moest hij overleven door voor het ergste deel van de storm uit te vluchten; en bij kalm weer moest hij zorgen dat we niet zo ver van onze oorspronkelijke koers afraakten, dat we in een onbewoonbare Sahara terechtkwamen. Het gunstigste dat er van Noach te zeggen valt, is dat hij de storm heeft overleefd (hoewel hij zich nauwelijks zorgen hoefde te maken over riffen en kustlijnen, wat zijn taak vergemakkelijkte) en dat we, toen het water eindelijk begon te zakken, niet toevallig midden op een gigantische oceaan bleken te drijven. Als dat gebeurd was, weet ik niet hoe lang we op zee zouden hebben gezeten.

Natuurlijk boden de vogels aan hun kundigheid in dienst van Noach te stellen; maar daar was hij te trots voor. Hij gaf ze een paar eenvoudige verkenningsopdrachten–uitkijken naar draaikolken en tornado's–terwijl hij geen gebruik maakte van hun eigenlijke vaardigheden. Hij heeft ook een aantal soorten de dood in gestuurd door ze in afschuwelijk weer op te laten stijgen terwijl ze daar niet op gebouwd waren. Toen Noach de kweelgans wegzond bij een storm met windkracht negen (goed, het is waar dat die vogel een irritante gil had, zeker als je net probeerde te slapen), heeft de stormzwaluw zelfs nog aangeboden om in zijn plaats te gaan. Maar het aanbod werd afgeslagen–en met de kweelgans was het afgelopen.

Goed, goed, Noach had ook zijn deugden. Het was een volhouder–en niet alleen wat de Reis betreft. Hij had ook het geheim gekraakt van een lang leven, een geheim dat uw soort later weer is kwijtgeraakt. Maar het was geen aardige man. Wist u van die keer dat hij de ezel heeft laten kielhalen? Staat dat in uw archieven? Het was in het jaar Twee, toen de regels net een beetje versoepeld waren en bepaalde opvarenden met elkaar mochten omgaan. Nou, Noach betrapte de ezel precies op het moment dat hij de merrie wilde bestijgen. Hij ging echt door het lint, stak een tirade af dat er niets goeds uit zo'n verbintenis kon voortkomen–wat onze theorie bevestigde dat hij een afschuw van gemengd bloed had–en zei dat hij het beest zou gebruiken om een voorbeeld te stellen. Dus bonden ze zijn hoeven aan elkaar, gooiden hem overboord, sleepten hem onder de kiel door en hesen hem aan de andere kant weer op in een woeste zee. De meesten van ons schreven het toe aan doodordinaire, seksuele jaloezie. Maar wat ons verbaasde was hoe de ezel het opnam. Dat zijn pas taaie jongens. Toen ze hem over de reling hesen, was hij er verschrikkelijk aan toe. Die zielige oren van hem leken net glibberige slierten zeewier en zijn staart leek op een eind drijfnat touw en een paar andere beesten die inmiddels niet meer zo gek op Noach waren, gingen om hem heen staan en ik geloof dat het de geit was, die hem zachtjes in zijn zij porde om te kijken of hij nog leefde, en toen deed de ezel zijn ene oog open, rolde ermee langs de kring van bezorgde snuiten en zei: 'Nu weet ik hoe het voelt om een zeehond te zijn.' Niet gek toch, onder die omstandigheden? Maar ik moet u zeggen dat u toen bijna nog een soort bent kwijtgeraakt.

Het zal wel niet alleen aan Noach hebben gelegen. Ik bedoel, die God van hem was echt een benauwend identificatiemodel. Noach kon niets doen zonder zich eerst af te vragen wat *hij* ervan zou vinden. En op die manier kun je niet leven. Altijd over je schouder kijken of het wel goed gevonden wordt–dat is toch niet volwassen? En Noach kon ook niet als excuus aanvoeren dat hij een jonge man was. Hij was zeshonderdzoveel jaar oud, volgens de manier waarop u die dingen uitrekent. Zeshonderd jaren hadden toch wel een zekere soepelheid van geest teweeg mogen brengen, een vermogen om beide kanten van een zaak te zien. Maar nee. Neem bijvoorbeeld de constructie van de Ark. Wat doet hij? Hij bouwt hem van goferhout. *Gofer*hout? Zelfs Sem was ertegen, maar nee, dat moest en zou hij hebben. Het feit dat er niet veel goferhout in de omgeving groeide, werd weggewuifd. Hij volgde ongetwijfeld alleen maar de instructies van zijn identificatiemodel op; maar toch. Iedereen die ook maar iets van hout afweet–en *ik* kan hier met enig gezag over spreken–had hem kunnen vertellen dat er enkele tientallen boomsoorten waren die even geschikt waren, zo niet beter; en bovendien is het een belachelijk idee om alle onderdelen van een schip van hetzelfde hout te maken. Je moet je materiaal kiezen naar gelang het doel waarvoor het gebruikt wordt; dat weet iedereen. Maar zo was die oude Noach nu eenmaal–geen enkele soepelheid van geest. Zag maar één kant van de zaak. Goferhouten sanitair–hebt u ooit zoiets belachelijks gehoord?

Het kwam door zijn identificatiemodel, zoals ik al zei. Wat zou God ervan vinden? Dat was de vraag die voortdurend op zijn lippen lag. Noachs toewijding aan God had iets sinisters; iets engs, als u begrijpt wat ik bedoel. Maar goed, hij wist precies waar hij zijn kaarsje moest laten branden; en ik neem aan dat als je op die manier wordt gekozen als uitverkoren overlevende en weet dat jouw dynastie de enige op de wereld zal zijn–daar moet je toch wel verwaand van worden? Wat zijn zoons betreft–Cham, Sem en die andere, die met een J begint–hun ego's heeft het beslist niet veel goed gedaan. Die paradeerden over het dek alsof ze de koninklijke familie waren.

Kijk, één ding moet u goed begrijpen. Die hele geschiedenis met de Ark. U denkt waarschijnlijk nog altijd dat Noach ondanks zijn vele fouten eigenlijk een soort vroege natuurbeschermer was, dat hij al die dieren verzamelde omdat hij niet wilde dat ze zouden uitsterven, dat hij niet tegen het idee kon dat hij nooit meer een giraffe zou zien, dat hij het voor *ons* deed. Dat was helemaal niet zo. Hij heeft ons verzameld omdat zijn identificatiemodel zei dat het moest, maar ook uit eigenbelang, uit cynisme zelfs. *Hij wilde na de Zondvloed iets te eten hebben.* Na vijfeneenhalf jaar onder water waren de meeste moestuintjes wel weggespoeld, dat kunt u gerust van me aannemen; alleen de rijst stond er goed bij. Dus wisten de meesten van ons dat we in Noachs ogen alleen maar toekomstige maaltijden op twee, vier of ikweetniethoeveel poten waren. Zo niet nu, dan later; zo niet wij, dan onze kinderen. Dat is geen prettig gevoel, zoals u begrijpt. Paranoia en doodsangst zwaaiden de scepter op de Arke Noachs. Wie van ons zou hij nu weer komen halen? Als je vandaag niet lief genoeg was voor Chams vrouw, was je morgenavond misschien fricassee. Dat soort onzekerheid kan zeer merkwaardig gedrag veroorzaken. Ik herinner me dat er een paar lemmingen gesnapt werden toen ze overboord wilden springen – ze zeiden dat ze er voor eens en al een eind aan wilden maken, dat ze de spanning niet konden verdragen. Maar Cham kreeg ze nog net op tijd te pakken en sloot ze op in een pakkist. Om de zoveel tijd, als hij zich verveelde, schoof hij het deksel van de kist en zwaaide in het binnenste rond met een groot mes. Dat was zijn idee van een grapje. Maar het zou me zeer verbazen als het niet de hele soort getraumatiseerd heeft.

En toen de reis eenmaal achter de rug was, gaf God Noach een officiële eetvergunning. De beloning voor die geweldige gehoorzaamheid was de toestemming om de rest van zijn leven iedereen van ons op te eten waar Noach trek in had. Dat stond allemaal in een verdrag of verbond dat ze met hun tweeën in elkaar hebben geflanst. Een tamelijk hol contract, als je het mij vraagt. Nadat hij verder iedereen van de aardbodem had weggevaagd moest God zich natuurlijk wel behelpen met die ene gelovige familie die hij over had, nietwaar? Hij kon echt niet gaan zeggen: Nee, jullie deugen ook al niet. Noach besefte waarschijnlijk dat hij God bij beide kloten had (wat een bekentenis van onvermogen om eerst met de Zondvloed aan te komen en dan je koninklijke familie te moeten afdanken) en we namen aan dat hij ons toch wel zou hebben opgegeten, verdrag of geen verdrag. In dat zogenaamde verbond stond helemaal niets waar wij wat aan hadden – alleen ons doodvonnis. O ja, we kregen een klein zoethoudertje toegeworpen–Noach en zijn mensen mochten geen drachtige wijfjes eten. Een maas in het net die tot uitzinnige activiteit rond de gestrande Ark heeft geleid en ook tot vreemde psychologische neveneffecten. Hebt u ooit nagedacht over de oorzaken van schijnzwangerschap?

Dat doet me denken aan die geschiedenis met Chams vrouw. Het was maar een gerucht zeiden ze, en je kunt wel begrijpen hoe zulke geruchten zijn ontstaan. Chams vrouw was niet de populairste persoon van de hele Ark; en het verlies van het hospitaalschip werd, zoals ik al heb verteld, algemeen aan haar toegeschreven. Ze was nog altijd heel aantrekkelijk–ten tijde van de Zondvloed was ze nog maar een jaar of honderdvijftig–maar ze was ook eigenwijs en driftig. Die arme Cham zat echt bij haar onder de plak. De feiten zijn als volgt. Cham en zijn vrouw hadden twee kinderen–twee mannelijke kinderen, want op die manier telden ze–die Kusch en Mizraïm heetten. Ze hadden nog een derde zoon, Put, die aan boord van de Ark is geboren, en een vierde, Kanaän, die na de Landing is geboren. Noach en zijn vrouw hadden donker haar en bruine ogen; Cham en zijn vrouw ook; Sem en Varadi en die andere die met een J begon trouwens ook. En alle kinderen van Sem en Varadi en van die andere die met een J begon, hadden donker haar en bruine ogen. En Kusch en Mizraïm en Kanaän ook. Maar Put, die aan boord van de Ark is geboren, had rood haar. Rood haar en groene ogen. Dat zijn de feiten.

Op dit moment verlaten we de haven van de feiten en varen de volle zee van het gerucht op (dat was overigens Noachs manier van praten). Ik heb zelf niet op Chams ark gezeten, dus ik doe alleen maar onpartijdig verslag van het nieuws dat de vogels overbrachten. Er deden twee verhalen de ronde en u moet zelf maar weten welk u kiest. Herinnert u zich die kwestie van die handwerksman die een schuilplaats voor zich zelf had uitgehold in het voorraadschip? Nou, er werd gezegd–hoewel het niet officieel is bevestigd– dat ze bij het doorzoeken van het onderkomen van Chams vrouw een compartiment vonden waarvan niemand had geweten dat het er was. Het stond in elk geval niet aangegeven op de tekeningen. Chams vrouw ontkende dat ze er iets van afwist, maar het schijnt dat er een paar van haar knorbuffellederen hemden aan een haakje hingen en tijdens een nauwlettende inspectie van de vloer werden er een stuk of wat rode haren gevonden, die tussen de planken waren blijven haken.

Het tweede verhaal–dat ik ook zonder commentaar zal vertellen–ligt delicater, maar omdat het een aanzienlijk percentage van uw soort rechtstreeks aangaat, voel ik me verplicht om verder te gaan. Aan boord van Chams ark bevond zich een stel buitengewoon fraaie, weldoorvoede mensapen. Ze waren volgens alle verslagen bijzonder intelligent, verzorgden zich perfect en hadden bewegelijke gezichten waarvan je zou zweren dat ze ieder moment konden gaan spreken. Ze hadden ook een lange, rode vacht en groene ogen. Nee, die soort bestaat niet meer: ze heeft de reis niet overleefd en de omstandigheden waaronder ze aan boord om het leven zijn gekomen, zijn nooit helemaal opgehelderd. Het had iets te maken met een vallende giek… Maar wat toevallig, dachten wij altijd, dat een vallende giek beide leden van een buitengewoon alerte soort op precies hetzelfde moment moest doden.

Natuurlijk luidde de officiële verklaring heel anders. Er waren geen geheime compartimenten. Er was geen sprake van rassenvermenging. De giek waardoor de apen werden getroffen was reusachtig groot en heeft ook het leven gekost aan een paarse muskusrat, twee dwergstruisvogels en een paar platstaartaardvarkens. Puts merkwaardige voorkomen was een teken Gods–hoewel de mens op dat tijdstip onmogelijk kon doorgronden wat het beduidde. Later werd duidelijk wat het betekende: het was een teken dat de reis voor de helft om was. Put was dus een gezegend kind en geen voorwerp van ontsteltenis en straf. Dat heeft Noach zelf verklaard. God was in een droom tot hem gekomen en had gezegd dat hij zijn hand niet tegen de zuigeling mocht opheffen en Noach, die zoals hij zelf benadrukte een rechtvaardig man was, gehoorzaamde.

Ik hoef niet te vertellen dat de meningen van de dieren nogal verdeeld waren. De zoogdieren weigerden bijvoorbeeld de gedachte te aanvaarden dat het mannetje van de roodharige, groenogige mensaap vleselijke gemeenschap met Chams vrouw zou hebben gehad. Goed, zelfs van onze beste vrienden weten we nooit wat ze in het diepst van hun hart denken, maar de zoogdieren waren bereid op hun zoogdierschap te zweren dat het onmogelijk kon zijn gebeurd.

Daarvoor kenden ze het mannetje van deze mensaap te goed, zeiden ze, en ze stonden ervoor in dat hij er hoge maatstaven op nahield wat lichamelijke reinheid betrof. Hij was zelfs een beetje een snob, zinspeelden ze. En stel–stel nu eens–dat hij een keer uit de band had willen springen, dan had hij veel aantrekkelijker exemplaren kunnen krijgen dan Chams vrouw. Waarom niet een van die schattige kleine aapjes met gele staarten, die het voor een pootvol gekraakte nootmuskaat met iedereen deden?

Ik ben bijna aan het eind van mijn onthullingen gekomen. Die zijn–dat moet u goed begrijpen–vriendschappelijk bedoeld. Als u mij tegendraads vindt, komt dat waarschijnlijk omdat uw soort–ik hoop dat u me dit niet kwalijk neemt–zo onmogelijk arrogant is. U gelooft wat u wilt geloven en dat blijft u geloven. Maar u hebt natuurlijk allemaal Noachs genen. Dat verklaart ongetwijfeld ook het feit dat u vaak zo merkwaardig weinig nieuwsgierig bent. Over uw vroege geschiedenis stelt u bijvoorbeeld nooit de volgende vraag: Wat is er met de raaf gebeurd?

Toen de Ark boven op die bergtop landde (het lag natuurlijk ingewikkelder, maar we zullen niet in details treden), stuurde Noach er een raaf en een duif op uit om te zien of het water afgenomen was van de aardbodem. In de versie die u kent heeft de raaf maar een bijrolletje: hij fladdert alleen maar heen en weer, met weinig resultaat, wordt u wijsgemaakt. De drie tochten van de duif worden daarentegen afgeschilderd als heldendaden. We moeten huilen wanneer ze geen rustplaats vindt voor het hol van haar voet; we zijn blij wanneer ze bij de Ark terugkomt met een olijfblad. Ik heb begrepen dat u deze vogel hebt verheven tot iets van symbolische waarde. Laat ik dus alleen maar dit opmerken: de raaf heeft altijd volgehouden dat *hij* de olijfboom heeft gevonden; dat *hij* een blad mee teruggenomen heeft naar de Ark; maar dat Noach besloot dat het 'passender' was om te zeggen dat de duif hem had ontdekt. Zelf heb ik de raaf altijd geloofd, omdat die afgezien van alles veel beter kon vliegen dan de duif; en het zou echt iets voor Noach zijn geweest (die die God van hem weer moest naäpen) om de dieren tegen elkaar op te zetten. Noach verspreidde het gerucht dat de raaf, in plaats van zo gauw mogelijk terug te komen met het bewijs dat het land droog was, zich ziek had gemeld en dat iemand (wie? zelfs de streberige duif zou zich niet hebben verlaagd tot dergelijke laster-praat) gezien had dat hij zich aan kadavers tegoed zat te doen. Ik hoef er nauwelijks bij te vertellen dat de raaf zich gekrenkt en verra-den voelde door dit onmiddellijke herschrijven van de geschiedenis en er wordt wel gezegd – door hen die een muzikaler oor bezitten dan ik – dat het trieste krassen van zijn ongenoegen tot op de huidige dag in zijn stem te beluisteren is. De duif begon daarentegen onver-draaglijk zelfgenoegzaam te klinken vanaf het moment dat we van boord gingen. Die zag zichzelf al op postzegels en als briefhoofd.

Voordat de loopplanken werden neergelaten sprak de 'Admiraal' de beesten op zijn ark toe en zijn woorden werden overgebracht aan diegenen van ons die zich op andere schepen bevonden. Hij dankte ons voor onze medewerking, bood zijn verontschuldigingen aan omdat de rantsoenen soms zo karig waren geweest en beloofde dat hij, omdat wij onze kant van de overeenkomst waren nagekomen, bij de komende onderhandelingen het gunstigst mogelijke *quid pro quo* van God zou zien los te krijgen. Sommigen van ons moesten daar een tikkeltje ongelovig om lachen: wij herinnerden ons het kielhalen van de ezel, het verlies van het hospitaalschip, het uitroei-ingsbeleid ten opzichte van de kruisingen, de dood van de een-hoorn... Wij zagen in dat Noach plotseling de Brave Borst uithing omdat hij voorvoelde wat ieder weldenkend dier zou doen zodra het vaste grond onder de voeten had: de bossen en de heuvels in vluch-ten. Hij probeerde ons met dat geflikflooi kennelijk over te halen om in de buurt van Noachs Nieuwe Paleis te blijven, waarvan hij de bouw tegelijkertijd aankondigde. De voordelen zouden onder andere bestaan uit gratis water voor de dieren en bijvoeding in strenge winters. Hij was kennelijk bang dat het vleesrantsoen waar-aan hij op de Ark gewend was geraakt, hem zou worden ontnomen zo snel de twee, vier of ikweetniethoeveel poten van dat rantsoen het konden dragen en dat de familie Noach zich weer zou moeten behelpen met bessen en noten. Verbazend genoeg vonden sommige beesten Noachs aanbod redelijk: hij kan ons tenslotte niet allemaal opeten, redeneerden ze, hij zal waarschijnlijk alleen maar bejaarden en zieken selecteren. Dus sommige dieren – niet de slimste, moet ik erbij zeggen – bleven in de buurt en wachtten af tot het paleis klaar zou zijn en het water zou vloeien als wijn. De varkens, de koeien, de schapen, de minder intelligente geitesoorten, de kippen... We hebben ze nog gewaarschuwd, althans geprobeerd dat te doen. We plachten verachtelijk te mompelen: 'Gesmoord of gekookt?' maar zonder resultaat. Zoals ik al zei, erg slim waren ze niet en ze waren waarschijnlijk bang om weer in het wild te moeten leven; ze waren afhankelijk geworden van hun gevangenis en van hun cipier. Wat er in de volgende generaties is gebeurd, was volkomen voorspelbaar: ze werden schaduwen van zich zelf. De varkens en de schapen die je vandaag de dag rond ziet lopen zijn zombies vergeleken met hun sprankelende voorouders op de Ark. Het zijn lege omhulsels. En sommige dieren, de kalkoen bijvoorbeeld, moeten bovendien de vernedering ondergaan dat dat omhulsel weer gevuld wordt–alvorens gesmoord of gekookt te worden.

En wat heeft Noach nu helemaal voor elkaar gekregen in zijn beroemde Ontschepingsverdrag met God? Wat heeft hij teruggekregen voor de offers en de loyaliteit van zijn familie (om nog maar te zwijgen over de aanzienlijk grotere offers van de dieren)? God zei–dit is Noachs uitleg, die zo gunstig mogelijk was–dat Hij beloofde dat Hij nooit meer een zondvloed zou sturen en dat Hij als teken van Zijn voornemen de regenboog voor ons schiep. De regenboog! Ha! Het is natuurlijk een ontzettend leuk gezicht, zo'n ding, en de eerste die hij voor ons produceerde, een lichtgevende halve cirkel met een bleker broertje ernaast, die met zijn tweeën aan een indigoblauwe hemel stonden te schitteren, daar hebben velen van ons absoluut even van opgekeken tijdens het grazen. Je kon zien welke gedachte erachter school: terwijl de regen onwillig plaats maakte voor de zon, zou dit stralende symbool ons er iedere keer aan herinneren dat de regen niet door zou gaan en in een zondvloed veranderen. Maar toch. Het was niet echt een gunstige overeenkomst. En viel hij wettig af te dwingen? Kijkt u maar eens of een regenboog overeind wil blijven voor de rechtbank.

De slimmere dieren hadden door wat Noachs aanbod van halfpension inhield; ze vluchtten de heuvels en de bossen in en zorgden op eigen kracht voor water en wintervoer. Het viel ons op dat de rendieren bij de eersten hoorden die ervandoor gingen, die zich uit de voeten maakten voor de 'Admiraal' en al zijn toekomstige afstammelingen, met medeneming van hun mysterieuze voorgevoelens.

U hebt overigens gelijk als u de dieren die vluchtten–ondankbare verraders, volgens Noach–als de edelste soorten beschouwt. Kan een varken edel zijn? Of een schaap? Of een kip? Jammer dat u de eenhoorn niet hebt gekend... Dat was nòg een aanvechtbaar aspect van Noachs post-Ontschepingstoespraak tot degenen die nog aan de rand van zijn terrein rondhingen. Hij zei dat God, door ons de regenboog te geven, in feite beloofde dat hij de wereldvoorraad wonderen telkens weer aan zou vullen. Mijns inziens een duidelijke verwijzing naar de tientallen oorspronkelijke wonderen die in de loop van de Reis op Noachs schepen overboord waren gegooid of in de buiken van zijn familieleden waren verdwenen. De regenboog als vervanging van de eenhoorn? Waarom maakte God de eenhoorn niet gewoon over? Wij dieren hadden dat liever gehad dan zo'n nadrukkelijke hint aan de hemel over Gods grootmoedigheid, iedere keer dat het ophield met regenen.

Ik geloof dat ik al verteld heb dat het niet veel makkelijker was om van de Ark af te komen dan erop. Helaas hadden sommige van de uitverkoren soorten zich als ratten gedragen, dus er was geen sprake van dat Noach gewoon de loopplanken neergooide en riep: 'Veel plezier.' Alle dieren moesten zich een streng lichamelijk onderzoek laten welgevallen voordat ze werden vrijgelaten; sommige werden zelfs ondergedompeld in tobbes naar teer ruikend water. Verschillende wijfjes klaagden erover dat ze een inwendig onderzoek door Sem hadden moeten ondergaan. Er werden nogal wat verstekelingen aangetroffen: een aantal in het oog lopende kevers, een stuk of wat ratten die zo onverstandig waren geweest zich tijdens de Reis vol te vreten en die te dik waren geworden, zelfs een paar slangen. Wij zijn van boord gekomen–ik neem aan dat het nu niet meer geheim hoeft te blijven–in de uitgeholde punt van een ramshoorn. Die ram was een groot, nors, subversief dier, met wie we de laatste drie jaar op zee expres goede maatjes waren geworden. Hij koesterde geen respect voor Noach en was maar al te blij dat hij ons kon helpen hem te slim af te zijn na de Landing.

Toen we met ons zevenen uit die ramshoorn klommen waren we euforisch. We hadden het overleefd. We hadden ons verborgen, hadden het overleefd en waren ontkomen–zonder dubieuze overeenkomsten met God of Noach. Wij hadden het helemaal zelf gedaan. We voelden ons gelouterd als soort. Misschien moet u daarom lachen, maar het is waar: we voelden ons gelouterd. We hadden een hoop geleerd van die Reis, ziet u, en het belangrijkste was dit: dat de mens een zeer ongeëvolueerde soort is in vergelijking met de dieren. Natuurlijk ontkennen we niet dat u slim bent, dat u over een aanzienlijk potentieel beschikt. Maar u verkeert nog maar in een vroeg stadium van uw ontwikkeling. Wij zijn bijvoorbeeld altijd onszelf: dat is wat geëvolueerd zijn betekent. Wij zijn wat we zijn en we weten wat dat is. U verwacht toch niet dat een kat ineens zal gaan blaffen of dat een varken zal gaan loeien? Maar dat is bij wijze van spreken wat diegenen onder ons die de Reis met de Ark hebben meegemaakt, geleerd hebben van u te verwachten. Het ene moment blaft u, het volgende moment miauwt u; het ene moment wilt u wild zijn, het volgende moment wilt u tam zijn. Je wist maar in één opzicht waar je met Noach aan toe was: dat je nooit wist waar je met hem aan toe was.

In de waarheid bent u ook niet best, als soort. U vergeet voortdurend dingen, of u doet alsof. Het verlies van Varadi en zijn ark – heeft iemand het daar ooit over? Ik begrijp wel dat dit opzettelijk afwenden van de blik een positieve kant kan hebben: het negeren van nare dingen maakt het makkelijker voor u om verder te gaan. Maar het negeren van nare dingen zorgt er uiteindelijk voor dat u gelooft dat er nooit nare dingen gebeuren. U wordt er telkens door verrast. Het verbaast u dat wapens doden, dat geld corrumpeert, dat er 's winters sneeuw valt. Die naïviteit kan charmant zijn; hij kan helaas ook gevaarlijk zijn.

U wilt bijvoorbeeld niet eens erkennen wat de ware aard was van Noach, uw stamvader – de vrome aartsvader, de toegewijde natuurbeschermer. Ik heb begrepen dat in een van uw vroege Hebreeuwse legenden gesteld wordt dat Noach het beginsel van de dronkenschap ontdekte toen hij een geit dronken zag worden van gegiste druiven. Wat een schaamteloze poging om de verantwoordelijkheid op de dieren te schuiven; en helaas onderdeel van een patroon. De zondeval was de schuld van de slang, de eerlijke raaf was een luiwammes en een gulzigaard, de geit heeft gezorgd dat Noach aan de drank raakte. Luister: u kunt van mij aannemen dat Noach heus de kennis van een dier met gespleten hoeven niet nodig had om hem te helpen het geheim van de wijnstok te kraken.

Anderen de schuld geven, dat is altijd het eerste dat er bij u op-komt. En als u niemand anders de schuld kunt geven, begint u te beweren dat het probleem helemaal geen probleem is. U herschrijft de regels, u verzet de doelpalen. Sommigen van die geleerden die hun leven wijden aan uw heilige teksten hebben zelfs getracht te be-wijzen dat de Noach van de Ark niet dezelfde was als de Noach die beschuldigd werd van dronkenschap en naaktloperij. Hoe kon het dat een dronkelap door God werd uitverkoren? Ja, nou, dat was ook niet zo, begrijpen jullie wel. Niet *die* Noach. Een simpel geval van persoonsverwisseling. Weg probleem.

Hoe kon het dat een dronkelap door God werd uitverkoren? Dat heb ik u al verteld – omdat alle andere kandidaten nog veel erger wa-ren. Noach was het neusje van een hele gore zalm. En wat zijn drin-ken betreft: om de waarheid te zeggen is het de Reis geweest die hem de das om heeft gedaan. In de dagen voor de Inscheping mocht Noach graag een hoorntje gegist vocht achterover slaan: wie niet? Maar door de Reis is hij pas echt aan het zuipen geslagen. Hij kon de verantwoordelijkheid gewoon niet aan. Hij nam een aantal slechte navigatiebesluiten. Hij raakte vier van zijn acht schepen kwijt en zowat een derde van de diersoorten die hem waren toever-trouwd – hij zou voor de krijgsraad zijn gesleept als er iemand ge-weest was om achter de tafel te zitten. En ondanks al zijn gebral voelde hij zich schuldig omdat hij de halve Ark was kwijtgeraakt. Schuldgevoel, onvolwassenheid, het constante gevecht om een baan te houden waarvoor je capaciteiten tekort schieten – dat is een niet geringe combinatie van factoren, die op de meesten van uw soort hetzelfde desastreuze effect gehad zou hebben. Ik denk dat je zelfs wel zou mogen stellen dat God Noach aan de drank heeft ge-bracht. Misschien is dat de reden waarom die geleerden van u zo ze-nuwachtig zijn, zo happig om onderscheid te maken tussen de eer-ste Noach en de tweede: de consequenties zijn vervelend. Maar het verhaal van de 'tweede' Noach – de dronkenschap, de naaktloperij, het wispelturig straffen van een plichtsgetrouwe zoon – enfin, voor diegenen van ons die de 'eerste' Noach op de Ark gekend hebben, kwam dat niet als een verrassing. Een treurig zij het voorspelbaar geval van alcoholistische aftakeling, vrees ik.

Ik vertelde al dat we euforisch waren toen we van de Ark af kwamen. Afgezien van alles hadden we genoeg goferhout gegeten voor ons hele leven. Dat is nog een reden om te wensen dat Noach minder fanatiek ware geweest bij de constructie van de vloot: dan hadden wij wat meer afwisseling gehad in ons dieet. Nauwelijks een overweging voor Noach, natuurlijk, want we hadden er helemaal niet mogen zijn. En achteraf, nu we een paar duizend jaar verder zijn, komt deze uitsluiting nog wreder over dan op het moment zelf. We waren met zeven verstekelingen, maar als we waren toegelaten als zeewaardige soort zouden er maar twee instapkaarten zijn verstrekt; en dan hadden we dat besluit gerespecteerd. Nu is het waar dat Noach niet van tevoren kon weten hoe lang zijn reis zou duren, maar als je nagaat hoe weinig wij met ons zevenen in vijfeneenhalf jaar hebben gegeten, zou het stellig het risico waard zijn geweest om twee van ons aan boord toe te laten. Wij kunnen het tenslotte niet helpen dat we houtwormen zijn.

2
De bezoekers

Franklin Hughes was een uur geleden aan boord gekomen om de mensen die zijn werk de komende twintig dagen zouden vergemakkelijken met de nodige jovialiteit te bejegenen. Nu leunde hij op de reling en keek hoe de passagiers de loopplank op kwamen: hoofdzakelijk middelbare en bejaarde echtparen, waarvan sommige duidelijk het stempel van hun nationaliteit droegen, terwijl andere, meer ingetogen, hun herkomst voorlopig handig geheim hielden. Franklin, zijn arm losjes maar onmiskenbaar om de schouders van zijn reisgenote geslagen, speelde zijn jaarlijkse spelletje van raden waar zijn toehoorders vandaan kwamen. De Amerikanen waren het makkelijkst, de mannen gekleed in de pastelkleurige vrijetijdskleding die typisch was voor de Nieuwe Wereld, de vrouwen onbezorgd over hun bibberende buikjes. De Britten waren op een na het makkelijkst, de mannen gekleed in de tweedjasjes die typisch waren voor de Oude Wereld, met okergele of beige hemden met korte mouwen eronder, terwijl de vrouwen in het bezit waren van stevige knieën en het gretige verlangen om iedere berg op te sjokken waar ze een Griekse tempel vermoedden. Er waren twee Canadese echtparen wier badstoffen hoedjes voorzien waren van een opvallend embleem in de vorm van een esdoornblad; een mager Zweeds gezin met vier blonde koppen; een aantal makkelijk door elkaar te halen Fransen en Italianen, die Franklin identificeerde met een simpel gemompeld *baguette* of *macaroni*; en zes Japanners die zich onttrokken aan hun stereotype door niet één camera bij zich te hebben. Met uitzondering van een paar familiegroepjes en de sporadische, solitaire, esthetisch uitziende Engelsman, kwamen ze in gedweeë paren de loopplank op.

'De dieren kwamen twee aan twee,' luidde Franklins commentaar. Hij was een lange, mollige man van ergens in de veertig, met stroblond haar en de nogal rode huid die door afgunstige mensen aan de drank en door welwillende mensen aan een overmaat van zon wordt toegeschreven: zijn gezicht zag er zo vertrouwd uit dat je vergat je af te vragen of je het al dan niet knap vond. Zijn metgezellin of assistente, maar niet zijn secretaresse, zou ze met klem zeggen, was een slank, donker meisje met kleren die ze nieuw gekocht had voor deze cruise. Franklin, nadrukkelijk de oude rot, droeg een kaki safari-jasje en een gekreukte spijkerbroek. Hoewel dit niet precies het uniform was dat sommige passagiers van een vooraanstaand gastspreker verwachtten, suggereerde het duidelijk waar Franklin de bekendheid had verworven waarop hij kon bogen. Als hij een Amerikaans wetenschapper was geweest zou hij wellicht een pak van bobbeltjescloqué uit de kast hebben gehaald; als Brits wetenschapper misschien een gekreukeld linnen jasje in de kleur van roomijs. Maar Franklins roem (die niet zo wijdverbreid was als hij zelf dacht) was ontleend aan de televisie. Hij was begonnen als spreekbuis van andermans meningen, een jonge man in een corduroy pak met een innemende, niet bedreigende manier om cultuur uit te leggen. Na een tijdje realiseerde hij zich dat er als hij die teksten kon uitspreken geen reden was waarom hij ze niet ook zou schrijven. Eerst was het niet meer dan 'met bijdragen van Franklin Hughes', toen een medeauteurschap, en tenslotte bracht hij het tot een volledig 'tekst en presentatie: Franklin Hughes'. Wat zijn eigenlijke vakgebied was kon niemand precies ontdekken, maar hij zwierf onbekommerd rond door de werelden van de archeologie, de geschiedenis en de vergelijkende cultuurwetenschap. Zijn specialiteit was de eigentijdse toespeling die dode onderwerpen, zoals Hannibals tocht over de Alpen of de Vikingschatten in East Anglia of de paleizen van Herodes, voor de gemiddelde kijker verteerbaar en levend maakte. 'Hannibals olifanten waren de pantserdivisies van die tijd,' verklaarde hij terwijl hij met hartstochtelijk uiteengeplante benen in een buitenlands landschap stond, of 'zoveel voetsoldaten kun je op de dag van de bekerfinale in het Wembley-stadion persen'; of 'Herodes was niet alleen maar een tiran en eenmaker van zijn land, hij was ook beschermheer van de schone kunsten – misschien moeten we hem zien als een Mussolini met een goede smaak'.

Franklins televisieroem leverde hem al gauw een tweede vrouw op en een paar jaar later een tweede echtscheiding. Tegenwoordig stond in zijn contracten met Aphrodite Cultuurreizen altijd vermeld dat er een hut beschikbaar moest zijn voor zijn assistente; de bemanning van de *Santa Euphemia* merkte met bewondering op dat hij meestal geen twee reizen achter elkaar dezelfde assistente had. Franklin was gul voor de stewards en populair bij hen die een paar duizend pond betaalden voor hun twintig dagen. Hij had de charmante gewoonte om soms zo vurig op een favoriete bijzaak in te gaan, dat hij met een verwonderde glimlach om zich heen moest kijken voordat hij weer wist waar hij was. Veel passagiers spraken onderling over Franklins kennelijke enthousiasme voor zijn onderwerp, hoe verfrissend zoiets was in deze cynische tijd en dat hij echt maakte dat de geschiedenis voor hen ging leven. Dat zijn safari-jasje dikwijls slordig dichtgeknoopt was en zijn spijkerbroek soms onder de kreeftvlekken zat, was niet meer dan een bevestiging van zijn aandoenlijke liefde voor zijn werk. Zijn kleding hintte ook op de bewonderenswaardig democratische instelling van de geleerdheid in deze moderne tijd: je hoefde kennelijk geen saaie professor met een puntboord te zijn om de beginselen van de Griekse bouwkunst te begrijpen.

'Het welkomsbuffet is om acht uur,' zei Franklin. 'Ik denk dat ik nog maar een paar uurtjes aan mijn verhaal van morgen ga werken.'

'Dat heb je toch al zo vaak verteld?' Tricia hoopte half dat hij bij haar aan dek zou blijven terwijl ze de Golf van Venetië op voeren.

'Je moet het elk jaar anders doen. Anders stomp je af.' Hij raakte vluchtig haar onderarm aan en ging naar beneden. In werkelijkheid zou zijn openingstoespraak de volgende ochtend om tien uur precies hetzelfde zijn als de afgelopen vijf jaar. Het enige verschil – het enige dat bedoeld was om te voorkomen dat Franklin zou afstompen – was de aanwezigheid van Tricia in plaats van... hoe heette dat vorige meisje ook weer? Maar hij hield graag de leugen in stand dat hij zijn lezingen voorbereidde en het kostte hem geen moeite de gelegenheid voorbij te laten gaan om Venetië voor de zoveelste maal uit het gezicht te zien verdwijnen. Volgend jaar zou het er ook nog zijn, een paar centimeter dichter bij de waterspiegel, met een roze teint die net als de zijne nog wat erger aan het schilferen zou zijn.

Tricia bleef aan dek staan turen tot de campanile van San Marco een potloodstompje was. Ze had Franklin drie maanden geleden leren kennen toen hij in de praatshow optrad waaraan zij als assistent-researcher was verbonden. Ze waren een paar keer met elkaar naar bed geweest, maar tot nu toe niet vaak. Ze had de meisjes in de flat verteld dat ze met een oud schoolvriendje meeging; als het goed uitpakte zou ze het vertellen als ze terug was, maar voorlopig was ze een beetje bijgelovig. Franklin Hughes! En tot nu toe was hij reuze attent geweest, had haar zelfs een paar onbeduidende taakjes gegeven zodat ze niet al te erg alleen maar een vriendinnetje zou lijken. In het televisiewereldje waren zoveel mensen die haar een beetje onecht voorkwamen – charmant, maar niet helemaal oprecht. Franklin was in het echt net zo als op de buis: extravert, vol grapjes, iemand die het heerlijk vond om je dingen te vertellen. Je geloofde wat hij zei. Televisicritici maakten grappen over zijn kleren en over die pluk borsthaar die uit de halsopening van zijn overhemd stak en soms snierden ze over wat hij zei, maar dat was alleen maar afgunst, ze zou het sommigen van die critici Franklin weleens willen zien nadoen. Het moeilijkste van alles, had hij haar tijdens hun eerste lunch uitgelegd, was om het makkelijk te laten lijken. Het andere geheim van televisie, zei hij, was weten wanneer je je mond moest houden en de beelden voor zichzelf moest laten spreken. 'Je moet het precieze evenwicht vinden tussen woord en beeld.' In zijn hart hoopte Franklin op de uiteindelijke vermelding: 'Geschreven, gesproken en geproduceerd door Franklin Hughes.' In zijn dromen choreografeerde hij soms een gigantisch shot op het Forum, waarin hij van de Boog van Septimus Severus naar de Tempel van Vesta wandelde. Het enige probleem was waar hij de camera moest zetten.

Terwijl ze over de Adriatische zee stoomden, verliep de eerste etappe van de reis vrijwel net zo als anders. Eerst was er het welkomsbuffet, waarbij de bemanning de passagiers taxeerde en de passagiers behoedzaam om elkaar heen draaiden; toen Franklins openingsverhaal, waarin hij vleiende dingen zei over zijn toehoorders, geringschattend praatte over zijn televisieroem en verkondigde dat het een verfrissende afwisseling was om tegen echte mensen te praten in plaats van tegen een glazen oog en een cameraman die schreeuwde 'Haar op de lens, kan het nog een keer over, schat?' (die technische verwijzing zou aan de meesten van zijn toehoorders voorbijgaan, wat Franklins bedoeling ook was: ze mochten hun neus ophalen voor de televisie, maar niet denken dat iedereen het kon); en dan was er Franklins andere openingsverhaal, een dat hij er ook beslist goed vanaf moest brengen en waarin hij zijn assistente uitlegde dat ze in de eerste plaats moesten onthouden dat ze hier voor hun plezier waren. Natuurlijk moest hij werken – ja, er zouden zelfs keren zijn dat hij zich in zijn hut zou moeten opsluiten met zijn aantekeningen, ook al wilde hij dat helemaal niet – maar hij vond dat ze het allereerst moesten zien als twee weken vakantie van het smerige Engelse weer en het vuile gekonkel in de studio. Tricia knikte instemmend, hoewel ze als assistent-researcher nog helemaal geen gekonkel had meegemaakt, laat staan dat ze eronder geleden had. Een wereldwijzer meisje zou Franklins woorden meteen hebben geïnterpreteerd als 'Meer moet je niet van me verwachten'. Tricia, die van nature evenwichtig en optimistisch was, voorzag zijn toespraakje van de mildere aantekening 'Laten we oppassen dat we geen valse verwachtingen gaan koesteren' – wat Franklin Hughes ook ongeveer bedoelde, dat moet hem worden nagegeven. Hij werd een aantal malen per jaar een beetje verliefd, een neiging die hij af en toe van zichzelf verfoeide maar waar hij regelmatig aan toegaf. Hij was echter verre van harteloos en zodra hij het gevoel kreeg dat een meisje – en zeker een aardig meisje – hem meer nodig had dan hij haar, sloeg er een verschrikkelijke golf van angst door hem heen. Die ritselende paniek bracht hem er meestal toe een van twee dingen voor te stellen – dat het meisje bij hem in zou trekken of dat ze uit zijn leven zou verdwijnen – die hij geen van beide echt wilde. Zijn welkomstoespraak tegen Jenny of Cathy of in dit geval Tricia kwam dus meer voort uit voorzichtigheid dan uit cynisme, hoewel het als het later misging niet verbazingwekkend was als Jenny of Cathy of in dit geval Tricia aan hem terugdacht als berekenender dan hij in werkelijkheid was geweest.

Diezelfde voorzichtigheid, die aanhoudend aan zijn hoofd zeurde tijdens talloze bloederige nieuwsberichten, had ervoor gezorgd dat Franklin Hughes zich een Iers paspoort aanschafte. De wereld was geen vriendelijk oord meer waar dat brave donkerblauwe Britse geval, plus de woorden 'journalist' en 'BBC', zorgde dat je kreeg wat je wilde. 'Her Britannic Majesty's Secretary of State,' kon Franklin uit zijn hoofd opzeggen, 'requests and requires in the Name of Her Majesty all those whom it may concern to allow the bearer such assistance and protection as may be necessary.' Vergeet het maar. Tegenwoordig reisde Franklin met een groen Iers paspoort met een gouden harp op het omslag, waardoor hij zich net een handelsreiziger voor Guiness voelde wanneer hij het moest laten zien. Binnenin ontbrak ook het woordje 'journalist' in Hughes's grotendeels eerlijke beschrijving van zichzelf. Er waren landen op de wereld waar journalisten niet welkom waren en waar ze dachten dat die met die bleke huid, die net deden alsof ze belang stelden in archeologische opgravingen, duidelijk Britse spionnen waren. Het minder belastende 'schrijver' was tevens bedoeld als staaltje van zelfbemoediging. Als Franklin zichzelf beschreef als schrijver, zou dit hem misschien zover brengen dat hij er een werd. De volgende keer was er een duidelijke kans op een boek-naar-de-serie; en daarna speelde hij met iets dat serieus maar sexy was – een persoonlijke geschiedenis van de wereld bijvoorbeeld – en dat misschien maandenlang zijn tenten zou opslaan in de top-tien.

De *Santa Euphemia* was een bejaard, maar comfortabel schip met een hoffelijke Italiaanse kapitein en een efficiënte Griekse bemanning. Hieraan leverde Aphrodite Tours een voorspelbare cliëntèle, uiteenlopend van nationaliteit maar homogeen qua smaak. Het soort mensen dat aan lezen de voorkeur gaf boven ringwerpen aan dek, en aan zonnebaden boven de disco. Ze volgden de gastspreker overal, namen deel aan de meeste facultatieve excursies en trokken hun neus op voor de strooien ezeltjes in de souvenirwinkels. Ze kwamen niet voor romantiek, hoewel een strijkje van drie man hen af en toe inspireerde tot ouderwets dansen. Ze zaten om beurten aan de captain's table, waren inventief op het gekostumeerde bal en lazen plichtmatig de scheepskrant, waarin dagelijks de koers werd afgedrukt naast verjaarswensen en niet-controversiële gebeurtenissen op het Europese vasteland.

Tricia vond de sfeer een beetje sloom, maar het was een goed georganiseerde sloomheid. Net als in zijn toespraak tot zijn assistente had Franklin in zijn eerste lezing benadrukt dat plezier en ontspanning het doel van de komende drie weken waren. Hij zinspeelde er tactvol op dat niet iedereen evenveel belangstelling voor de klassieke oudheid koesterde en dat hij persoonlijk niet van plan was een presentielijst bij te houden en de absenten een zwarte X te geven. Franklin gaf charmant toe dat het voorkwam dat zelfs hij genoeg kreeg van weer een rij Corinthische zuilen die zich aftekende tegen een wolkeloze hemel; hoewel hij het op zo'n manier zei dat de passagiers hem niet hoefden te geloven.

Ze hadden het staartje van de noordelijke winter achtergelaten; en de *Santa Euphemia* voerde haar tevreden passagiers in een statig tempo een rustige mediterrane lente binnen. De tweedjasjes maakten plaats voor linnen, de broekpakken voor zonnejurken die een beetje uit de tijd waren. 's Nachts kwamen ze door het Kanaal van Korinthe, terwijl sommige passagiers zich in hun nachtgoed tegen een patrijspoort aandrukten en de steviger gebouwden aan dek stonden en af en toe krachteloze flitsjes afvuurden met hun camera's. Van de Ionische naar de Egeïsche Zee: tussen de Cycladen was het wat frisser en woeliger, maar dat vond niemand erg. Ze gingen aan wal op het sjieke Mykonos, waar een bejaarde hoofdonderwijzer zijn enkel verstuikte toen hij tussen de ruïnes rondscharrelde; op het gemarmerde Paros en het vulkanische Thira. De cruise was tien dagen oud toen ze aanlegden op Rhodos. Terwijl de passagiers aan wal waren nam de *Santa Euphemia* brandstof, groente, vlees en meer wijn aan boord. Ze nam ook bezoekers aan boord, hoewel dat pas de volgende ochtend bleek.

Ze waren onderweg naar Kreta, en om elf uur begon Franklin aan zijn gebruikelijke lezing over Knossos en de Minoïsche beschaving. Hij moest een beetje oppassen, want zijn gehoor wist meestal wel wat van Knossos af en sommigen hielden er natuurlijk hun eigen theorieën op na. Franklin vond het prettig als mensen vragen stelden; hij vond het niet erg als er nog onbekende en soms zelfs juiste gegevens werden toegevoegd aan wat hij al had verteld – hij bedankte ervoor met een hoffelijke buiging en een gemompeld 'Herr Professor', om aan te geven dat zolang sommigen van ons de dingen globaal beheersen, de anderen gerust hun hoofden mochten volstoppen met obscure details; maar wat Franklin Hughes niet kon uitstaan waren zeurpieten met stokpaardjes die ze absoluut moesten uitproberen op de gastprofessor. Pardon, meneer Hughes, maar ik vind het er zo Egyptisch uitzien – hoe weten we eigenlijk dat het niet gebouwd is door de Egyptenaren? Gaat u er niet van uit dat Homerus leefde toen hij (lachje) – of zij – volgens iedereen leefde? Ik ben natuurlijk helemaal niet deskundig, maar zou het niet meer hout snijden als... Er was er altijd op zijn minst een die de onzekere doch redelijke dilettant speelde; niet voor de gek gehouden door de gevestigde mening wist hij – of zij – dat historici grote bluffers waren en dat gecompliceerde zaken het best te begrijpen waren met behulp van een enthousiaste intuïtie, niet gehinderd door enige werkelijke kennis of onderzoek. 'Ik vind het prachtig wat u daar zegt, meneer Hughes, maar zou het niet logischer zijn...' Wat Franklin soms zou willen zeggen, maar nooit zei, was dat deze kordate gissingen over eerdere beschavingen zijns inziens grotendeels hun grondslag hadden in Hollywoodspektakelfilms met Kirk Douglas of Burt Lancaster in de hoofdrol. In gedachten zag hij zichzelf wachten tot een van die grapjassen was uitgesproken en dan antwoorden, met een ironisch snerpende nadruk op het bijwoord: 'U realiseert zich ongetwijfeld dat de film Ben Hur niet *helemaal* betrouwbaar is?' Maar niet op deze reis. Eigenlijk pas wanneer hij zou weten dat het zijn laatste reis was. Dan kon hij zich een beetje laten gaan. Dan kon hij openhartiger zijn tegen zijn gehoor, minder voorzichtig met de drank, ontvankelijker voor flirterige blikken.

De bezoekers kwamen te laat bij Franklin Hughes' lezing over Knossos, en hij was al klaar met die passage waarin hij deed alsof hij Sir Arthur Evans was, toen ze de dubbele deuren opendeden en een schot afvuurden op het plafond. Franklin, die nog steeds in de roes van zijn eigen optreden verkeerde, mompelde: 'Wilt u dat voor me vertalen?' maar die grap was al oud en niet sterk genoeg om de aandacht van de passagiers weer op hem te vestigen. Ze waren Knossos al vergeten en keken naar de lange man met de snor en de bril die Franklins plaats achter de lessenaar kwam innemen. Onder normale omstandigheden zou Franklin hem misschien de microfoon hebben overhandigd, nadat hij beleefd naar zijn kwalificaties had geïnformeerd. Maar gezien het feit dat de man een groot machinegeweer droeg en zo'n roodgeruite hoofdtooi, die vroeger steno was voor beminnelijke woestijnkrijgers die trouw waren aan Lawrence of Arabia, maar die de laatste jaren steno was geworden voor blaffende terroristen die popelden om onschuldige mensen af te slachten, maakte Franklin alleen een vaag 'Ga uw gang' gebaar met zijn handen en ging op zijn stoel zitten.

Franklins toehoorders – zoals hij nog steeds aan ze dacht in een korte opwelling van bezitterigheid – werden stil. Iedereen vermeed onverhoedse bewegingen; iedereen haalde voorzichtig adem. Er waren drie bezoekers en de andere twee bewaakten de dubbele deuren van het auditorium. De lange met de bril had bijna iets professoraals toen hij op de microfoon tikte zoals sprekers overal doen: deels om te zien of hij het deed, deels om de aandacht te trekken. De tweede helft van dit gebaar was niet strikt noodzakelijk.

'Ik bied mijn excuses aan voor de overlast,' begon hij, wat hier en daar een nerveus lachje ontlokte. 'Maar het is helaas nodig uw vakantie een tijdje te onderbreken. Ik hoop dat het geen langdurige onderbreking zal zijn. U blijft allemaal hier, en u blijft op uw plaatsen zitten totdat wij u vertellen wat u moet doen.'

Een mannenstem, boos en Amerikaans, vroeg uit het midden van de zaal: 'Wie bent u en wat wilt u verdomme?' De Arabier boog zich weer naar de microfoon die hij juist had verlaten en antwoordde met de neerbuigende gladheid van een diplomaat: 'Het spijt me, ik beantwoord op dit moment geen vragen.' Toen sprak hij verder, om definitief te zorgen dat hij niet voor een diplomaat zou worden aangezien. 'Wij zijn geen mensen die in onnodig geweld geloven. Echter, toen ik dat schot op het plafond heb afgevuurd om uw aandacht te krijgen, had ik dit palletje hier zo gezet dat het geweer maar één schot tegelijk af zou vuren. Als ik het palletje omzet' – dat deed hij terwijl hij het wapen een beetje omhoog hield, als een schietinstructeur met een bijzonder domme groep leerlingen – 'zal het geweer blijven vuren tot het magazijn leeg is. Ik hoop dat dat duidelijk is.'

De Arabier ging de zaal uit. Mensen zaten hand in hand; af en toe klonk er gesnuif en gesnik, maar voornamelijk was het stil. Franklin keek naar Tricia, die helemaal links in het auditorium zat. Zijn assistentes mochten zijn lezingen bijwonen, maar niet op een plaats gaan zitten waar hij ze kon zien – 'anders breng je me op verkeerde gedachten'. Ze zag er niet geschrokken uit, eerder bezorgd omdat ze niet wist wat de etiquette nu voorschreef. Franklin had willen zeggen: 'Luister, dit is me nog nooit overkomen, dit is niet gewoon, ik weet ook niet wat ik moet doen,' maar besloot in plaats daarvan tot een onbestemd knikje. Na een koppige stilte van tien minuten stond er een Amerikaanse vrouw van midden vijftig op. Een van de twee bezoekers die op wacht stonden bij de deur, begon meteen tegen haar te schreeuwen. Ze trok zich er niets van aan, zoals ze ook het gefluister en de grijpende hand van haar man negeerde. Ze liep door het middenpad op de gewapende mannen af, bleef een paar meter bij hen vandaan staan en zei met een duidelijke, langzame stem waar de paniek van afdroop: 'Ik moet naar de wc, verdomme.'

De Arabieren gaven geen antwoord en keken haar niet aan. In plaats daarvan beduidden ze met een kleine beweging van hun wapens zo duidelijk als maar kon dat ze momenteel een groot doelwit vormde en dat dat feit op voor de hand liggende en definitieve wijze zou worden bewezen als ze doorliep. Ze keerde zich om, ging terug naar haar plaats en begon te huilen. Rechts in de zaal begon meteen een andere vrouw te snikken. Franklin keek nog een keer naar Tricia, knikte, ging overeind staan, keek expres niet naar de twee bewakers en liep naar het katheder. 'Zoals ik al zei…' hij gaf een gebiedend kuchje en alle ogen keken zijn kant op. 'Ik zei dat het paleis van Knossos geenszins de eerste menselijke nederzetting op die plek was. De Minoïsche lagen, zoals we ze noemen, zijn ongeveer vijf meter diep, maar daaronder zijn tot op zo'n negen meter sporen te vinden van menselijke bewoning. Minstens tienduizend jaar voordat de eerste steen werd gelegd was er al leven op de plaats waar het paleis gebouwd zou worden…'

Het was een heel gewoon gevoel om weer aan het woord te zijn. Het voelde tevens alsof er een met veren getooide leidersmantel om zijn schouders was geworpen. Hij besloot dit te erkennen, vooreerst nog indirect. Verstonden de bewakers Engels? Misschien. Waren ze ooit in Knossos geweest? Niet waarschijnlijk. Dus verzon Franklin, terwijl hij de raadszaal van het paleis beschreef, een grote kleitablet die waarschijnlijk boven de gipsen troon had gehangen, beweerde hij. De tekst luidde—op dat moment keek hij in de richting van de Arabieren—'Wij leven in moeilijke tijden'. Terwijl hij de plek verder beschreef, groef hij nog meer tabletten op waarvan vele, zoals hij nu onverschrokken naar voren bracht, een universele boodschap bevatten. 'Wij moeten bovenal niets overijlds doen,' luidde er een. En een andere: 'Loze dreigementen zijn even nutteloos als een schede zonder zwaard.' En weer een andere: 'De tijger wacht altijd voordat hij springt' (Hughes vroeg zich vluchtig af of de Minoïsche beschaving van het bestaan van tijgers op de hoogte was geweest). Hij was er niet zeker van hoeveel mensen in zijn gehoor snapten wat hij deed, maar af en toe klonk er een instemmend gebrom. Op een merkwaardige manier vermaakte hij zich ook. Hij besloot zijn rondleiding door het paleis met een van de minst karakteristiek Minoïsche van zijn vele inscripties: 'Er is een grote macht waar de zon ondergaat, die zekere dingen niet zal toelaten.' Toen veegde hij zijn aantekeningen bij elkaar en ging zitten, onder warmer applaus dan gewoonlijk. Hij keek naar Tricia en gaf haar een knipoog. Ze had tranen in haar ogen. Hij wierp een blik in de richting van de twee Arabieren en dacht: O zo, nu zien jullie eens hoe we in elkaar zitten, als dit geen staaltje van Britse koelbloedigheid was, weet ik het niet. Hij wilde dat hij een Minoïsch aforisme had bedacht over mensen die rode theedoeken op hun hoofd droegen, maar hij zag in dat hij daar het lef niet voor zou hebben gehad. Die bewaarde hij voor later, als ze allemaal in veiligheid waren.

Ze wachtten een half uur in een stilte die naar urine rook, voordat de aanvoerder van de bezoekers terugkwam. Hij wisselde een paar woorden met de bewakers en liep door het middenpad naar het katheder. 'Ik begrijp dat u een lezing hebt gehoord over het paleis van Knossos,' begon hij en Franklin voelde het zweet uitbreken in zijn handen. 'Dat is mooi. Het is belangrijk dat u andere beschavingen begrijpt. Hoe belangrijk zij zijn en hoe'–hij zweeg veelbetekenend–'hoe ze ten val komen. Ik hoop ten zeerste dat u zult genieten van uw tocht naar Knossos.'

Hij wilde al weglopen van de microfoon toen dezelfde Amerikaanse stem, ditmaal inschikkelijker, alsof hij aan de Minoïsche tabletten dacht, zei: 'Neem me niet kwalijk, zou u ons bij benadering kunnen vertellen wie u bent en wat u bij benadering wilt?'

De Arabier glimlachte. 'Ik weet niet of dat in dit stadium wel een goed idee is.' Hij knikte om aan te geven dat hij uitgesproken was en wachtte toen even, alsof een beleefde vraag op zijn minst een beleefd antwoord verdiende. 'Laat ik het zo zeggen. Als alles volgens plan verloopt, zult u binnenkort uw exploraties van de Minoïsche beschaving kunnen voortzetten. Wij zullen verdwijnen zoals we gekomen zijn en u zult het gevoel hebben dat u ons maar gedroomd hebt. Dan kunt u ons vergeten. U zult zich ons alleen herinneren als een kleine vertraging. Het is dus niet nodig dat u weet waar we vandaan komen of wat we willen.'

Hij stond op het punt van het lage podium af te stappen toen Franklin nogal tot zijn eigen verbazing zei: 'Pardon.' De Arabier draaide zich om. 'Geen vragen meer.' Hughes vervolgde: 'Dit is geen vraag. Ik vind alleen... u hebt vast wel andere dingen aan uw hoofd... als het de bedoeling is dat we hier blijven, moet u ons naar de wc laten gaan.' De aanvoerder van de bezoekers fronste zijn voorhoofd. 'The bathroom,' verduidelijkte Franklin; en toen: 'Het toilet.'

'Natuurlijk. U zult naar het toilet kunnen wanneer we u hier vandaan halen.'

'Wanneer zal dat zijn?' Franklin voelde dat hij zich een beetje liet meeslepen door zijn zelfverkozen rol. De Arabier merkte van zijn kant een onaanvaardbaar gebrek aan gezeglijkheid op. Hij antwoordde bruusk: 'Wanneer wij dat besluiten.'

Hij ging weg. Tien minuten later kwam er een Arabier binnen die ze nog niet eerder hadden gezien en die iets tegen Hughes fluisterde. Hij ging overeind staan. 'Ze gaan ons hier vandaan naar de eetzaal verhuizen. Ze zullen ons twee aan twee meenemen. Mensen die samen een hut delen moeten dat melden. We worden naar onze hutten gebracht, waar we naar de wc mogen. We moeten onze paspoorten ophalen, maar verder niets.' De Arabier fluisterde weer iets. 'En we mogen de deur van de wc niet op slot doen.' Franklin vervolgde ongevraagd: 'Ik geloof dat het de bezoekers van ons schip behoorlijk ernst is. Ik geloof dat we niets moeten doen dat hen van streek zou kunnen maken.'

Er was maar één bewaker beschikbaar om de passagiers te verhuizen en het proces nam enige uren in beslag. Toen Franklin en Tricia naar dek C werden gebracht zei hij tegen haar, op de terloopse toon van iemand die een opmerking over het weer maakt: 'Doe die ring aan je rechterhand aan je trouwvinger. Draai de steen om zodat hij niet te zien is. Doe het niet nu, maar als je gaat plassen.'

Toen ze in de eetzaal kwamen, werden hun paspoorten bestudeerd door een vijfde Arabier. Tricia werd naar de overkant gestuurd, waar de Britten in de ene hoek zaten en de Amerikanen in de andere. Midden in de zaal zaten de Fransen, de Italianen, twee Spanjaarden en de Canadezen. Het dichtst bij de deur zaten de Japanners, de Zweden en Franklin, de enige Ier. Een van de laatste echtparen die werden binnengebracht waren de Zimmermanns, twee gezette, goedgeklede Amerikanen. Hughes had de man oorspronkelijk in de kledingindustrie gesitueerd, een hoofdkleermaker die voor zich zelf was begonnen; maar tijdens een gesprek op Paros bleek dat hij een pas gepensioneerd hoogleraar in de filosofie uit het Midwesten was. Toen het echtpaar op weg naar de Amerikaanse afdeling langs Franklins tafel kwam, mompelde Zimmermann luchtig: 'Rein wordt van onrein gescheiden.'

Toen iedereen er was, werd Franklin meegenomen naar het kantoor van de purser, waar de aanvoerder zich had geïnstalleerd. Hij vroeg zich onwillekeurig af of de lichte dopneus en de snor toevallig aan de bril vastzaten; misschien kon hij ze allemaal tegelijk afzetten.

'Ah, meneer Hughes. U schijnt hun woordvoerder te zijn. In elk geval is die functie nu officieel. U zult hun het volgende uitleggen. We doen ons best het hun naar de zin te maken, maar ze moeten beseffen dat er bepaalde moeilijkheden zijn. Ze zullen op ieder heel uur vijf minuten met elkaar mogen praten. Op dat tijdstip mogen degenen die dat willen naar het toilet gaan. Eén persoon tegelijk. Ik kan zien dat het allemaal verstandige mensen zijn en ik zou het niet prettig vinden als ze besloten onverstandig te worden. Er is een man die zegt dat hij zijn paspoort niet kan vinden. Hij zegt dat hij Talbot heet.'

'Ja, meneer Talbot.' Een vage, bejaarde Engelsman die nogal veel vragen stelde over het geloof in de Oudheid. Een zachtaardige kerel, zonder eigen theorieën godzijdank.

'Hij moet bij de Amerikanen gaan zitten.'

'Maar hij is Brits onderdaan. Hij komt uit Kidderminster.'

'Wanneer hij zich herinnert waar zijn paspoort is en hij blijkt een Brit te zijn, mag hij bij de Britten zitten.'

'Je ziet toch aan hem dat het een Engelsman is. Ik sta er voor in dat hij Brits is.' De Arabier keek alsof hij niet onder de indruk was. 'Hij klinkt toch niet Amerikaans?'

'Ik heb niet met hem gesproken. Trouwens, praten is toch geen bewijs? Ik vind dat u als een Brits praat maar in uw paspoort staat dat u geen Brits bent.' Franklin knikte langzaam. 'We zullen dus op het paspoort wachten.'

'Waarom haalt u ons op deze manier uit elkaar?'

'We denken dat u graag samen wilt zitten.' De Arabier beduidde hem dat hij kon gaan.

'Nog één ding. Mijn vrouw. Mag ze bij me komen zitten?'

'Uw vrouw?' De man keek op een passagierslijst die voor hem lag. 'U hebt geen vrouw.'

'Jawel. Ze reist onder de naam Tricia Maitland. Dat is haar meisjesnaam. We zijn drie weken geleden getrouwd.' Franklin zweeg even en vervolgde toen op een toon alsof hij een bekentenis deed: 'Mijn derde vrouw, om precies te zijn.'

Maar de Arabier leek niet onder de indruk van Franklins harem. 'U bent drie weken geleden getrouwd? En toch schijnt u niet in dezelfde hut te wonen. Gaat het zo slecht?'

'Nee, ik heb een aparte hut voor mijn werk, ziet u. Voor mijn lezingen. Het is een luxe om een tweede hut te hebben, een voorrecht.'

'Ze is uw vrouw?' De toon verraadde niets.

'Jazeker,' antwoordde hij, een beetje verontwaardigd.

'Maar ze heeft een Brits paspoort.'

'Ze is Ierse. Als je met een Ier trouwt, word je Ierse. Dat staat in de Ierse wet.'

'Meneer Hughes, ze heeft een Brits paspoort.' Hij haalde zijn schouders op alsof het dilemma onoplosbaar was, vond toen toch een oplossing. 'Maar als u bij uw vrouw wilt zitten, mag u bij haar aan de Britse tafel gaan zitten.'

Franklin glimlachte, niet op zijn gemak. 'Als ik de woordvoerder van de passagiers ben, hoe krijg ik u dan te spreken als ik de eisen van de passagiers moet overbrengen?'

'De eisen van de passagiers? Nee, u hebt het niet begrepen. De passagiers hebben geen eisen. U spreekt mij alleen maar als ik u wil spreken.'

Nadat Franklin de nieuwe orders had overgebracht ging hij in zijn eentje aan zijn tafel zitten en dacht over de situatie na. Het gunstige aspect van de zaak was dat ze tot nu toe redelijk beleefd waren behandeld; er was nog niemand afgeranseld of doodgeschoten, en hun kapers zagen er niet uit als de hysterische slachters die ze hadden kunnen verwachten. Aan de andere kant lag het ongunstige aspect zeer dicht bij het gunstige aspect: omdat ze niet hysterisch waren, zou kunnen blijken dat de bezoekers betrouwbaar en efficiënt waren, en moeilijk van hun doel af te brengen. En wat was hun doel? Waarom hadden ze de *Santa Euphemia* gekaapt? Met wie onderhandelden ze? En wie stond er aan het roer van die verdomde boot, die voor zover Franklin kon nagaan in grote, trage cirkels rondvoer?

Van tijd tot tijd knikte hij bemoedigend tegen de Japanners aan de tafel naast hem. Het viel hem onwillekeurig op dat de passagiers aan de overkant van de eetzaal zo nu en dan zijn kant op keken, alsof ze wilden vaststellen dat hij er nog was. Hij was de contactpersoon geworden, misschien zelfs de aanvoerder. Dat verhaal over Knossos was in de gegeven omstandigheden weinig minder dan briljant geweest; heel wat moediger dan hij zelf voor mogelijk had gehouden. Maar dat alleen zitten werkte deprimerend op hem; daar ging hij van piekeren. Zijn aanvankelijke opwelling van gevoel – van iets dat aan uitgelatenheid grensde – was bezig weg te ebben; er kwamen lusteloosheid en angst voor in de plaats. Misschien moest hij bij Tricia en de Engelsen gaan zitten. Maar dan zouden ze hem misschien zijn nationaliteit afnemen. Die indeling van de passagiers: betekende dat wat hij vreesde dat het betekende?

Laat in de middag hoorden ze een vliegtuig overkomen, vrij laag. In de Amerikaanse afdeling van de eetzaal ging een gedempt gejuich op; toen vloog het vliegtuig verder. Om zes uur kwam een van de Griekse stewards binnen met een groot blad sandwiches. Franklin constateerde welke uitwerking angst op honger had. Om zeven uur, toen hij ging plassen, fluisterde een Amerikaanse stem: 'Ga zo door.' Terug aan zijn tafel trachtte hij op een bezadigde manier zelfverzekerd te kijken. De moeilijkheid was dat hij zich minder opgewekt voelde naarmate hij meer nadacht. De laatste jaren hadden de westerse regeringen veel grote woorden gebruikt over terrorisme, over voet bij stuk houden en de dreiging overbluffen; maar de dreiging scheen maar niet te begrijpen dat hij overbluft werd en ging min of meer op dezelfde voet door. De mensen die tussen die twee vuren zaten werden vermoord; regeringen en terroristen bleven in leven.

Om negen uur werd Franklin weer op het kantoortje van de purser ontboden. De passagiers moesten verhuizen voor de nacht: de Amerikanen terug naar het auditorium, de Engelsen naar de disco enzovoort. Deze afzonderlijke kampementen zouden vervolgens op slot worden gedaan. Dat was noodzakelijk: de bezoekers hadden hun slaap ook nodig. Iedereen moest voortdurend zijn paspoort bij de hand houden ter inspectie.

'En meneer Talbot?'

'Die is een Amerikaans ereburger geworden. Totdat hij zijn paspoort terugvindt.'

'En mijn vrouw?'

'Juffrouw Maitland. Wat wilt u weten?'

'Mag ze met mij mee?'

'Ah. Uw Britse vrouw.'

'Ze is Ierse. Als je met een Ier trouwt, krijg je de Ierse nationaliteit. Zo luidt de wet.'

'De wet, meneer Hughes. Mensen vertellen voortdurend aan *ons* hoe de wet luidt. Ik verbaas me dikwijls over wat ze wettig vinden en wat onwettig.' Hij keek naar de kaart van het Middellandse-Zeegebied, die aan de muur achter Franklin hing. 'Bijvoorbeeld, is het wettig om bommen te werpen op vluchtelingenkampen? Ik heb vaak geprobeerd te ontdekken bij welke wet dit toegestaan is. Maar dat is een lange discussie, en soms denk ik dat discussies zinloos zijn, net zoals de wet zinloos is.' Hij haalde laatdunkend zijn schouders op. 'Wat die kwestie met juffrouw Maitland betreft, laten we hopen dat haar nationaliteit niet, hoe zal ik het uitdrukken, relevant wordt.'

Franklin probeerde een huivering te onderdrukken. Er waren momenten dat eufemismen veel beangstigender waren dan openlijke dreigementen. 'Kunt u me vertellen wanneer die... relevant zou kunnen worden?'

'Ze zijn dom, begrijpt u. Ze zijn dom omdat ze denken dat wij dom zijn. Ze liegen op de meest doorzichtige manier. Ze zeggen dat ze niet gemachtigd zijn tot handelen. Ze zeggen dat zaken niet snel geregeld kunnen worden. Natuurlijk kan dat wel. Er bestaat zoiets als de telefoon. Als zij denken dat ze geleerd hebben van eerdere incidenten van deze soort, zijn ze dom als ze niet beseffen dat wij dat ook hebben gedaan. We kennen hun tactieken, het liegen en het uitstel, die theorie dat men een zekere band met de vrijheidsstrijders tot stand moet brengen. Dat kennen we allemaal. En we weten dat er een grens is aan onze lichamelijke kracht. Dus worden we door uw regeringen gedwongen om te doen wat we zeggen dat we zullen doen. Als ze meteen met onderhandelen zouden beginnen, zou er geen probleem zijn. Maar ze beginnen pas wanneer het te laat is. Dan moeten ze het maar voelen ook.'

'Nee,' zei Franklin. 'Wij zullen het voelen.'

'U, meneer Hughes, hoeft zich nog niet zo gauw zorgen te maken, denk ik.'

'Hoe gauw is niet zo gauw?'

'Ik denk zelfs dat u zich misschien helemaal geen zorgen hoeft te maken.'

'Hoe gauw is gauw?'

De aanvoerder zweeg even, maakte toen een spijtig gebaar. 'Morgen. Het tijdschema ligt vast, ziet u. Dat hebben we van begin af aan tegen hen gezegd.'

Aan de ene kant kon Franklin Hughes niet geloven dat hij dit gesprek voerde. Aan de andere kant had hij zin om te zeggen dat hij altijd voorstander van de zaak van de kapers was geweest – welke zaak dat ook mocht zijn – en dat die Gaelische woorden in zijn paspoort trouwens betekenden dat hij lid van de IRA was en of hij nu in christusnaam naar zijn hut mocht om op bed te gaan liggen en alles te vergeten. In plaats daarvan herhaalde hij: 'Tijdschema?' De Arabier knikte. Zonder nadenken zei Franklin: 'Ieder uur één?' Meteen wilde hij dat hij het niet gevraagd had. Misschien bracht hij die vent wel op een idee.

De Arabier schudde zijn hoofd. 'Twee. Ieder uur twee. Wanneer je de inzet niet verhoogt nemen ze je niet serieus.'

'Christus. Eerst komen jullie zomaar aan boord en dan gaan jullie zomaar mensen doodschieten. Zomaar?'

'Denkt u dat het beter zou zijn als we uitlegden waarom we ze gingen doodschieten?' De toon was sarcastisch.

'Eh, ja, eigenlijk wel.'

'Denkt u dat ze het ermee eens zouden zijn?' Nu klonk er meer spot dan sarcasme door in zijn stem. Franklin zweeg. Hij vroeg zich af wanneer ze zouden beginnen met doodschieten. 'Welterusten meneer Hughes,' zei de aanvoerder van de bezoekers.

Franklin werd die nacht in een luxehut ondergebracht met de Zweedse familie en de drie Japanse echtparen. Zij vormden de veiligste groep passagiers, maakte hij hier uit op. De Zweden, omdat hun land beroemd was om zijn neutraliteit; Franklin en de Japanners waarschijnlijk omdat Ierland en Japan de afgelopen tijd terroristen hadden voortgebracht. Wat idioot. De zes Japanners die voor een culturele bootreis in Europa waren, was niet gevraagd of ze achter de verschillende politieke moordenaars in hun eigen land stonden; en Franklin was ook niet ondervraagd over de IRA. Een Guinness-paspoort dat hem door een genealogisch toeval was uitgereikt suggereerde de mogelijkheid dat hij met de bezoekers sympathiseerde en dat was zijn bescherming. In werkelijkheid haatte Franklin de IRA, net zoals hij iedere politieke groepering haatte die zijn volledige baan, van voren naar achteren Franklin Hughes te zijn, in de weg stond of zou kunnen staan. Het kon best wezen – en in overeenstemming met zijn jaarlijkse tactiek had hij hier niet naar geïnformeerd – dat Tricia veel meer sympathie koesterde voor de verschillende mondiale groeperingen van moordlustige krankzinnigen, die zich indirect tot doel stelden de carrière van Franklin Hughes af te breken. Toch was ze ingedeeld bij de afgrijselijke Britten.

Er werd die nacht weinig gepraat in de luxehut. De Japanners hielden zich afzijdig; de Zweedse familie probeerde voortdurend hun kinderen af te leiden door over thuis en Kerstmis en Britse voetbalelftallen te praten; terwijl Franklin zich bedrukt voelde door wat hij wist. Hij was bang en vervuld met afschuw; maar afzondering scheen medeplichtigheid in de hand te werken met de mannen die hem gevangen hielden. Hij probeerde te denken aan zijn twee echtgenotes en aan de dochter die inmiddels – hoe oud? – vijftien moest zijn: hij moest altijd eerst bedenken in welk jaar ze geboren was en vandaar aftellen. Hij zou haar vaker moeten opzoeken. Misschien kon hij haar meenemen als ze de volgende serie opnamen. Dan kon ze dat fameuze shot meemaken, waarin hij over het Forum wandelde; dat zou ze leuk vinden. Waar zou hij de camera neerzetten? Of misschien moest hij een bewegende camera nemen. En een stel figuranten in toga en sandalen–ja, dat had wel iets...

De volgende ochtend werd Franklin naar het kantoortje van de purser gebracht. De aanvoerder van de bezoekers beduidde hem met een handzwaai dat hij moest gaan zitten. 'Ik heb besloten uw raad op te volgen.'

'Mijn raad?'

'De onderhandelingen verlopen helaas niet goed. Dat wil zeggen, er zijn helemaal geen onderhandelingen. Wij hebben ons standpunt uiteengezet, maar zij zijn absoluut niet bereid hun standpunt uiteen te zetten.'

'Zij?'

'Zij. Tenzij de situatie zeer binnenkort verandert, zullen we dus enige pressie op hen moeten uitoefenen.'

'Pressie?' Zelfs Franklin, die nooit carrière bij de televisie had kunnen maken zonder vaardigheid in het uitwisselen van eufemismen, werd razend. 'U bedoelt dat u mensen dood gaat schieten.'

'Triest genoeg is dat de enige vorm van pressie die ze begrijpen.'

'Kunt u geen andere vormen proberen?'

'Dat hebben we al gedaan. We hebben het geprobeerd met niets doen en wachten tot de publieke opinie ons te hulp zou komen. We hebben het geprobeerd met braaf zijn en hopen dat we als beloning ons land terug zouden krijgen. Ik kan u verzekeren dat deze systemen niet werken.'

'Waarom probeert u niet iets dat er tussenin ligt?'

'Een invoerverbod op Amerikaanse goederen, meneer Hughes? Ik denk niet dat ze ons serieus zouden nemen. Geen Chevrolets naar Beiroet importeren? Nee, het zijn helaas mensen die alleen bepaalde vormen van pressie begrijpen. De wereld kan alleen vooruitgang boeken...'

'...door het doodschieten van mensen? Een vrolijke filosofie.'

'De wereld is niet vrolijk. Ik zou denken dat uw onderzoekingen naar de oude beschavingen u dat wel geleerd zouden hebben. Maar hoe dan ook... Ik heb besloten uw raad op te volgen. We zullen aan de passagiers uitleggen wat er aan de hand is. Hoe *zij* bij de geschiedenis betrokken zijn. Wat die geschiedenis is.'

'Dat zullen ze vast waarderen.' Franklin voelde zich onpasselijk. 'Vertelt u ze maar wat er aan de hand is.'

'Juist. Om vier uur zal het namelijk nodig worden om... te beginnen met doodschieten. Natuurlijk hopen we dat dit niet nodig zal zijn. Maar anders... U hebt gelijk, de dingen moeten hun uitgelegd worden als het mogelijk is. Zelfs een soldaat weet waarom hij vecht. Het is eerlijk dat de passagiers dat ook te horen krijgen.'

'Maar die vechten niet.' De toon waarop de Arabier sprak irriteerde Franklin net zo hevig als wat hij zei. 'Het zijn gewone burgers. Ze zijn met vakantie. Ze vechten niet.'

'Er bestaan geen gewone burgers meer,' antwoordde de Arabier. 'Uw regeringen doen alsof, maar het is niet waar. Die kernwapens van u, worden die alleen afgevuurd op een leger? De zionisten begrijpen dit tenminste. Al hun mensen vechten. Een zionistisch burger doden is hetzelfde als een soldaat doden.'

'Luister nou in christusnaam, er zijn helemaal geen zionistische burgers aan boord. Het zijn allemaal mensen zoals die arme oude meneer Talbot, die zijn paspoort kwijt is en nu in een Amerikaan is veranderd.'

'Des te meer reden waarom de dingen moeten worden uitgelegd.'

'Aha,' zei Franklin en hij liet zijn hoon duidelijk blijken. 'U gaat de passagiers bij elkaar roepen en uitleggen dat het eigenlijk allemaal zionistische soldaten zijn en dat u ze daarom moet doodschieten.'

'Nee, meneer Hughes, u begrijpt me niet. Ik ga niets uitleggen. Ze zouden toch niet luisteren. Nee, meneer Hughes, *u* gaat de situatie aan hen uitleggen.'

'Ik?' Franklin was niet nerveus. Hij voelde zich juist zeker van zichzelf. 'Geen sprake van. Knapt u uw eigen vuile werk maar op.'

'Maar meneer Hughes, u bent een openbaar spreker. Ik heb u bezig gehoord, al was het maar kort. U doet het uitstekend. U zou een historische visie op de kwestie kunnen geven. Mijn tweede man zal u alle informatie verschaffen die u nodig hebt.'

'Ik heb geen informatie nodig. Knapt u uw eigen vuile werk maar op.'

'Meneer Hughes, ik kan echt niet naar twee kanten tegelijk onderhandelen. Het is half tien. U hebt een half uur om te beslissen. Om tien uur zegt u dat u de lezing zult houden. Daarna hebt u twee uur, drie uur als dat nodig is, om u door mijn tweede man te laten instrueren.' Franklin schudde zijn hoofd, maar de Arabier praatte gewoon door. 'Daarna hebt u tot drie uur de tijd om uw lezing voor te bereiden. Ik stel u voor om die vijfenveertig minuten te laten duren. Ik kom natuurlijk luisteren, met de grootst mogelijke belangstelling en aandacht. En om kwart voor vier, als ik tevreden ben over uw uiteenzetting van de zaak, zullen wij in ruil daarvoor de Ierse nationaliteit van uw pas getrouwde jonge vrouw aanvaarden. Meer heb ik niet te zeggen, om tien uur doet u me uw antwoord toekomen.'

Toen hij weer in de luxehut zat bij de Zweden en de Japanners, herinnerde Franklin zich een televisieserie over psychologie die hij ooit had zullen presenteren. De serie was niet doorgegaan na het proefprogramma, een verlies waarom niemand bijster rouwig was geweest. Een onderdeel van dat programma was het verslag van een experiment waarbij werd gemeten op welk punt eigenbelang het wint van altruïsme. Op die manier gesteld klonk het bijna netjes; maar het eigenlijke experiment had Franklin walgelijk gevonden. De onderzoekers hadden een vrouwtjesaap genomen die kort tevoren was bevallen en haar in een speciale kooi gestopt. De moeder voedde en verzorgde haar baby nog op een manier die waarschijnlijk niet zo veel verschilde van het moederlijk gedrag van de echtgenotes van de bedenkers van het experiment. Toen hadden ze een schakelaar omgezet en waren begonnen de vloer van de apekooi te verhitten. Eerst sprong ze in verwarring rond, toen gaf ze telkens gilletjes, toen ging ze van de ene poot op de andere staan, terwijl ze al die tijd haar baby in haar armen hield. De vloer werd nog heter gemaakt en de pijn van de aap werd steeds evidenter. Op een gegeven ogenblik werd de hitte van de vloer ondragelijk en werd ze geconfronteerd met de keuze tussen altruïsme en eigenbelang, zoals de experimentatoren het stelden. Ze zou ondragelijke pijn moeten lijden en misschien wel doodgaan als ze haar kind wilde beschermen, of ze moest haar baby op de grond leggen en er bovenop gaan staan om zelf geen letsel op te lopen. In alle gevallen had eigen-

59

belang het vroeg of laat gewonnen van altruïsme.

Franklin had het een weerzinwekkend experiment gevonden en was blij geweest toen de tv-serie na het proefprogramma niet doorging, want zoiets had hij niet graag willen presenteren. Nu voelde hij zich een beetje als die aap. Er werd van hem gevraagd dat hij tussen twee even weerzinwekkende ideeën zou kiezen: zijn vriendin in de steek laten terwijl hij zijn integriteit bewaarde, of zijn vriendin redden door aan een groep onschuldige mensen uit te leggen waarom het terecht was dat ze zouden worden doodgeschoten. En zou dat Trish redden? Ze hadden Franklin niet eens beloofd dat hij zelf veilig zou zijn; misschien zouden ze beiden, heringedeeld als Ieren, alleen maar onderaan de lijst worden gezet, maar er toch op blijven staan. Met wie zouden ze beginnen? De Amerikanen, de Engelsen? Als ze met de Amerikanen begonnen, hoe lang zou het dan duren voordat ze Engelsen begonnen dood te schieten? Veertien, zestien Amerikanen—hij vertaalde ze harteloos in zeven of acht uur. Als ze om vier uur begonnen en de regeringen voet bij stuk hielden, zouden ze om middernacht aan de Engelsen toe zijn. In welke volgorde zouden ze het doen? Eerst de mannen? In het wilde weg? Alfabetisch? Tricia's achternaam was Maitland. Midden in het alfabet. Zou ze het nog dag zien worden?

Hij zag zich in gedachten op Tricia's lichaam staan om zijn eigen gloeiende voeten te beschermen en huiverde. Hij zou die lezing moeten houden. Dat was het verschil tussen een aap en een mens. Als het er op aankwam waren mensen in staat tot altruïsme. Daaruit bleek dat hij geen aap was. Natuurlijk was het meer dan waarschijnlijk dat zijn gehoor precies de tegenovergestelde conclusie zou bereiken als hij de lezing gaf—dat Franklin uit eigenbelang handelde, zijn eigen hachje redde door een smerig staaltje van kruiperigheid. Maar dat had je met altruïsme, het kon altijd verkeerd begrepen worden. En hij zou het naderhand aan iedereen kunnen uitleggen. Als er een naderhand zou zijn. Als er dan nog een iedereen was.

Toen de tweede man arriveerde, verzocht Franklin nogmaals om een onderhoud met de aanvoerder. Hij was van plan een vrijgeleide voor Tricia en zichzelf te eisen in ruil voor de lezing. De tweede man kwam echter alleen maar zijn antwoord halen, en niet voor nog een gesprek. Franklin knikte mat. Hij was trouwens toch nooit goed geweest in onderhandelen.

Om kwart voor drie werd Franklin naar zijn hut gebracht, waar hij zich mocht wassen. Om drie uur kwam hij het auditorium binnen waar hij het aandachtigste publiek aantrof waar hij ooit voor had gestaan. Hij schonk zich een glas in uit de karaf muf water, dat niemand de moeite had genomen te verversen. Beneden zich voelde hij golven van vermoeidheid, een stroomversnelling van paniek. Reeds na één dag zagen de mannen er bijna baardig uit en de vrouwen verfomfaaid. Ze leken al niet meer helemaal op zichzelf, of op de mensen met wie Franklin tien dagen had doorgebracht. Misschien maakte dat het makkelijker om ze dood te schieten.

Voordat hij zijn eigen teksten mocht schrijven, was Franklin bedreven geworden in het zo overtuigend mogelijk presenteren van de ideeën van anderen. Maar hij was nog nooit zo benauwd geweest voor een script; nooit had een regisseur zulke voorwaarden gesteld; nooit was zijn honorarium zo bizar geweest. Toen hij deze opdracht aanvaardde, had hij zichzelf wijsgemaakt dat hij vast wel een manier zou kunnen vinden om zijn gehoor duidelijk te maken dat hij onder dwang handelde. Hij zou een truc bedenken zoals die van de onechte Minoïsche inscripties; of hij zou zijn lezing zo overdreven maken, zoveel enthousiasme voorwenden voor de zaak die hem was opgedrongen, dat niemand de ironie over het hoofd kon zien. Nee, dat zou niet werken. 'Ironie,' had een stokoude tv-producent hem eens toevertrouwd, 'kan gedefinieerd worden als dat, wat mensen niet doorhebben.' En de passagiers zouden er in de gegeven omstandigheden niet op bedacht zijn. De briefing had alles nog moeilijker gemaakt: de tweede man had nauwkeurige instructies gegeven en eraan toegevoegd dat ieder afwijken daarvan niet alleen tot gevolg zou hebben dat juffrouw Maitland Brits onderdaan bleef, maar tevens dat Franklins Ierse paspoort niet meer erkend zou worden. Die klootzakken wisten pas wat onderhandelen was.

'Ik had gehoopt,' begon hij, 'dat ik de eerstvolgende keer dat ik een praatje voor u hield, zou kunnen verdergaan met het verhaal over Knossos. Helaas zijn de omstandigheden veranderd, zoals u weet. We hebben bezoekers in ons midden.' Hij zweeg en keek door het gangpad naar de aanvoerder, die voor de dubbele deuren stond met een bewaker aan weerszijde. 'Alles is veranderd. We zijn in handen van anderen. Ons... noodlot behoort niet meer aan ons.' Franklin kuchte. Dit was niet de bedoeling. Hij verloor zich meteen al in eufemismen. De enige plicht, de enige intellectuele plicht die hij had, was zo ondubbelzinnig mogelijk te praten. Franklin was de eerste om toe te geven dat hij een showfiguur was en dat hij bereid was om op zijn kop in een emmer haringen te gaan staan als hij daardoor de kijkcijfers met een paar duizend kon opvijzelen; maar er was een restant van gevoel in hem – een mengeling van bewondering en schaamte – waardoor hij speciaal respect koesterde voor die sprekers die intens van hem verschilden: degenen die zacht spraken, in hun eigen, simpele woorden, en die gezag uitstraalden door hun rust. Franklin, die wist dat hij nooit op hen zou kunnen lijken, probeerde hun voorbeeld te volgen terwijl hij sprak.

'Er is me gevraagd u de situatie uit te leggen. Uit te leggen hoe het komt dat u – dat wij – ons in de positie bevinden waarin we ons op dit moment bevinden. Ik ben geen kenner van de politieke situatie in het Midden-Oosten, maar ik zal het zo duidelijk mogelijk proberen te vertellen. Misschien moeten we allereerst teruggaan naar de negentiende eeuw, lang voordat de staat Israel werd gesticht...' Franklin merkte dat hij weer in een soepel ritme zat, als een bowler die de juiste stuitafstand heeft gevonden. Hij voelde dat zijn gehoor zich begon te ontspannen. De omstandigheden waren ongewoon, maar er werd hun een verhaal verteld en ze gaven zich over aan de verteller zoals alle luisteraars door de eeuwen heen hadden gedaan, omdat ze wilden weten hoe het zou aflopen, omdat ze wilden dat de wereld hun werd uitgelegd. Hughes schetste een idyllische negentiende eeuw van louter nomaden en geitenhoeders en traditionele gastvrijheid waardoor je drie dagen in iemands tent mocht logeren voordat er naar het doel van je bezoek werd gevraagd. Hij sprak over de eerste zionistische kolonisten en over westerse opvattingen over grondbezit. De Balfour-declaratie. De immigratie van joden uit Europa. De Tweede Wereldoorlog. Het Europese schuldgevoel omdat de rekening van de Holocaust betaald werd door de Arabieren. Over de joden die van hun vervolging door de nazi's hadden geleerd dat net zo worden als de nazi's de enige manier was om te overleven. Hun militarisme, hun expansiedrift, hun racisme. Over het feit dat hun preventieve aanval op de Egyptische luchtmacht aan het begin van de Zesdaagse oorlog het exacte morele equivalent was van Pearl Harbour. (Op dat moment keek Franklin expres niet naar de Japanners – en de Amerikanen – en de eerste tijd daarna ook niet.) De vluchtelingenkampen. De diefstal van land. De kunstmatige ondersteuning van de Israelische economie door de dollar. De wreedheden die begaan werden tegen de ontheemden. De joodse lobby in Amerika. Dat de Arabieren van de westerse mogendheden alleen maar dezelfde gerechtigheid in het Midden-Oosten verlangden als de joden hadden gekregen. De betreurenswaardige noodzaak tot geweld, een les die de Arabieren van de joden hadden geleerd, zoals de joden die van de nazi's hadden geleerd.

Franklin had tweederde van zijn tijd opgebruikt. Hoewel hij hier en daar in de zaal een broedende vijandigheid voelde, was er vreemd genoeg ook sprake van een meer algemene slaperigheid, alsof ze dit verhaal al eens eerder hadden gehoord en het toen ook niet hadden geloofd. 'En zo zijn we dan bij het hier en nu aangekomen.' Dat maakte dat ze er weer volledig bij waren; in weerwil van de omstandigheden, voelde Franklin even iets van genot in zich opborrelen. Hij was de hypnotiseur die met zijn vingers knipt. 'We moeten begrijpen dat er in het Midden-Oosten geen gewone burgers meer zijn. De zionisten begrijpen dat, de westerse regeringen niet. Wij zijn helaas ook geen gewone burgers. Dat is de schuld van de zionisten. U – wij – worden gegijzeld door de Zwarte-Dondergroep om de vrijlating van drie van haar leden te bewerkstelligen. U herinnert zich misschien' (hoewel Franklin dat betwijfelde, aangezien er zo veel van deze, bijna identieke, incidenten waren) 'dat twee jaar geleden een burgervliegtuig met drie leden van de Zwarte-Dondergroep aan boord door de Amerikaanse luchtmacht werd gedwongen op Sicilië te landen, dat de Italiaanse autoriteiten in strijd met de internationale wet deze piraterij steunden door de drie vrijheidsstrijders te arresteren, dat Engeland de daad van de Amerikanen in de Verenigde Naties verdedigde en dat de drie mannen nu gevangen zitten in Frankrijk en Duitsland. De Zwarte Donder laat het er niet bij zitten en deze legitieme... kaping' – Franklin gebruikte het woord zorgvuldig, met een blik naar de aanvoerder alsof hij deze wilde laten zien hoe hij gruwde van eufemismen – 'is de reactie op die piraterij. Helaas tonen de westerse regeringen niet dezelfde bezorgdheid voor hun onderdanen als de Zwarte Donder voor haar vrijheidsstrijders. Helaas weigeren ze tot dusverre de gevangenen vrij te laten. Helaas heeft de Zwarte Donder geen ander alternatief dan haar voorgenomen dreigement, dat de westerse regeringen van begin af aan zeer duidelijk gemaakt is, uit te voeren...'

Op dat moment kwam een grote, niet atletische Amerikaan in een blauw overhemd overeind en rende door het gangpad op de Arabieren af. Hun wapens waren niet afgesteld om slechts één schot per keer te lossen. Het geluid klonk zeer hard en er was meteen een heleboel bloed. Een Italiaan die in de vuurlinie zat kreeg een kogel in zijn hoofd en viel over de schoot van zijn vrouw heen. Een paar mensen stonden op en gingen snel weer zitten. De aanvoerder van de Zwarte Donder keek op zijn horloge en beduidde Hughes dat hij verder moest gaan. Franklin nam een grote slok muf water. Hij wilde dat het iets sterkers was. 'Door de halsstarrigheid van de westerse regeringen,' vervolgde hij, terwijl hij zijn best deed meer als een officiële woordvoerder te klinken dan als Franklin Hughes, 'en hun roekeloze minachting voor het menselijk leven, is het noodzakelijk dat er offers worden gebracht. De historische onvermijdelijkheid hiervan zult u hebben ingezien door wat ik hiervoor heb gezegd. De Zwarte-Dondergroep heeft alle vertrouwen dat de westerse regeringen snel aan de onderhandelingstafel zullen gaan zitten. In een laatste poging om hen zover te krijgen zal het nodig zijn ieder uur twee uwer... twee onzer... te executeren totdat het zo ver is. De Zwarte-Dondergroep vindt dit een betreurenswaardige gang van zaken, maar de westerse regeringen laten hun geen alternatief. De volgorde van de executies is vastgesteld naar gelang de schuld die de westerse volkeren aan de situatie in het Midden-Oosten hebben.' Franklin kon niet meer naar zijn gehoor kijken. Hij dempte zijn stem, maar kon niet vermijden dat ze hem verstonden terwijl hij verder praatte. 'Eerst de zionistische Amerikanen. Dan de andere Amerikanen. Dan de Engelsen. Dan Fransen, Italianen en Canadezen.'

'Wat heeft Canada goddomme ooit in het Midden-Oosten gedaan? Nou, wat dan goddomme?' schreeuwde een man die nog steeds een badstoffen hoedje met een esdoorn-embleem droeg. Zijn vrouw hield hem tegen toen hij wilde opstaan. Franklin, die de hitte van de metalen bodem van zijn kooi ondraaglijk vond, veegde automatisch zijn aantekeningen bij elkaar, stapte van het podium af zonder iemand aan te kijken, liep door het gangpad, kreeg bloed aan zijn crêpe zolen toen hij langs de dode Amerikaan liep, negeerde de drie Arabieren die hem konden doodschieten als ze dat wilden en ging zonder begeleiding of tegenstand naar zijn hut. Hij deed de deur op slot en ging op zijn kooi liggen.

Tien minuten later klonk het geluid van schoten. Van vijf uur tot elf uur, precies op het hele uur, als een afgrijselijke parodie op een stadsklok, schalde het geweervuur. Het werd gevolgd door plonsgeluiden terwijl de lijken twee aan twee over de reling werden gesmeten. Om even over elven slaagden tweeëntwintig leden van de American Special Forces, die de *Santa Euphemia* vijftien uur lang hadden gevolgd, erin aan boord te komen. Tijdens het gevecht werden nog eens zes passagiers doodgeschoten, onder wie meneer Talbot, de Amerikaanse ereburger uit Kidderminster. Van de acht bezoekers die op Rhodos hadden geholpen voorraden aan boord te brengen, werden er vijf doodgeschoten, twee van hen nadat ze zich hadden overgegeven.

De aanvoerder noch zijn tweede man overleefde het, dus er waren geen getuigen meer om Franklin Hughes' verhaal, over de overeenkomst die hij met de Arabieren had gesloten, te bevestigen. Tricia Maitland, die enkele uren lang Ierse was geweest zonder het te beseffen en die tijdens Franklin Hughes' lezing haar ring weer aan de vinger had geschoven waaraan hij thuishoorde, heeft nooit meer een woord tegen hem gesproken.

3
De godsdienstoorlogen

Bron: *de Archives Municipales de Besançon* (section CG, boîte 377a). De volgende, niet eerder gepubliceerde zaak is van bijzonder belang voor rechtshistorici omdat de *procureur pour les insectes* de befaamde jurist Bartholomé Chassenée was (ook wel Chassanée en Chasseneux), die later de eerste voorzitter van het Parlement de Provence zou worden. Chassenée, geboren in 1480, vestigde zijn reputatie toen hij voor de kerkelijke rechtbank van Autun ratten verdedigde die ervan werden beschuldigd dat ze op misdadige wijze een gerstoogst hadden vernietigd. Deze documenten, van de *pétition des habitans* aan het begin tot en met de uitspraak door de rechtbank, geven niet het hele proces weer – zo zijn bijvoorbeeld de getuigenverklaringen, die konden worden afgelegd door iedereen, van plaatselijke , boeren tot befaamde kenners van de gedragspatronen van beklaagden, niet op schrift gesteld – maar het bewijsmateriaal is in de pleidooien van de juristen verwerkt en er wordt dikwijls specifiek naar verwezen, zodat er aan de bewijsvoering en de opbouw van de zaak niets essentieels ontbreekt. Zoals in die tijd gebruikelijk was, werden de pleidooien en de *conclusions du procureur épiscopal* in het Frans gehouden, terwijl het vonnis van de rechtbank in plechtig Latijn werd uitgesproken.

(*Noot van de vertaler:* Het manuscript vormt één geheel en is door één persoon geschreven. We hebben dus niet te maken met de oorspronkelijke pleidooien die door de klerk van iedere advocaat afzonderlijk werden neergepend, maar met het werk van een derde, misschien een functionaris van de rechtbank, die delen van de pleidooien kan hebben weggelaten. Vergelijking met de inhoud van boîtes 371–379 wijst erop dat de zaak in deze vorm misschien onderdeel is geweest van een reeks exemplarische of typische rechtszaken, die gebruikt werden bij de opleiding van juristen. Deze gissing wordt gestaafd door het feit dat van de betrokkenen alleen Chassenée met name wordt genoemd, alsof studenten werden aangemoedigd de leerzame kundigheid van een beroemd advocaat te bestuderen, ongeacht de afloop van de zaak. Het handschrift dateert uit de eerste helft van de zestiende eeuw zodat het, ook als het document een kopie mocht zijn van een andere versie van het proces, toch nog contemporain is. Ik heb mijn best gedaan de soms overdreven trant van pleiten–speciaal van de niet met name genoemde *procureur des habitans*–zo getrouw mogelijk weer te geven.)

Pétition des habitans

Wij, de inwoners van Mamirolle in het bisdom Besançon, de Almachtige God vrezend en nederig gehoorzaam aan Zijn bruid de Kerk en daarenboven zeer regelmatig en gehoorzaam in het betalen van onze tienden, verzoeken de rechtbank hierbij op deze dag, de 12de augustus 1520, met de grootste nadruk en dringend om ons te bevrijden en te ontlasten van de misdadige inmenging van de booswichten die ons nu al vele seizoenen teisteren, die Gods toorn over ons en schandelijke smaad over onze woonplaats hebben gebracht en die ons allen, Godvrezend en gehoorzaam in onze plichten jegens de Kerk als wij zijn, bedreigen met een onmiddellijke en catastrofale dood die ons van boven zal worden toegeslingerd als een luidruchtige donderslag, wat stellig zal gebeuren tenzij de rechtbank in haar plechtige wijsheid deze booswichten rechtvaardig en met spoed uit ons dorp verdrijft en hun bezweert te vertrekken, afschuwelijk en onverdragelijk als ze zijn, op straffe van verkettering, anathema en excommunicatie uit de Heilige Kerk en Het Rijk Gods.

Plaidoyer des habitans

Heren, deze arme, nederige rekestranten, diep ongelukkig en bevreesd, verschijnen voor u zoals eens de bewoners van de eilanden Minorca en Majorca voor de machtige Keizer Augustus verschenen om hem te smeken in zijn rechtvaardigheid en macht hun eilanden te bevrijden van de konijnen die hun gewassen verwoestten en hun middelen van bestaan vernietigden. Als Keizer Augustus in staat was die gehoorzame onderdanen te helpen, hoeveel gemakkelijker kan deze rechtbank dan niet de benauwende last wegnemen, die even zwaar op de schouders van uw rekestranten drukt als toen de grote Aeneas zijn vader Anchises wegdroeg uit de brandende stad Troje. De oude Anchises werd verblind door een bliksemschicht en uw rekestranten zijn als het ware ook verblind, alsof ze in het donker gestort zijn, onbereikbaar voor het licht van Gods zegen, door het misdadige gedrag van hen die in deze zaak de beklaagden zijn en die zelfs niet voor de rechtbank zijn verschenen om te reageren op de beschuldigingen, daar zij deze rechtbank verachten en godslasteraars zijn die zich liever begraven in zondige duisternis dan de waarheid van het licht onder ogen te zien.

Weet, heren, wat u al is voorgelegd door getuigen van nederig geloof en onberispelijke eerlijkheid, eenvoudige smekelingen die deze rechtbank tezeer vrezen om uit hun monden iets anders dan de heldere fontein van de waarheid te laten vloeien. Zij hebben verklaringen afgelegd omtrent de gebeurtenissen op de tweeëntwintigste dag van de maand april van dit jaar Onzes Heren, de dag waarop Hugo, Bisschop van Besançon, zijn jaarlijkse bedevaart maakte naar de nederige kerk van Saint-Michel in hun dorp. Zij hebben u beschreven, in details die in uw herinnering branden als de brandende oven waaruit Sadrach, Mesach en Abednego ongedeerd tevoorschijn zijn gekomen, hoe ze net als ieder jaar hun kerk versierd en verfraaid hadden om haar het oog van de Bisschop waardig te maken, hoe ze gezorgd hadden dat er bloemen op het altaar stonden en hoe ze de deur opnieuw beveiligd hadden tegen het binnendringen van dieren, maar dat ze, hoewel ze de deur tegen het varken en de koe konden beveiligen, niet in staat waren de deur te beveiligen tegen die duivelse *bestioles* die door het kleinste gaatje kruipen, precies zoals David de bres in het harnas van Goliath vond. Ze hebben u verteld hoe ze de Bisschopstroon aan een touw uit de daksparren lieten zakken, waar hij het hele jaar door hangt, daar hij alleen wordt neergelaten op de dag van de bedevaart des Bisschops omdat men bevreesd is dat er toevallig een kind of een vreemde op zou gaan zitten en hem daardoor zou ontheiligen, een nederige en vrome traditie die Gods lof en die van deze rechtbank ten volle waard is. Hoe de troon, nadat hij was neergelaten, voor het altaar werd neergezet

zoals ieder jaar gebeurd is zolang de oudste Methusalem van de bevolking zich kan herinneren, en hoe de verstandige dorpelingen er
de nacht voor de komst van de Bisschop iemand de wacht bij lieten
houden, zo beducht waren ze dat de troon besmeurd zou worden.
En hoe Hugo, Bisschop van Besançon, de volgende dag zijn jaarlijkse bedevaart ondernam naar de nederige kerk van Saint-Michel,
zoals Gracchus zich onder zijn beminde volk begaf, en tevreden
was over hun vroomheid en oprechte gelovigheid. En hoe hij zich,
nadat hij volgens zijn gewoonte eerst vanaf de trap van de kerk zijn
zegen had gegeven aan de dorpelingen van Mamirolle, in processie
naar het schip van de kerk begaf, op onderdanige afstand gevolgd
door zijn kudde, en zich voor het altaar ter aarde wierp in weerwil
van zijn fraaie kleren, zoals Jezus zich ter aarde wierp voor zijn Almachtige Vader. Toen stond hij op, beklom de trede voor het altaar, draaide zich om naar de gelovigen en liet zich op de troon
zakken. O, boosaardige dag! O, boosaardige indringers! En hoe de
Bisschop toen viel, zijn hoofd stootte aan de trede voor het altaar en
tegen zijn wil in een toestand van imbeciliteit werd geslingerd. En
hoe, nadat de Bisschop en zijn gevolg waren vertrokken terwijl de
Bisschop werd weggedragen in een toestand van imbeciliteit, de
dodelijk geschrokken rekestranten de troon van de Bisschop inspec-
teerden en in de poot, die was ingestort als de muren van Jericho,
een afschuwelijke, tegennatuurlijke houtwormplaag ontdekten en
dat deze houtwormen, die heimelijk en in het verborgene hun duivelse werk hadden verricht, de poot zo hadden verslonden dat de
Bisschop gelijk de machtige Dedalus uit de hemel van het licht in de
duisternis van de imbeciliteit stortte. En hoe de rekestranten, die
zeer bevreesd waren voor Gods toorn, naar het dak van de kerk
Saint-Michel klommen en de slede onderzochten waarin de troon
driehonderdvierenzestig dagen van dat jaar had gehangen, en ontdekten dat de houtworm ook de slede had aangetast zodat deze brak
toen ze hem aanraakten en de trap voor het altaar ontheiligde door
er bovenop te vallen, en hoe de dakbalken allemaal gruwelijk bleken
te zijn aangetast door die duivelse *bestioles*, zodat de rekestranten
vreesden voor hun eigen leven, aangezien ze zowel arm als vroom
zijn en hun armoede niet zou toelaten dat ze een nieuwe kerk bouwden, terwijl hun vroomheid van hen eist dat ze hun Heilige Vader

even vurig aanbidden als ze altijd hebben gedaan en op een gewijde plaats, niet in de velden en de bossen.

Hoort daarom, heren, het rekest van deze nederige dorpelingen, die zo ongelukkig zijn als het vertrapte gras. Zij zijn gewend aan vele plagen, aan de sprinkhanen die de hemel verduisteren alsof Gods hand over de zon glijdt, aan de verwoestingen van ratten die vernielingen aanrichten zoals het wilde zwijn dat in de omgeving van Kalydon deed, zoals door Homerus verteld wordt in het eerste boek van de Ilias, aan de korenworm die het graan in hun winteropslagplaats verslindt. Hoeveel gemener en boosaardiger is dus de plaag die aanvalt op het graan dat de dorpelingen in de Hemel hebben opgeslagen door hun nederige vroomheid en hun betaling van tienden. Want deze booswichten, die zelfs op deze dag geen respect tonen voor uw rechtbank, hebben gezondigd tegen God door Zijn huis aan te vallen, zij hebben gezondigd tegen Zijn bruid de Kerk door Hugo, Bisschop van Besançon, in de duisternis van de imbeciliteit te storten, en ze hebben gezondigd tegen deze rekestranten door te dreigen de ganse constructie van hun kerk te doen neerstorten op de onschuldige hoofden van kinderen en zuigelingen terwijl het dorp in gebed verzonken is, en daarom is het terecht en redelijk en noodzakelijk dat de rechtbank deze dieren zal sommeren en dwingen hun woning te verlaten, om zich terug te trekken uit het Huis Gods, en dat de rechtbank de noodzakelijke anathemata en excommunicaties over hen zal uitspreken, zoals voorgeschreven door onze Heilige Moeder, de Kerk, voor wie uw rekestranten altijd bidden.

Plaidoyer des insectes

Aangezien het u, heren, heeft behaagd mij in deze zaak tot procureur van de *bestioles* te benoemen, zal ik trachten de rechtbank uit te leggen dat de aanklacht jegens hen ongeldig is en dat deze zaak niet ontvankelijk moet worden verklaard. Om te beginnen moet ik bekennen dat het mij verbaast dat mijn cliënten, die geen misdaad hebben begaan, zijn behandeld alsof het de ergste misdadigers zijn die deze rechtbank kent en dat mijn cliënten, hoewel bekend is dat ze niet kunnen spreken, zijn ontboden om hun gedrag te komen verklaren alsof ze gewoon zijn zich in het dagelijks leven van de menselijke tong te bedienen. Ik zal in alle nederigheid trachten mijn sprekende tong in dienst te stellen van hun zwijgende tong.

Daar u mij hebt toegestaan namens deze onfortuinlijke dieren te spreken, wil ik in de eerste plaats stellen dat deze rechtbank niet bevoegd is over deze beklaagden recht te spreken en dat hun dagvaarding ongeldig is, want deze suggereert dat de ontvangers begiftigd zijn met verstand en een vrije wil en daardoor in staat zowel een misdaad te begaan als gehoor te geven aan een dagvaarding om terecht te staan voor genoemde misdaad. Wat niet het geval is, aangezien mijn cliënten redeloze beesten zijn die uitsluitend instinctmatig handelen, zoals bevestigd wordt door het eerste boek van de *Pandects*, in de paragraaf *Si quadrupes*, waar geschreven staat *Nec enim potest animal injuriam fecisse, quod sensu caret.*

In de tweede plaats wil ik, ten overvloede en als.andere mogelijkheid stellen dat het, zelfs als de *bestioles* onder de jurisdictie van deze rechtbank zouden vallen, onredelijk en onwettig zou zijn als dit tribunaal hun zaak zou behandelen, want het is een bekend en ingeburgerd beginsel dat de beklaagde niet berecht mag worden *in absentia*. Er is beweerd dat de houtwormen officieel gedagvaard zijn om op deze dag voor de rechtbank te verschijnen en dat zij schaamteloos geweigerd hebben te verschijnen en daardoor hun gebruikelijke rechten verbeurd hebben, zodat zij *in absentia* berecht mogen worden. Tegen dit argument breng ik twee tegenargumenten in. Ten eerste, ook al is de dagvaarding op de correcte wijze uitgegaan, hebben we enig bewijs dat hij in ontvangst is genomen door de *bestioles*? Want het staat vast dat een dagvaarding niet alleen moet worden uitgevaardigd maar ook in ontvangst genomen, en de procureur *pour les habitans* heeft nagelaten aan te geven op welke wijze de houtwormen de ontvangst hebben bevestigd. Ten tweede, en daarenboven, is het een beginsel dat zelfs nog dieper is verankerd in de annalen van de rechtspraak, dat een beklaagde zijn afwezigheid of niet-verschijnen niet hoeft te worden aangerekend als kan worden aangetoond dat de reis zo lang of moeilijk of gevaarlijk is, dat hij onmogelijk veilig voor de rechtbank kan verschijnen. Als u een rat zou dagvaarden om voor u te verschijnen, zou u dan verwachten dat deze zich door een stad vol katten naar uw rechtbank begaf? En wat dit aangaat, niet alleen is de afstand van het onderkomen van de *bestioles* naar de rechtbank een enorme afstand voor hen, het is er ook een die ze zouden afleggen onder doodsbedreiging van die roofdieren die het op hun nederige levens hebben gemunt. Ze mogen dus veilig en legaal en met alle respect voor dit tribunaal beleefd weigeren gehoor te geven aan de dagvaarding.

In de derde plaats was de dagvaarding niet correct opgesteld, aangezien erin wordt verwezen naar de houtwormen die momenteel domicilie houden in de kerk Saint-Michel in het dorp Mamirolle. Slaat dit op iedere *bestiole* die zich in de kerk bevindt? Maar er zijn er vele die vredige levens leiden en geen enkele bedreiging vormen voor de *habitans*. Moet een heel dorp voor de rechtbank worden gedaagd omdat er toevallig een dievenbende in dat dorp woont? Dat is geen manier om recht te spreken. Voorts is het een vaststaand beginsel dat de identiteit van beklaagden moet worden vastgesteld voor de rechtbank. Wij moeten hier twee afzonderlijke misdaden onderzoeken, de beschadiging van de poot van de troon van de Bisschop en de beschadiging van het dak van de kerk, en wie ook maar iets afweet van de aard van de dieren die in staat van beschuldiging zijn gesteld, weet dat de houtwormen die op dit moment in de poot wonen onmogelijk iets te maken gehad kunnen hebben met het dak en dat de houtwormen die in het dak wonen onmogelijk iets met de poot te maken kunnen hebben gehad. Zo worden er dus twee partijen beschuldigd van twee misdaden zonder dat deze partijen en misdaden in de dagvaarding worden gescheiden, wat de dagvaarding ongeldig maakt wegens gebrek aan duidelijkheid.

In de vierde plaats, en onverminderd het voorafgaande, wil ik trachten te bewijzen dat het niet alleen, zoals wij hebben geopperd, strijdig is met de wet van de Mens en de wet van de Kerk om de *bestioles* op deze wijze te berechten, maar dat het ook strijdig is met de wet Gods. Want waar komen deze wezentjes vandaan, tegen wie de plechtige macht van deze rechtbank in het geweer wordt gebracht? Wie heeft ze geschapen? Niemand anders dan de Almachtige God die ons allen heeft geschapen, van de hoogste tot de laagste. En staat er niet in het eerste hoofdstuk van het heilige boek Genesis te lezen dat God de dieren der aarde maakte naar zijn aard, het vee naar zijn aard en alles wat op de aardbodem kruipt naar zijn aard en dat God zag dat het goed was? En heeft God bovendien niet aan de wilde dieren der aarde en aan alles wat op de aarde kruipt alle zaden op de aardbodem gegeven, en alle bomen op de aardbodem en alle vruchten van alle bomen ten spijze? En heeft hij hun bovendien niet allemaal de opdracht gegeven vruchtbaar te zijn en talrijk te worden en de aarde te vervullen? De Schepper zou de wilde dieren van de aarde en alles wat kruipt niet hebben opgedragen zich te vermenigvuldigen, als Hij hun niet in Zijn oneindige wijsheid van voedsel had voorzien, wat Hij immers deed toen hij hun uitdrukkelijk de zaden en de vruchten en de bomen ten spijze gaf. Wat hebben deze nederige *bestioles* sinds de dag der Schepping anders gedaan dan de onvervreemdbare rechten uitoefenen die hun op dat tijdstip waren verleend, rechten die de Mens niet vermag in te perken of af te schaffen? Dat de houtwormen wonen waar ze wonen is misschien onhandig voor de Mens, maar dat is niet voldoende reden om in opstand te willen komen tegen de regels der Natuur zoals die tijdens de Schepping zijn vastgelegd, want deze opstandigheid is regelrechte, onbeschaamde ongehoorzaamheid aan de Schepper. De Heer heeft de houtworm tot leven gewekt en hem de bomen van de aarde als spijs gegeven: hoe eigenwijs en gevaarlijk zou het zijn als wij tegen Gods wil trachtten in te gaan. Nee, liever wil ik de rechtbank voorstellen om onze aandacht niet op de veronderstelde misdaden van Gods nederigste schepping te richten, maar op de misdaden van de mens zelf. God doet niets zonder bedoeling, en dat Hij heeft toegelaten dat de *bestioles* zijn ingetrokken in de kerk Saint-Michel kan alleen bedoeld geweest zijn als waarschuwing en straf voor de zondigheid van het mensdom. Dat de houtwormen de kerk mochten aanvreten en niet een ander gebouw is, wil ik daarenboven opperen, een nog hardere waarschuwing en straf. Zijn zij die voor de rechtbank verschijnen als rekestranten wel zo zeker van hun gehoorzaamheid aan God, zo zeker van hun nederigheid en christelijke deugden dat ze het nederigste dier willen aanklagen voordat ze zichzelf aanklagen? Wacht u voor de zonde der hovaardigheid, zeg ik tegen deze rekestranten. Verwijder de balk uit uw eigen oog voordat u probeert de splinter uit het oog van iemand anders te halen.

In de vijfde en laatste plaats verzoekt de procureur *pour les habitans* de rechtbank om de *bestioles* die bliksemschicht toe te slingeren die bekend staat als excommunicatie. Het is mijn plicht u in overweging te geven, onverminderd al het voorafgaande, dat een dergelijke straf zowel ongepast als onwettig is. Daar excommunicatie betekent dat de zondaar belet wordt zich één te voelen met God, een weigering is hem het brood te laten eten en de wijn te laten drinken die het lichaam en het bloed van Christus zijn, verstoting uit de Heilige Kerk en haar licht en haar warmte betekent, hoe kan het dan wettig zijn om een dier des velds of een wezen dat op de aardbodem kruipt te excommuniceren terwijl dat nooit lid geweest is van de Heilige Kerk? Het kan geen juiste en passende straf zijn een beklaagde af te nemen wat hij nooit heeft bezeten. Juridisch is dat onzin. En ten tweede is excommunicatie een proces van immense angstaanjagendheid, waarbij de zondaar in gruwelijke duisternis wordt gestort, waarbij de zondaar voorgoed gescheiden wordt van het licht en van Gods goedheid. Hoe kan dat een passende straf zijn voor een *bestiole*, dat geen onsterfelijke ziel bezit? Hoe is het mogelijk een beklaagde te veroordelen tot eeuwigdurende foltering als hij geen eeuwig leven heeft? Deze dieren kunnen niet uit de Kerk verstoten worden aangezien ze er geen lid van zijn, en zoals de apostel Paulus zegt: 'Oordeelt ook gij niet alleen hen die in uw kring zijn?'

Daarom eis ik dat deze zaak verworpen en niet ontvankelijk verklaard wordt en, onverminderd het voorafgaande, dat de beklaagden zullen worden vrijgesproken en ontslagen van verdere rechtsvervolging.

Bartholomé Chassenée, Jurist

Réplique des habitans

Heren, het is mij een eer om nogmaals voor uw plechtige rechtbank te verschijnen, om voor gerechtigheid te pleiten zoals die arme, gegriefde moeder, die voor Salomo verscheen om haar kind op te eisen. Als Odysseus tegen Ajax zal ik de procureur van de *bestioles* bestrijden, die u vele argumenten heeft voorgelegd die zo opgesmukt waren als Jezebel.

In de eerste plaats betoogt hij dat deze rechtbank geen macht en bevoegdheid heeft om de beestachtige misdaden te berechten die in Mamirolle hebben plaatsgevonden en om dat te bewijzen beweert hij dat wij in Gods oog niet beter zijn dan de houtwormen, niet hoger en niet lager, en daarom het recht niet hebben om over hen te oordelen gelijk Jupiter, wiens tempel op de Tarpeïsche rots stond waar verraders vanaf werden gegooid. Maar ik zal dit weerleggen, zoals Onze Lieve Heer de geldschieters uit de tempel van Jeruzalem wegjoeg, en wel als volgt. Staat de mens niet boven de dieren? Blijkt uit het heilige boek Genesis niet duidelijk dat de dieren die werden geschapen voordat de mens er was, geschapen werden om aan hem onderworpen te zijn? Heeft de Heer Adam niet de heerschappij gegeven over de vissen der zee en over het gevogelte des hemels en over al het gedierte dat op de aarde kruipt? Heeft Adam niet namen gegeven aan al het vee en al het gevogelte des hemels en aan alle dieren des velds? Is de heerschappij van de mens over de dieren niet bevestigd door de Psalmist en nogmaals bevestigd door de apostel Paulus? En hoe zou het kunnen dat de mens heerschappij heeft over de dieren en dat die heerschappij niet het recht zou omvatten hen te straffen voor hun wandaden? Bovendien wordt dit recht om over de dieren te oordelen, dat door de procureur van de *bestioles* zo naarstig wordt ontkend, duidelijk aan de mens gegeven door God zelf, zoals blijkt uit het heilige boek Exodus. Heeft de Heer Mozes niet de heilige wet van oog om oog en tand om tand voorgeschreven? En zei hij verder niet het volgende, dat als een rund een man of een vrouw stoot zodat deze sterft, dan zal het rund zeker gestenigd worden en zijn vlees zal niet gegeten worden. Maakt het heilige boek Exodus de wet op die manier niet duidelijk? En staat er verder niet dat als iemands rund het rund van zijn naaste stoot zodat het sterft, dat ze dan het levende rund moeten verkopen en zijn prijs verdelen en dat ook het dode rund verdeeld zal worden? Heeft de Heer het niet zo bepaald en de mens het recht gegeven over de dieren te oordelen?

In de tweede plaats, dat de houtwormen vrijgesteld moeten worden van berechting omdat zij niet voor de rechtbank zijn verschenen. Maar ze zijn correct gedagvaard, in overeenstemming met alle voorschriften. Ze zijn opgeroepen zoals de joden werden opgeroepen om door Keizer Augustus te worden belast. En hebben de Israelieten niet gehoorzaamd? Wie van de hier aanwezigen zou de *bestioles* verhinderen om naar de rechtbank te komen? Misschien zouden mijn nederige cliënten dat hebben gewild en in dat geval hadden ze kunnen trachten de poot van de troon die Hugo, Bisschop van Besançon, in een toestand van imbeciliteit heeft gestort door hem met zijn hoofd tegen de trede van het altaar te smijten, in de vlammen te verbranden, maar als goede Christenen hebben zij zich bedwongen en er de voorkeur aan gegeven de zaak aan uw plechtig oordeel te onderwerpen. Welke vijand zouden de *bestioles* dan kunnen tegenkomen? De geëerde procureur heeft gezinspeeld op katten die ratten opvreten. Ik was me er niet van bewust, heren, dat katten tegenwoordig ook al houtwormen verslinden die op weg zijn naar de rechtbank, maar als ik me vergis zal ik ongetwijfeld terechtgewezen worden. Nee, er is maar één verklaring voor de weigering van beklaagden om voor u te verschijnen en dat is een verblinde en zeer moedwillige ongehoorzaamheid, een verfoeilijk zwijgen, een schuld die vlamt zoals de brandende struik die aan Mozes verscheen, een struik die vlamde maar niet verteerd werd, zoals hun schuld blijft vlammen met ieder uur dat zij koppig weigeren te verschijnen.

In de derde plaats is er beweerd dat God de houtworm heeft geschapen zoals hij de Mens heeft geschapen en dat Hij hem de zaden en de vruchten en de bomen gaf tot spijze en dat wat zij verkiezen te eten dus Gods goedkeuring wegdraagt. Wat inderdaad het voornaamste, het kernpunt is waarop het pleidooi van de procureur van de *bestioles* berust, en dat weerleg ik hierbij als volgt. Het heilige boek Genesis vertelt ons dat God in Zijn oneindige goedheid en gulheid de dieren des velds en alles wat kruipt alle zaden en vruchten en bomen tot spijze gaf. Hij gaf de bomen aan de wezens die het instinct hebben om bomen te verslinden, ook al zou dit hinderlijk en ongemakkelijk voor de Mens kunnen zijn. Maar het omgehakte hout gaf Hij hun niet. Waar wordt in het heilige boek Genesis toegegeven dat de wezens die op de aardbodem kruipen in het omgehakte hout mogen wonen? Was het Gods bedoeling, toen Hij goedvond dat een dier zich nestelde in het binnenste van de eik, dat ditzelfde dier het recht zou hebben zich in het binnenste van het Huis des Heren te nestelen? Waar staat in de Heilige Schrift geschreven dat de Heer de dieren het recht geeft Zijn tempels te verslinden? En draagt de Heer Zijn dienaren op een oogje dicht te knijpen terwijl Zijn tempels worden verslonden en Zijn bisschoppen in een toestand van imbeciliteit geraken? Het zwijn dat de ouwel van het Heilige Sacrament opeet, wordt opgehangen voor zijn heiligschennis en het *bestiole* dat zijn eigen woning inricht in de woning van de Heer is niet minder heiligschennig.

Voorts, en onverminderd het voorafgaande, is er betoogd dat de Heer de houtworm heeft geschapen zoals Hij de Mens schiep en dat dus alles wat de Heer doet de zegen van de Heer heeft, hoe verderfelijk en schadelijk het ook moge zijn. Maar heeft de Almachtige God in Zijn weergaloze wijsheid en weldadigheid de korenworm geschapen om er onze oogsten door te laten verwoesten en de houtworm om het huis des Heren te laten vernielen? De wijste geleerden van onze Kerk hebben vele eeuwen lang alle verzen van de Heilige Schrift doorzocht, zoals de soldaten van Herodes naar onschuldige kinderen zochten, en ze hebben geen hoofdstuk, geen regel, geen zinsnede gevonden waarin van de houtworm gewag wordt gemaakt. Daarom is de vraag die ik de rechtbank voorleg als kernvraag in deze zaak de volgende: heeft de houtworm zich ooit aan boord van de Arke Noachs bevonden? De Heilige Schrift vermeldt nergens dat de houtworm aan of van boord ging op dat kolossale schip van Noach. En hoe had dat ook gekund, want was de Ark niet van hout gemaakt? Hoe kan de Heer in Zijn eeuwige wijsheid een wezen aan boord hebben toegelaten wiens dagelijkse gewoonten de schipbreuk en de rampzalige dood van de Mens en alle dieren van de Schepping hadden kunnen veroorzaken? Dat kan toch niet? Hieruit volgt dus dat de houtworm niet aan boord van de Ark is geweest, maar een tegennatuurlijk, onvolmaakt wezen is dat nog niet bestond ten tijde van de grote pest en verwoesting van de Zondvloed. Hoe hij ontstaan is, of het een walgelijk spontaan gebeuren was of het werk van een boosaardige hand, dat weten we niet, maar zijn gruwelijke boosaardigheid is evident. Dit verachtelijke wezen heeft zijn lichaam overgeleverd aan de Duivel en zichzelf daardoor buiten de bescherming en de beschutting van de Heer geplaatst. Zou er een beter bewijs kunnen bestaan dan de manier waarop hij zijn verwoestingen heeft aangericht, de verachtelijke geslepenheid waarmee hij Hugo, Bisschop van Besançon, in de imbeciliteit heeft gestort? Was dat niet het werk van de Duivel, om vele jaren in duisternis en in het geheim zijn gang te gaan en tenslotte zo gruwelijk te zegevieren? Toch beweert de procureur van de *bestioles* dat de houtwormen de zegen van de Here hebben in alles wat ze doen en alles wat ze eten. Hij beweert dus dat wat zij deden door de poot van de troon van de Bisschop te verslinden, de zegen had van de Heer. Hij beweert bovendien dat de Heer met Zijn eigen hand een van de bisschoppen van Zijn eigen Heilige Kerk strafte zoals hij Belsazar strafte, zoals hij Amalek strafte, zoals hij de Midianieten neersloeg, zoals hij de Kanaïeten strafte, zoals hij Sihon de Amoriet strafte. Is dat geen schandelijk godslasterlijke uitspraak, waarmee de rechtbank korte metten moet maken, zoals Hercules de stal van Augias heeft gereinigd?

En in de vierde plaats is er gesteld dat deze rechtbank niet de macht en het recht heeft om het vonnis van excommunicatie uit te spreken. Maar daarmee wordt precies het gezag ontkend dat God aan Zijn dierbare bruid de Kerk heeft verleend, die Hij heerseres over de hele wereld heeft gemaakt nadat Hij alles onder haar voeten gelegd had, zoals bevestigd wordt door de Psalmist, alle schapen en runderen, de dieren des velds, de vogelen des hemels en de vissen der zee en al hetgeen de paden der zeeën doorkruist. Geleid door de Heilige Geest kan de Kerk geen kwaad doen. Ja, lezen we in onze heilige teksten niet over slangen en giftige reptielen wier gif door bezwering uit hen is gebannen? Lezen we in het heilige boek Prediker niet 'Indien een slang bijt voor de bezwering, dan baat de bezwering niet'? Daarom is het in heilige overeenstemming met Gods woord dat de Kerk eeuwenlang haar immense maar terechte macht heeft aangewend om banvloeken en excommunicatie te slingeren naar die verderfelijke dieren wier smerige aanwezigheid aanstootgevend is voor het oog des Heren. Heeft Davids vervloeking van de bergen van Gilboa niet gezorgd dat de regen en de dauw daar ophielden? Heeft Jezus Christus, Gods zoon, niet bepaald dat elke boom die geen goede vruchten draagt moet worden omgehakt en in het vuur geworpen? En als een redeloos iets moet worden vernietigd omdat het geen vrucht draagt, dan is het immers des te meer toegestaan om het te vervloeken, omdat de grootste straf de kleinste in zich draagt: *cum si liceat quid est plus, debet licere quid est minus.* Werd de slang niet vervloekt in de Hof van Eden, zodat hij voor de rest van zijn leven op zijn buik moest kruipen? En toen de stad Aix geteisterd werd door slangen die in de warme baden woonden en vele inwoners doodden door hen te bijten, heeft toen de Heilige

78

Bisschop van Grenoble de slangen niet geëxcommuniceerd, waarop ze zijn vertrokken? En zo heeft ook de Bisschop van Lausanne het meer van Genève bevrijd van de kwelling van alen. En zo heeft diezelfde bisschop uit de wateren van datzelfde meer de bloedzuigers verdreven, die op de zalmen parasiteerden die de gelovigen gewoon waren op vastendagen te nuttigen. En heeft Egbert, Bisschop van Trier, niet de banvloek uitgesproken over de zwaluwen wier getsjilp de gelovigen stoorde tijdens hun gebed? En heeft St. Bernard niet evenzo en om dezelfde reden zwermen vliegen in de ban gedaan die de volgende ochtend, gelijk het leger van Sanherib, allemaal dode lijken waren? En heeft de stafdrager van St. Magnus, de apostel van Algau, niet allerhande ratten, muizen en meikevers verbannen en uitgeroeid? Is het dus niet juist en volgens goed gebruik dat deze rechtbank de bliksemschicht van de excommunicatie zal slingeren naar deze verontreinigers en moordenaren van Gods gewijde tempel? De procureur van de *bestioles* stelt dat de houtworm niet in de ban kan worden gedaan omdat hij geen onsterfelijke ziel bezit. Maar hebben wij niet aangetoond, ten eerste dat de houtworm geen echt dier is omdat hij niet aan boord van de Arke Noachs was en ten tweede, dat de daden waarvoor hij door deze rechtbank is ontboden het duidelijke bewijs vormen dat hij bezeten is van een boze geest, namelijk die van Lucifer. Hoeveel noodzakelijker is dus het bevel tot excommunicatie dat ik hierbij van deze rechtbank verzoek en eis.

Réplique des insectes

Heren, tot nu toe zijn we op vele argumenten onthaald, waarvan sommige door de wind zijn verwaaid als het weggeblazen kaf, terwijl andere voor u op de grond liggen als het waardevolle koren. Ik verzoek u nog iets langer geduld te hebben, zodat ik kan reageren op de beweringen van de procureur *des habitans*, wiens argumenten zullen omvallen gelijk de muren van Jericho voor de bazuin van de waarheid.

In de eerste plaats maakt de procureur gewag van de spanne tijds waarin de *bestioles* in de poot van de troon van de Bisschop hebben gewoond, terwijl ze naar hun duistere doel toewerkten, en hij beschouwt dit als een bewijs dat dit werk hun door de Duivel was ingegeven. Om deze reden heb ik de goede frater Frolibert voor u laten verschijnen, die wijs is in de gewoonten van al wat op de aardbodem kruipt, en zoals u weet is hij het die de honing maakt voor de abdij St. Georges. En heeft hij niet verklaard dat wijze mannen geloven dat de *bestioles* niet langer dan enkele zomers leven? Toch weten we allemaal dat een houtwormplaag vele generaties van de mens kan voortduren voordat hij het hout doet breken zoals het brak onder Hugo, Bisschop van Besançon, zodat deze in een toestand van imbeciliteit geraakte. Waaruit we moeten concluderen dat de houtwormen die door deze rechtbank zijn gedagvaard alleen maar de nakomelingen zijn van vele generaties houtwormen die in de kerk Saint-Michel hebben gewoond. Als er boos opzet moet worden toegeschreven aan de *bestioles*, dan mag dit toch alleen worden toegeschreven aan de eerste generatie *bestioles* en niet aan hun onschuldig nageslacht, dat het niet kan helpen dat het daar woont? Op deze grond verzoek ik u dus nogmaals deze zaak niet ontvankelijk te verklaren. Voorts is door de aanklager geen bewijs geleverd omtrent de gelegenheid waarbij en de datum waarop de houtwormen het hout zouden zijn binnengedrongen. De procureur heeft getracht staande te houden dat de *bestioles* volgens de Heilige Schrift niet het recht hebben gekregen omgehakt hout te bewonen. Waarop wij antwoorden, ten eerste dat de Schrift hun niet op duidelijke wijze verbiedt dit te doen, en ten tweede dat God, als hij niet gewild had dat zij het omgehakte hout aten, hun niet het instinct zou hebben gegeven dat te doen, en ten derde dat bij afwezigheid van bewijs van het tegendeel, en aangezien een beklaagde onschuldig is totdat zijn schuld is bewezen, moet worden aangenomen dat de *bestioles* de oudste rechten hadden, namelijk dat zij al in het hout zaten toen het werd omgehakt door de houthakker die het aan de timmerman verkocht die er de troon van heeft vervaardigd. Verre van dat het de houtworm is die binnendrong in wat de Mens maakte, is het juist de Mens die moedwillig de woning van de houtworm heeft vernietigd omdat hij die zelf wilde gebruiken. Op welke grond wij eveneens verzoeken deze zaak niet ontvankelijk te verklaren.

In de tweede plaats wordt er getracht te bewijzen dat de houtworm de reis van de Arke Noachs niet heeft meegemaakt en dus bezeten moet zijn van de Duivel. Waarop ons antwoord luidt, ten eerste dat de Heilige Schrift niet alle diersoorten noemt die door God zijn geschapen en dat het juridische uitgangspunt moet zijn dat alle schepselen zich aan boord van de Ark bevonden tenzij uitdrukkelijk het tegendeel wordt beweerd. En ten tweede, dat het als de houtworm zich niet in de Ark bevond zoals de procureur beweert, nog duidelijker is dat de Mens geen zeggenschap is gegeven over dit schepsel. God heeft de dodelijke Zondvloed gezonden om de wereld schoon te wassen en toen de wateren afnamen en de wereld opnieuw geboren was, heeft Hij de Mens gezag gegeven over de dieren. Maar waar staat geschreven dat Hij hem ook gezag gaf over dieren die de reis met de Ark niet hadden meegemaakt?

In de derde plaats is het een schandelijke smet op mijn pleidooi om te beweren dat Hugo, Bisschop van Besançon, volgens onze bewering in de duisternis van de imbeciliteit werd gestort door Gods eigen hand. Wij beweren dat helemaal niet, want een dergelijke bewering zou godslasterlijk zijn. Maar is het niet zo dat Gods wegen dikwijls ondoorgrondelijk zijn voor onze blik? Toen de Bisschop van Grenoble van zijn paard viel en om het leven kwam, hebben wij noch de Heer noch het paard noch de houtworm de schuld gegeven. Toen de Bisschop van Konstanz overboord sloeg op het meer hebben wij niet geconcludeerd dat God hem in het water had geslingerd of dat de kiel van de boot door houtworm was vernield. Toen de pilaar in de kloostergang van Saint Théodoric op de voet van de Bisschop van Lyons stortte zodat hij na die tijd altijd met een staf moest lopen, hebben wij daar noch de Heer noch de pilaar noch de houtworm van beschuldigd. De wegen van de Heer zijn zeker dikwijls voor ons verborgen, maar is het niet ook het geval dat de Heer vele plagen heeft afgeroepen over de onwaardigen? Heeft Hij de farao geen kikkerplaag gezonden? Heeft Hij niet ook een plaag van zweren en donder en hagel naar die farao gezonden, alsmede een afschuwelijke sprinkhanenplaag? Heeft Hij geen hagelstenen op de Vijf Koningen afgezonden? Heeft Hij niet zelfs Zijn eigen dienaar Job bezocht met zweren? En om die reden heb ik vader Godric voor u laten verschijnen en hem verzocht de documenten over te leggen die betrekking hebben op de betaling van tienden door de inwoners van Mamirolle. En werden er niet veel uitvluchten gegeven over het slechte weer en de oogsten die mislukt waren en de ziekte die het dorp had geteisterd en de bende soldaten die was langsgekomen en verscheidene sterke jonge mannen van het dorp had vermoord? Maar ondanks dit alles was het evident en zonneklaar dat de tienden niet betaald zijn zoals de Kerk bepaalt, dat er opzettelijke nalatigheid geweest is, die neerkomt op ongehoorzaamheid aan God de Heer en Zijn bruid op aarde, de Kerk. En is het daarom niet het geval dat Hij, zoals Hij een sprinkhanenplaag zond om de farao te geselen en gruwelijke vliegenzwermen deed neerstrijken op het land van Egypte, de houtworm de kerk in heeft gestuurd om de inwoners te straffen voor hun ongehoorzaamheid? Hoe kan dit gebeurd zijn zonder toestemming van de Heer? Denken wij dat de Almachtige God zo'n zwak en schuchter schepsel is dat Hij niet in staat is Zijn eigen tempel te beschermen tegen die kleine *bestioles*? Het is stellig godslastering om te twijfelen aan Gods vermogen dit te doen. En daarom moeten wij concluderen dat de plaag hetzij op goddelijk bevel hetzij met goddelijke toestemming is ontstaan, dat God de houtworm heeft gezonden om de ongehoorzame zondaren te straffen en dat de zondaren dienen te sidderen voor Zijn woede en zich dienen te kastijden voor hun zonden en hun tienden moeten betalen zoals hun bevolen is. Waarlijk, dit is een zaak die gebed en vasten en geselen en de hoop op Gods mededogen vereist, en niet een voor banvloeken en excommunicatie van de uitvoerders, de werktuigen van de intentie en het plan des Heren.

In de vierde plaats dus, daar wij erkennen dat de houtwormen schepselen Gods zijn en als zodanig recht hebben op voedsel zoals ook de mens recht op voedsel heeft, en daar wij tevens toegeven dat gerechtigheid getemperd dient te zijn door barmhartigheid, stellen wij de rechtbank, onverminderd het voorafgaande, voor om van de *habitans* van Mamirolle, die zo laks zijn geweest in hun betaling van tienden, te eisen dat zij een andere weidegrond zullen aanwijzen en bestemmen voor genoemde *bestioles*, waar deze vredig kunnen grazen zonder verdere schade aan de kerk Saint-Michel, en dat de rechtbank, die al deze bevoegdheden heeft, de *bestioles* zal bevelen te verhuizen naar genoemd terrein. Want wat hopen en vragen mijn nederige cliënten anders dan in rust en in duisternis te mogen leven, zonder lastiggevallen en vals beschuldigd te worden. Heren, ik verzoek u voor de laatste maal deze zaak niet ontvankelijk te verklaren en, zonder prejudicie, om de *bestioles* onschuldig te verklaren en, eveneens zonder prejudicie, dat van hen geëist zal worden dat zij naar nieuwe weidegrond verhuizen. Ik onderwerp mij namens hen aan het vonnis van de rechtbank.

Bartholomé Chassenée, Jurist

Conclusions du procureur épiscopal

De argumenten die door de verdediging zijn gegeven, zijn oprecht en met gezag naar voren gebracht en verdienen langdurige en ernstige overweging, want de rechtbank mag de bliksemschicht van de excommunicatie niet lichtvaardig of willekeurig slingeren, want als deze lichtvaardig of willekeurig wordt geslingerd kan hij zich ten gevolge van zijn bijzondere energie en kracht, als hij niet het doel treft waarop hij gericht is, tegen degene keren die hem heeft geslingerd. De argumenten die door de raadsman van de eisende partij zijn gegeven zijn eveneens met grote geleerdheid en eruditie naar voren gebracht, en het is waarachtig een diepe zee waarin het onmogelijk is de bodem aan te raken.

Over de kwestie die door de procureur van de *bestioles* te berde is gebracht ten aanzien van de vele generaties houtwormen, en of deze generatie houtwormen die door ons was gedagvaard de generatie was die de misdaad heeft begaan, hebben wij dit te zeggen. Ten eerste, dat in de Heilige Schrift in het boek Exodus wordt verklaard dat de Heer de zonden der vaderen op de kinderen zal bezoeken tot in de derde en vierde generatie, en dat de rechtbank dus in deze zaak de bevoegdheid heeft in grote vroomheid verschillende generaties houtwormen te veroordelen die alle in overtreding geweest zijn jegens de Heer, wat stellig een kolossale daad van gerechtigheid zou zijn. En ten tweede, dat als wij het argument van de procureur *pour les habitans* aanvaarden, dat de *bestioles* van de Duivel bezeten zijn, wat zou er dan natuurlijker zijn–of in dit gruwelijke geval juist tegennatuurlijker–dan dat die bezetenheid de houtworm zou toestaan langer te leven dan de normale spanne tijds, zodat het dus slechts een enkele generatie van kruipende wezens zou kunnen zijn die alle schade had toegebracht aan de troon en het dak. In ieder geval zijn wij zeer onder de indruk van het argument van de procureur *pour les habitans*, dat de houtworm zich niet aan boord van de Arke

83

Noachs kan hebben bevonden – want welke verstandige zeekapitein zou in zijn wijsheid zulke veroorzakers van schipbreuk op zijn schip toelaten? – en dus niet tot Gods oorspronkelijke scheppingen mag worden gerekend. Welke status ze verdienen in de grote hiërarchie – of ze deels natuurlijk zijn, of ze levend geworden verdorvenheid zijn, of dat ze scheppingen van de Duivel zijn – is een kwestie waarover de grote geleerden van de Kerk, die zulke zaken afwegen, moeten beslissen.

Ook kunnen wij de ontelbare redenen niet kennen waarom God heeft toegelaten dat deze nederige kerk bezocht werd door een houtwormplaag. Misschien zijn er bedelaars afgewezen van de deur. Misschien zijn de tienden niet geregeld betaald. Misschien is er sprake geweest van lichtzinnigheid in de kerk en is het huis des Heren tot een plaats geworden waar geliefden elkaar heimelijk ontmoeten en heeft God daarom de insekten gezonden. We mogen nooit de plicht van de naastenliefde vergeten en de verplichting om aalmoezen te geven, en heeft Eusebius de hel niet vergeleken met een koude plaats waar het jammeren en knarsen van tanden veroorzaakt wordt door de vreselijke koude en niet door het eeuwige vuur, en is naastenliefde niet een van de middelen waardoor we ons aan de genade van de Heer overleveren? Daarom, terwijl wij het vonnis van excommunicatie aanbevelen voor deze *bestioles* die zo schandelijk en boosaardig de tempel des Heren hebben verwoest, bevelen wij tevens aan dat aan de *habitans* alle boetedoeningen en gebeden zullen worden opgelegd die in zulke gevallen gebruikelijk zijn.

Sentence du juge d'Eglise

In naam van en krachtens God, de almachtige, de Vader, de Zoon en de Heilige Geest, en van Maria, de allergezegendste Moeder van onze Heer Jezus Christus, en bij het gezag van de Heilige Apostelen Petrus en Paulus, zowel als bij dat, wat ons tot functionaris in deze zaak heeft gemaakt, gesterkt door het Heilige Kruis met de vreze Gods voor ogen, berispen wij de voornoemde houtwormen als verachtelijk ongedierte en bevelen we hen, op straffe van verdoemenis, banvloek en excommunicatie, binnen zeven dagen de kerk Saint-Michel in het dorp Mamirolle in het bisdom Besançon te verlaten en zich zonder uitstel of belemmering te begeven naar het terrein dat hun is aangeboden door de *habitans*, teneinde zich daar te vestigen en nooit meer de kerk Saint-Michel te bezoeken. Om dit vonnis geldigheid te verlenen en iedere verwensing, banvloek en excommunicatie die te eniger tijd zal worden uitgesproken effectief te doen zijn, wordt de *habitans* van Mamirolle hierbij opgedragen zich nauwgezet te wijden aan de plicht der naastenliefde, hun tienden te betalen zoals door de Heilige Kerk wordt bevolen, zich in het Huis des Heren van alle lichtzinnigheid te onthouden en één keer in het jaar, op de verjaardag van de afschuwelijke dag waarop Hugo, Bisschop van Besançon, in de duisternis der imbeciliteit werd gestort...

Hier houdt het manuscript in de Archives Municipales de Besançon op, zonder details te geven over de jaarlijke boetedoening of herdenking die door de rechtbank werd opgelegd. Uit de toestand van het perkament blijkt dat het in de loop van de afgelopen viereneenhalve eeuw, misschien wel bij meer dan één gelegenheid, geattaqueerd is door een of andere termiet, die de slotwoorden van de juge d'Eglise heeft verslonden.

4
De overlevende

In veertien-negentig-en-twee
Vertrok Columbus over zee.

En toen? Dat wist ze niet meer. Het was zoveel jaar geleden dat ze dat de juffrouw hadden nagezegd, gehoorzame kinderen van tien, met de armen over elkaar. Allemaal behalve Eric Dooley, die achter haar zat en op haar vlecht kauwde. Een keer had ze moeten opstaan om de twee regels die erna kwamen op te zeggen, maar ze was nog maar een paar centimeter uit haar bank omhooggekomen toen haar hoofd achterover knakte en de hele klas begon te lachen. Eric hing met zijn tanden aan haar vlecht. Misschien kon ze zich die volgende twee regels daarom nooit herinneren.

Maar de rendieren herinnerde ze zich heel goed. Het was allemaal begonnen met de rendieren, die met kerstmis door de lucht vlogen. Ze was een meisje dat geloofde wat haar werd verteld en de rendieren konden vliegen.

Ze moest ze voor het eerst gezien hebben op een kerstkaart. Zes, acht, tien stuks, twee aan twee ingespannen. Ze had altijd gedacht dat ieder stel man en vrouw was, een gelukkig echtpaar, net als de dieren die aan boord van de Ark gingen. Zo hoorde het toch, dat was toch normaal? Maar pappa zei dat je aan de geweien kon zien dat de rendieren die de slee trokken mannetjes waren. Eerst was ze alleen maar teleurgesteld, maar naderhand werd ze steeds verontwaardigder. De Kerstman had louter mannen in zijn team. Natuurlijk. Klopt verdomme helemaal, dacht ze.

Ze konden vliegen, daar ging het om. Ze geloofde niet dat de Kerstman zich door de schoorsteen perste en cadeautjes neerlegde aan je voeteneind, maar ze geloofde wel dat de rendieren konden vliegen. Iedereen probeerde haar dat uit haar hoofd te praten, ze zeiden als je dat gelooft, geloof je alles. Maar ze was inmiddels veertien, een koppig kind met kort haar, en ze had haar antwoord altijd bij de hand. Nee, zei ze, als jullie maar konden geloven dat de rendieren *wel* kunnen vliegen, dan zouden jullie inzien dat alles mogelijk is. Alles.

Omstreeks die tijd ging ze eens naar de dierentuin. Het waren hun horens die haar fascineerden. Ze leken wel van zijde, alsof ze waren overtrokken met dure stof uit een deftige winkel. Ze leken op takken in een woud waar eeuwenlang niemand een voet had gezet; zachte, glanzende, bemoste takken. Ze stelde zich een glooiend stukje bos voor met zacht licht en gevallen noten die onder haar voet kraakten. Jawel, en aan het eind van het pad een huisje van peperkoeken, zei haar beste vriendin Sandra, toen ze het haar vertelde. Nee, dacht ze, de geweien veranderen in takken, en de takken in geweien. Alles staat met elkaar in verband en rendieren kunnen *echt* vliegen.

Ze zag ze een keer vechten op de televisie. Ze stootten met hun geweien tegen elkaar en gingen tekeer, ze stormden op elkaar af, hun horens raakten in elkaar verstrikt. Ze vochten zo hevig dat ze het vel van hun geweien schuurden. Ze dacht dat er alleen maar droog bot onder zou zitten en dat hun horens zouden lijken op winterse takken die door hongerige dieren van hun schors waren ontdaan. Maar zo was het niet. Helemaal niet. Ze bloedden. De huid werd weggerukt en eronder zat niet alleen bot maar ook bloed. De geweien werden rood met wit en staken tegen de zachte groene en bruine tinten van het landschap af als een schaal botten bij de slager. Het was afschuwelijk, dacht ze, maar we moeten het onder ogen zien. Alles staat *werkelijk* met elkaar in verband, zelfs de dingen die we niet leuk vinden, juist de dingen die we niet leuk vinden.

*

Na het eerste grote ongeluk keek ze veel naar de televisie. Het was niet zo'n ernstig ongeluk, zeiden ze, echt niet, niet alsof er een bom was ontploft. En het was trouwens ver weg gebeurd, in Rusland, en daar hebben ze geen echte moderne krachtcentrales zoals wij, en als ze die wel hadden waren hun veiligheidsnormen kennelijk veel lager, dus het zou hier niet kunnen gebeuren en er was toch niets om je zorgen over te maken? Misschien leerden de Russen er zelfs nog iets van, zei iedereen. Misschien zouden ze nu nog eens een keer goed nadenken voor ze met die hele grote gingen gooien.

Op een vreemde manier was iedereen er opgewonden over. Weer eens iets dat belangrijker was dan de laatste werkeloosheidscijfers of de prijs van postzegels. Bovendien overkwamen de meeste akelige dingen andere mensen. Er was een gifwolk en iedereen volgde zijn route zoals ze de weg van een tamelijk interessant lagedrukgebied zouden volgen op de weerkaart. Mensen kochten een poosje geen melk meer en vroegen aan de slager waar het vlees vandaan kwam. Maar ze hielden algauw op met zich zorgen te maken en vergaten het allemaal weer.

Eerst waren ze van plan geweest de rendieren twee meter diep te begraven. Het was geen belangrijk bericht, niet meer dan een paar regeltjes op de pagina buitenland. De wolk was over de plek getrokken waar de rendieren graasden, het gif was in de regen naar beneden gekomen, het korstmos werd radioactief, de rendieren hadden het mos gegeten en waren zelf radioactief geworden. Wat heb ik jullie gezegd, dacht ze, alles staat met elkaar in verband.

De anderen begrepen niet waarom ze zo overstuur raakte. Ze zeiden dat ze niet sentimenteel moest doen en dat ze tenslotte niet van rendiervlees hoefde te leven en als ze toch overliep van medelijden, waarom besteedde ze daar dan niet een beetje van aan de mensen? Ze probeerde het uit te leggen, maar ze was niet zo goed in uitleggen, ze begrepen het niet. De mensen die dachten dat ze het begrepen zeiden: Ja, natuurlijk, het heeft allemaal te maken met je jeugd en die malle romantische ideeën die je er als kind op nahield, maar je kunt er niet je hele leven malle romantische ideeën op na blijven houden, je moet toch een keer volwassen worden, je moet realistisch zijn, huil nou niet, of nee doe dat eigenlijk maar wel, toe maar, huil maar lekker uit, daar knap je waarschijnlijk van op. Nee, dat bedoel ik niet, zei ze, dat bedoel ik helemaal niet. Toen begonnen striptekenaars grappen te maken over de rendieren, dat ze zoveel radioactiviteit uitstraalden dat de Kerstman geen koplampen op zijn slee nodig had, en het rendier Rudolf Roodneus had een heel glimmende neus omdat hij uit Tsjernobyl kwam; maar zij vond het niet om te lachen.

Luister, zei ze tegen de anderen. Radioactiviteit wordt gemeten in eenheden die becquerels heten. Toen het ongeluk gebeurde moest de Noorse regering beslissen welk niveau van radioactiviteit in vlees nog veilig was en toen kwamen ze met 600 becquerel voor de dag. Maar de mensen vonden het geen leuk idee dat hun vlees vergiftigd was en de Noorse slagers deden niet zulke goeie zaken en het enige vlees dat niemand wilde kopen was rendiervlees, wat nauwelijks verwonderlijk was. Dus toen deed de regering dit. Ze zeiden dat het, aangezien de mensen kennelijk niet vaak rendier zouden eten omdat ze zo bang waren, even veilig was om zo nu en dan vlees te eten dat erger besmet was als om vaker minder besmet vlees te eten. Dus verhoogden ze de toegestane dosis voor rendiervlees naar 6000 becquerel. Hokus pokus! De ene dag is het schadelijk om vlees te eten met 600 becquerel en de volgende is het veilig met tien keer zo veel. Dit gold natuurlijk alleen voor rendiervlees. Het is officieel nog altijd gevaarlijk om een varkenskarbonade of lamslapje te eten met 601 becquerel.

In een van de televisieprogramma's lieten ze een paar Lapse boeren zien die het lijk van een rendier kwamen laten keuren. Dat was vlak nadat de grens tien keer verhoogd was. De functionaris van het Ministerie van weetikveel, Landbouw of zo, hakte kleine stukjes ingewand van het rendier fijn en deed er de gewone proeven ermee. De uitslag was 42000 becquerel. 42 *duizend*.

Eerst waren ze van plan om ze twee meter diep te begraven. Maar niets is zo goed als een flinke ramp om mensen op slimme gedachten te brengen. De rendieren *begraven*? Nee, dan lijkt het net of er een probleem is geweest, alsof er echt iets is misgegaan. Er is vast wel een nuttiger manier om van ze af te komen. Je kunt het vlees niet aan mensen geven, dus waarom voeren we het niet aan beesten? Dat is een goed idee–maar welke beesten? Natuurlijk niet het soort dat uiteindelijk door mensen wordt opgegeten, we moeten aan onszelf denken. Dus toen besloten ze het aan de nertsen te geven. Wat een slim idee. Nertsen schijnen toch al niet zo aardig te zijn en hoe dan ook, het soort mensen dat zich een nertsmantel kan veroorloven vindt het waarschijnlijk niet erg als er een kleine dosis radioactiviteit in zit. Zoiets als een vleugje parfum achter je oren. Best sjiek eigenlijk.

De meeste mensen luisterden inmiddels niet meer naar wat ze hun vertelde, maar ze ging altijd door. Luister, zei ze, dus in plaats dat ze de rendieren begraven, verven ze nu een grote blauwe streep op de karkassen en voeren ze aan de nertsen. Ik vind dat ze ze hadden moeten begraven. Dingen begraven geeft je een gepast gevoel van schaamte. Kijk toch wat we de rendieren hebben aangedaan, zouden ze zeggen terwijl ze het graf groeven. Althans, misschien zouden ze dat zeggen. Misschien zouden ze het overwegen. Waarom straffen we de dieren toch altijd? We doen alsof we van ze houden, we houden ze als huisdieren en we smelten helemaal weg als we denken dat ze net zo reageren als wij, maar we zijn toch al van begin af aan bezig ze te straffen? Ze dood te maken en te martelen en onze schuld op ze af te wentelen?

*

Na het ongeluk at ze geen vlees meer. Iedere keer dat ze een plak rosbief of een lepel suddervlees op haar bord zag liggen, moest ze aan de rendieren denken. Die arme beesten met hun kaalgestripte geweien, onder het bloed van het vechten. En dan de rij lijken, allemaal met een blauwe verfstreep op hun rug, die rinkelend voorbij gleed aan een rij glimmende haken.

Dat, legde ze uit, was toen ze hier pas was. In het zuiden dus. Iedereen zei dat ze stom deed, dat ze wegliep, dat ze niet realistisch was, als ze er zulke geprononceerde meningen op nahield, moest ze blijven en hen met argumenten te lijf gaan. Maar daar werd ze te neerslachtig van. De mensen luisterden niet aandachtig naar haar argumenten. Bovendien moest je altijd ergens naar toegaan waar je geloofde dat de rendieren kunnen vliegen: *dat* was realistisch zijn. In het noorden konden ze niet meer vliegen.

*

Ik vraag me af wat er met Greg gebeurd is. Ik vraag me af of hij veilig is. Ik vraag me af hoe hij over me denkt, nu hij weet dat ik gelijk had. Ik hoop dat hij me er niet om haat. Mannen haten je vaak als je gelijk hebt. Of misschien doet hij net alsof er helemaal niets is gebeurd; op die manier weet hij zeker dat hij gelijk had. Ja, het was niet wat je dacht, het was gewoon een komeet die opbrandde aan de hemel, of een zomeronweer, of een practical joke op de tv. Domoor.

Greg was een doodgewone man. Niet dat ik iets anders wilde toen ik hem leerde kennen. Hij ging naar zijn werk, hij kwam thuis, zat te niksen, dronk pils, ging uit met zijn maten en dronk nog meer pils, en op de dag dat hij zijn loon had gekregen sloeg hij me weleens. We konden het redelijk samen vinden. Hadden natuurlijk weleens ruzie over Paul. Greg zei dat ik hem moest laten snijden zodat hij minder agressief zou worden en niet meer aan het meubilair zou krabben. Ik zei dat het daar niets mee te maken had, dat alle katten aan het meubilair krabben, dat we misschien een krabpaal voor hem moesten kopen. Greg vroeg hoe ik wist dat dat hem niet zou aanmoedigen, dat het niet net zou zijn of hij toestemming kreeg om overal nog veel harder aan te krabben? Doe niet zo stom, zei ik. Hij zei dat het wetenschappelijk was bewezen dat katten minder agressief worden als je ze castreert. Was het tegendeel niet waarschijnlijker, zei ik – dat ze boos en kwaadaardig zouden worden als je ze verminkte? Greg pakte een grote schaar en zei nou, waarom nemen we verdomme niet de proef op de som? Ik begon te gillen.

Ik wilde niet dat hij Paul liet snijden, ook al maakte hij een zootje van het meubilair. Later herinnerde ik me iets. Ze castreren rendieren, weet je. De Lappen. Ze zoeken een groot mannetje uit en dat castreren ze en dan wordt het tam. Dan hangen ze een bel om zijn hals en die belhamel, zoals ze hem noemen, brengt de rest van de rendieren waar de herders willen dat ze naartoe gaan. Dus waarschijnlijk werkt het idee wel degelijk, maar ik vind het toch verkeerd. Een kat kan het ook niet helpen dat hij een kat is. Dat heb ik natuurlijk niet aan Greg verteld, van die belhamels. Soms, als hij me sloeg, dacht ik misschien moeten we jou eerst laten castreren, misschien word je dan minder agressief. Maar ik heb het nooit gezegd. Het zou toch niet geholpen hebben.

We hadden altijd ruzie over dieren. Greg vond me sentimenteel. Op een keer zei ik tegen hem dat ze de walvissen allemaal gebruikten om zeep van te maken. Hij moest lachen en zei dat dat een verdomd goeie manier was om van ze af te komen. Ik barstte in tranen uit. Waarschijnlijk omdat ik het even erg vond dat hij zoiets kon bedenken, als omdat hij het zei.

Over het Grote Gevaar hadden we nooit ruzie. Hij zei alleen dat politiek een mannenzaak was en dat ik niet wist waarover ik het had. Verder gingen onze gesprekken over de ondergang van onze planeet niet. Als ik zei dat ik me zorgen maakte over wat Amerika zou doen als Rusland geen bakzeil haalde of vice versa, of het Midden-Oosten of wat ook, dan vroeg hij of ik soms last had van het premenstruele syndroom. Met zo iemand kun je toch niet praten? Hij wilde er niet eens over discussiëren, wilde er geen ruzie over maken. Een keer zei ik dat het misschien *inderdaad* het premenstruele syndroom was en toen zei hij ja, dat dacht ik al. Ik zei nee, luister, misschien hebben vrouwen meer band met de wereld. Wat ik daarmee bedoelde, vroeg hij en ik zei nou, alles staat toch met elkaar in verband en vrouwen zijn meer betrokken bij alle cycli van de natuur en van geboorte en wedergeboorte op deze planeet dan mannen, die tenslotte alleen maar bevruchters zijn als puntje bij paaltje komt en als vrouwen voeling hebben met de planeet, als er dan in het noorden verschrikkelijke dingen aan de hand zijn, dingen die het hele bestaan van de planeet bedreigen, dan voelen vrouwen die dingen misschien aan, net zoals sommige mensen weten wanneer er een aardbeving op komst is en misschien is het dat, wat het PMS veroorzaakt. Domoor zei hij, daarom is politiek nu juist een mannenzaak, en hij pakte nog een pils uit de ijskast. Een paar dagen later zei hij, hoe zit het nou met het eind van de wereld? Ik keek hem alleen maar aan en hij zei, voor zover ik kan zien ging dat hele premenstruele syndroom alleen maar over het feit dat je ongesteld moest worden. Ik zei, je maakt me zo kwaad dat ik bijna ga hopen dat het eind van de wereld komt, alleen omdat jij dan ongelijk krijgt. Hij zei dat het hem speet, maar wat wist hij er vanaf, hij was toch alleen maar een bevruchter zoals ik had gezegd en hij dacht dat die andere bevruchters in het noorden er wel iets op zouden vinden.

Er iets op vinden? Dat zegt de loodgieter, of de man die het dak er weer op komt spijkeren. 'We vinden er wel wat op,' zeggen ze met zo'n zelfverzekerde knipoog. Nou, deze keer hebben ze er mooi niets op gevonden. Mooi niet, verdomme. En in de laatste dagen van de crisis kwam Greg 's avonds niet altijd meer thuis. Zelfs hij had het tenslotte gemerkt en hij had besloten er nog iets van te maken voor het afgelopen was. In zekere zin kon ik het hem niet kwalijk nemen, afgezien van het feit dat hij het niet wilde toegeven. Hij zei dat hij wegbleef omdat hij er niet tegen kon dat ik zo aan zijn kop zeurde als hij thuiskwam. Ik zei dat ik het begreep en dat ik het best vond, maar toen ik het uitlegde werd hij ontzettend kwaad. Hij zei dat hij, als hij vreemd wilde gaan, dat niet zou doen vanwege de toestand in de wereld, maar omdat ik de hele tijd zo zanikte. Ze willen het verband toch gewoon niet zien? Als in het noorden mannen in donkergrijze pakken met streepjesdassen bepaalde strategische voorzorgsmaatregelen nemen, zoals ze dat noemen, gaan in het zuiden mannen zoals Greg, op sandalen en in t-shirt, 's avonds laat in bars zitten en proberen meisjes op te pikken. Dat zouden ze toch moeten inzien? Ze zouden het moeten toegeven.

Dus toen ik wist wat er gebeurd was, heb ik niet gewacht tot Greg thuis zou komen. Die zat ergens zijn zoveelste pils te hijsen en te zeggen dat die jongens daar er wel iets op zouden vinden en waarom kom je ondertussen niet eventjes op mijn knie zitten, schatje? Ik heb gewoon Paul gepakt en in zijn mandje gestopt en ik ben op de bus gestapt met zoveel blikjes eten als ik kon dragen en een paar flessen water. Ik heb geen briefje achtergelaten, want er viel niets te zeggen. Bij het eindpunt op Harry Chan Avenue stapte ik uit en ging op weg naar de boulevard. En raad eens wat ik toen in het zonnetje zag zitten op het dak van een auto? Een slaperige, vriendelijke schildpadpoes. Ik aaide haar, ze begon te snorren, ik graaide haar mee in mijn arm, een paar mensen bleven staan om te kijken, maar voor ze iets konden zeggen was ik de hoek al om, in Herbert Street.

Greg zal wel boos zijn geweest over de boot. Maar die was toch maar voor een kwart van hem, en als ze met hun vieren van plan waren hun laatste dagen in bars door te brengen met drinken en meisjes oppikken vanwege die mannen in donkergrijze pakken die ze volgens mij al jaren geleden hadden moeten castreren, zouden ze de boot toch niet missen. Ik gooide hem vol en toen ik wegvoer zag ik dat de schildpadpoes, die ik zomaar ergens had neergezet, boven op Pauls mandje zat en me aankeek. 'Jij heet voortaan Linda,' zei ik.

*

Ze nam afscheid van de wereld op een plek die Doctor's Gully heet. Aan het eind van de boulevard van Darwin, achter het nieuwe YM-CA-gebouw, loopt een zigzagweggetje naar een niet meer gebruikte boothelling. De grote, hete parkeerplaats is bijna altijd leeg, behalve als de toeristen komen kijken naar het voeren van de vissen. Er is tegenwoordig niets anders meer te doen in Doctor's Gully. Iedere dag zwemmen er bij hoog water honderden, duizenden vissen tot vlakbij het land om gevoerd te worden.

Ze dacht er aan hoe goed van vertrouwen de vissen waren. Ze geloofden zeker dat die enorme, tweebenige wezens hun eten gaven vanuit de goedheid hunner harten. Misschien is het zo ook wel begonnen, maar nu kost het $2.50 voor volwassenen en $1.50 voor kinderen. Ze vroeg zich af waarom niemand van de toeristen, die in de grote hotels aan de boulevard logeerden, het vreemd vond. Maar niemand staat tegenwoordig meer een moment stil bij de wereld. We leven in een wereld waar ze kinderen laten betalen om de vissen te zien eten. Tegenwoordig worden zelfs de vissen uitgebuit, dacht ze. Uitgebuit en dan vergiftigd. De oceaan loopt vol met vergif. De vissen zullen ook doodgaan.

Doctor's Gully was uitgestorven. Haast niemand had hier meer een boot liggen; ze waren allemaal jaren geleden naar de jachthaven verhuisd. Maar op de rotsen lagen toch nog een paar boten, die er afgedankt uitzagen. Op de zijkant van een ervan, die roze met grijs was en een bescheiden mast had, stond NIET TE KOOP geschilderd. Daar moest ze iedere keer weer om lachen. Greg en zijn vrienden hadden hun bootje achter die boot liggen, ver van de plek vandaan waar de vissen werden gevoerd. De rotsen waren hier bezaaid met afgedankt metaal—motoren, boilers, kleppen, buizen, die allemaal bezig waren oranjebruin te verkleuren van de roest. Onder het lopen joeg ze wolken oranjebruine vlinders op die tussen het oudroest leefden, het als camouflage gebruikten. Wat hebben we de vlinders aangedaan, dacht ze; moet je toch eens kijken waar we ze laten leven. Ze tuurde naar de zee, over de miezerige mangroven heen die langs de kust groeiden, naar een rij kleine tankers met daarachter lage, bultige eilanden aan de horizon. Dit was de plaats waar ze de wereld verliet.

Langs Melville Island, door Dundas Strait en toen de Arafura Zee op; daarna liet ze haar koers door de wind bepalen. Ze schenen voornamelijk in oostelijke richting te varen, maar ze lette niet erg op. Je keek alleen waar je heenging als je terug wilde naar waar je vandaan kwam en ze wist dat dat niet kon.

Ze had geen keurige paddestoelwolken aan de horizon verwacht. Ze wist dat het niet zo zou zijn als in de film. Soms veranderde het licht, soms rommelde het in de verte. Zulke dingen hadden helemaal niets hoeven te betekenen; maar ergens was het gebeurd en de winden die om de planeet cirkelden deden de rest. 's Avonds streek ze het zeil, ging naar de kleine kajuit en liet het dek aan Paul en Linda over. In het begin had Paul met de nieuweling willen vechten – het gewone territoriumgezeur. Maar na een dag of twee raakten de katten aan elkaar gewend.

*

Ze dacht dat ze misschien een lichte zonnesteek had. Ze was de hele dag buiten geweest in de hitte, met alleen een oude honkbalpet van Greg als bescherming. Hij had een verzameling stomme petten met leuzen erop. Deze was rood met witte letters, een reclame voor een of ander restaurant. Deze luidde EET BIJ B. J., DAN SCHIJT JE VOOR TWEE. Greg had hem voor zijn verjaardag gekregen van een kroegvriendje en Greg kon maar niet genoeg krijgen van die grap. Soms zat hij op de boot met een blikje bier in zijn hand en zijn pet op zijn hoofd en dan begon hij in zich zelf te grinniken. Hij lachte net zo lang tot iedereen keek en dan verkondigde hij 'EET BIJ B. J., DAN SCHIJT JE VOOR TWEE.' Hij lag er keer op keer dubbel om. Ze haatte die pet, maar het was verstandig om hem op te zetten. Ze was de zinkzalf en alle andere tubes met spul vergeten.

Ze wist wat ze deed. Ze wist dat wat Greg haar 'plannetje' zou noemen, waarschijnlijk op niets zou uitlopen. Als ze een plan had – in het bijzonder als het iets was waar hij niet bij betrokken was – heette het voor hem altijd een plannetje. Ze dacht niet dat ze terecht zou komen op een ongeschonden eiland, waar je maar een boon over je schouder hoefde te gooien om een hele rij bonen te laten ontkiemen die met hun peulen naar je wuifden. Ze verwachtte geen koraalrif, geen strook zand met zo'n knikkende palm uit de vakantiefolders. Ze fantaseerde niet dat er na een paar weken een knappe vent zou komen opdagen in een roeiboot, met twee honden aan boord; dan een meisje met twee kippen, een man met twee varkens enzovoort. Haar verwachtingen waren niet hooggespannen. Ze vond alleen dat je het moest proberen, hoe het ook uitpakte. Het was je plicht. Je mocht het niet nalaten.

*

Vannacht was ik er niet zeker van. Ik werd wakker uit een droom, of misschien zat ik er eigenlijk nog in, maar ik hoorde de katten, dat durf ik te zweren. Of liever, het geluid van een krolse kat, die riep. Niet dat Linda hard had hoeven roepen. Tegen de tijd dat ik helemaal wakker was, was er alleen nog maar het klotsen van de golven tegen de kiel. Ik liep het trapje op en duwde de deurtjes open. In het maanlicht zag ik het stel zelfvoldaan op hun voorpoten zitten, zij aan zij, en me aankijken. Net een paar kinderen die tijdens het vrijen bijna betrapt zijn door de moeder van het meisje. Een krolse kat maakt hetzelfde geluid als een huilende baby, vind je niet? Dat zou ons aan het denken moeten zetten.

Ik tel de dagen niet af. Dat heeft toch geen zin? We zullen voortaan niet meer in dagen rekenen. Dagen en weekends en feestdagen – zo rekenen de mannen in de grijze pakken. Wij zullen terug moeten naar een oudere cyclus, zonsopgang tot zonsondergang om te beginnen, en dan met de maan erbij en de jaargetijden en het weer – het nieuwe, verschrikkelijke weer waarmee we zullen moeten leven. Hoe meten stammen in het oerwoud de tijd? Het is nog niet te laat om van ze te leren. Die mensen bezitten de sleutel tot het leven met de natuur. Die zouden hun katten nooit castreren. Ze zullen ze misschien aanbidden, misschien zelfs opeten, maar ze zullen ze niet laten snijden.

Ik eet net genoeg om op de been te blijven. Ik ga niet uitrekenen hoe lang ik nog op zee zal zijn en dan de rantsoenen in achtenveertig porties verdelen of zo. Dat is de oude manier van denken, het denken waardoor we in deze situatie terecht zijn gekomen. Ik eet genoeg om op de been te blijven, meer niet. Natuurlijk vis ik ook. Ik ben ervan overtuigd dat het veilig is. Maar als ik iets vang, moet ik het wel aan Paul en Linda geven. Voor mij nog steeds blikjes, terwijl de katten mollig worden.

*

Ik moet voorzichtiger worden. Ik moet flauwgevallen zijn in de zon. Kwam bij terwijl ik op mijn rug lag en de katten mijn gezicht likten. Voelde me erg dorstig en koortsig. Misschien teveel blikjes gegeten. De volgende keer dat ik een vis vang, moet ik hem zelf opeten, ook al zal ik mezelf daar niet populair mee maken.

Ik vraag me af wat Greg uitvoert. Voert hij iets uit? Ik zie hem in gedachten voor me, hij zit met een pils in zijn hand, lachend en wijzend. 'EET BIJ B. J., DAN SCHIJT JE VOOR TWEE,' zegt hij. Hij leest het van mijn pet, staart me aan. Er zit een meisje op zijn knie. Mijn leven met Greg lijkt nu net zo ver weg als mijn leven in het noorden.

Laatst heb ik een vliegende vis gezien. Ik weet het zeker. Dat kan ik toch niet verzonnen hebben? Het maakte me blij. Vissen kunnen vliegen en rendieren ook.

*

Duidelijk koorts. Het is me gelukt een vis te vangen en hem te koken ook nog. Paul en Linda woedend. Dromen, akelige dromen. Koers nog altijd min of meer oostelijk, geloof ik.

Ik weet zeker dat ik niet alleen ben. Ik bedoel, ik weet zeker dat er overal op de wereld mensen zijn zoals ik. Het kan toch niet dat ik de enige ben, alleen maar ik in een boot met twee poezen terwijl alle anderen aan wal domoor staan te roepen. Ik wed dat er honderden, duizenden boten zijn met mensen en dieren aan boord, die doen wat ik doe. Verlaat het schip, dat was vroeger de kreet. Nu is het verlaat het land. Overal dreigt gevaar, maar aan land het ergst. We zijn toch ooit allemaal uit de zee komen kruipen? Misschien was dat een vergissing. Nu gaan we erin terug.

Ik denk aan al die andere mensen die doen wat ik doe en dat geeft me hoop. Het is vast een instinct van de mensheid, denk je niet? Wanneer we bedreigd worden, verspreiden. Niet alleen weglopen voor het gevaar, maar onze kans om als soort te overleven vergroten. Als we ons over de hele aardbol verspreiden, kan het gif niet iedereen kwaad doen. Zelfs als ze al hun gif afschieten, moet er een kans zijn.

's Nachts hoor ik de katten. Een hoopgevend geluid.

*

Akelige dromen. Nachtmerries waarschijnlijk. Wanneer wordt een droom een nachtmerrie? Die dromen van me gaan door als ik al wakker ben. Het is net zoiets als een kater. Mijn akelige dromen staan niet toe dat de rest van het leven verder gaat.

*

Ze dacht dat ze een andere boot aan de horizon zag en ging er op af. Ze had geen vuurpijlen en het was te ver weg om te schreeuwen, dus ging ze er gewoon op af. Hij voer evenwijdig aan de horizon en bleef omstreeks een half uur in zicht. Toen verdween hij. Misschien was het helemaal geen boot, zei ze bij zichzelf; maar wat het ook was geweest, ze voelde zich neerslachtig toen het verdwenen was.

Ze herinnerde zich iets verschrikkelijks dat ze een keer had gelezen in een kranteartikel over het leven aan boord van een supertanker. In deze tijd waren de schepen groter en groter geworden terwijl de bemanning kleiner en kleiner werd, en alles gebeurde technologisch. Ze programmeerden een computer in de Golf of waar dan ook, en dan voer het schip bijna vanzelf helemaal naar Londen of Sydney. Dat was veel leuker voor de eigenaren, die hopen geld uitspaarden, en veel leuker voor de bemanning, die zich alleen maar zorgen hoefde te maken over de verveling. Ze zaten voornamelijk benedendeks bier te drinken net als Greg, voor zover ze begreep. Bier te drinken en naar videofilms te kijken.

Er stond één ding in het artikel dat ze nooit meer zou vergeten. Er stond in dat er vroeger altijd iemand in het kraaienest zat of op de brug stond uit te kijken naar gevaar. Maar tegenwoordig hadden die grote schepen geen uitkijk meer, althans, de uitkijk was gewoon een man die van tijd tot tijd naar een scherm staarde met een heleboel bliepjes. Als je in vroeger tijden op een vlot of in een roeibootje of zo op zee ronddobberde en er kwam een boot aan, dan had je een behoorlijke kans om gered te worden. Je zwaaide en schreeuwde en vuurde de lichtkogels af die je bij je had: je hees je overhemd bovenin de mast; en er waren altijd mensen die naar je uitkeken. Tegenwoordig kun je wekenlang ronddobberen op de oceaan en dan komt er eindelijk een supertanker aan en die vaart zo langs je heen. De radar pikt je niet op omdat je te klein bent en het is puur toeval als er iemand over de reling hangt te braken. Er waren een heleboel gevallen geweest van schipbreukelingen, die vroeger gered zouden zijn en die nu gewoon niet waren opgepikt; en zelfs incidenten waarbij mensen waren overvaren door de schepen waarvan ze dachten dat die hen kwamen redden. Ze probeerde zich in te denken hoe afschuwelijk dat zou zijn, het verschrikkelijke wachten en dan dat gevoel als het schip langs je heen vaart en je helemaal niets kunt doen, terwijl je geschreeuw overstemd wordt door de motoren. Dat is wat er mis is met de wereld, dacht ze. We hebben de uitkijken weggedaan. We denken er niet meer aan dat we andere mensen moeten redden, we varen gewoon verder met behulp van onze apparatuur. Iedereen zit benedendeks, pils te drinken met Greg.

Dus misschien zou dat schip aan de horizon haar toch niet hebben gezien. Niet dat ze gered wilde worden of zo. Er zou misschien nieuws geweest zijn over de wereld, dat was alles.

*

Ze had vaker nachtmerries. De nare dromen bleven overdag langer hangen. Ze had het gevoel dat ze op haar rug lag. Ze had pijn in haar arm. Ze had witte handschoenen aan. Ze lag in een soort kooi, voor zover ze kon nagaan: aan weerszijden van haar waren vertikale metalen tralies. Mannen kwamen haar opzoeken, altijd mannen. Ze bedacht dat ze de nachtmerries moest opschrijven, net als de dingen die echt gebeurden. Ze zei tegen de mannen in de nachtmerries dat ze over hen ging schrijven. Ze glimlachten en zeiden dat ze haar potlood en papier zouden brengen. Ze weigerde. Ze zei dat ze haar eigen spullen wel zou gebruiken.

*

Ze wist dat de katten een behoorlijk rantsoen vis kregen. Ze wist dat ze niet veel beweging kregen en aankwamen. Maar ze had de indruk dat Linda meer aankwam dan Paul. Ze wilde niet geloven dat het zo was. Ze durfde niet.

Op een dag zag ze land. Ze startte de motor en voer er op af. Ze kwam dicht genoeg in de buurt om mangroven en palmen te zien, toen raakte de brandstof op en de winden droegen haar weg. Het verraste haar dat ze zich niet bedroefd of teleurgesteld voelde toen het eiland in de verte verdween. Het zou toch niet eerlijk zijn geweest om het nieuwe land te vinden met behulp van een dieselmotor, dacht ze. De oude manieren om dingen te doen moesten herontdekt worden: de toekomst lag in het verleden. De winden moesten haar de weg wijzen en over haar waken. Ze gooide de lege brandstofblikken overboord.

*

Ik ben stapelgek. Ik had moeten zorgen dat ik zwanger was voor ik wegging. Natuurlijk. Hoe kan het dat ik niet gezien heb dat dat de oplossing was? Al die grapjes van Greg, dat hij alleen maar een bevruchter was, en ik kon niet eens zien wat voor de hand lag. Dat hij daarvoor was. Dat dat de reden was waarom ik hem had leren kennen. Die kant van de dingen komt me nu zo vreemd voor. Dingetjes van rubber en tubes waar je in moet knijpen en pillen die je moet slikken. Dat is nu allemaal afgelopen. We gaan ons nu weer overgeven aan de natuur.

Ik vraag me af waar Greg is; *of* Greg er nog is. Het kan best zijn dat hij dood is. Ik heb me altijd afgevraagd wat die uitdrukking het overleven van de sterksten inhoudt. Als je ons zag, zou je zeggen dat Greg het geschiktst was om te overleven; hij is groter, sterker, praktischer van aanleg, althans volgens onze begrippen, conservatiever, zorgelozer. Ik ben een tobber, ik kan niet timmeren, ik ben niet zo goed in alleen zijn. Maar ik ben het die zal overleven, of die op zijn minst de kans ertoe zal krijgen. Het Overleven van de Tobbers – betekent het dat? Mensen zoals Greg zullen uitsterven zoals de dinosaurussen. Alleen wie inziet wat er aan de hand is zal overleven, dat zal de regel wel zijn. Ik durf te wedden dat er dieren waren die aanvoelden dat de ijstijd op komst was en die aan een lange, gevaarlijke reis begonnen om een veiliger, warmer klimaat te vinden. En ik durf te wedden dat de dinosaurussen vonden dat ze neurotisch waren, dat die het aan het premenstruele syndroom weten, dat ze Domoor zeiden. Ik vraag me af of de rendieren hebben voorzien wat er met ze zou gebeuren. Denk je dat die ooit een voorgevoel hebben gehad?

*

Ze zeggen dat ik er niets van begrijp. Ze zeggen dat ik niet de juiste verbanden leg. Moet je ze horen praten, moet je ze horen met hun verbanden. Dit is er gebeurd, zeggen ze, en het gevolg daarvan is dat er dat is gebeurd. Hier is een veldslag geweest, daar een oorlog, er is een koning afgezet, beroemde mannen – altijd beroemde mannen, ik heb schoon genoeg van beroemde mannen – hebben dingen laten gebeuren. Misschien heb ik te lang in de zon gezeten, maar ik kan hun verbanden niet zien. Ik kijk naar de geschiedenis van de wereld, waarvan ze niet schijnen te beseffen dat die bijna afgelopen is, en ik zie niet wat zij zien. Ik zie alleen maar de oude verbanden, de verbanden waar zij geen aandacht meer aan besteden omdat het op die manier makkelijker is om de rendieren te vergiftigen en strepen op hun rug te verven en ze aan de nertsen te voeren. Wie heeft dat laten gebeuren? Welke beroemde man zal daarvoor de eer opeisen?

*

Het is echt om te lachen. Moet je horen wat ik gedroomd heb. Ik lag in bed en ik kon me niet bewegen. Alles was een beetje wazig. Ik wist niet waar ik was. Er was ook een man. Ik weet niet meer hoe hij eruitzag–gewoon een man. Hij zei: 'Hoe voel je je?'
Ik zei: 'Ik voel me uitstekend.'
'Meen je dat?'
'Ja natuurlijk. Waarom zou ik me niet uitstekend voelen?'
Hij gaf geen antwoord, knikte alleen maar en zijn blik gleed over mijn lichaam heen en weer, dat natuurlijk onder de dekens lag. Toen zei hij: 'Niet van die aanvallen meer?'
'Wat voor aanvallen?'
'Je weet best wat ik bedoel.'
'Neemt u me niet kwalijk,' antwoordde ik–gek dat je in dromen zo formeel kunt doen, terwijl je in het echt nooit zo zou doen– 'Neemt u me niet kwalijk, maar ik heb werkelijk niet het flauwste idee wat u bedoelt.'
'Je vloog mannen aan.'
'O ja? Wat wou ik van ze, hun portefeuilles?'
'Nee. Het schijnt dat je op seks uit was.'
Ik begon te lachen. De man fronste zijn voorhoofd; ik herinner me die frons, ook al is de rest van zijn gezicht verdwenen. 'Dit is werkelijk al te doorzichtig,' zei ik, als een ijzige filmster in een oude film. Toen begon ik weer te lachen. Ken je dat moment dat op een opening in een wolk lijkt, het moment waarop je midden in een

droom beseft dat het maar een droom is? Hij fronste nogmaals zijn voorhoofd. Ik zei: 'Doe niet zo banaal.' Dat vond hij niet leuk en toen ging hij weg.

Ik werd grijnzend wakker. Ik heb aan Greg gedacht en aan de poezen en of ik zwanger had moeten worden, en nu droom ik over seks. Wat kan je verstand soms rechtlijnig zijn, hè? Hoe kwam het erbij dat ik dit niet door zou hebben?

    *

Ik zit almaar met dat rijmpje in mijn hoofd terwijl we verder varen, waarheen dan ook:

In veertien-negentig-en-twee
Vertrok Columbus over zee

En toen? Het klinkt altijd zo eenvoudig. Namen, jaartallen, wapenfeiten. Ik haat jaartallen. Jaartallen zijn dwingelanden, jaartallen weten alles beter.

    *

Ze was er steeds van overtuigd dat ze het eiland zou bereiken. Ze lag te slapen toen de wind haar er bracht. Het enige dat ze hoefde te doen was de boot tussen twee bultige rotsen door sturen en hem aan de grond laten lopen op een kiezelstrandje. Er was geen smetteloze zandvlakte, die lag te wachten op de voetafdruk van de toerist, geen golfbreker van koraal, zelfs geen knikkende palm. Daar was ze opgelucht en blij over. Het was beter dat het zand rotsgrond was, de weelderige jungle struikgewas, de vruchtbare aarde een hoop stof. Door te veel schoonheid, te veel lommer, zou ze de rest van de planeet kunnen vergeten.

Paul sprong aan land, maar Linda wilde gedragen worden. Ja, dacht ze, het werd tijd dat we land vonden. Ze besloot eerst nog in de boot te slapen. Eigenlijk moest je meteen aan een blokhut beginnen zodra je er was, maar dat was onzin. Misschien zou het eiland ongeschikt blijken.

*

Ze dacht dat de nachtmerries zouden ophouden nu ze op het eiland waren.

*

Het was bloedheet. Je zou bijna denken dat ze hier centrale verwarming hadden, zei ze bij zich zelf. Geen briesje, geen weersverandering. Ze hield Paul en Linda in de gaten. Die vrolijkten haar op.

Ze vroeg zich af of ze die nachtmerries had omdat ze in de boot sliep, omdat ze de hele nacht opgesloten zat nadat ze overdag de hele dag vrij had kunnen rondlopen. Ze dacht dat haar geest daar misschien tegen protesteerde, dat die erom vroeg vrijgelaten te worden. Dus bouwde ze een afdakje boven de vloedlijn en ging daar slapen.

Het maakte niets uit.

Er was iets verschrikkelijks aan de hand met haar huid.

*

De nachtmerries verergerden. Ze kwam tot de conclusie dat dat normaal was, voor zover je het woord *normaal* nog kon gebruiken. Het was in elk geval te verwachten, haar toestand in aanmerking genomen. Ze was vergiftigd. Hoe schadelijk het gif was wist ze niet. De mannen in haar dromen waren altijd heel beleefd, beminnelijk zelfs. Daardoor wist ze dat ze hen niet moest vertrouwen: het waren verleiders. De geest produceerde zijn eigen argumenten tegen de werkelijkheid, tegen zichzelf, tegen wat hij wist. Er lag kennelijk iets chemisch aan ten grondslag, zoiets als afweerstoffen of zo. De geest, die in een shocktoestand verkeerde door wat er gebeurd was, schiep zijn eigen redenen om te ontkennen wat er gebeurd was. Ze had iets dergelijks moeten verwachten.

*

Ik zal je een voorbeeld geven. Ik ben ontzettend uitgekookt in mijn dromen. Als die mannen komen, doe ik alsof dat me niet verbaast. Ik doe alsof het gewoon is dat ze er zijn. Ik daag ze uit. De afgelopen nacht hebben we het volgende gesprek gevoerd. Maak eruit op wat je wilt.

'Waarom heb ik witte handschoenen aan?' vroeg ik.

'Denk je dat het dat zijn?'

'Wat denkt u dan dat het zijn?'

'We hebben een infuus in je arm moeten doen.'

'Moet ik daarom witte handschoenen aan? Dit is de opera niet.'

'Het zijn geen handschoenen. Het zijn verbanden.'

'Ik dacht dat u zei dat ik een infuus in mijn arm had.'

'Dat klopt. De verbanden houden het infuus op zijn plaats.'

Maar ik kan mijn vingers niet bewegen.'

'Dat is normaal.'

'*Normaal?*' zei ik. 'Wat is er tegenwoordig nog normaal?' Daar wist hij geen antwoord op, dus ging ik verder. 'In welke arm zit het infuus?'

'De linker. Dat zie je toch zelf wel.'

'Waarom zit mijn rechterarm dan ook in verband?'

Daar moest hij een hele tijd over nadenken. Tenslotte zei hij: 'Omdat je het infuus eruit probeerde te trekken met je andere hand.'

'Waarom zou ik dat doen?'

'Het lijkt me dat jij de enige bent die dat weet.'

Ik schudde mijn hoofd. Hij ging verslagen weg. Maar ik had me behoorlijk geweerd, hè? En de volgende dag nam ik het weer tegen ze op. Mijn geest vond kennelijk dat ik die verleider te makkelijk had aangekund, dus verzon hij een andere, die me voortdurend bij mijn naam noemde.

'Hoe voel je je vanavond, Kath?'

'Ik dacht dat jullie altijd *we* zeiden. Als u tenminste bent wie u voorgeeft te zijn.'

'Waarom zou ik *we* zeggen, Kath? Ik weet hoe ik me voel. Ik vroeg het aan jou.'

'*Wij*,' zei ik sarcastisch, 'wij in de dierentuin maken het prima, dank u wel.'

'Hoe bedoel je, de dierentuin?'

'Die tralies, stommerd.' Ik geloofde niet echt dat het een dierentuin was; ik wilde erachter komen wat zij dachten dat het was. Het is niet altijd makkelijk om tegen je eigen geest te vechten.

'Die tralies? O, die horen gewoon bij je bed.'

'Mijn bed? Aha, dit is dus geen ledikantje en ik ben geen baby?'

'Het is een speciaal type bed. Kijk maar.' Hij deed een schuifje open en klapte de tralies aan een kant naar beneden, zodat ik ze niet meer zag. Toen trok hij ze weer omhoog en deed het schuifje weer dicht.

'O, ik snap het al, jullie sluiten me op, is dat het?'

'Nee, nee, nee, Kath. We willen alleen niet dat je uit bed rolt als je in slaap valt. Als je een nachtmerrie mocht krijgen, bijvoorbeeld.'

Dat was een slimme zet. *Als je een nachtmerrie mocht krijgen...* Maar er is heel wat meer voor nodig om me erin te laten lopen. Ik geloof dat ik wel weet waar mijn geest mee bezig is. Ik fantaseer *inderdaad* een soort dierentuin, omdat de dierentuin de enige plaats is waar ik ooit rendieren heb gezien. Levende, bedoel ik. Dus die associeer ik met tralies. Mijn geest weet dat het voor mij allemaal begonnen is met de rendieren; daarom heeft hij deze list bedacht. De geest is zeer gewiekst.

'Ik *heb* helemaal geen nachtmerries,' zei ik resoluut, alsof het puistjes waren of zo. Dat vond ik wel een goeie, dat ik hem vertelde dat hij niet bestond.

'Nou, voor het geval je zou gaan slaapwandelen of iets dergelijks.'

'Heb ik geslaapwandeld?'

'We kunnen niet iedereen in de gaten houden, Kath. Er zijn zoveel mensen die in hetzelfde schuitje zitten als jij.'

'Dat weet ik!' schreeuwde ik. 'Dat weet ik!' Ik schreeuwde omdat ik het gevoel had dat ik had gewonnen. Het was een slimme vent, dat wel, maar nu had hij zich verraden. *In hetzelfde schuitje*. Hij bedoelde natuurlijk *in andere schuitjes*, maar hij – of liever gezegd, mijn geest – had een fout gemaakt.

Die nacht heb ik goed geslapen.

*

Ze bedacht iets verschrikkelijks. Stel dat er iets mis zou zijn met de poesjes? Dat Linda misbaksels, monsters ter wereld zou brengen? Zou dat al zo gauw kunnen? Door welke winden waren ze hierheen geblazen, wat voor vergif zat er in die winden?

Ze had de indruk dat ze veel sliep. De gelijkmatige hitte bleef. Ze voelde zich meestal uitgedroogd en drinken uit het beekje hielp niet. Misschien was er iets mis met het water. Haar huid begon af te vallen. Ze hield haar handen op en haar vingers zagen eruit als het gewei van een vechtend mannetjeshert. Haar depressies bleven. Ze probeerde zichzelf op te vrolijken met de gedachte dat ze gelukkig geen vriend had op het eiland. Wat zou Greg zeggen als hij haar zo kon zien?

*

Het lag allemaal aan de geest, besloot ze; die was de oorzaak van alles. De geest werd gewoon te slim voor zijn eigen bestwil, hij liet zich meeslepen. Het was toch de geest die die wapens uitvond? Je kon je toch niet voorstellen dat een dier zijn eigen vernietiging uit zou vinden?

Ze vertelde zichzelf het volgende verhaal. Er was eens een beer in het bos, een intelligente, levendige beer, een... *normale* beer. Op een dag begon hij een enorme kuil te graven. Toen hij klaar was brak hij een tak van een boom, trok de bladeren en de twijgen eraf, knaagde net zo lang aan het ene uiteinde tot er een scherpe punt aan zat en plantte deze staak op de bodem van de kuil, recht overeind. Toen bedekte de beer het gat dat hij gegraven had met takken en kreupelhout, zodat het eruitzag als een gewoon stukje bosgrond, en ging weg. Waar denk je dat de beer zijn kuil had gegraven? Midden in een van zijn favoriete paden, op een plaats waar hij geregeld langskwam als hij honing ging drinken van de bomen, of wat beren ook doen. Dus de volgende dag kuierde de beer over het pad, viel in de kuil en werd aan de staak gespiest. Terwijl hij stierf dacht hij: jonge jonge, wat een verrassing, wat is alles merkwaardig gelopen. Misschien was het wel verkeerd om een val op die plek te graven. Misschien was het wel helemaal verkeerd om een val te graven.

Je kunt je niet voorstellen dat een beer dat doet, hè? Maar zo zit het met ons, peinsde ze. De geest liet zich gewoon meeslepen. Wist niet meer van ophouden. Maar dat weet de geest nooit. Met die nachtmerries is het net zo – de slapende geest laat zich gewoon meeslepen. Ze vroeg zich af of primitieve volkeren nachtmerries hadden. Ze durfde te wedden van niet. Althans niet zulke als wij.

Ze geloofde niet in God, maar nu was de verleiding groot. Niet omdat ze bang was om dood te gaan. Dat was het niet. Nee, de verleiding was groot om te geloven in iemand die zag wat er gebeurde, die zag hoe de beer zijn eigen kuil groef en erin viel. Het zou niet zo'n mooi verhaal zijn als er niemand in de buurt was om het na te vertellen. Moet je kijken wat ze gedaan hebben – ze hebben zichzelf opgeblazen. Domoren.

*

Die ene met wie ik ruzie had gehad over de handschoenen was er weer. Ik was hem te slim af.

'Ik heb nog steeds handschoenen aan,' zei ik.

'Ja,' zei hij om me zoet te houden, maar niet-begrijpend.

'Ik heb geen infuus in mijn arm.'

Daar was hij kennelijk niet op voorbereid. 'Eh, nee.'

'Waarom heb ik die witte handschoenen dan aan?'

'Ah.' Hij zweeg even terwijl hij overwoog welke leugen hij zou vertellen. Die hij uiteindelijk verzon was niet slecht. 'Omdat je je je haar uit je hoofd trok.'

'Onzin. Het valt gewoon uit. Het valt voortdurend uit.'

'Nee. Je trok het er zelf uit.'

'Onzin. Ik hoef er mijn hand maar naar uit te steken en het valt met grote bossen uit.'

'Dat is echt niet waar,' zei hij neerbuigend.

'Ga weg,' schreeuwde ik. 'Ga weg, ga weg.'

'Goed.'

En hij ging weg. Dat was een hele sluwe leugen die hij had verzonnen over mijn haar, een leugen die zeer dicht bij de waarheid lag. Want ik zit inderdaad weleens aan mijn haar. Nou ja, dat is toch niets om je over te verbazen?

Toch was het een goed teken, dat ik zei dat hij weg moest gaan en dat hij toen ging. Ik heb het gevoel dat ik het de baas begin te worden. Ik begin mijn nachtmerries onder controle te krijgen. Dit is gewoon een fase waar ik doorheen moet. Ik zal blij zijn als het afgelopen is. De volgende fase kan natuurlijk nog erger zijn, maar hij zal in elk geval anders zijn. Ik wou dat ik wist hoe erg ik vergiftigd ben. Erg genoeg om een blauwe streep op mijn rug te zetten en me aan de nertsen te voeren?

*

De geest liet zich meeslepen, herhaalde ze steeds. Het stond allemaal met elkaar in verband, de wapens en de nachtmerries. Daarom hadden ze de kringloop moeten doorbreken. Weer moeten beginnen de dingen te vereenvoudigen. Bij het begin moeten beginnen. Mensen zeiden dat je de klok niet kon terugzetten, maar dat kon wel. De toekomst lag in het verleden.

Ze wou dat ze een eind kon maken aan die mannen en hun verleidingen. Toen ze op het eiland aankwam, dacht ze dat ze zouden ophouden. Toen ze niet meer in de boot sliep, dacht ze dat ze zouden ophouden. Maar ze werden alleen maar opdringeriger en listiger. 's Avonds durfde ze niet te gaan slapen vanwege de nachtmerries; maar ze had haar rust zo nodig en ze werd elke ochtend later wakker. De niet aflatende hitte bleef, een muffe warmte als in een groot gebouw; het was alsof ze omringd was door radiatoren. Zou er ooit een eind aan komen? Misschien waren de seizoenen wel doodge-

'maakt door wat er gebeurd was, of in elk geval van vier teruggebracht tot twee–die bijzondere winter waarvoor ze allemaal gewaarschuwd waren, en deze ondraaglijke zomer. Misschien moest
de wereld de lente en de herfst terugverdienen door zich vele eeuwen keurig te gedragen.

*

Ik weet niet wie van de mannen het was. Ik doe de laatste tijd mijn
ogen dicht. Dat is moeilijker dan je zou denken. Als je je ogen toch
al dicht hebt in je slaap, probeer dan maar eens om ze nog een keer
extra dicht te doen om een nachtmerrie buiten te sluiten. Dat is niet
makkelijk. Maar als ik dit kan leren, zal ik misschien ook kunnen leren mijn handen voor mijn oren te houden. Dat zou helpen.

'Hoe voel je je vanochtend?'

'Waarom zegt u *vanochtend*? U komt altijd 's nachts.' Zie je wel
dat ik niets van ze door de vingers zie?

'Als jij het zegt.'

'Hoe bedoelt u, als ik het zeg?'

'Jij bent de baas.' Dat klopt, ik ben de baas. Je moet je eigen geest
meester blijven, anders slaat hij met je op hol. En daar is dat gevaar
door gekomen waarin we momenteel verkeren. De geest meester
blijven.

Dus antwoord ik: 'Ga weg.'

'Dat zeg je altijd.'

'Nou, als ik de baas ben mag dat, nietwaar?'

'Je zult er op een dag toch over moeten praten.'

Op een dag. Daar begint u weer.' Ik hield mijn ogen dicht. 'Wat is
er trouwens?' Ik dacht dat ik nog steeds probeerde hem erin te laten
lopen, maar misschien is dit een tactische fout geweest.

'*Er?* O, van alles... Hoe je in deze situatie bent terechtgekomen,
hoe we je moeten helpen eruit te komen.'

'U bent echt een erg domme man, weet u dat wel?'

Dat negeerde hij. Ik haat de manier waarop ze doen alsof ze de
dingen die ze niet aankunnen niet hebben gehoord. 'Greg,' zei hij,
kennelijk om van onderwerp te veranderen. 'Je schuldgevoel, je ge-

voel dat niemand van je houdt, dat soort dingen...'

'Leeft Greg nog?' De nachtmerrie was zo echt dat ik om een of andere reden dacht dat deze man het antwoord misschien wist.

'Greg? Ja, Greg maakt het uitstekend. Maar we dachten dat het geen nut zou hebben...'

'Waarom zou ik me schuldig voelen? Ik voel me niet schuldig omdat ik de boot heb gepikt. Hij wou alleen maar bier drinken en met vrouwen naar bed. Daar had hij geen boot voor nodig.'

'Ik geloof niet dat de boot centraal staat in deze kwestie.'

'Hoe bedoelt u, niet centraal? Zonder de boot zou ik hier niet zijn.'

'Ik bedoel dat je een hele hoop op de boot afwentelt. Om niet te hoeven denken aan wat er vóór de boot is gebeurd. Denk je dat het dat zou kunnen zijn?'

'Hoe moet ik dat weten? *U* bent zogenaamd de expert.' Dat was erg sarcastisch van me, dat weet ik, maar ik kon het niet binnenhouden. Ik was kwaad op hem. Alsof *ik* negeerde wat er gebeurd was voordat ik de boot pikte. *Ik* was nota bene een van de weinigen die het hadden gezien. De rest van de wereld gedroeg zich net zoals Greg.

'Nou, volgens mij ziet het er naar uit dat we vorderingen maken.'

'Ga weg.'

*

Ik wist dat hij terug zou komen. In zekere zin lag ik eigenlijk te wachten tot hij terug zou komen. Gewoon om het achter de rug te hebben, denk ik. En ik geef toe dat ik geïntrigeerd was. Ik bedoel, ik weet precies wat er gebeurd is en min of meer waarom en min of meer hoe. Maar ik wilde zien hoe slim zijn – nou ja, eigenlijk mijn – verklaring zou zijn.

'Dus je denkt dat je het nu misschien wel aankunt om over Greg te praten.'

'*Greg?* Wat heeft Greg ermee te maken?'

'Nou, wij hebben de indruk en we zouden graag willen dat je die bevestigde, dat je... dat jullie uit elkaar gaan een hoop te maken heeft met je huidige... problemen.'

'U bent echt een hele domme man.' Dat vond ik leuk om te zeggen.

'Help me dan van mijn domheid af, Kath. Leg het me uit. Wanneer heb je gemerkt dat het fout ging tussen jou en Greg?'

'Greg, Greg. Er is verdomme een kernoorlog geweest en het enige waarover u wilt praten is *Greg*.'

'Ja natuurlijk, de oorlog. Maar ik dacht dat we het beter over één ding tegelijk konden hebben.'

'En Greg is belangrijker dan de oorlog? U stelt wel merkwaardige prioriteiten. Misschien is Greg de oorlog wel begonnen. Weet u dat hij een honkbalpet had met MAKE WAR NOT LOVE erop? Misschien zat hij gewoon pils te drinken en heeft hij op de knop gedrukt omdat hij niets anders te doen had.'

'Dat is een interessante benadering. Ik denk dat we daar misschien wel iets mee kunnen beginnen.' Ik reageerde niet. Hij vervolgde: 'Hebben we het bij het juiste eind als we denken dat je met Greg min of meer alles op één paard hebt gezet? Dacht je dat hij je laatste kans was? Heb je misschien te veel van hem verwacht?'

Ik had er genoeg van. 'Ik heet Kathleen Ferris,' zei ik, eigenlijk voornamelijk tegen mezelf. 'Ik ben achtendertig jaar oud. Ik ben uit het noorden weggegaan naar het zuiden omdat ik zag wat er aan het gebeuren was. Maar de oorlog is me gevolgd. Hij is toch gekomen. Ik ben in de boot gestapt. Ik heb me laten meevoeren door de winden. Ik heb twee katten meegenomen, Paul en Linda. Ik heb dit eiland gevonden. Ik woon hier. Ik weet niet wat er met me zal gebeuren, maar ik weet dat diegenen van ons die om de aarde geven de plicht hebben om te blijven leven.' Toen ik uitgesproken was, ontdekte ik dat ik zonder het te beseffen in tranen was uitgebarsten. De tranen stroomden over mijn wangen en in mijn oren. Ik kon niet zien, ik kon niet horen. Ik had het gevoel alsof ik zwom, alsof ik bezig was te verdrinken.

Na een poosje zei de man heel zacht, of misschien kwam het alleen omdat mijn oren vol water zaten: 'Ja, we dachten wel dat je het misschien op die manier bekeek.'

'Ik heb de schadelijke winden meegemaakt. Mijn huid valt af. Ik heb voortdurend dorst. Ik weet niet hoe ernstig het is, maar ik weet dat ik moet volhouden. Al was het maar om de katten. Misschien zullen die me nog nodig hebben.'

'Ja.'

'Wat *bedoelt* u met ja?'

'Nou, psychosomatische symptomen kunnen heel overtuigend zijn.'

'Wilt u het echt niet tot u door laten dringen? Er is een kernoorlog geweest, verdomme.'

'Hmmm,' zei de man. Hij daagde me opzettelijk uit.

'Goed dan,' antwoordde ik. 'Laat ik dan maar naar uw versie luisteren. Ik voel dat u popelt om me die te vertellen.'

'Kijk, wij denken dat het komt doordat je bij Greg weg bent gegaan. En door jullie relatie natuurlijk. Die bezitterigheid, het geweld. Maar jullie uiteengaan...'

Hoewel ik van plan was geweest met hem mee te praten, viel ik hem onwillekeurig in de rede. 'We zijn niet echt uit elkaar gegaan. Ik heb gewoon de boot gepakt toen de oorlog uitbrak.'

'Ja, natuurlijk. Maar jullie relatie... je wilt toch niet zeggen dat die goed was?'

'Niet slechter dan met andere mannen. Het is een doodgewone man, Greg. Voor een man is hij normaal.'

'Juist.'

'Wat bedoelt u met *juist*?'

'Nou kijk, we hebben je dossier laten komen uit het noorden. Er schijnt een bepaald patroon te zijn. Je houdt ervan om alles op één paard te zetten. Met hetzelfde soort man. En dat is altijd een beetje gevaarlijk, nietwaar?' Toen ik geen antwoord gaf, ging hij verder: 'Wij noemen het Chronisch Slachtofferschap. cs.'

Dat besloot ik ook maar te negeren. Om te beginnen wist ik niet eens waar hij het over had. Hij zat gewoon iets uit zijn duim te zuigen.

'Je loochent nogal veel in je leven, nietwaar? Je... loochent een heleboel dingen.'

'Niet waar,' zei ik. Dit was belachelijk. Ik besloot hem uit zijn tent te lokken. 'Wilt u me vertellen, wilt u me vertellen dat er geen oorlog is geweest?'

'Inderdaad. Ik bedoel, de situatie was heel zorgwekkend. Het zag eruit alsof hij ieder moment kon uitbreken. Maar ze hebben er iets op gevonden.'

'*Ze hebben er iets op gevonden!*' schreeuwde ik sarcastisch, want dit bewees alles. Mijn geest was bezig geweest zich die uitdrukking van Greg te herinneren, die ik zo zelfgenoegzaam had gevonden. Ik genoot ervan om te schreeuwen, ik had zin om nog meer te schreeuwen, dus deed ik dat. 'EET BIJ B.J., DAN SCHIJT JE VOOR TWEE!' brulde ik. Ik had een triomfantelijk gevoel, maar die man scheen dat niet te begrijpen en hij legde een hand op mijn arm alsof ik getroost moest worden.

'Ja echt, ze hebben er iets op gevonden. Het is niet doorgegaan.'

'O, nou begrijp ik het,' antwoordde ik, nog steeds triomfantelijk. 'Dus ik zit natuurlijk ook niet op het eiland?'

'Inderdaad.'

'Dat heb ik me maar verbeeld.'

'Ja.'

'En de boot bestaat natuurlijk ook niet?'

'Jawel, je bent werkelijk weggegaan met de boot.'

'Maar er zaten geen katten op.'

'Ja, je had twee katten bij je toen ze je vonden. Ze waren broodmager. Ze hebben het maar net overleefd.'

Het was slim van hem om me niet helemaal tegen te spreken. Slim, maar voorspelbaar. Ik besloot van tactiek te veranderen. Ik zou onzeker doen en een beetje zielig. 'Ik begrijp er niets van,' zei ik, terwijl ik mijn hand uitstak en de zijne pakte. 'Als het geen oorlog was, waarom zat ik dan in die boot?'

'Greg,' zei hij met onaangename zelfverzekerdheid, alsof ik eindelijk iets had toegegeven. 'Je was weggelopen. We hebben ontdekt dat mensen met CS vaak een acuut schuldgevoel hebben als ze eindelijk vluchten. En er was dat slechte nieuws uit het noorden. Dat was je excuus. Je verplaatste alles naar buiten jezelf, je projecteerde je verwarring en je angst op de wereld. Dat is normaal,' voegde hij er neerbuigend aan toe, hoewel hij dat kennelijk niet vond. 'Volkomen normaal.'

'Ik ben hier niet het enige chronische slachtoffer,' antwoordde ik. 'De hele wereld is een chronisch slachtoffer.'

'Natuurlijk.' Hij beaamde het zonder echt te luisteren.

'Ze zeiden dat er oorlog zou komen. Ze zeiden dat de oorlog al was uitgebroken.'

'Dat zeggen ze toch altijd. Maar ze hebben er iets op gevonden.'

'Dat zegt u voortdurend. Enfin. Dus waar hebben ze me volgens uw *versie*'–ik benadrukte dat laatste woord–'gevonden?'

'Zo'n honderdvijftig kilometer ten oosten van Darwin. Je dobberde maar wat rond.'

'Ik dobberde maar wat rond,' herhaalde ik. 'Net als de wereld.' Eerst vertelt hij me dat ik mijn zorgen op de wereld projecteer, dan vertelt hij me dat ik doe wat de wereld voortdurend doet, zoals we allemaal weten. Ik was hier echt niet van onder de indruk.

'En hoe verklaart u het feit dat mijn haar uitvalt?'

'Ik vrees dat je dat zelf uit je hoofd trekt.'

'En dat mijn huid afvalt?'

'Je hebt een moeilijke tijd doorgemaakt. Je hebt onder zware druk gestaan. Het is iets dat vaker voorkomt. Maar het wordt wel weer beter.'

'En hoe verklaart u dat ik me zeer duidelijk alles herinner wat er gebeurd is, vanaf het nieuws dat de oorlog was uitgebroken in het noorden tot mijn tijd hier op het eiland?'

'Nou, de officiële term daarvoor is fabuleren. Je verzint een verhaal om de feiten die je niet kent of niet kunt aanvaarden te verklaren. Je behoudt een paar ware feiten en verzint er een nieuw verhaal omheen. Speciaal in gevallen van tweeledige stress.'

'Wat is dat?'

'Ernstige stress in het privéleven, gekoppeld aan een politieke crisis in de wereld. We moeten altijd meer mensen opnemen als het slecht gaat in het noorden.'

'Staks gaat u me nog vertellen dat er tientallen gekken op zee ronddobberden.'

'Een klein aantal. Vier of vijf misschien. De meeste mensen die we hebben moeten opnemen zijn niet eens zo ver gekomen dat ze in een boot stapten.' Hij klonk alsof hij onder de indruk was van mijn doorzettingsvermogen.

'En... hoeveel mensen hebt u ditmaal moeten opnemen?'

'Enkele tientallen.'

'Nou, u kunt prachtig fabuleren,' zei ik, om hem met zijn eigen officiële term om de oren te slaan. Dat zette hem op zijn nummer. 'Ik vind het echt heel knap.' Hij had zich zelf natuurlijk verraden. *Je behoudt een paar ware feiten en verzint er een nieuw verhaal omheen* – precies wat hij zelf had gedaan.

'Ik ben blij dat we vorderingen maken, Kath.'

'Gaat u nu maar ergens wat op vinden,' zei ik. 'O ja, is er nog nieuws over de rendieren?'

'Wat voor nieuws zou je willen horen?'

'Goed nieuws!' schreeuwde ik. 'Goed nieuws!'

'Ik zal kijken wat ik kan doen.'

*

Toen de nachtmerrie voorbij was, voelde ze zich vermoeid; vermoeid maar triomfantelijk. Ze had het ergste uitgelokt dat de verleider te bieden had. Nu was ze voortaan veilig. Hij had een hele reeks blunders gemaakt, natuurlijk. *Ik ben blij dat we vorderingen maken*: dat had hij nooit mogen zeggen. Niemand wil neerbuigend behandeld worden door zijn eigen geest. En waar hij zich echt mee verraden had, was dat verhaal over de katten die zo mager waren geworden. Dat was juist het opmerkelijkste van de hele reis geweest, dat de katten steeds dikker werden, dat ze dol waren op de vis die ze ving.

Ze nam het besluit om niet meer met de mannen te praten. Ze kon niet verhinderen dat ze kwamen – en ze was er zeker van dat ze haar nog vele nachten zouden bezoeken – maar ze zou niet meer met hen praten. Ze had geleerd hoe ze haar ogen moest dichtdoen in haar nachtmerries; nu zou ze leren haar oren en haar mond dicht te houden. Ze zou zich niet meer in verleiding laten brengen. Zij niet.

Als ze moest sterven, dan zou ze dat doen. Ze waren vast door hele schadelijke winden gevaren; hoe schadelijk zou ze pas ontdekken als ze beter werd of doodging. Ze maakte zich zorgen over de katten, maar ze geloofde dat die zichzelf wel konden redden. Ze zouden terugkeren naar de natuur. Dat hadden ze al gedaan. Toen het eten uit de boot op was, begonnen ze te jagen. Of liever gezegd,

Paul deed dat: Linda was te dik om te jagen. Paul bracht kleine diertjes voor haar mee zoals veldmuizen en gewone muizen. De tranen borrelden op in Kath's ogen toen hij dat deed.

Het ging er allemaal over dat haar geest bang was voor zijn eigen dood, luidde haar uiteindelijke conclusie. Toen haar huid slecht werd en haar haar begon uit te vallen, probeerde haar geest er een andere verklaring voor te vinden. Ze wist nu zelfs hoe dat officieel heette: fabuleren. Hoe kwam ze aan die term? Zeker in een tijdschrift gelezen. Fabuleren. Je behoudt een paar ware feiten en verzint er een nieuw verhaal omheen.

Ze herinnerde zich een woordenwisseling die ze de afgelopen nacht had gehad. De man in de droom zei je loochent een hoop dingen in je leven, hè, en zij had geantwoord niet waar. Dat was grappig, nu ze eraan terugdacht; maar het was ook serieus. Je mocht jezelf niet voor de gek houden. Dat was wat Greg deed, dat was wat de meeste mensen deden. We moeten naar de dingen kijken zoals ze zijn; fabuleren helpt niet meer. Dat is de enige manier waarop we kunnen overleven.

*

De volgende dag, op een klein, met struikgewas bedekt eiland in de Torres Strait, ontdekte Kath Ferris bij het wakker worden dat Linda bevallen was. Vijf lapjeskatjes, dicht tegen elkaar aan gekropen, hulpeloos en blind, maar zonder enige afwijking. Wat een liefde doorstroomde haar. De poes wilde natuurlijk niet hebben dat ze aan de jonge poesjes kwam, maar dat hinderde niet, dat was normaal. Wat voelde ze zich gelukkig! En hoopvol!

117

5
Schipbreuk

I

Het begon met een voorteken.

Ze hadden Kaap Finistère gerond en zeilden met een frisse bries van achteren naar het zuiden, toen het fregat werd omsingeld door een school dolfijnen. De opvarenden verdrongen zich op de achtersteven en langs de borstwering en verwonderden zich erover dat deze dieren in staat waren een schip te omsingelen dat al een vrolijk vaartje van negen, tien knopen had. Terwijl ze bewonderend naar de kunsten van de dolfijnen keken, werd er alarm geslagen. Een scheepsjongen was uit een van de voorste patrijspoorten aan stuurboordzijde gevallen. Er werd een alarmschot gelost, een reddingsvlot in zee gegooid en het schip draaide bij. Maar deze manoeuvres werden omslachtig uitgevoerd en tegen de tijd dat er een sloep met zes man aan boord werd afgevierd, was dit tevergeefs. Ze konden het vlot niet vinden, om van de jongen nog maar te zwijgen. Hij was pas vijftien jaar en zij die hem kenden, beweerden dat hij goed kon zwemmen; ze vermoedden dat hij het vlot naar alle waarschijnlijkheid wel zou hebben bereikt. Als dat zo is, heeft hij daar zeker de dood gevonden na allergruwelijkst te hebben geleden.

De expeditie naar Senegal bestond uit vier schepen: een fregat, een korvet, een fluit en een brik. Ze was op 17 juni 1816 van het eiland Aix vertrokken met 365 mensen aan boord. Nu vervolgde ze haar koers naar het zuiden terwijl het aantal opvarenden met één was afgenomen. Op Tenerife proviandeerden ze en namen kostelijke wijnen, sinaasappels, citroenen, baniaanvijgen en allerlei groenten aan boord. Hier viel hun de ontaardheid van de plaatselijke bevolking op: de vrouwen van Saint Croix stonden voor hun deuren en drongen er bij de Fransen op aan dat ze binnen zouden komen, in het volle vertrouwen dat de jaloezie van hun mannen genezen zou worden door de monniken van de Inquisitie, die excessieve echtelijke liefde zouden veroordelen als een blindmakend geschenk van Satan. Bedachtzame passagiers schreven dit gedrag toe aan de zuidelijke zon, wiens kracht, naar bekend is, zowel natuurlijke als zedelijke banden doet verslappen.

Van Tenerife zeilden ze richting zuid-zuid-west. Harde winden en slechte navigatie verstrooiden de vloot. Het fregat passeerde in zijn eentje de evenaar en rondde Kaap Barbas. Het voer dicht langs de kust, soms niet meer dan een half kanonschot ervandaan. De zee was bezaaid met rotsen; brikken konden deze zee bij laag water niet bevaren. Ze hadden Kaap Blanco gerond, dat dachten ze tenminste, toen ze in een ondiepte bleken te varen; het lood werd ieder half uur neergelaten. Bij het aanbreken van de dag bepaalde meneer Maudet, de officier van de wacht, zijn positie op een kippenhok en rekende uit dat ze zich aan de rand van de Arguin-bank bevonden. Zijn raad werd in de wind geslagen. Maar zelfs wie geen verstand van de zee had, kon zien dat het water van kleur was veranderd; opzij van het schip dreef zeewier en er werd een heleboel vis gevangen. Bij kalme zee en helder weer waren ze bezig vast te lopen. Het lood gaf achttien vadem aan en kort daarop zes vadem. Omdat het fregat tegen de wind in voer, maakte het bijna meteen slagzij; een tweede en een derde keer, toen lag het stil. De loodlijn gaf een diepte aan van vijf meter, zestig centimeter.

Ze hadden het ongeluk dat ze bij vloed op de bank waren gelopen; en pogingen om het schip vlot te krijgen mislukten doordat de zee woest werd. Het fregat was duidelijk niet meer te redden. Omdat de reddingsboten aan boord niet genoeg ruimte boden voor de hele bemanning, werd er besloten een vlot te bouwen en daar de mensen op in te delen voor wie in de boten geen plaats was. Het vlot zou vervolgens naar de kust worden gesleept en allen zouden gered worden. Dit was een uitstekend plan; maar zoals twee bemanningsleden later zouden bevestigen werd het getekend op los zand, dat door de adem van de zelfzucht werd verwaaid.

Het vlot werd gebouwd, en degelijk gebouwd, de plaatsen in de boten toegewezen, proviand klaargemaakt. Bij het aanbreken van de dag, toen er twee meter zeventig centimeter water in het ruim stond en de pompen het begaven, werd het bevel gegeven het schip te verlaten. Maar wanorde kreeg het gedegen plan algauw in zijn greep. De toewijzing der plaatsen werd genegeerd en de proviand werd slordig behandeld, vergeten, of viel in het water. De bezetting van het vlot zou uit honderdvijftig man bestaan: honderdtwintig soldaten inclusief officieren, negenentwintig mannelijke zeelieden en passagiers, en een vrouw. Maar nauwelijks waren er vijftig man aan boord van dit toestel gegaan – dat twintig meter lang was en zeven meter breed – of het zakte minstens zeventig centimeter onder water. Ze gooiden de vaten meel eraf die aan boord waren gedragen, waarop het vlot weer omhoogkwam; de overgeblevenen stapten erop en het zakte weer weg. Toen het toestel volledig beladen was, lag het een meter onder het wateroppervlak en de opvarenden waren zo dicht opeengepakt dat ze geen stap konden verzetten; aan de voorkant en de achterkant stonden ze tot aan hun middel in het water. Losse meelvaten werden door de golven tegen hen aangesmeten; een zak beschuiten van vijfentwintig pond werd hun van bovenaf toegeworpen en door het water in een brij veranderd.

Het was de bedoeling dat een van de zeeofficieren het bevel zou voeren over het vlot; maar deze officier weigerde aan boord te gaan. Om zeven uur 's ochtends werd het teken tot vertrek gegeven en maakte de kleine vloot zich los van het opgegeven fregat. Zeventien personen hadden geweigerd het schip te verlaten, of ze hadden zich verstopt, en bleven dus aan boord achter om hun lot te ontdekken.

Het vlot werd gesleept door vier boten op een rij aan bakboord, voorafgegaan door een pinas, die de diepte mat. Toen de boten hun posities innamen, steeg uit de mannen op het vlot de kreet *Vive le roi!* op en werd er een kleine witte vlag aan het uiteinde van een musket in de lucht gestoken. Maar het was op dit ogenblik, toen de opvarenden van het vlot de grootste hoop en verwachting koesterden, dat de adem van de zelfzucht zich bij de gewone winden van de zee voegde. Een voor een, of het nu om reden van eigenbelang, incompetentie, tegenspoed of schijnbare noodzaak was, werden de sleeptouwen losgegooid.

Het vlot was nauwelijks twee mijl van het fregat verwijderd toen het in de steek werd gelaten. De opvarenden hadden wijn, een beetje brandewijn, wat water en een kleine portie doorweekte beschuit bij zich. Ze hadden geen kompas of kaart meegekregen. Zonder riemen of roer was het onmogelijk om het vlot in toom te houden en ook nauwelijks mogelijk om de opvarenden in toom te houden, die voortdurend tegen elkaar aan werden gesmeten terwijl het water over hen heen golfde. Tijdens de eerste nacht stak er een storm op, die het toestel met enorm geweld heen en weer wierp; de kreten der opvarenden vermengden zich met het brullen van de golven. Sommigen bevestigden touwen aan de balken van het vlot en klampten zich daaraan vast; allen werden meedogenloos door elkaar geschud. Toen de dag aanbrak was de lucht vervuld van jammerkreten, er werden geloften aan de hemel gedaan die nooit konden worden waargemaakt en iedereen bereidde zich voor op zijn dood. Het was onmogelijk je een idee over die eerste nacht te vormen dat niet onderdeed voor de werkelijkheid.

De volgende dag was de zee kalm en voor velen vlamde de hoop weer op. Niettemin namen twee jonge knapen en een bakker, ervan overtuigd dat de dood onontkoombaar was, afscheid van hun metgezellen en omarmden eigener beweging de zee. Het was op deze dag dat de opvarenden van het vlot hun eerste waanvoorstellingen kregen. Sommigen meenden land te zien, anderen namen schepen waar die hen kwamen redden en toen die bedrieglijke hoop op de rotsen te pletter sloeg, bracht dat nog grotere neerslachtigheid teweeg.

De tweede nacht was verschrikkelijker dan de eerste. De zeeën waren zo hoog als bergen en het vlot dreigde voortdurend om te slaan; de officieren die zich bij de korte mast verdrongen, bevalen het krijgsvolk van de ene kant van het toestel naar de andere te gaan, om tegenwicht te bieden aan de energie van de golven. Een groepje mannen, ervan overtuigd dat het met hen gedaan was, brak een vat wijn open en besloot hun laatste momenten te verzachten door de verstandelijke vermogens prijs te geven; waarin zij slaagden, totdat het zeewater binnendrong door het gat dat ze gemaakt hadden en de wijn bedierf. Omdat ze daardoor nog eens zo razend werden, besloten deze gestoorde mannen allen naar een gemeenschappelijke ondergang te zenden en vielen daartoe aan op de touwen die het vlot bijeen hielden. Men bood weerstand aan de muiters en er vond een hevige strijd plaats te midden van de golven en de nachtelijke duisternis. De orde werd hersteld en er brak een uur van rust aan op dat noodlottige toestel. Maar te middernacht stond het soldatenvolk weer op en viel zijn meerderen aan met messen en sabels; zij die geen wapen hadden, waren zo buiten zichzelf dat ze de officieren met hun tanden trachten te verwonden en velen liepen beten op. Mannen werden in zee gegooid, geknuppeld, gestoken; er werden twee vaten wijn overboord gegooid en het laatste restje water. Tegen de tijd dat de schurken het onderspit hadden gedolven, was het vlot beladen met lijken.

Tijdens de eerste opstand werd een werkman genaamd Dominique, die zich bij de muiters had aangesloten, in zee geworpen. Toen hij de klaaglijke kreten van zijn perfide ondergeschikte hoorde, stortte de ingenieur die verantwoordelijk was voor de werklieden zich in het water, pakte de schurk bij zijn haar en slaagde erin hem weer aan boord te trekken. Het hoofd van Dominique was opengekliefd door een sabel. De wond werd in het donker verbonden en de stumper weer tot leven gewekt. Maar zodra hij was bijgekomen sloot de ondankbare zich opnieuw aan bij de muiters en kwam samen met hen weer in opstand. Ditmaal ondervond hij minder geluk en minder genade; hij kwam diezelfde nacht om het leven.

De ongelukkige overlevenden werden nu bedreigd door waanzinnigheid. Sommigen stortten zich in zee; sommigen werden apathisch; sommige ongelukkige stakkers gingen hun kameraden te lijf met getrokken sabels en eisten *een kippevleugel*. De ingenieur, wiens dapperheid de werkman Dominique had gered, zag zichzelf over de heerlijke vlakten van Italië reizen, terwijl een van de officieren tegen hem zei: 'Ik herinner me dat we door de boten in de steek zijn gelaten; maar vrees niet: ik heb zojuist aan de gouverneur geschreven en over enkele uren worden we gered.' De ingenieur, kalm in zijn waanzin, reageerde als volgt: 'Hebt u een duif om uw orders zo snel te laten overbrengen?'

Voor de zestig mensen die zich nog op het vlot bevonden, was er nog maar één vat wijn over. Ze verzamelden nestels van de soldaten en maakten er vishaakjes van; ze namen een bajonet en verbogen deze om er een haai mee te vangen. Waarop er een haai kwam die de bajonet beetpakte, hem met een woedende beweging van zijn bek weer rechtboog en wegzwom.

Een drastisch middel bleek noodzakelijk om hun ellendige bestaan te rekken. Enkelen van degenen die de nacht van de muiterij hadden overleefd, vielen op de lijken aan en hakten er stukken af, waarna ze het vlees meteen verslonden. De meeste officieren weigerden dit vlees; hoewel er een was die voorstelde het eerst te drogen teneinde het smakelijker te maken. Sommigen probeerden op zwaardgordels en kardoesdozen te kauwen en op de leren banden van hun mutsen, wat weinig baatte. Een matroos probeerde zijn eigen uitwerpselen op te eten, maar kon het niet.

De derde dag was kalm en mooi. Ze rustten uit, maar wrede dromen verergerden de verschrikkingen die ze toch al te verduren hadden door honger en dorst. Het vlot, dat nu minder dan de helft van de oorspronkelijke bemanning vervoerde, was omhooggekomen in het water, een onvoorzien voordeel van de muiterijen van die nacht. Maar de opvarenden stonden nog altijd tot aan hun knieën in het water en konden alleen staande rusten, tegen elkaar aangedrukt in een compacte massa. Op de vierde ochtend zagen ze dat er die nacht een twaalftal van hun makkers was gestorven; de lijken werden toevertrouwd aan de zee, op één na, dat bewaard werd voor het stillen van hun honger. Die middag om vier uur kwam er een school vliegende vissen over en vele daarvan kwamen vast te zitten tussen de uiteinden van het vlot. Die avond bereidden ze de vis toe, maar hun honger was zo reusachtig en de porties zo karig dat velen mensenvlees aan de vis toevoegden en toen het vlees toebereid was, vond men het minder weerzinwekkend. Zelfs de officieren aten ervan toen het hun in deze vorm werd voorgezet.

Vanaf die dag leerden allen mensenvlees eten. De volgende nacht zou er een nieuwe voorraad van brengen. Enige Spanjaarden, Italianen en negers, die zich tijdens de eerste muiterijen afzijdig hadden gehouden, smeedden een complot om hun superieuren overboord te gooien en naar de kust te ontsnappen, waarvan ze meenden dat die nabij was, met de kostbaarheden en bezittingen die in een zak waren gedaan en aan de mast gehangen. Weer volgde er een verschrikkelijke strijd en bloed spoelde over het fatale vlot. Toen deze derde muiterij eindelijk onderdrukt werd, waren er niet meer dan dertig man aan boord over en was het vlot nog verder omhooggekomen in het water. Er lag nauwelijks een man op die geen wonden had waarin voortdurend zout water spoelde, en er werden doordringende kreten gehoord.

Op de zevende dag verstopten twee soldaten zich achter het laatste vat wijn. Ze sloegen er een gat in en begonnen de wijn door een strohalm te drinken. Toen ze betrapt werden, werden de beide overtreders meteen in het water geworpen, in overeenstemming met de noodzakelijke wet die was afgekondigd.

Nu gebeurde het dat de verschrikkelijkste beslissing werd genomen. Toen ze telden met hoeveel ze nog over waren, bleek dat ze met hun zevenentwintigen waren. Daarvan hadden er vijftien waarschijnlijk nog enkele dagen te leven; de rest, die grote wonden had opgelopen, terwijl velen ijlkoortsen hadden, had slechts de miniemste kans om te overleven. Maar in de tijd die misschien toch nog voor hun dood zou verstrijken, zouden ze de beperkte voorraad proviand stellig nog meer doen slinken. Er werd uitgerekend dat ze met elkaar misschien wel dertig of veertig flessen wijn zouden opdrinken. De zieken op half rantsoen zetten, betekende hen langzaam vermoorden. En zo werd er, na een discussie waarin de verschrikkelijkste wanhoop de overhand had, door de vijftien gezonden overeengekomen dat hun zieke kameraden, voor het gemeenschappelijk heil van hen die nog een kans hadden om te overleven, in zee geworpen moesten worden. Drie matrozen en een soldaat, wier harten inmiddels waren gehard door de voortdurende aanblik van de dood, voerden deze weerzinwekkende maar noodzakelijke executies uit. De gezonden werden van de ongezonden gescheiden zoals rein van onrein.

Na dit wrede offer gooiden de laatste vijftien overlevenden al hun wapens in het water en hielden alleen een sabel over voor het geval er touw of hout moest worden doorgehakt. Er was genoeg voedsel over voor zes dagen terwijl ze wachtten op de dood.

Er was een klein voorval dat door ieder naar zijn aard werd geïnterpreteerd. Boven hun hoofden verscheen een fladderende witte vlinder van een soort die in Frankrijk veel voorkomt en die neerstreek op het zeil. Sommigen, die buiten zinnen waren van de honger, meenden zelfs hier een hapje in te zien. Voor anderen was het gemak waarmee hun bezoeker zich bewoog een absolute bespotting, daar zijzelf er uitgeput en bijna roerloos onder lagen. Voor weer anderen was deze simpele vlinder een teken, een boodschapper van de Hemel, zo wit als Noachs duif. Zelfs de sceptici die weigerden er een goddelijk werktuig in te zien, wisten met voorzichtige hoop dat vlinders zich niet ver verwijderen van het vasteland.

Maar het vasteland kwam niet in zicht. Onder de brandende zon werden ze verteerd door een razende dorst, totdat ze hun lippen begonnen te bevochtigen met hun eigen urine. Ze dronken die uit kleine tinnen kroesjes die ze eerst in het water hielden om het vocht uit hun binnenste sneller af te laten koelen. Het gebeurde wel dat iemands kroes gestolen werd en dat hij die later terugkreeg, maar zonder de urine die erin had gezeten. Er was iemand die zich er niet toe kon brengen ervan te drinken, hoeveel dorst hij ook had. Een chirurgijn in hun midden merkte op dat de urine van sommige mannen aangenamer smaakte dan die van anderen. Hij merkte tevens op dat een onmiddellijk effect van het drinken van urine de neiging was om nogmaals te urineren.

Een officier van het leger ontdekte een citroen, die hij helemaal voor zich alleen wilde houden; heftige smeekbeden overtuigden hem van de gevaren van zelfzucht. Er werden ook dertig tenen knoflook gevonden, waaruit nog meer onenigheid voortkwam; als niet alle wapens op een sabel na waren weggegooid, zou er misschien weer bloed zijn gevloeid. Er waren twee flakons met sterke drank voor het schoonmaken van de tanden; een of twee druppels van deze drank, die door de bezitter met tegenzin werden verstrekt, brachten een verrukkelijke sensatie op de tong teweeg, die de dorst enkele seconden verdreef. Een paar stukken tin die in de mond werden gestopt brachten een zekere koelte teweeg. Een lege flacon die eens rozenolie had bevat, werd door de overlevenden aan elkaar doorgegeven; ze snoven eraan en de resten van het parfum hadden een kalmerende uitwerking.

Op de tiende dag vatten enkele mannen na het ontvangen van hun wijnrantsoen het plan op om zich te bedrinken en vervolgens zelfmoord te plegen; ze werden met moeite van die gedachte teruggebracht. Het vlot was omringd door haaien en in hun waanzin gingen enige soldaten openlijk zwemmen in het zicht van deze reusachtige vissen. Acht mannen, die vermoedden dat het land niet ver weg kon zijn, bouwden een tweede vlot om mee te ontsnappen. Ze bouwden een smal gevaarte met een korte mast en het doek van een hangmat als zeil; maar toen ze het uitprobeerden, bewees de broosheid van het vlot hoe gewaagd hun onderneming was en zagen ze er vanaf.

Op de dertiende dag van hun beproeving kwam de zon op aan een wolkeloze hemel. De vijftien stumpers hadden hun gebeden tot de Almachtige gezegd en hun wijnrantsoenen verdeeld toen een kapitein van de infanterie, die in de richting van de horizon keek, een schip ontwaarde en dit met een uitroep bekendmaakte. Allen zeiden de Here dank en raakten in vervoering van vreugde. Ze bogen hoepels recht en bevestigden zakdoeken aan de uiteinden; één hunner klom boven in de mast en zwaaide met die vlaggetjes. Allemaal keken ze naar het schip aan de horizon en maakten gissingen over zijn koers. Sommigen schatten dat het met de minuut dichterbij kwam; anderen beweerden dat het de andere kant op voer. Een half uur lang zweefden ze tussen hoop en vrees. Toen verdween het schip van de zee.

Van vreugde vervielen ze in neerslachtigheid en verdriet; ze benijdden hen die al gestorven waren hun lot. Toen maakten ze, om enige afleiding van hun wanhoop te vinden in de slaap, een afdak tegen de zon van een stuk doek en gingen eronder liggen. Ze maakten het plan een verslag van hun avonturen te schrijven, dat ze allemaal zouden ondertekenen en boven in de mast spijkeren, in de hoop dat het op een of andere manier hun gezinnen en de Regering zou bereiken.

Ze hadden twee uur doorgebracht met de afschuwelijkste bespiegelingen toen de meesterkanonnier, die naar de voorkant van het vlot wilde, uit de tent kwam en op een halve mijl afstand de *Argus* op hen af zag komen, met alle zeilen gehesen. Hij kon ternauwernood ademhalen. Zijn handen strekten zich uit naar de zee. 'Gered!' zei hij. 'Zie die brik daar naderen!' Allen verheugden zich; zelfs de gewonden trachtten naar de achterkant van het vlot te kruipen om de nadering van hun redders beter te kunnen zien. Ze omarmden elkaar en hun blijdschap werd twee keer zo groot toen ze zagen dat ze hun verlossing aan Fransen dankten. Ze wuifden met zakdoeken en dankten de Voorzienigheid.

De *Argus* katte haar zeilen en ging aan stuurboord liggen, op een half pistoolschot afstand. De vijftien overgeblevenen, van wie de sterksten niet langer dan achtenveertig uur meer hadden kunnen overleven, werden aan boord genomen; de gezagvoerder en de officieren van de brik deden door hun herhaalde zorg de vlam van het leven weer oplaaien in de overlevenden. Twee mannen, die later hun verslag van de beproeving zouden schrijven, hebben geconcludeerd dat de wijze waarop ze gered werden werkelijk wonderbaarlijk was en dat de vinger des Hemels duidelijk viel waar te nemen in deze gebeurtenis.

De reis van het fregat was begonnen met een voorteken en hij eindigte met een echo. Toen het fatale vlot wegvoer, voortgesleept door de boten die het begeleidden, bleven er zeventien personen achter. Nadat zij aldus eigener verkiezing in de steek waren gelaten, zochten ze meteen het schip af naar alles wat de vertrekkenden niet hadden meegenomen en waarin de zee niet was doorgedrongen. Ze vonden beschuiten, wijn, brandewijn en spek, genoeg om een poosje van te leven. Eerst heerste er gerustheid, want hun kameraden hadden beloofd dat ze hen zouden komen redden. Maar toen er tweeënveertig dagen waren verstreken zonder redding, besloten twee van de zeventien naar het land toe te gaan. Daartoe bouwden ze een tweede vlot van enige balken die nog van het fregat over waren en die ze met sterke touwen aan elkaar bonden, en gingen aan boord. Net als hun voorgangers ontbrak het hun aan roeiriemen en middelen om te sturen en ze bezaten alleen maar een primitief zeil. Ze namen een kleine voorraad proviand mee en het beetje hoop dat hun restte. Maar vele dagen later ontdekten Moren, die aan de kust van de Sahara wonen en onderdanen zijn van koning Zaïd, de overblijfselen van hun vaartuig en gingen met dit nieuws naar Andara. Men was van mening dat de mannen op dit tweede vlot ongetwijfeld ten prooi waren gevallen aan de zeemonsters, die in groten getale voor de kusten van Afrika worden aangetroffen.

En tenslotte was er, bijna karikaturaal, nog de echo van een echo. Vijf mannen bleven achter op het fregat. Een aantal dagen nadat het tweede vlot was vertrokken trachtte een matroos, die geweigerd had mee te gaan, eveneens de kust te bereiken. Omdat hij in zijn eentje niet in staat was een derde vlot te bouwen, koos hij het ruime sop in een kippenhok. Misschien was het wel hetzelfde hok waarop meneer Maudet die fatale positie had bepaald op de ochtend dat ze op de bank liepen. Maar het kippenhok zonk en de soldaat verdronk toen hij nog maar een halve kabellengte van de *Medusa* verwijderd was.

2

Hoe verander je een catastrofe in kunst?

Tegenwoordig is dat een proces dat automatisch verloopt. Ontploft er ergens een kerncentrale? Binnen het jaar brengen we in Londen het toneelstuk op de planken. Wordt er een president vermoord? Dan kunt u het boek krijgen of de film of het verfilmde boek of de geboekte film. Oorlog? Romanschrijvers aantreden! Een reeks gruwelijke moorden? In de verte komen de dichters al aanstampen. Natuurlijk is het nodig dat we hem begrijpen, deze catastrofe; en om hem te begrijpen, moeten we hem ons kunnen voorstellen, dus hebben we het werk van de scheppende kunstenaars nodig. Maar we moeten hem ook verklaren en vergeven, hoe minimaal ook. Waarom is dit gebeurd, deze krankzinnige daad van de Natuur, dit moment van menselijke waanzin? Nou ja, het heeft in elk geval kunst opgeleverd. Misschien *zijn* catastrofes daar wel voor.

Voordat hij aan het schilderij begon heeft hij zijn hoofd kaalgeschoren, dat weten we allemaal. Zijn hoofd kaalgeschoren zodat hij niemand zou kunnen ontvangen, en zich opgesloten in zijn atelier, waar hij pas weer uit is gekomen toen hij zijn meesterwerk voltooid had. Is dat wat er gebeurd is?

De expeditie vertrok op 17 juni 1816.

De *Medusa* liep in de middag van de 2de juli 1816 op de bank.

De overlevenden op het vlot werden op 17 juli 1816 gered.

Savigny en Corréard publiceerden hun verslag van de reis in november 1817.

Het doek werd gekocht op 24 februari 1818.

Het doek werd op 28 juni 1818 naar een groter atelier overgebracht en opnieuw opgespannen.

Het schilderij werd voltooid in juli 1819.

Op 28 augustus 1819, drie dagen voor de opening van de Salon, bezichtigde Lodewijk xviii het schilderij en voegde de schilder volgens de *Moniteur Universel* 'een van die goed gevonden opmerkingen toe, die tegelijkertijd het werk beoordelen en de kunstenaar aanmoedigen'. De koning zei: 'Monsieur Géricault, uw schipbreuk is beslist geen ramp.'

Het begint met werkelijkheidsgetrouwheid. De schilder las het verslag van Savigny en Corréard; hij ontmoette hen, ondervroeg hen. Hij stelde een dossier over de zaak samen. Hij zocht de timmerman van de *Medusa* op, die het had overleefd, en liet hem een schaalmodel bouwen van zijn oorspronkelijke toestel. Daar zette hij wassen beelden op, die de overlevenden voorstelden. Hij omringde zich in zijn atelier met zijn eigen schilderijen van afgehakte hoofden en in stukken gesneden ledematen, om de lucht te bezwangeren met sterfelijkheid. Herkenbare portretten van Savigny, Corréard en de timmerman zijn in het uiteindelijke schilderij verwerkt. (Hoe vonden zij het om te poseren voor die reprise van hun lijden?)

Hij was volmaakt kalm tijdens het schilderen, vertelde Antoine Alphonse Montfort, leerling van Horace Vernet; er was weinig beweging in het lichaam of de armen te bespeuren en slechts een lichte blos op het gelaat, die op zijn concentratie duidde. Hij werkte rechtstreeks op het witte doek met slechts een ruwe omtrek als leidraad. Hij schilderde zolang het licht was, met een volharding die tevens geworteld was in technische noodzaak: de zware, sneldrogende olieverven die hij gebruikte, betekenden dat ieder onderdeel waaraan hij begon diezelfde dag moest worden afgemaakt. Zoals we weten had hij zijn rossig blonde krullen laten afknippen, als een bordje Niet Storen. Maar hij was niet alleen: modellen, leerlingen en kennissen bleven het huis bezoeken, waar hij samen met zijn jonge assistent Lous-Alexis Jamar woonde. Onder de modellen die hij gebruikte bevond zich de jonge Delacroix, die geposeerd heeft als de dode die op zijn buik ligt met gestrekte linkerarm.

Laten we beginnen met wat hij niet schilderde. Hij schilderde niet:

1. De *Medusa*, die op de bank liep;
2. Het moment waarop de sleeptouwen werden losgegooid en het vlot in de steek werd gelaten;
3. De nachtelijke muiterijen;
4. Het noodzakelijke kannibalisme;
5. De massamoord uit zelfbescherming;
6. De komst van de vlinder;
7. De overlevenden tot aan hun middel, of kuiten, of enkels in het water;
8. Het eigenlijke moment van de redding.

Met andere woorden, hij wilde vóór alles niet 1. politiek; 2. symbolisch; 3. theatraal; 4. schokkend; 5. opwindend; 6. sentimenteel; 7. documentaristisch; of 8. ondubbelzinnig zijn.

Noten

1. De *Medusa* was een scheepsramp, een krantekop en een schilderij; het was ook een zaak. Bonapartisten vielen Monarchisten aan. Het gedrag van de kapitein van het fregat wierp licht op a. de incompetentie en corruptie van de Royalistische marine; b. de algehele harteloosheid van de heersende klasse tegenover haar ondergeschikten. Parallellen met het schip van staat dat aan de grond liep zouden zowel banaal als tactloos zijn geweest.

2. Savigny en Corréard, overlevenden en co-auteurs van het eerste verslag van de schipbreuk, richtten een verzoekschrift tot de regering, waarin ze om schadevergoeding voor de slachtoffers en straf voor de schuldige officieren verzochten. Afgewezen door de officiële rechters, wendden ze zich met hun boek tot de rechtbank van de publieke opinie. Corréard heeft zich vervolgens als uitgever en pamfletschrijver gevestigd in een winkel die De Ondergang van de Medusa werd genoemd; deze werd een ontmoetingsplaats voor politieke malcontenten. We kunnen ons een schilderij voorstellen van het moment waarop de sleeptouwen worden losgemaakt; een bijl zwaait door de lucht, glinsterend in de zon; een officier, die het vlot

zijn rug toekeert, maakt achteloos een knoop los... Dat zou een uitstekend geschilderd pamflet zijn.

3. Het heeft maar een haar gescheeld, of Géricault had de muiterij als onderwerp voor zijn schilderij genomen. Er bestaan nog verschillende schetsen van. Nacht, storm, zware zeeën, gescheurde
zeilen, geheven sabels, verdrinking, handgemenen, blote lijven.
Wat is hier mis aan? Voornamelijk dat het eruitziet als zo'n gelagka-
mer-knokpartij in een B-Western, waar alle aanwezigen bij betrokken zijn–hier deelt iemand een stomp uit, daar slaat iemand een
stoel kapot, breekt een fles op het hoofd van een vijand, hangt met
zware laarzen aan de kroonluchter te zwiepen. Er gebeurt te veel.
Je kunt meer vertellen door minder te laten zien.

Van de schetsen van de muiterij die ons resten, wordt gezegd dat
ze lijken op traditionele versies van het Laatste Oordeel, omdat de
onschuldigen van de schuldigen worden gescheiden en de muiters
in de verdoemenis worden gestort. Die zinspeling zou misleidend
zijn geweest. Op het vlot was het niet deugdzaamheid maar kracht,
die zegevierde; en van genade was nauwelijks sprake. De subtekst
van deze versie zou luiden dat God aan de kant van de officiersklasse stond. Misschien was dat in die dagen ook wel zo. Maakte Noach
deel uit van de officiersklasse?

4. In de westerse kunst komt heel weinig kannibalisme voor.
Preutsheid? Dat is niet waarschijnlijk: de westerse kunst is niet te
preuts om uitgestoken ogen, afgehakte hoofden in zakken, sacrifi-
ciële borstamputatie, besnijdenissen en kruisigingen te laten zien.
Bovendien was kannibalisme een heidense praktijk die bruikbaar
was om in een schilderij te veroordelen terwijl de toeschouwer er in
het geniep door werd opgewonden. Maar sommige onderwerpen
schijnen nu eenmaal vaker geschilderd te worden dan andere.
Neem bijvoorbeeld officier Noach. Er bestaan verbazend weinig
schilderijen van de Ark. Een enkel geestig Amerikaans naïef werkje
en een sombere Giacomo Bassano in het Prado, maar verder wil me
niet veel te binnen schieten. Adam en Eva, de Zondeval, de Blijde
Boodschap, het Laatste Oordeel–die zijn allemaal te krijgen van
belangrijke schilders. Maar Noach en zijn Ark? Een sleutelmo-
ment in de menselijke geschiedenis, een storm op zee, pittoreske
dieren, goddelijk ingrijpen in menselijke zaken: je zou toch zeggen

dat de benodigde elementen allemaal aanwezig zijn. Wat zou de verklaring kunnen zijn voor deze iconografische lacune? Misschien het ontbreken van een schilderij van de Ark dat belangrijk genoeg is om het onderwerp nieuwe kracht te geven en populair te maken. Of ligt het aan het verhaal zelf; waren de schilders het er misschien over eens dat de Zondvloed God niet in het allerbeste daglicht stelt?

Géricault heeft één schets gemaakt van kannibalisme op het vlot. Het door hem gekozen moment van antropofagie laat een gespierde overlevende zien, die op de elleboog van een gespierd lijk zit te knagen. Het is bijna om te lachen. Als hij dit onderwerp had gekozen, zou het treffen van de juiste toon de grote moeilijkheid zijn geweest.

5. Een schilderij is een moment. Wat zouden we denken dat er aan de hand was in een tafereel waar je drie matrozen en een soldaat mensen van een vlot in zee ziet gooien? Dat de slachtoffers al dood waren? Of anders, dat ze vermoord werden om hun juwelen? Striptekenaars die er moeite mee hebben de achtergrond van hun grappen uit te leggen, geven ons vaak krantenverkopers die bij aanplakborden staan waarop een toepasselijke kop is getekend. Bij een schilderij zou de equivalente informatie in de naam verwerkt moeten worden: EEN AFSCHUWELIJK TAFEREEL AAN BOORD VAN HET VLOT VAN DE MEDUSA WAARIN WANHOPIGE OVERLEVENDEN, GEMARTELD DOOR HUN GEWETEN, BESEFFEN DAT ER ONVOLDOENDE PROVIAND IS EN DE TRAGISCHE DOCH NOODZAKELIJKE BESLISSING NEMEN OM DE GEWONDEN OP TE OFFEREN TENEINDE ZELF EEN GROTERE KANS OP OVERLEVEN TE HEBBEN. Dat is het wel zo'n beetje.

'Het Vlot van de Medusa' heet overigens niet 'Het Vlot van de Medusa'. In de catalogus van de Salon stond het schilderij vermeld als *Scène de naufrage* – 'Schipbreuk'. Een diplomatieke zet? Misschien. Maar het is net zo goed een nuttige instructie aan de kijker: dit is een schilderij, geen mening.

6. Het is niet moeilijk je de komst van de vlinder voor te stellen zoals andere schilders die zouden afbeelden. Maar het beroep dat dit op onze emoties doet is weinig subtiel, vindt u ook niet? En zelfs als het mogelijk zou zijn de juiste toon te treffen, zouden er nog twee belangrijke problemen overblijven. Ten eerste zou het er niet uitzien alsof het waar gebeurd was, ook al is dat zo; wat waar is,

hoeft nog niet te overtuigen. Ten tweede levert een witte vlinder van zes of acht centimeter breed, die neerstrijkt op een vlot van twintig meter lang en zeven meter breed, ernstige schaalproblemen op.

7. Als het vlot onder water ligt kun je het vlot niet schilderen. De gedaanten zouden allemaal aan de zee ontspruiten als een groep aan de zee ontstegen Venussen. Verder geeft het ontbreken van een vlot vormproblemen; als iedereen overeind staat omdat hij zou verdrinken als hij ging liggen, staat je schilderij stijf van de verticale vlakken; dan moet je extra vindingrijk zijn. Je kunt beter wachten tot er nog meer opvarenden zijn gestorven, het vlot uit het water omhooggekomen is en het horizontale vlak volledig beschikbaar komt.

8. De reddingsboot van de *Argus* die langszij komt, de overleveden die hun armen uitstrekken en erin klauteren, het pathetische contrast tussen de conditie van de geredden en die van de redders, een toneel van uitputting en blijdschap–allemaal diep ontroerend, dat wel. Géricault heeft verschillende schetsen gemaakt van het moment van de redding. Het zou een indringend beeld kunnen zijn; maar het is een beetje... makkelijk.

Dat heeft hij allemaal niet geschilderd.

Wat heeft hij dan wel geschilderd? Nou, wat denken we dat hij heeft geschilderd? Laten we onszelf wijsmaken dat ons oog nog van niets weet. We bekijken 'Schipbreuk' zonder kennis van de Franse maritieme geschiedenis. We zien overlevenden op een vlot naar een minuscuul scheepje aan de horizon wuiven (het valt ons onwillekeurig op dat het vaartuig in de verte niet groter is dan de vlinder zou zijn geweest). Onze aanvankelijke veronderstelling is, dat dit het moment van waarneming is dat tot de redding zal leiden. Dit gevoel komt gedeeltelijk voort uit een onvermoeibare voorliefde voor happy endings, maar ook uit het feit dat we ons op een bepaald niveau van ons bewustzijn het volgende afvragen: hoe zouden we van het bestaan van die mensen op dat vlot afweten als ze *niet* waren gered?

Wat pleit er voor deze veronderstelling? Het schip bevindt zich aan de horizon, de zon bevindt zich ook aan de horizon (hoewel ongezien) en beschijnt deze met geel licht. Zonsopgang, concluderen we, het schip komt tegelijk met de zon en brengt een nieuwe dag, hoop en redding; de zwarte wolken in de hoogte (ontzettend zwart) zullen binnenkort verdwijnen. Maar als het nu eens zonsondergang is? Dageraad en avondschemering zijn makkelijk door elkaar te halen. Als het nu eens zonsondergang is en het schip net als de zon op het punt staat te verdwijnen en de schipbreukelingen aan het begin van de hopeloze nacht staan, zo zwart als die wolk boven hun hoofd? Misschien kijken we aarzelend naar het zeil van het vlot om te zien of het toestel naar de redder toe of van hem af drijft en om te schatten of die onheilspellende wolk op het punt staat verdreven te worden; maar daar schieten we niet veel mee op – de wind waait niet recht door het schilderij heen, maar van rechts naar links, en de lijst snijdt ons af van verdere kennis omtrent het weer aan onze rechterhand. Dan, terwijl we nog altijd aarzelen, komt er een derde mogelijkheid bij ons op: het kan zonsopgang zijn, maar toch komt het reddende vaartuig niet op de schipbreukelingen af. Onverschilliger zou het noodlot zich niet kunnen opstellen: de zon komt op, *maar niet voor jullie.*

Het onwetende oog maakt met een zekere korzelige tegenzin plaats voor het geïnformeerde oog. Laten we 'Schipbreuk' naast het verhaal van Savigny en Corréard leggen. Het wordt meteen duidelijk dat Géricault niet het wuiven heeft geschilderd dat tot de uiteindelijke redding leidde: dat was anders, want de brigantijn was plotseling vlak bij het vlot en iedereen was verheugd. Nee, dit is de eerste keer, toen de *Argus* een tantaliserend half uur aan de horizon te zien was. Als we het geschilderde met het gedrukte woord vergelijken, valt ons meteen op dat Géricault niet de overlevende boven in de mast heeft geschilderd, die rechtgebogen hoepels vasthield met zakdoeken eraan. In plaats daarvan heeft hij een man genomen die boven op een ton overeind wordt gehouden en met een grote lap zwaait. We nemen deze verandering in ons op en geven vervolgens toe dat die voordelen heeft: de werkelijkheid bood hem een beeld als een aap-op-een-stokje; de kunst raadde hem aan een duidelijker brandpunt te nemen, en een extra verticaal vlak.

Maar laten we onszelf niet te snel informeren. Leg de vraag nog eens voor aan dat prikkelbare, onwetende oog. Let maar niet meer op het weer; wat valt er op te maken uit de manschappen op het vlot zelf? Laten we ze eerst eens tellen. Er zijn twintig figuren aan boord. Twee staan er druk te wuiven, eentje staat druk te wijzen, twee zijn heftig aan het smeken en één ondersteunt met gespierde armen de wuivende figuur op de ton: zes stuks voor hoop en redding. Dan zijn er vijf figuren (twee voorover liggend, twee op de rug liggend) die eruitzien alsof ze dood of stervende zijn, plus een oude grijsaard die met zijn rug naar de waargenomen *Argus* toe zit in een treurende houding: zes tegen. Ertussenin (we meten niet alleen sfeer maar ook ruimte) bevinden zich nog acht figuren: één half smekend, half ondersteunend; drie die met ondoorgrondelijke gezichten naar de wuivende figuur kijken; één die hartverscheurend naar de wuivende figuur kijkt; twee en profil gezien, respectievelijk kijkend naar voorbije golven en naar golven die in aantocht zijn; plus een onduidelijke figuur in het donkerste, meest beschadigde deel van het doek, met zijn hoofd in zijn handen (en klauwend aan zijn schedelhuid?). Zes, zes en acht: geen absolute meerderheid.

(Twintig? vraagt het geïnformeerde oog. Maar Savigny en Corréard zeiden dat er maar vijftien overlevenden waren. Dus die vijf figuren die best alleen maar bewusteloos zouden kunnen zijn, zijn definitief allemaal dood? Ja. Maar hoe zit het dan met het uitziften dat plaatsvond toen de laatste vijftien gezonde overlevenden hun dertien gewonde kameraden in zee smeten? Géricault heeft er een aantal uit het water gevist omdat hij die nodig had voor zijn compositie. En dienen de doden hun stem in het referendum over hoop versus wanhoop kwijt te raken? Formeel wel, ja; maar niet wat de sfeerbepaling van het schilderij betreft.)

De opbouw is dus evenwichtig, zes voor, zes tegen, acht geen mening. Onze beide ogen, het onwetende en het geïnformeerde, dwalen loenzend rond. Ze worden steeds meer afgeleid van het voor de hand liggende middelpunt van de belangstelling, de wuiver op de ton, en naar de treurende figuur links op de voorgrond getrokken, de enige persoon die ons aankijkt. Hij heeft een jongere kerel op zijn schoot liggen, die–we hebben onze sommetjes gemaakt– definitief dood is. De oude man zit met zijn rug naar ieder levend mens op het vlot toe: zijn houding is er een van berusting, verdriet, wanhoop; verder valt hij op door zijn grijze haar en door een rode doek, die hij als nekbeschermer draagt. Het lijkt alsof hij is weggelopen uit een ander genre – een wijze van Poussin, die verdwaald is misschien. (Nonsens, snauwt het geïnformeerde oog. Poussin? Guérin en Gros, zul je bedoelen. En de dode 'Zoon'? Een medley van Guérin, Girodet en Prud'hon.) Wat doet deze 'Vader'? a. treuren om de dode man (zijn zoon? zijn maat?) op zijn schoot; b. beseffen dat ze nooit gered zullen worden; c. bedenken dat het zelfs als ze gered worden allemaal geen sodemieter meer uitmaakt vanwege de dood die hij in zijn armen houdt? (Tussen haakjes, zegt het geïnformeerde oog, onwetendheid heeft echt nadelen. Je zou toch bijvoorbeeld nooit raden dat deze Vader en Zoon een afgezwakt kannibalistisch motief zijn? Als groep komen ze het eerst voor op Géricaults enige overgebleven schets van de kannibalistische scène; en iedere erudiete toeschouwer zou in die tijd zeker hebben moeten denken aan Dante's beschrijving van Graaf Ugolino, die in zijn toren te Pisa zat te treuren te midden van zijn stervende kinderen – die hij opat. Snappen jullie het nu?)

Wat we ook mogen concluderen omtrent de gedachten van de oude man, zijn aanwezigheid wordt een even grote kracht in het schilderij als die van de wuiver. Dit tegenwicht werkt de volgende gevolgtrekking in de hand: dat het schilderij het moment weergeeft waarop die eerste waarneming van de *Argus* halverwege is. Het schip is al een kwartier in zicht en heeft nog vijftien minuten te gaan. Sommigen geloven dat het nog steeds op hen afkomt; anderen zijn onzeker en wachten af wat er zal gebeuren; sommigen – waaronder het wijste hoofd aan boord – weten dat het zich van hen verwijdert en dat ze niet gered zullen worden. Deze figuur moedigt ons aan 'Schipbreuk' te interpreteren als een voorstelling van hoop, die beschaamd wordt.

De mensen die het schilderij van Géricault tijdens de Salon van 1819 bezichtigden, wisten bijna zonder uitzondering dat ze stonden te kijken naar de overlevenden van het vlot van de *Medusa*, wisten dat het schip aan de horizon hen inderdaad had opgepikt (zij het niet bij de eerste poging) en wisten dat wat er op die expeditie naar Senegal was gebeurd een belangrijk politiek schandaal was. Maar het schilderij dat voortleeft, is het schilderij dat zijn eigen verhaal overleeft. Het geloof raakt in verval, de ikoon blijft; een verhaal wordt vergeten, maar de weergave ervan biologeert nog altijd (het onwetende oog triomfeert – dat zal het geïnformeerde oog wel mateloos irriteren). Wanneer we in deze tijd 'Schipbreuk' bestuderen is het moeilijk om veel verontwaardiging op te brengen voor Hugues Duroy de Chaumarey, de kapitein van de expeditie, of voor de minister die hem had aangesteld als kapitein, of voor de zeeofficier die weigerde het commando over het vlot te voeren, of voor de matrozen die de sleeptouwen losmaakten, of voor de soldaten die aan het muiten sloegen. (Ja, de geschiedenis democratiseert onze sympathieën. Waren de soldaten niet verruwd door hun oorlogservaringen? Was de kapitein niet het slachtoffer van zijn eigen verwende jeugd? Staan wij er voor in dat wij ons onder soortgelijke omstandigheden als helden zouden gedragen?) De tijd lost het verhaal op tot vorm, kleur, emotie. Wij, van deze tijd en onwetend, bedenken het verhaal opnieuw: stemmen we voor de optimistisch geel wordende hemel, of voor de treurende grijsaard? Of geloven we uiteindelijk beide versies? Het oog kan van één stemming en één interpretatie naar de andere omslaan: was dat misschien juist de bedoeling?

8a. Het heeft maar heel weinig gescheeld, of hij had het volgende geschilderd. Twee olieverfstudies uit 1818, die qua compositie het dichtst van alle voorstudies bij het uiteindelijke schilderij staan, vertonen dit opmerkelijke verschil: het schip waarnaar gewuifd wordt is veel dichterbij. We kunnen de omtrek, de zeilen en de masten zien. Het is en profil geschilderd, uiterst rechts op het doek, en zojuist aan een moeizame reis langs de geschilderde horizon begonnen. Het heeft het vlot kennelijk nog niet gezien. De inwerking van deze voorstudies is dynamischer, kinetisch: we hebben het gevoel dat het vertwijfelde zwaaien van de mensen op het vlot misschien over een minuut of wat resultaat zal hebben en dat het schilderij geen momentopname is, maar zichzelf zijn eigen toekomst in duwt en de vraag stelt: Zal het schip van het doek af varen zonder het vlot te zien? In tegenstelling daarmee is de uiteindelijke versie van 'Schipbreuk' minder dynamisch en stelt ze een minder specifieke vraag. Het wuiven lijkt zinlozer en het toeval waarvan het lot van de overlevenden afhangt afschuwelijker. Hoe groot is de kans dat ze gered zullen worden? Een druppel water in de oceaan.

Hij bleef acht maanden in zijn atelier. Omstreeks diezelfde tijd heeft hij een zelfportret getekend, waarop hij ons aanstaart met de stuurse, nogal achterdochtige blik die schilders zich vaak aanmeten wanneer ze geconfronteerd worden met een spiegel; wij nemen schuldig aan dat die afkeuring ons betreft, terwijl hij in werkelijkheid voornamelijk teruggekaatst wordt naar het onderwerp. Zijn baard is kort en een Griekse muts met kwasten bedekt zijn korte haar (we vernemen alleen dat het afgeknipt is toen hij aan het schilderij begon, maar haar groeit een heel eind in acht maanden: hoe vaak moest het worden bijgeknipt?) Hij maakt een zeeroverachtige indruk op ons, vastbesloten en meedogenloos genoeg om het op te nemen tegen, zich aan boord te begeven van, zijn gigantische Schipbreuk. De dikte van zijn penselen was overigens verbazend. Omdat zijn werk zo breed opgezet was, nam Montfort aan dat Géricault zeer dikke penselen gebruikte; maar ze waren juist klein in vergelijking met die van andere schilders. Kleine kwasten en zware, sneldrogende olieverf.

We moeten aan hem denken zoals hij was toen hij werkte. Het is normaal dat we in de verleiding komen om te schematiseren, om acht maanden terug te brengen tot een voltooid schilderij en een reeks voorstudies; maar daar moeten we weerstand aan bieden. Hij is tamelijk lang, sterk en slank, met fraaie benen die vergeleken werden met die van de efebe die het paard in bedwang houdt en het middelpunt vormt van zijn 'Course des Barbari'. Staande voor de Schipbreuk werkt hij met intense concentratie en een behoefte aan absolute stilte: het schrapen van een stoel was al genoeg om de onzichtbare draad tussen oog en penseelpunt te breken. Hij schildert zijn grote figuren rechtstreeks op het doek, uitsluitend geholpen door een omtrek. Wanneer het werk voor de helft voltooid is, ziet het eruit als een rij beelden die aan een witte muur hangen.

We moeten aan hem denken zoals hij was in de beslotenheid van zijn atelier, werkend, op gang gekomen, fouten makend. Wanneer we het definitieve resultaat van zijn acht maanden kennen, lijkt het alsof hij er recht op af is gestevend. Wij beginnen bij het meesterwerk en banen ons achterstevoren een weg door de verworpen ideeën en bijna-mislukkingen; maar voor hem begonnen de verworpen ideeën als opwinding en hij zag pas op het allerlaatst wat wij meteen al vanzelfsprekend vinden. Voor ons was de conclusie onvermijdelijk; maar voor hem niet. We moeten rekening trachten te houden met het toeval, met de gelukkige vondst, zelfs met bluf. We kunnen het alleen maar met woorden verklaren, maar toch moeten we ook proberen niet in woorden te denken. Een schilderij kan worden voorgesteld als een reeks beslissingen, genummerd van 1 tot en met 8 a, maar wij dienen te begrijpen dat dat alleen maar de voetnoten van het gevoel zijn. We moeten bedenken dat het om zenuwen en emoties gaat. De schilder wordt niet in een vloeiende beweging stroomafwaarts gedragen naar de zonnige poel van dat voltooide beeld, maar tracht een koers aan te houden op een open zee vol eigenzinnige stromingen.

Werkelijkheidsgetrouwheid, jazeker, in het begin wel; maar als het proces eenmaal op gang komt, is de trouw aan de kunst belangrijker. Het incident heeft nooit plaatsgevonden zoals het is geschilderd; de aantallen kloppen niet; het kannibalisme wordt teruggebracht tot een literaire verwijzing; de Vader-en-Zoongroep is ternauwernood op de werkelijkheid gebaseerd, de ton-groep helemaal niet. Het vlot is schoongemaakt alsof er een staatsiebezoek verwacht wordt van een vorst met een zwakke maag: de repen mensenvlees zijn weggepoetst en iedereen heeft haar dat zo glad is als een pas gekocht schilderspenseel.

Terwijl Géricault zijn definitieve voorstelling nadert, krijgen vormproblemen de overhand. Hij zoemt in, bakent af, corrigeert. De horizon wordt naar boven en naar beneden geschoven (als de wuivende figuur zich onder de horizon bevindt, wordt het hele vlot somber omringd door de zee; als hij de horizon breekt, is het alsof hij hoop wekt). Géricault verkleint de omringende vlakken van zee en hemel en smijt ons op het vlot of we willen of niet. Hij vergroot de afstand van de schipbreukelingen tot het reddende schip. Hij past de houdingen van zijn figuren aan. Hoe vaak komt het voor dat er op een schilderij zoveel hoofdpersonen met hun rug naar de toeschouwer staan?

En wat zijn het een prachtig gespierde ruggen. Op dit moment worden we een beetje verlegen, maar dat is nergens voor nodig. De naïeve vraag blijkt dikwijls de kernvraag. Vooruit dan maar, we gaan het vragen. *Waarom zien de overlevenden er zo gezond uit?* We vinden het prachtig dat Géricault de timmerman van de *Medusa* opzocht en hem een schaalmodel van het vlot liet bouwen... maar... als hij de moeite heeft genomen om het vlot in orde te krijgen, waarom heeft hij dat dan niet gedaan met de mensen erop?

We begrijpen best waarom hij de wuivende figuur in een apart verticaal vlak heeft gefriemeld, waarom hij een paar extra lijken heeft toegevoegd om de compositie te verbeteren. Maar waarom ziet iedereen – zelfs de lijken – er zo gespierd, zo... gezond uit? Waar zijn de wonden, de littekens, de hologigheid, de ziekte? Dit zijn mannen die hun eigen urine hebben gedronken, die op het leer van hun mutsen hebben gekauwd, die hun eigen kameraden hebben opgegeten. Vijf van de vijftien hebben hun redding niet eens zo lang overleefd. Waarom zien ze er dan uit alsof ze net van body-building komen?

Als televisiemaatschappijen docudrama's over concentratiekampen maken, wordt het oog – onwetend hetzij geïnformeerd – altijd naar die in pyjama gestoken figuranten getrokken. Hun hoofden zijn weliswaar kaalgeschoren, hun schouders opgetrokken en alle nagellak verwijderd, maar toch zinderen ze van kracht. Terwijl we ze op de buis in de rij zien staan voor een kom havergort waar de kampbewaker verachtelijk in spuwt, zien we in gedachten voor ons hoe ze zich buiten beeld volstoppen bij de kantinewagen. Loopt 'Schipbreuk' op deze anomalie vooruit? Bij sommige schilders zouden we ons dat afvragen. Maar niet bij Géricault, schilder van waanzin, lijken en afgehouwen hoofden. Hij hield op straat eens een vriend staande die geel zag van de geelzucht, om hem te vertellen hoe goed hij eruitzag. Zo'n schilder zou zeker niet terugdeinzen voor mensenvlees, dat op het randje verkeert van wat het kan verdragen.

Laten we ons dus nog iets anders voorstellen dat hij niet geschilderd heeft – 'Schipbreuk', waarbij de rollen ditmaal zijn toegewezen aan uitgeteerde personen. Verschrompelde lijven, etterende wonden, Bergen-Belsenwangen: zulke details zouden ons moeiteloos tot medelijden bewegen. Zout water zou uit onze ogen stromen als het zoute water op het doek. Maar dat zou prematuur zijn: het schilderij zou een te directe uitwerking op ons hebben. Uitgeteerde schipbreukelingen in rafelige lompen horen in hetzelfde gevoelsregister thuis als die vlinder, omdat de eersten ons tot een makkelijke wanhoop brengen, terwijl de tweede ons een makkelijke troost brengt. Het is niet lastig om dit voor elkaar te krijgen.

Terwijl de reactie waarnaar Géricault streeft er een is die verder gaat dan louter medelijden en verontwaardiging, hoewel die gevoelens *en route* kunnen worden opgepikt, als lifters. In weerwil van het onderwerp is 'Schipbreuk' louter spieren en dynamiek. De figuren op het vlot zijn als de golven: onder hen, maar ook door hen heen golft de energie van de oceaan. Als ze in levensechte uitputting waren geschilderd, zouden het alleen maar druppeltjes schuim zijn in plaats van geleiders voor het oog. Want het oog wordt meegesleurd – niet gelokt, niet overgehaald, maar meegezogen – naar de top van de wuivende figuur en vandaar naar het dal van de wanhopige oude man en dan naar het achteroverliggende lijk rechtsonder, dat verbindt en weglekt in de echte golven. Doordat de figuren stevig genoeg zijn om zoveel kracht over te brengen maakt het doek diepere, onderzeese emoties in ons los en kan het golven van hoop en wanhoop, vervoering, paniek en berusting door ons heen laten slaan.

Wat is er gebeurd? Het schilderij is losgeschoten van het anker van de geschiedenis. Dit is geen 'Schipbreuk' meer, laat staan 'Het Vlot van de Medusa'. We stellen ons niet alleen de verschrikkelijke ellende op dat fatale toestel voor; niet alleen worden we de mensen die lijden. Zij worden ons. En het geheim van het schilderij ligt in het patroon van zijn energie. Kijk er nog een laatste keer naar: naar die hevige waterhoos die aanzwelt door die gespierde ruggen, terwijl ze zich uitrekken naar het stipje van het reddende schip. Al die inspanning – waarvoor? Er is geen reactie te bespeuren op de overheersende gemoedsbeweging in het schilderij, zoals er op de meeste menselijke gevoelens geen reactie komt. Niet alleen hoop, maar iedere hinderlijke hunkering: ambitie, haat, liefde (in het bijzonder liefde) – hoe zelden bereiken onze emoties het doel waarop ze recht menen te hebben? Hoe hopeloos geven we onze signalen af; hoe donker is de lucht; hoe hoog de golven. We dobberen allemaal verloren rond op zee, worden heen en weer geslingerd tussen hoop en wanhoop, wuivend naar iets dat ons misschien nooit zal komen redden. De catastrofe is kunst geworden; maar dit is geen verzwakkend proces. Het is bevrijdend, vergrotend, verklarend. De catastrofe is kunst geworden: daar was het tenslotte om begonnen.

En die eerdere catastrofe, de Zondvloed? Nou kijk, de iconografie van officier Noach begint zoals we zouden verwachten. De eerste twaalf of nog meer eeuwen na Christus komt de Ark (meestal voorgesteld als een eenvoudige kist of sarcofaag om aan te geven dat Noachs redding een voorteken was van Christus' ontsnapping uit zijn graf) veelvuldig voor in geïllustreerde manuscripten, glas-in-loodramen en beeldhouwwerk op kathedralen. Noach was een reuze populaire vent: we kunnen hem vinden op de bronzen deuren van San Zeno in Verona, op de westgevel van de kathedraal van Nîmes en de oostgevel van die van Lincoln; op de Campo Santo van Pisa en in Santa Maria Novella in Florence vaart hij een fresco binnen; hij ligt in mozaïek verankerd in Monreale, in de doopkapel van Florence en in de San Marco in Venetië.

Maar waar zijn de belangrijke schilderijen, de beroemde afbeeldingen waarvan deze de voorlopers zijn? Wat gebeurt er – droogt de Zondvloed op? Dat niet precies – maar Michelangelo geeft het water een andere loop. In de Sixtijnse Kapel is de Ark (die nu meer op een drijvende muziektent lijkt dan op een schip) voor het eerst van ondergeschikt belang voor de compositie; hier wordt hij helemaal naar de achtergrond van de voorstelling geschoven. De voorgrond is gevuld met de gekwelde figuren van die ten dode opgeschreven antediluvianen die moesten achterblijven toen de uitverkoren Noach en zijn gezin werden gered. De nadruk ligt op de verlorenen, de verlatenen, de weggeworpen zondaren, Gods rioolslib. (Mogen we onszelf toestaan te veronderstellen dat de rationalistische Michelangelo door medelijden tot een subtiele veroordeling van Gods harteloosheid werd gebracht? Of dat de vrome Michelangelo zijn contract met de paus nakwam en ons liet zien wat er zou kunnen gebeuren als we ons leven niet beterden? Misschien was het een louter esthetische beslissing – en verkoos de schilder de kronkelende lijven van de verdoemden boven de zoveelste brave afbeelding van de zoveelste houten ark.) Wat de reden ook was, Michelangelo heeft bijgedragen tot een nieuwe visie op het onderwerp – en het nieuwe zeggingskracht gegeven. Baldassare Peruzzi volgde hem na, Rafael volgde hem na; schilders en illustratoren concentreerden zich in toenemende mate op de in de steek gelatenen in plaats van de geredden. En naarmate deze vernieuwing traditie werd, voer de Ark zelf steeds verder weg en trok zich terug in de richting van de horizon, net als de *Argus* toen Géricault op zijn definitieve visie afstevende. De wind blijft waaien en de getijden blijven golven; de Ark komt uiteindelijk bij de horizon aan en verdwijnt erachter. Op Poussins 'De Zondvloed' is het schip nergens te bekennen; het enige dat ons rest is de getourmenteerde groep mensen zonder zwemdiploma, die door Michelangelo en Rafael bekendheid heeft gekregen. De oude Noach is weggevaren uit de kunstgeschiedenis.

Drie reacties op "Schipbreuk":
a. Critici van de Salon klaagden dat er, ook al waren zij zelf bekend met de gebeurtenissen waarnaar het schilderij verwees, geen inwendig bewijs was aan de hand waarvan kon worden vastgesteld wat de nationaliteit van de slachtoffers was, onder welke hemel de tragedie plaatsvond of op welke datum dit alles gebeurde. Dat was natuurlijk juist de bedoeling.
b. In 1855 herinnerde Delacroix zich hoe hij bijna veertig jaar tevoren had gereageerd toen hij de Medusa-in-wording voor het eerst zag: 'De indruk die het op me maakte was zo sterk dat ik bij het verlaten van het atelier begon te hollen en als een krankzinnige bleef hollen, helemaal terug naar de rue de la Planche waar ik toen woonde, aan de andere kant van de faubourg Saint-Germain.'
c. Géricault, op zijn sterfbed, in antwoord op iets wat iemand over het schilderij zei: 'Bah, une vignette!'

En daar hebben we het dan–het moment van opperste vertwijfeling op het vlot, opgepakt, getransformeerd, gerechtvaardigd door de kunst, geworden tot een uitgebalanceerd beeld, dat vervolgens gevernist, ingelijst en van een glacis voorzien werd en in een beroemde kunstgalerij werd opgehangen ter illustratie van onze condition humaine, gefixeerd, definitief, voor altijd. Is dat wat we nu hebben? Nou, nee. Mensen sterven; vlotten verrotten; en kunstwerken zijn niet vrijgesteld van bederf. De emotionele opbouw van Géricaults schilderij, de schommeling tussen hoop en wanhoop, wordt versterkt door de kleurstelling; het vlot bevat hel verlichte plekken, die in sterk contrast staan met plekken van het diepste donker. Om de schaduw zo zwart mogelijk te maken gebruikte Géricault grote hoeveelheden bitumen, om het glinsterend sombere zwart te krijgen dat hij nodig had. Bitumen is chemisch echter niet inert en vanaf het moment dat Lodewijk xviii het schilderij bezichtigde, was een langzame, onherstelbare aftakeling van de verflaag onvermijdelijk. 'Zodra we op deze wereld komen, beginnen er stukjes van ons af te vallen,' zei Flaubert. Het meesterwerk, eenmaal voltooid, staat niet stil: het blijft in beweging, bergafwaarts. Onze grootste Géricault-deskundige bevestigt dat het schilderij 'thans gedeeltelijk een ruïne is'. En als ze de lijst onderzoeken zullen ze ongetwijfeld ontdekken dat er houtworm in zit.

6
De berg

Tik, tik, tik, tik. Tok. Tik, tik, tik, tik. Tok. Het klonk als een klok die licht haperde, alsof de tijd in een ijltoestand raakte. Dat zou misschien wel toepasselijk zijn, mijmerde de kolonel, maar het klopte niet. Het was belangrijk om tot op het laatst aan je zekerheden vast te houden, juist op het laatst. Hij wist dat het niet klopte. Het was de tijd niet, het was niet eens een klok die in de verte tikte.

Kolonel Fergusson lag in de koude, vierkante slaapkamer van zijn koude, vierkante huis op vijf kilometer afstand van Dublin, naar het tikken boven zijn hoofd te luisteren. Het was één uur in de nacht, een windstille novembernacht in 1837. Zijn dochter Amanda zat bij zijn bed, haar strakke profiel met de pruillippen naar hem toegewend, een of ander godsdienstig onzinverhaal te lezen. Bij haar elleboog brandde de kaars met een rustige vlam, wat meer was dan die transpirerende idioot van een dokter met letters achter zijn naam over het hart van de kolonel had kunnen zeggen.

Het was gewoonweg een provocatie, dacht de kolonel. Hij lag zich op zijn sterfbed voor te bereiden op de vergetelheid, en mevrouw zit het nieuwste vlugschrift van dominee Noach te lezen. Zelfs nu moest ze nog tegen hem ingaan. Kolonel Fergusson deed allang niet meer zijn best om er iets van te begrijpen. Hoe kon het dat het kind waarvan hij het meeste hield noch zijn aangeboren instincten had geërfd, noch de meningen die hij met zoveel moeite had verworven? Het was ergerlijk. Als hij niet zo dol op haar was geweest zou hij haar hebben behandeld als een lichtgelovige imbeciel. En toch geloofde hij ondanks alles, ondanks dit levende, vleselijke tegenbewijs, in het vermogen van de wereld tot vooruitgang, in de ontwikkeling van de mens, in de nederlaag van het bijgeloof. Uiteindelijk was het allemaal erg verwarrend.

Tik, tik, tik, tik. Tok. Boven ging het tikken door. Vier, vijf luide tikken, een stilte, dan een zachtere echo. De kolonel wist dat het geluid Amanda afleidde van haar vlugschrift, hoewel er uiterlijk niets aan haar te zien was. Hij wist zulke dingen gewoon omdat hij godweethoeveel jaar zo innig met haar had samengeleefd. Hij wist dat ze niet werkelijk met haar hoofd bij de eerwaarde Abraham was. En het was haar eigen schuld dat hij dit wist, dat hij haar zo door en door kende. Hij had gezegd dat ze moest trouwen met die luitenant wiens naam hij maar niet kon onthouden, toen die haar had gevraagd. Die keer was ze ook tegen hem ingegaan. Ze had gezegd dat ze meer van haar vader hield dan van haar geüniformeerde aanbidder. Hij had geantwoord dat dit geen goede reden was en dat hij trouwens toch eerder dood zou gaan. Toen had ze gehuild en gezegd dat hij niet zo mocht praten. Maar hij had toch gelijk gehad? Het was toch logisch dat het zo zou gaan?

Amanda Fergusson liet haar boek nu in haar schoot zakken en keek ontzet naar het plafond. De kever was een voorbode. Iedereen wist dat dit geluid betekende dat er binnen het jaar iemand in huis zou sterven. Dat was een eeuwenoude wijsheid. Ze keek of haar vader nog wakker was. Kolonel Fergusson lag met zijn ogen dicht en blies zijn adem met lange, egale stoten door zijn neus uit, als een blaasbalg. Maar Amanda kende hem goed genoeg om te vermoeden dat hij deed alsof. Dat zou echt iets voor hem zijn. Hij had haar altijd voor de mal gehouden.

Zoals die keer dat hij haar op een winderige dag in februari 1821 had meegenomen naar Dublin. Amanda was zeventien en had altijd een schetsboek bij de hand, zoals ze nu haar godsdienstige tractaten bij zich had. Ze had onlangs opwindende verslagen gehoord over de tentoonstelling in de Egyptische Zaal van Bullock's op Piccadilly in Londen, van het Grandioze Schilderij van Monsieur Jerricault, 24 voet lang bij 18 voet hoog, dat De Overlevende Bemanningsleden van Het Franse Fregat Medusa op het Vlot voorstelde. Toegang 1 shilling, Beschrijving 6 pence, en 50.000 mensen hadden er geld voor overgehad om dit nieuwe buitenlandse meesterwerk te mogen zien, dat samen met permanente exposities zoals de magnifieke collectie van 25 000 fossielen van de heer Bullock zelf, benevens zijn Pantherion van opgezette wilde beesten, tentoongesteld werd. Nu was het doek in Dublin gearriveerd, waar het te bezichtigen was in de Rotunda: Toegang 1 shilling 8 pence, Beschrijving 5 pence.

Amanda was uitverkoren boven haar vijf broers en zusjes omdat ze voor haar leeftijd zo goed kon aquarelleren – dat was althans het voorwendsel dat kolonel Fergusson gebruikte om voor de zoveelste keer toe te geven aan zijn vanzelfsprekende voorkeur. Alleen gingen ze niet naar de Rotunda, zoals beloofd, maar bezochten in plaats daarvan een concurrerende attractie, waarmee geadverteerd werd in *Saunder's News-letter & Daily Advertiser*: een die er zelfs voor zorgde dat het Grandioze Schilderij van Monsieur Jerricault in Dublin geen triomfen vierde zoals het in Londen had gedaan. Kolonel Fergusson nam zijn dochter mee naar het Pavilion, waar ze een bezoek brachten aan het door de heren Marshall gepresenteerde Bewegende Zeepanorama van de Schipbreuk van het Franse Fregat Medusa en het Fatale Vlot: Toegang eerste rang 1 shilling 8 pence, tweede rang 10 pence, kinderen op de eerste rang halve prijs. 'Patentkachels zorgen ervoor dat het Pavilion te allen tijde aangenaam verwarmd is.'

Terwijl de Rotunda een schamele vierentwintig bij achttien voet aan statische verf vertoonde, werd hun hier zo'n 10.000 vierkante voet aan bewegend doek geboden. Voor hun ogen ontvouwde zich geleidelijk een immens schilderij of een reeks schilderijen; niet zomaar één tafereel, maar de hele geschiedenis van de schipbreuk gleed voor hen langs. De ene episode volgde op de andere, terwijl het zich ontplooiende doek werd beschenen door allerlei gekleurde lichten en een orkest de dramatische gebeurtenissen onderstreepte. Het publiek barstte voortdurend in applaus los bij het zien van dit schouwspel en kolonel Fergusson stootte zijn dochter hard aan bij bijzonder gelukkig gevonden aspecten van de vertoning. In het zesde tafereel werden die arme Franse stakkers op het vlot in vrijwel dezelfde houding voorgesteld waarin ze oorspronkelijk waren afgebeeld door Monsieur Jerricault. Maar hoeveel indrukwekkender was het, merkte kolonel Fergusson op, om hun tragische situatie met beweging en gekleurde lichten uit te beelden, begeleid door muziek die hij voor zijn dochter volstrekt overbodig identificeerde als 'Vive Henrico!'.

'Daar ligt de toekomst,' merkte de kolonel enthousiast op toen ze het paviljoen verlieten. 'Die schilders mogen wel uitkijken.'

Amanda gaf geen antwoord, maar de volgende week ging ze met een van haar vijf broers en zusjes opnieuw naar Dublin en ditmaal bezocht ze de Rotunda. Daar keek ze met diepe bewondering naar het doek van Monsieur Jerricault dat voor haar, hoewel statisch, veel beweging en licht en op zijn manier ook muziek bezat—ja, op een bepaalde manier bezat het zelfs meer van dat alles dan dat vulgaire Panorama. Toen ze thuiskwam, zei ze dat tegen haar vader.

Kolonel Fergusson knikte toegeeflijk om die bijdehante koppigheid, maar hij zei niets. Op 5 maart wees hij zijn lievelingsdochter echter vrolijk op een nieuwe advertentie in *Saunder's News-letter*, waarin werd aangekondigd dat mijnheer Bullock de toegangsprijs van zijn niet bewegende attractie had verlaagd—had *moeten* verlagen, was de interpretatie van de kolonel—tot het luttele bedrag van tien penny's. Aan het eind van de maand kwam kolonel Fergusson met het nieuws dat het Franse schilderij in de Rotunda gesloten was omdat er niemand meer kwam kijken, terwijl het Bewegende Panorama van de heren Marshall nog altijd drie maal daags werd vertoond voor een publiek dat aangenaam verwarmd werd door patentkachels.

'Daar ligt de toekomst,' herhaalde de kolonel in juni van dat jaar, nadat hij in zijn eentje de laatste voorstelling had bijgewoond in het Pavilion.

'Omdat iets nieuw is, hoeft het nog niet waardevol te zijn,' had zijn dochter geantwoord, wat iets te zelfgenoegzaam klonk uit de mond van iemand die nog zo jong was.

Tik, tik, tik, tik. Tok. De geveinsde slaap van kolonel Fergusson kreeg iets geïrriteerds. Godverdomme, lag hij te denken, wat is dat moeilijk, doodgaan. Je mag het niet gewoon doen, niet op je eigen manier althans. Je moet doodgaan zoals anderen dat willen en dat is reuze vervelend, ook al houd je nog zoveel van ze. Hij deed zijn ogen open en maakte zich op om zijn dochter voor de zoveelhonderdste keer in hun gezamenlijke leven te corrigeren.

'Het is liefde,' zei hij ineens. 'Meer is het niet.' Amanda wendde haar blik verbaasd van het plafond af en keek hem aan met tranen in haar ogen. 'Godbewaarme kind, het is de bronstroep van *xestobium rufovillosum*. Niets bijzonders. Als je zo'n baasje in een kistje stopt en met een potlood op tafel tikt, zal hij precies zo reageren. Denken dat je een vrouwtje bent en met zijn kop tegen het kistje bonken om bij je te kunnen komen. Nu we het er toch over hebben, waarom ben je niet met die luitenant getrouwd toen ik het zei? Dat was domweg insubordinatie.' Hij stak zijn hand uit en pakte de hare.

Maar zijn dochter gaf geen antwoord, de tranen bleven uit haar ogen stromen, het tikken boven hun hoofd ging door en kolonel Fergusson werd inderdaad voor het eind van dat jaar begraven. Wat die voorspelling betrof hadden de dokter en het doodskloppertje het eens kunnen worden.

Amanda's verdriet over haar vader werd verergerd door bezorgdheid over zijn ontologische situatie. Betekende zijn obstinate weigering om het goddelijk plan te erkennen – en de achteloze wijze waarop hij zelfs op zijn sterfbed de naam van de Almachtige nog in de mond had genomen – dat hij nu was verwezen naar de buitenste duisternis, een koud gebied dat niet verwarmd werd door patentkachels? Juffrouw Fergusson wist dat de Heer rechtvaardig was en tegelijk vol mededogen. Wie zijn geboden aanvaardde zou strikt volgens de wet worden beoordeeld, terwijl de onwetende wildeman in het duistere oerwoud, die het licht onmogelijk kon kennen, met zachtheid zou worden behandeld en een tweede kans zou krijgen. Maar hoorden bewoners van koude, vierkante huizen buiten Dublin ook thuis in de categorie onwetende wildemannen? Werd de pijn die ongelovigen hun hele leven leden bij het vooruitzicht van de vergetelheid, verlengd met nog meer pijn omdat ze het bestaan van de Heer hadden ontkend? Juffrouw Fergusson vreesde dat dit het geval was.

Hoe kon het dat haar vader het bestaan van God, Zijn eeuwig plan en de wezenlijke goedheid daarvan niet had erkend? Het bewijs van dit plan en van deze weldadigheid lag in de Natuur, die God geschapen had voor het genot van de Mens. Dat betekende niet, zoals sommigen hadden aangenomen, dat de Mens de Natuur roekeloos mocht beroven van wat hij wilde hebben; nee, de Natuur verdiende juist des te meer respect omdat het een goddelijke schepping was. Maar God had zowel de Mens als de Natuur geschapen en de Mens in de Natuur neergezet, zoals een hand in een handschoen wordt gestopt. Amanda mijmerde dikwijls over de vruchten des velds, hoe verschillend ze waren en hoe volmaakt geschikt ze toch allemaal waren gemaakt om door de Mens te worden genoten. Bomen met eetbare vruchten waren bijvoorbeeld makkelijk om in te klimmen, want ze waren veel minder hoog dan bomen in het bos. Vruchten die zacht waren wanneer ze rijp waren, zoals de abrikoos, de vijg en de moerbei, die beurs konden worden als ze vielen, presenteerden zich op kleine afstand van de grond; terwijl harde vruchten, die niet het risico liepen door een val te worden beschadigd, zoals de kokosnoot, de walnoot en de kastanje, zich op aanzienlijke hoogte presenteerden. Sommige vruchten—zoals de kers en de pruim—waren voor de mond gevormd; andere—de appel en de peer—voor de hand; weer andere, de meloen bijvoorbeeld, waren groter geschapen zodat ze onder de leden van het gezin konden worden verdeeld. En nog weer andere, de pompoen bijvoorbeeld, waren zo groot geschapen dat de hele omgeving er samen van kon eten en veel van die grotere vruchten hadden verticale strepen op hun schil, om de verdeling te vergemakkelijken.

Waar Amanda een wereld van goddelijke intentie, goedaardige orde en keiharde gerechtigheid zag, had haar vader alleen maar chaos, toeval en boosaardigheid gezien. Toch keken ze allebei naar dezelfde wereld. Tijdens een van hun vele onenigheden had Amanda hem eens gevraagd de huiselijke situatie van het gezin Fergusson te bezien, dat door sterke onderlinge banden van genegenheid was verbonden, en zich erover uit te spreken of die ook het gevolg waren van chaos, toeval en boosaardigheid. Kolonel Fergusson, die het net niet aandurfde om zijn dochter ervan op de hoogte te stellen dat het menselijk gezin voortsproot uit dezelfde drang die een kever ertoe bracht met zijn kop tegen de wanden van zijn kistje te slaan, antwoordde dat de Fergussons naar zijn mening een gelukkig toeval waren. Zijn dochter antwoordde dat er zoveel gelukkige toevallen op de wereld waren dat het geen toeval meer kon zijn.

Het hing er gedeeltelijk vanaf, mijmerde Amanda, hoe je de dingen zag. In een vulgaire voorstelling met gekleurde lichten en schelle muziek zag haar vader een werkelijkheidsgetrouwe schildering van een grote ramp op zee; terwijl de realiteit voor haar het best werd overgebracht door een simpel, statisch doek waarop verf was aangebracht. Het was echter voornamelijk een kwestie van geloof. Een week of wat na hun bezoek aan het Bewegende Panorama, roeide haar vader haar langzaam over de serpentine op het naburige landgoed van Lord F.. Omdat er een verband ontstond in zijn gedachten, begon hij haar berispend toe te spreken omdat ze geloofde dat de geschiedenis van de Arke Noachs, die hij sarcastisch de Mythe van de Zondvloed noemde, een waar gebeurd verhaal was. Amanda werd niet in verwarring gebracht door deze beschuldiging. Ze vroeg haar vader op haar beurt of hij geloofde in het bestaan van mijnheer Bullock's Pantherion van opgezette wilde beesten in zijn Egyptische Zaal op Piccadilly in Londen. De kolonel antwoordde onthutst dat hij dat natuurlijk deed; waarop zijn dochter koddige verbazing tentoonspreidde. Zij geloofde in de waarheid van iets dat door God was voorbeschikt en dat beschreven stond in een boek van de Heilige Schrift dat duizenden jaren was gelezen en onthouden; terwijl hij geloofde in het bestaan van iets dat beschreven werd in *Saunder's News-letter & Daily Advertiser*, waarvan iedereen zich waarschijnlijk de volgende ochtend al niets meer herinnerde. Wie van beiden, drong ze aan, nog altijd met onnodige spot in haar oog, was er nu goedgelovig?

In de herfst van 1839 legde Amanda Fergusson na langdurig nadenken haar plan, om een reis te maken naar Arguri, aan juffrouw Logan voor. Juffrouw Logan was een energieke en ogenschijnlijk praktisch aangelegde vrouw die een jaar of tien ouder was dan juffrouw Fergusson, en ze was op de kolonel gesteld geweest zonder dat er een zweem van een gerucht de kop had opgestoken. Wat meer terzake deed, was dat ze enkele jaren eerder een reis naar Italië had gemaakt, toen ze in dienst was bij Sir Charles B..

'Tot mijn spijt ken ik die plaats niet,' antwoordde juffrouw Logan tijdens hun eerste onderhoud. 'Is het ver voorbij Napels?'

'Het is op de lage hellingen van de Ararat,' antwoordde juffrouw Fergusson. 'De naam Arguri is afgeleid van twee Armeense woorden die *Hij plantte de wijnstok* betekenen. Het is de plaats waar Noach na de Zondvloed zijn werk als landbouwer hervatte. Er groeit nog een oeroude wijnstok die de Patriarch eigenhandig heeft geplant.'

Juffrouw Logan verborg haar verbazing over dit curieuze preekje, maar voelde zich geroepen verder te informeren. 'En waarom wilt u dat we daar naartoe gaan?'

'Om voor de ziel van mijn vader te bidden. Er staat een klooster op de berg.'

'Het is wel ver.'

'Het is naar mijn mening het juiste.'

'Ik begrijp het.' Juffrouw Logan verzonk eerst in gepeins, maar toen fleurde ze op. 'En zullen we daar wijn drinken?' Ze herinnerde zich haar reis door Italië.

'Dat is verboden,' antwoordde juffrouw Fergusson. 'De traditie verbiedt het.'

'De traditie?'

'Goed, de Hemel dan. De Hemel heeft het verboden, ter gedachtenis aan de misstap waartoe de druiven de Patriarch hebben verleid.' Juffrouw Logan, die zich gewillig liet voorlezen uit de bijbel maar zelf niet nijver was in het omslaan der bladzijden, legde kortstondige verwarring aan de dag. 'Dronkenschap,' legde juffrouw Fergusson uit. 'Noachs dronkenschap.'

'Ja, natuurlijk.'

'De monniken van Arguri mogen de druiven eten, maar ze niet tot gisting brengen.'

'Juist, ja.'

'Er groeit daar ook een zeer oude wilgeboom, die is ontsproten aan een plank van Noachs Ark.'

'Juist, ja.'

En zo kwam de afspraak tot stand. Ze zouden in het voorjaar vertrekken, om het malariagevaar van latere seizoenen te vermijden. Ze zouden ieder een draagbaar ledikant nodig hebben, een luchtmatras en een kussen; ze zouden Oxley's gemberessence meenemen, een voorraadje goede opium, kinine en laxeerpoeders; een draagbaar inktstel, een doos lucifers en een voorraad Duitse vuursteen; parasollen tegen de zon en flanellen gordels om nachtelijke maagkrampen te voorkomen. Na enige discussie besloten ze geen draagbare badkuip of patent-koffiemachine mee te nemen op reis. Wat ze wel onontbeerlijk achtten, waren een paar wandelstokken met ijzeren punt, een knipmes, stevige jachtzwepen om de meutes honden af te weren die ze verwachtten tegen te komen, en een kleine politielantaren, omdat ze gewaarschuwd waren dat Turkse lampionnen nutteloos waren tijdens een orkaan. Ze namen regenmantels en zware overjassen mee, omdat ze verwachtten dat Lady Mary Wortley Montagu's droom over eeuwigdurende zonneschijn voor minder beroemde reizigers waarschijnlijk niet in vervulling zou gaan. Juffrouw Logan had begrepen dat buskruit het aanvaardbaarste geschenk was voor de Turkse boeren, en schrijfpapier voor de betere standen. Een doodgewoon kompas in een doosje, had men haar voorts verteld, zou in de smaak vallen omdat het de Muzelman zou wijzen in welke richting hij zijn gebeden moest zeggen; maar juffrouw Fergusson was ertegen om de heidense mens behulpzaam te zijn bij zijn aanbidding van een valse god. Tenslotten pakten de beide dames twee glazen flesjes in, die ze van plan waren te vullen met druivesap dat uit de vruchten van Noachs wijngaard was geperst.

Ze reisden met een pakketstoomboot van het Rijk van Falmouth naar Marseille en vertrouwden zich daarna aan de Franse vervoermiddelen toe. Begin mei werden ze in Konstantinopel ontvangen door de Britse ambassadeur. Terwijl juffrouw Fergusson uitlegde waarheen ze op reis waren en met welk doel, nam de diplomaat haar op: een vrouw van begin middelbare leeftijd, met donker haar, bolle zwarte ogen en tamelijk volle, dieproze wangen die haar lippen in pruilstand naar voren duwden. Toch was ze geenszins een flirt: haar natuurlijke uitdrukking scheen een mengeling van preutsheid en zekerheid te zijn, een combinatie die de ambassadeur onverschillig liet. Hij verstond het meeste van wat ze zei zonder haar ook maar één keer zijn volledige aandacht te schenken.

'Ah,' zei hij toen ze uitgesproken was, 'een paar jaar geleden ging het gerucht dat de een of andere Rus de top van die berg had weten te bereiken.'

'Parrot,' antwoordde juffrouw Fergusson zonder een glimlach. 'Geen Rus, geloof ik. Dr. Friedrich Parrot. Hoogleraar aan de universiteit van Dorpat.'

De ambassadeur gaf een diagonaal hoofdknikje, alsof het een tikje impertinent van haar was om meer over plaatselijke aangelegenheden te weten dan hij.

'Ik vind het passend en terecht,' vervolgde juffrouw Fergusson, 'dat de eerste reiziger die de berg heeft beklommen waarop de Ark gerust heeft, de naam draagt van een dier. Ongetwijfeld onderdeel van het grote plan dat de Heer voor ons allen heeft gemaakt.'

'Ongetwijfeld,' antwoordde de ambassadeur, terwijl hij naar juffrouw Logan keek om een aanwijzing te vinden omtrent de persoonlijkheid van haar werkgeefster. 'Ongetwijfeld.'

Ze bleven een week in de Ottomaanse hoofdstad, bij lange na niet lang genoeg om juffrouw Logan te laten wennen aan de onbeschaamde, starende blikken die haar werden toegeworpen aan de *tables d'hôte*. Toen leverden de beide dames zich over aan de Favaidi-Osmaniyeh, een Turkse stoombootmaatschappij die op Trebizonde voer. De passagiersaccommodatie was boordevol en naar juffrouw Logans mening veel smeriger dan alles wat ze tot nu toe had gezien. Toen ze zich de eerste ochtend aan dek waagde, werd ze niet door één maar door wel drie potentiële galanten benaderd, allemaal met krullen in hun haar en een zware lucht van bergamot om zich heen. Daarna kwam juffrouw Logan, die toch was aangenomen vanwege haar ervaring, de hut niet meer uit. Juffrouw Fergusson deed alsof ze deze ongemakken niet opmerkte en het gedrang van de passagiers der derde klasse bepaald boeiend vond; af en toe kwam ze terug met een waarneming of vraag die bedoeld was om juffrouw Logan op te wekken uit haar sombere geestestoestand.

Waarom, wilde haar werkgeefster weten, waren de Turkse vrouwen allemaal ondergebracht aan de linkerzijde van het halfdek? Lag er een bedoeling, maatschappelijk hetzij religieus, ten grondslag aan deze indeling? Juffrouw Logan kon hier geen antwoord op geven. Nu Napels ver achter hen lag, voelde ze zich steeds minder veilig. Wanneer ze ook maar een zweem van bergamot rook moest ze rillen.

Toen juffrouw Logan zich had laten engageren voor de reis naar Aziatisch Turkije, had ze de stijfhoofdigheid van juffrouw Fergusson onderschat. De muilezeldrijver die er stiekem vandoor wilde gaan, de herbergier die hen bezwendelde en de slinkse douanebeambte, allemaal werden ze onthaald op hetzelfde vertoon van niet te dwarsbomen wilskracht. Juffrouw Logan was de tel kwijtgeraakt van het aantal malen dat hun bagage was opgehouden of dat ze hadden vernomen dat er behalve de *tezkare* die ze al hadden aangeschaft nog een *buryulda* of speciale vergunning nodig was; maar juffrouw Fergusson zanikte, eiste en kreeg alles gedaan, met de hulp van een dragoman wiens kortstondige vertoon van onafhankelijk denken algauw de kop in was gedrukt. Ze was altijd en immer bereid om zaken volgens de gewoonten van het land te bespreken; om met een herbergier aan tafel te gaan zitten bijvoorbeeld, en antwoord te geven op de vraag of Engeland kleiner was dan Londen en welk van de twee bij Frankrijk hoorde en hoeveel groter de Turkse marine was dan die van Engeland, Frankrijk en Rusland samen.

Voorts had juffrouw Logan zich voorgesteld dat hun reis, hoewel deze uiteindelijk een stichtelijk doel had, aangename mogelijkheden zou bieden om te schetsen, de bezigheid waardoor de band tussen werkgeefster en gezelschapsdame oorspronkelijk tot stand was gekomen. Maar de oudheden konden Amanda Fergusson niet bekoren; ze koesterde geen verlangen om heidense tempels van Augustus te bezichtigen, of half overeind gebleven zuilen die opgericht zouden zijn voor de afvallige keizer Julianus. Ze legde gelukkig wel belangstelling aan de dag voor het natuurschoon. Terwijl ze vanaf Trebizonde landinwaarts reden, met hun rijzwepen in de aanslag vanwege de verwachte meutes honden, bekeken ze mohairgeiten op berghellingen met dwergeiken, dofgele wijnstokken, weelderige appelboomgaarden; ze hoorden krekels wier schallend geluid snerpender en hardnekkiger was dan dat van hun Engelse neefjes; en ze zagen zeldzaam prachtige, paarse en roze zonsondergangen. Er waren velden met maïs, opium en katoen; vlammende rododendrons en gele azalea's; patrijzen met rode poten, hoppen en blauwe kraaien. In het Zirganagebergte keken grote rode herten, die een ongeruste afstand bewaarden, hen met zachte ogen aan.

In Erzurum kreeg juffrouw Logan van haar werkgeefster gedaan dat ze een bezoek brachten aan de christelijke kerk. Dit bleek eerst een gelukkige ingeving, want op het kerkhof ontdekte juffrouw Fergusson grafstenen en kruisen, wier keltisch voorkomen haar aan die van haar geboorteland Ierland herinnerden; er gleed een goedkeurende glimlach over haar brave trekken. Maar deze onverwachte mildheid duurde maar even. Toen ze de kerk uitkwamen zagen de beide dames een jonge boerenvrouw, die een geloftegift in een spleet naast de hoofdingang stopte. Het bleek een mensentand te zijn, die ongetwijfeld van haarzelf was. Bij nader onderzoek bleek dat de spleet volgepropt was met vergelende snijtanden en verweerde kiezen. Juffrouw Fergusson gaf krachtig uiting aan haar mening over volksbijgeloof en de verantwoordelijkheid van de geestelijkheid. Zij die Gods woord verkondigden, hield ze vol, dienden volgens Gods woord te worden beoordeeld en strenger gestraft te worden als ze tekortschoten.

Ze kwamen Rusland binnen en namen bij de grenspost een nieuwe gids in dienst, een grote, baardige Koerd, die beweerde dat hij vertrouwd was met de behoeften van vreemdelingen. Juffrouw Fergusson sprak hem toe in wat juffrouw Logan voor een mengsel van Russisch en Turks aanzag. De dagen dat het vloeiend Italiaans van juffrouw Logan hun van nut was geweest, lagen allang achter hen; nadat ze de reis was begonnen als gids en als tolk had ze nu het gevoel dat ze er alleen maar bijhing en nauwelijks belangrijker was dan de afgedankte dragoman of de pas aangenomen Koerd.

Terwijl ze gedrieën de Kaukasus binnenreden verstoorden ze kuddes pelikanen, wier onbevalligheid aan de grond op wonderbaarlijke wijze getransfigureerd werd in de lucht. Juffrouw Fergussons ergernis over het voorval in Erzurum begon te bedaren. Toen ze de oostelijke uitloper van de Alageuz passeerden, tuurden ze aandachtig naar de brede massa van de Grote Ararat, die langzaam in zicht kwam. De top was verscholen, omhuld door een witte wolkencirkel die fel schitterde in de zon.

'Hij heeft een aureool,' riep juffrouw Logan uit. 'Net als een engel.'

'U hebt gelijk,' antwoordde juffrouw Fergusson met een knikje. 'Mensen zoals mijn vader zouden het er natuurlijk niet mee eens zijn. Die zouden ons vertellen dat zulke vergelijkingen gezwets zijn.' Ze lachte zuinig en juffrouw Logan verzocht haar met een vragende blik verder te gaan. 'Ze zouden verklaren dat het wolkenaureool een volstrekt natuurlijk verschijnsel is. In de nacht en enige uren na de dageraad blijft de top duidelijk zichtbaar, maar naarmate de vlakte verwarmd wordt door de ochtendzon stijgt de hete lucht op en verandert op een bepaalde hoogte in damp. Aan het eind van de dag, als alles weer afkoelt, verdwijnt het aureool. Het heeft niets verrassends... voor de wetenschap,' zei ze, met een afkeurend accent op het laatste woord.

'Het is een berg uit een sprookje,' was juffrouw Logans commentaar.

Haar werkgeefster verbeterde haar. 'Het is een *heilige* berg.' Ze slaakte een ongeduldige zucht. 'Er schijnen altijd twee verklaringen voor alles te zijn. Daarom hebben we onze vrije wil gekregen, zodat we de juiste kunnen kiezen. Mijn vader begreep niet dat zijn verklaringen evenzeer op geloof waren gebaseerd als de mijne. Geloof in niets. Voor hem zou het allemaal alleen maar damp en wolken en opstijgende lucht zijn. Maar wie heeft de damp geschapen, wie heeft de wolken geschapen? Wie heeft ervoor gezorgd dat uitgerekend Noachs berg iedere dag gezegend zou worden met een aureool van wolken?'

'Precies,' zei juffrouw Logan, die het niet helemaal met haar eens was.

Die dag kwamen ze een Armeense priester tegen, die hun mededeelde dat de berg waarheen ze op weg waren nog nooit beklommen was en dat dit nooit zou gebeuren ook. Toen juffrouw Fergusson beleefd de naam van dr. Parrot noemde, verzekerde de priester haar dat ze zich vergiste. Misschien verwarde ze Massis—zoals hij de Grote Ararat noemde—met de vulkaan die veel verder naar het zuiden lag en door de Turken Sipahi Dagi werd genoemd. Voordat hij zijn uiteindelijke rustplaats vond, had de Arke Noachs eerst de top van Sipahi Dagi geraakt en de kap eraf getild, zodat de inwendige vuren van de aarde bloot kwamen. Die berg, had hij begrepen, was toegankelijk voor de mens; maar Massis niet. Op dit punt waren christen en muzelman het eens, al was dat ook het enige. En, vervolgde de priester, werd het bovendien niet bewezen door de Heilige Schrift? Die berg daar voor hen was de geboorteplaats van de mensheid; en hij verwees de dames, terwijl hij zich met een innemend lachje verontschuldigde omdat hij over zo'n onkies onderwerp begon, naar het gezag van de woorden van Onze Heiland tegen Nicodemus, waar gezegd wordt dat een man de buik van zijn moeder niet ten tweede male kan ingaan en opnieuw geboren worden.

Toen ze afscheid namen haalde de priester een kleine zwarte

amulet uit zijn zak, die glad gepolijst was in de loop van vele eeuwen. Het was, beweerde hij, een stukje bitumen dat stellig eens onderdeel van de kiel van de Arke Noachs was geweest en van grote waarde was bij het afwenden van onheil. Aangezien de dames zoveel belangstelling aan de dag hadden gelegd voor de berg Massis, zou het misschien...

Juffrouw Fergusson reageerde beleefd op de gesuggereerde transactie door hem erop te wijzen dat als het inderdaad onmogelijk was de berg te beklimmen, de kans dat zij zouden geloven dat de amulet een stukje van het schip van de Patriarch kon zijn niet erg groot was. De Armeniër zag echter niets tegenstrijdigs in zijn beide beweringen. Misschien had een vogel het mee naar beneden genomen, zoals de duif de olijftak was komen brengen. Of misschien had een engel het gebracht. Vertelde de traditie niet dat Sint Jakob tot drie maal toe geprobeerd had Massis te beklimmen en bij de derde gelegenheid van een engel had vernomen dat dit verboden was, maar dat de engel hem een houten plank van de Ark had gegeven en dat op de plaats waar hij deze had ontvangen het Sint Jakobs-klooster was gesticht?

Ze gingen uiteen zonder de koop te sluiten. Juffrouw Logan, die zich gegeneerd voelde door de woorden van Onze Lieve Heer tegen Nicodemus, dacht in plaats daarvan na over bitumen; was dat niet die stof die schilders gebruikten om de schaduwen op hun schilderijen zwarter te maken? Juffrouw Fergusson daarentegen was alleen maar boos geworden: ten eerste door die poging om een dwaze betekenis in de bijbeltekst te leggen; en ten tweede door het schaamteloos commerciële gedrag van de priester. Ze was nog steeds niet onder de indruk van de oosterse geestelijkheid, die niet alleen het geloof in de wonderbaarlijke krachten van mensentanden goedkeurde, maar zelfs handel dreef in namaak-relikwieën. Het was schandalig. Ze dienden ervoor gestraft te worden. Dat zou ook ongetwijfeld gebeuren. Juffrouw Logan bestudeerde haar werkgeefster ongerust.

De volgende dag staken ze een eindeloze vlakte van riet en ruig gras over, met kolonies trapganzen en de zwarte tenten van Koerdische stammen als enige onderbreking. Die avond stapten ze af in een klein dorp op een dagrit afstands van de voet van de berg. Na een maaltijd van roomkaas en gezouten zalmforel uit de Gik çai, stonden de beide vrouwen in het naar abrikozen geurende donker en keken naar Noachs berg. Het gebergte voor hun ogen bestond uit twee verschillende zwellingen: de Grote Ararat, een bultige, breedgeschouderde massa die op een versterkte koepel leek, en de Kleine Ararat, een elfhonderd meter lagere, sierlijke kegel met gladde, regelmatige zijden. Juffrouw Fergusson vond het niet overdreven om in de relatie tussen vorm en hoogte van de beide Ararats een voortzetting te zien van die oerverdeling van de mensheid in de beide seksen. Ze maakte juffrouw Logan niet van deze bespiegeling deelachtig, want die was tot dusverre akelig onontvankelijk gebleken voor het hogere.

Alsof ze wilde bevestigen dat ze een laagbijdegrondse geest bezat, onthulde juffrouw Logan op hetzelfde moment dat ze al sinds haar kinderjaren benieuwd was hoe de Ark erin was geslaagd op de top van een berg te blijven liggen. Was de piek uit het water opgerezen en had hij de kiel doorboord, zodat het vaartuig op zijn plaats werd vastgepind? Want hoe had de Ark anders een steile afdaling vermeden toen het water wegebde?

'Anderen hebben zulke gedachten al eerder gehad,' antwoordde juffrouw Fergusson met een duidelijk gebrek aan lankmoedigheid. "Marco Polo hield vol dat de berg een kubusvorm had, wat de zaak zeker zou hebben verklaard. Mijn vader zou het waarschijnlijk met hem eens zijn geweest, als het onderwerp zijn aandacht had gehad. Maar wij kunnen zien dat het niet zo is. Zij die tot aan de piek van de Grote Ararat zijn geklommen, vertellen ons dat zich dicht onder de top een zacht glooiende vallei bevindt. Deze is ongeveer half zo groot als Green Park in Londen,' preciseerde ze, alsof juffrouw Logan het anders niet zou kunnen bevatten. 'Als plaats om te landen zou hij zowel logisch als veilig zijn.'

'Dus de Ark is niet helemaal op de top geland?'

'Dat verkondigt de Schrift nergens.'

Toen ze Arguri naderden, dat op een hoogte van meer dan tweeduizend meter boven zeeniveau lag, werd de temperatuur van de lucht aangenamer. Vijf kilometer beneden het dorp troffen ze de eerste van Vader Noachs heilige plantages aan. De wijnstokken waren pas uitgebloeid en tussen het gebladerte hingen hier en daar minuscule, donkergroene druiven. Een boer legde zijn primitieve schoffel neer en bracht het onverwachte gezelschap naar de dorpsoudste, die hen vormelijk maar zonder veel verbazing bedankte voor het buskruit dat ze hem ten geschenke gaven. Juffrouw Logan ergerde zich weleens aan deze wellevendheid. De dorpsoudste gedroeg zich alsof hij iedere dag buskruit kreeg van een gezelschap blanke dames.

Juffrouw Fergusson bleef echter zichzelf, plichtsgetrouw en efficiënt. Er werd overeengekomen dat ze die middag naar het Sint Jakobs-klooster gebracht zouden worden; die nacht zouden ze onderdak krijgen in het dorp en de volgende dag zouden ze naar de kerk terugkeren voor hun gebeden.

Het klooster lag aan het riviertje de Arguri, in het onderste gedeelte van een enorme kloof die bijna tot aan de top van de berg doorliep. Het bestond uit een kruisvormige kerk, waarvan de steen uit gestolde lava was gehouwen. Verschillende kleine huisjes drukten zich tegen haar flanken aan als de biggen van een zeug. Toen het gezelschap de binnenplaats opkwam, stond een priester van middelbare leeftijd hen op te wachten, met de koepel van de Sint Jakob op de achtergrond. Hij was gekleed in een simpele pij van blauwe serge met een kapucijner puntkap. Zijn baard was lang en het zwart was doorweven met grijs; aan zijn voeten droeg hij wollen Perzische sokken en gewone sloffen. In zijn ene hand hield hij een rozenkrans, de andere lag op zijn borst in een verwelkomend gebaar. Juffrouw Logan had een opwelling om neer te knielen voor de pastor van Noachs kerk; maar de aanwezigheid en de zekere afkeuring van juffrouw Fergusson, die een brede categorie van religieus gedrag als 'Rooms' veroordeelde, weerhielden haar hiervan.

De binnenhof deed meer aan een boerenerf dan aan een klooster denken. Zakken maïs lagen losjes opgestapeld tegen een muur; drie schapen waren komen aanlopen uit een weiland in de omgeving en waren niet weggejaagd; er steeg een vieze lucht op van de grond. Glimlachend noodde de archimandriet hen in zijn cel, die zich bleek te bevinden in een van de kleine huisjes, die tegen de buitenmuur van de kerk aan waren gebouwd. Terwijl hij hen de vijftien meter er naartoe vergezelde, leek de archimandriet juffrouw Fergussons elleboog hoffelijk maar beslist onnodig vast te houden ter ondersteuning.

De monnikencel had dikke lemen muren en een gipsen plafond dat gestut werd door een stevige pilaar in het midden. Boven een strozak hing een primitieve ikoon van een niet thuis te brengen heilige; de geuren van de binnenplaats hingen hier ook. Juffrouw Logan vond het er van een bewonderenswaardige eenvoud, juffrouw Fergusson vond het er smerig. Het gedrag van de archimandriet gaf eveneens aanleiding tot verschillende interpretaties: juffrouw Logan nam er een beminnelijke openheid in waar, terwijl juffrouw Fergusson louter geslepen onderdanigheid bespeurde. Juffrouw Logan had de indruk dat haar werkgeefster tijdens de lange reis naar de Ararat al haar voorkomendheid had uitgeput en dat ze zich nu in ijzige onverschilligheid hulde. Toen de archimandriet opperde dat de beide dames de nacht misschien in het klooster zouden willen doorbrengen, wees ze dit kortaf van de hand; toen hij zijn gastvrije aanbod herhaalde, reageerde ze bits.

De archimandriet bleef glimlachen en juffrouw Logan had nog steeds de indruk dat hij in een beminnelijke stemming verkeerde. Op dat moment kwam er een bediende binnen met een primitief dienblad waarop drie hoornen bekers stonden. Water uit het riviertje de Arguri, dacht juffrouw Logan, of misschien die licht gezuurde melk die ze op hun reis al vaak hadden gekregen van gedienstige herders. Maar de bediende keerde terug met een wijnzak en op een teken vulde hij de hoornen bekers met een drank. De archimandriet hief zijn beker naar de vrouwen en dronk hem leeg; waarna zijn bediende hem nogmaals volschonk.

Juffrouw Fergusson nam een slokje. Toen begon ze de archimandriet vragen te stellen die juffrouw Logan ernstig ongerust maakten. Dit gevoel werd verergerd doordat ze moest wachten op de vertaling van de gids.

'Dit is wijn?'

'Inderdaad.' De priester glimlachte alsof hij de vrouwen wilde aanmoedigen met dit plaatselijke genoegen kennis te maken, dat in hun verre land kennelijk nog onbekend was.

'Hij wordt gemaakt van druiven?'

'U hebt gelijk, mevrouw.'

'Vertelt u eens, de druiven waarvan deze wijn gemaakt wordt, waar worden die gekweekt?'

De archimandriet spreidde beide handen en maakte een cirkelend gebaar om de omgeving aan te duiden.

'En de wijnstokken waarvan de druiven geplukt werden, wie heeft die geplant?'

'Onze grote voorvader en stamvader, ouder van ons allen, Noach.'

Juffrouw Fergusson vatte het voorafgaande samen, hoewel dit haar gezelschap overbodig leek. 'U schenkt ons de gegiste druiven van Noachs wijnstokken?'

'Het is me een eer, mevrouw.' Hij glimlachte weer. Hij verwachtte misschien geen uitvoerige dank, maar leek zeker op enige woorden van verwondering te rekenen. In plaats daarvan ging juffrouw Fergusson staan, pakte juffrouw Logan haar onaangeroerde wijn af en gaf beide bekers terug aan de bediende. Zonder een woord verliet ze de cel van de archimandriet, liep zo gedecideerd de binnenplaats af dat de drie schapen haar instinctief volgden, en begon bergafwaarts te lopen. Juffrouw Logan maakte vage gebaren tegen de priester en zette vervolgens de achtervolging van haar werkgeefster in. Ze liepen zonder commentaar door weelderige abrikozenbongerds; ze negeerden een herder die hun een kom melk voorhield; zonder een woord keerden ze terug naar het dorp waar juffrouw Fergusson, die haar berekenende beleefdheid had herwonnen, aan de dorpsoudste vroeg of er zonder uitstel onderdak voor hen geregeld kon worden. De oude man stelde zijn eigen huis voor, het grootste van Arguri. Juffrouw Fergusson bedankte hem en bood hem in ruil een klein pakje suiker aan, dat plechtig werd aanvaard.

Die avond werd in hun kamer het eten opgediend op een lage tafel, die niet groter was dan een pianokruk. Ze kregen het dunne brood uit die streek, *losj*, koud schapevlees dat in stukken was gesneden, hardgekookte, gepelde en gehalveerde eieren en de vruchten van de aardbeiboom. Er werd geen wijn geschonken, omdat zulks de gewoonte van het huis was of omdat de berichten over hun bezoek aan het klooster de dorpsoudste al hadden bereikt. In plaats daarvan dronken ze voor de zoveelste keer schapemelk.

'Het is heiligschennis,' zei juffrouw Fergusson tenslotte. 'Heiligschennis. Op Noachs berg. Hij leeft als een boer. Hij nodigt vrouwen uit om bij hem te logeren. Hij brengt de druiven van de Patriarch tot gisting. Het is heiligschennis.'

Juffrouw Logan gaf wijselijk geen antwoord, laat staan dat ze een goed woordje deed voor de beminnelijke archimandriet. Ze bedacht dat de omstandigheden van hun bezoek hun de mogelijkheid hadden onthouden om de oude wilgeboom te bezichtigen, die ontsproten was aan een plank van de Arke Noachs.

'We zullen de berg beklimmen,' zei juffrouw Fergusson.

'Maar we weten niet hoe dat moet.'

'We zullen de berg beklimmen. Zonde moet worden schoongewassen met water. De zonde van de wereld is schoongewassen door de wateren van de zondvloed. Wat die monnik doet is dubbel godslasterlijk. We zullen onze flessen vullen met sneeuw van de heilige berg. Het reine sap van Noachs wijnstok waarnaar we op zoek waren, is onrein gemaakt. In plaats daarvan zullen we louterend water mee terugbrengen. Dat is de enige manier om deze reis te redden.'

Juffrouw Logan knikte geschrokken, toestemmend zonder instemming.

Op de ochtend van de 20ste juni van het jaar Onzes Heren 1840 vertrokken ze uit het dorp Arguri, alleen vergezeld van hun Koerdische gids. De dorpsoudste legde spijtig uit dat de dorpelingen geloofden dat de berg heilig was en dat niemand zich hoger mocht wagen dan het Sint Jakobs-klooster. Hijzelf was het hier mee eens. Hij trachtte het gezelschap niet terug te houden van de beklimming, maar hij stond erop juffrouw Fergusson een pistool te lenen. Dit hing ze openlijk aan haar gordel, hoewel ze noch van plan noch kundig genoeg was om het te gebruiken. Juffrouw Logan droeg een kleine zak met citroenen, zoals hun eveneens was aangeraden.

De dames zaten op hun paarden met opgezette witte parasollen vanwege de ochtendzon. Toen ze omhoogkeek zag juffrouw Fergusson het wolkenaureool dat zich rond de top van de berg vormde. Een dagelijks terugkerend wonder, tekende ze inwendig aan. Enige uren lang leek het alsof ze bijna niet vooruit kwamen; ze reden door een kaal gebied met fijn zand en gelige klei, hier en daar alleen onderbroken door stekelige dwergstruiken. Juffrouw Logan zag verschillende vlinders en talloze hagedissen, maar in haar hart was ze teleurgesteld omdat maar zo weinig van de dieren die uit de Ark waren gekomen zich lieten zien. Ze bekende zichzelf dat ze zo dom was geweest zich de hellingen van de berg voor te stellen als een soort dierentuin. Maar de dieren hadden het bevel gekregen heen te gaan en zich te vermenigvuldigen. Ze hadden kennelijk gehoorzaamd.

Ze doken rotsige ravijnen in waar nergens ook maar het kleinste beekje te bespeuren viel. De berg leek dor, zo droog als een krijtheuvel in Sussex. Maar een eindje hogerop verraste hij hen doordat er plotseling groene weiden en rozenstruiken met tere roze bloemen in zicht kwamen. Ze reden om een uitloper heen en troffen een klein kampement aan – drie of vier primitieve tenten met gevlochten muren en zwarte daken van geitehaar. Juffrouw Logan schrok een beetje van de plotselinge aanwezigheid van deze groep nomaden, wier kudde op de helling beneden hen te zien was, maar juffrouw Fergusson stuurde haar paard recht op hen af. Een dreigend uitziende man met verward haar, dat op het dak van zijn eigen tent leek, hield een primitieve kom omhoog. Er zat licht gezuurde melk met water in en juffrouw Logan dronk er ietwat nerveus van. Ze knikten, glimlachten, en gingen huns weegs.

'Kwam dat u voor als een vanzelfsprekend, gastvrij gebaar?' vroeg Amanda Fergusson ineens.

Juffrouw Logan dacht over deze vreemde vraag na. 'Ja,' antwoordde ze, want ze waren al vele voorbeelden van dergelijk gedrag tegengekomen.

'Mijn vader zou gezegd hebben dat het alleen maar dierlijke omkoperij was om de toorn van vreemdelingen af te wenden. Het zou een geloofsartikel voor hem zijn om dat te denken. Hij zou zeggen dat die nomaden precies kevers waren.'

'Kevers?'

'Mijn vader interesseerde zich voor kevers. Hij zei dat als je er een in een kistje stopte en op het deksel tikte, dat hij dan terug zou kloppen omdat hij dacht dat jij ook een kever was, die hem ten huwelijk vroeg.'

'Ik ben niet van mening dat ze zich als kevers gedroegen,' zei juffrouw Logan, terwijl ze met haar toon zorgvuldig aangaf dat dit alleen maar haar eigen mening was en geenszins geringschattend bedoeld jegens kolonel Fergusson.

'Ik ook niet.'

Juffrouw Logan begreep de gemoedstoestand van haar werkgeefster niet helemaal. Nu ze zo'n geweldig lange reis had gemaakt om haar vaders voorspraak te zijn bij God, scheen ze in plaats daarvan voortdurend met zijn geest overhoop te liggen.

Bij de eerste steile helling van de Grote Ararat bonden ze hun paarden vast aan een meidoorn en kluisterden hun benen. Vanaf dit punt zouden ze te voet verder gaan. Juffrouw Fergusson, met opgestoken parasol en het pistool in haar gordel, liep voorop met de zekere tred van de rechtvaardige; juffrouw Logan, met haar bungelende zak citroenen, moest moeite doen om haar bij te houden naarmate het terrein steiler werd; hun Koerdische gids, die beladen was met bagage, vormde de achterhoede. Ze zouden twee keer op de berg moeten overnachten als ze de sneeuwgrens wilden bereiken.

Ze hadden de hele middag stevig doorgeklommen en om even voor zevenen zaten ze uit te rusten op een rotspunt, terwijl de hemel een zachte abrikoostint aannam. Eerst konden ze het geluid niet thuisbrengen en begrepen niet wat het betekende. Ze waren zich bewust van een diep gerommel, een granieten gegrom, hoewel niet duidelijk was waar het vandaan kwam, van boven of van beneden. Toen begon de grond onder hun voeten te trillen en er klonk een geluid dat op donderen leek – maar inwendig, ingehouden, angstaanjagend donderen, het geluid van een onderaardse oergod die razend was omdat hij opgesloten zat. Juffrouw Logan wierp haar werkgeefster een angstige blik toe. Amanda Fergusson had haar verrekijker op het Sint Jakobs-klooster gericht en op haar gezicht lag een uitdrukking van preutse tevredenheid, die haar gezelschapsdame schokte. Juffrouw Logan was bijziend, dus begreep ze niet door eigen waarneming maar door het gezicht van juffrouw Fergusson wat er aan de hand was. Toen zij de verrekijker eindelijk kreeg, kon ze zien dat het inderdaad waar was dat alle daken en alle muren van de kloosterkerk en van het kleine gehucht dat ze nog pas die ochtend hadden verlaten, door de hevige aardbeving omver waren gegooid. Juffrouw Fergusson kwam overeind en begon energiek verder te klimmen.

'Moeten we de overlevenden niet gaan helpen?' vroeg juffrouw Logan verbijsterd.

'Die zullen er niet zijn,' antwoordde haar werkgeefster. En vervolgde op vinniger toon: 'Het was een straf die ze hadden moeten verwachten.'

'Straf?'

'Voor hun ongehoorzaamheid. Omdat ze de vruchten van Noachs wijnstok tot gisting hebben gebracht. Omdat ze een kerk hebben gebouwd en er vervolgens heiligschennis in hebben gepleegd.' Juffrouw Logan wierp een behoedzame blik op Amanda Fergusson, niet wetend hoe ze haar mening, dat deze straf haar nederige, onwetende verstand overdreven voorkwam, onder woorden moest brengen. 'Dit is een heilige berg,' zei juffrouw Fergusson koel. 'De berg waarop Noachs Ark heeft gerust. Een kleine zonde is hier een reusachtige zonde.'

Juffrouw Logan verbrak haar ontstelde zwijgen niet; ze volgde haar werkgeefster alleen maar, die voor haar uit naar boven klom door een stenen geul. Juffrouw Fergusson bleef bovenaan staan en draaide zich naar haar om. 'U verwacht dat God zo iemand is als de opperrechter in Londen. U verwacht een uitvoerige toelichting. De God van deze berg is de God die van de hele wereld alleen Noach en zijn gezin heeft gered. Bedenk dat wel.'

Juffrouw Logan raakte ernstig van streek door deze opmerkingen. Vergeleek juffrouw Fergusson de aardbeving die het dorp Arguri had omgegooid met de zondvloed zelf? Vergeleek ze de redding van twee blanke vrouwen en een Koerd met die van het gezin Noach? Toen ze voorbereidingen voor hun expeditie troffen, was hun gezegd dat het magnetische kompas op bergen als deze van geen enkel nut was, omdat de rotsen vol ijzer zaten. Het zag er naar uit dat je hier ook op andere manieren het spoor bijster kon raken.

Wat deed ze hier op Noachs berg met een bedevaartgangster die in een dweepster was veranderd en met een baardige boerenkinkel waarmee ze niet kon communiceren, terwijl de rotsen onder hen ontploften als het buskruit dat ze hadden meegenomen om bij de dorpshoofden van de streek in het gevlei te komen? Alles wees erop dat ze terug moesten keren, maar ze klommen gewoon verder. De

Koerd, van wie ze verwacht had dat hij zou vluchten bij de eerste siddering van de grond, was nog steeds bij hen. Misschien was hij van plan hun de keel af te snijden terwijl ze sliepen.

Die nacht namen ze rust en zodra de zon opkwam, klommen ze verder. Hun witte parasols staken fel af tegen de harde grond van de berg. Er was hier alleen nog maar kale rotsgrond en kiezel; er groeide alleen maar korstmos; alles was kurkdroog. Het leek wel alsof ze op de maan waren.

Ze klommen verder tot ze de eerste sneeuw bereikten, die in een lange, donkere scheur in de bergwand lag. Ze bevonden zich negenhonderd meter onder de top, vlak onder een richel van ijs die de grote Ararat omcirkelde. Dit was de plaats waar de lucht die opsteeg uit de vlakte in damp veranderde en dat wonderbaarlijke aureool vormde. De hemel boven hun hoofd kreeg een haast felgroene tint, waar nauwelijks blauw meer doorheen zat. Juffrouw Logan had het erg koud.

De twee flessen werden met sneeuw gevuld en aan de hoede van de gids toevertrouwd. Later zou juffrouw Logan trachten zich voor ogen te halen hoe merkwaardig sereen haar werkgeefster had gekeken en hoe zeker haar gang was toen ze aan de afdaling begonnen; ze spreidde een tevredenheid ten toon die aan zelfgenoegzaamheid grensde. Ze hadden nog maar een paar honderd meter gelopen–de Koerd voorop, juffrouw Logan als hekkesluitster–en daalden een helling met grote, losse stenen af, een afdaling die eerder vermoeiend dan gevaarlijk was, toen juffrouw Fergusson viel. Ze sloeg voorover en naar opzij en gleed een meter of tien naar beneden voordat de Koerd haar val kon stoppen. Juffrouw Logan bleef staan, aanvankelijk van verbazing, want juffrouw Fergusson was kennelijk uitgegleden op een stukje vaste rots dat geen gevaar had moeten opleveren.

Ze glimlachte toen ze bij haar kwamen en scheen zich niets aan te trekken van het bloed. Juffrouw Logan wilde niet dat de Koerd juffrouw Fergusson verbond; ze nam stukken van zijn overhemd aan om voor dat doel te gebruiken, maar stond er vervolgens op dat hij met zijn rug naar hen toe ging staan. Na een half uurtje trokken ze hun werkgeefster samen overeind en ze gingen verder, terwijl juffrouw Fergusson met vreemde nonchalance op de arm van de gids

leunde, alsof ze rondgeleid werd door een kathedraal of een dierentuin.

De rest van die dag legden ze maar een kleine afstand af, want juffrouw Fergusson moest vaak uitrusten. Juffrouw Logan rekende uit
hoe ver het nog was naar de plaats waar hun paarden vastgebonden
waren en werd daar niet hoopvol van. Tegen het vallen van de
avond kwamen ze bij een paar kleine grotten, die juffrouw Fergusson vergeleek met afdrukken van Gods duim in de flank van de
berg. De Koerd ging behoedzaam de eerste grot binnen, snuivend
of hij wilde beesten kon ruiken, en wenkte vervolgens dat ze mochten binnenkomen. Juffrouw Logan maakte de bedden klaar en diende wat opium toe; de gids verdween, na het maken van gebaren
waarvan ze niets begreep. Een uur later kwam hij terug met een
paar miezerige struiken die hij uit de rotsbodem had weten te trekken. Hij maakte een vuur; juffrouw Fergusson ging liggen, dronk
een beetje water en viel in slaap.

Toen ze wakker werd, verklaarde ze dat ze zich zwak voelde
en ze zei dat haar botten stijf aanvoelden onder haar huid. Ze
had kracht noch honger. Ze bleven die hele dag in de grot, erop
vertrouwend dat juffrouw Fergussons toestand de volgende
ochtend zou zijn verbeterd. Juffrouw Logan begon na te denken
over de veranderingen die zich in haar werkgeefster hadden vol-
trokken sinds ze op de berg waren. Ze waren hier gekomen om te
bidden voor het zieleheil van kolonel Fergusson. Toch hadden ze
tot nu toe niet gebeden; Amanda Fergusson scheen nog steeds onenigheid te hebben met haar vader; terwijl de God wiens lof ze de
laatste tijd zong, niet klonk als een God die door de vingers zou zien
dat de kolonel zo obstinaat had gezondigd tegen het licht. Had juffrouw Fergusson beseft, of althans besloten, dat de ziel van haar
vader verloren, verstoten, verdoemd was? Was dat wat er gebeurd
was?

Bij het vallen van de avond zei juffrouw Fergusson tegen haar gezelschapsdame dat ze de grot moest verlaten omdat zij met de gids
wilde spreken. Dit leek juffrouw Logan onnodig, want ze kende
geen woord Turks of Russisch of Koerdisch, of wat voor mengel-
moes de beide anderen ook gebruikten om met elkaar te communiceren; maar ze deed wat haar gezegd werd. Buiten stond ze naar een

roomblanke maan te kijken en was bang dat er een vleermuis in haar haar zou vliegen.

'Nu moet u me zo neerleggen, dat ik naar de maan kan kijken.' Ze tilden haar voorzichtig op, alsof ze een oude dame was, en legden haar dichter bij de ingang van de grot. 'Zodra het morgen licht wordt, moet u vertrekken. Of u terugkomt of niet is onbelangrijk.' Juffrouw Logan knikte. Ze sprak niet tegen omdat ze wist dat ze het toch niet zou winnen; ze huilde niet omdat ze wist dat ze dan een standje zou krijgen. 'Ik zal aan de Heilige Schrift denken en Gods wil afwachten. Op deze berg blijkt Gods wil zeer duidelijk. Ik kan me geen gelukkiger plek voorstellen om tot hem genomen te worden.'

Juffrouw Logan en de Koerd waakten die nacht om beurten bij haar. De maan, die nu bijna vol was, verlichtte de bodem van de grot waar Amanda Fergusson lag. 'Mijn vader zou er muziek bij gewild hebben,' zei ze op zeker moment. Juffrouw Logan glimlachte instemmend, wat haar werkgeefster irriteerde. 'U kunt onmogelijk weten waarover ik het heb.' Juffrouw Logan stemde meteen ten tweede male in.

Er viel een stilte. De droge, koude lucht was geparfumeerd met houtrook. 'Hij vond dat schilderijen moesten bewegen. Met lichten en muziek en patentkachels. Hij dacht dat dat de toekomst was.' Juffrouw Logan, nauwelijks beter geïnformeerd dan tevoren, vond het veiliger om geen antwoord te geven. 'Maar het was de toekomst niet. Kijk maar naar de maan. De maan heeft geen muziek en gekleurde lichten nodig.'

Juffrouw Logan won toch nog een klein, laatste meningsverschil – door een krachtig gebaar en niet met woorden – en juffrouw Fergusson bleef achter met beide flessen gesmolten sneeuw. Ze nam ook een paar citroenen aan. Bij het aanbreken van de dag ging juffrouw Logan, die nu het pistool in haar gordel droeg, de berg af met de gids. Ze voelde zich geestelijk vastberaden maar onzeker over wat haar te doen stond. Ze bedacht bij voorbeeld dat als de inwoners van Arguri vóór de aardbeving al niet bereid waren geweest zich op de berg te wagen, eventuele overlevenden daar nu helemaal niet meer toe te overreden zouden zijn. Misschien zou ze genoodzaakt zijn in een verder weg gelegen dorp hulp te zoeken.

De paarden waren verdwenen. De Koerd maakte een langgerekt geluid in zijn keel, waarvan ze aannam dat het op teleurstelling duidde. De boom waaraan ze waren vastgebonden stond er nog, maar de paarden waren verdwenen. Juffrouw Logan vermoedde dat ze in paniek waren geraakt toen de grond onder hen tekeerging, zich hadden losgerukt en hun kluisters met woeste kracht hadden meegenomen toen ze de berg afvluchtten. Later, terwijl ze achter de Koerd aan sjokte in de richting van het dorp Arguri, verzon juffrouw Logan nog een andere verklaring: dat de paarden waren gestolen door die gastvrije nomaden die ze de eerste ochtend waren tegengekomen.

Het Sint Jakobs-klooster was totaal verwoest en ze liepen er langs zonder stil te blijven staan. Toen ze de resten van Arguri naderden, beduidde de Koerd dat juffrouw Logan op hem moest wachten terwijl hij op onderzoek uitging in het dorp. Twintig minuten later kwam hij terug, zijn hoofd schuddend in een universeel gebaar. Toen ze langs de verwoeste huizen liepen, merkte juffrouw Logan onwillekeurig bij zich zelf op dat de aardbeving alle inwoners had gedood terwijl hij de wijngaarden intact had gelaten, die – als je juffrouw Fergusson moest geloven – juist de oorzaak waren van hun verleiding en hun straf.

Ze deden er twee dagen over om de bewoonde wereld te bereiken. In een bergdorp in het zuidwesten leverde de gids haar af bij het huis van een Armeense priester, die redelijk Frans sprak. Ze legde uit dat er onmiddellijk een reddingsploeg op de been gebracht moest worden om naar de Grote Ararat terug te gaan. De priester antwoordde dat de Koerd ongetwijfeld al bezig was hulp te organiseren. Iets in zijn houding wees erop dat hij haar verhaal, dat ze Massis bijna tot boven toe had beklommen, misschien niet helemaal geloofde, omdat boeren zowel als priesters wisten dat de berg niet te beklimmen was.

Ze wachtte de hele dag op de terugkeer van de Koerd, maar hij kwam niet; en toen ze de volgende ochtend informeerde, vernam ze dat hij enkele minuten nadat hij haar naar het huis van de priester had gebracht uit de stad was vertrokken. Juffrouw Logan was boos en ontsteld over deze judasstreek en liet zich hierover kernachtig uit tegen de Armeense priester, die knikte en aanbood voor juffrouw

Fergusson te bidden. Juffrouw Logan aanvaardde dit aanbod, terwijl ze zich afvroeg hoe effectief een simpel gebed was in een streek
waar mensen hun eigen tanden afstonden als geloftegiften.

Pas enkele weken later, toen ze in haar snikhete hut op een smerige stoomboot uit Trebizonde lag, overpeinsde ze dat de Koerd al
die tijd dat hij bij hen was geweest de bevelen van juffrouw Fergusson stipt en naar eer had uitgevoerd; verder, dat ze niet kon weten
wat er die laatste avond in de grot tussen die twee was voorgevallen.
Misschien had juffrouw Fergusson de gids opgedragen haar gezelschap in veiligheid te brengen en dan weg te lopen.

Juffrouw Logan dacht ook na over juffrouw Fergussons val. Ze
daalden op dat moment een helling met los gesteente af; er waren
veel losse stenen geweest en het was moeilijk je evenwicht te bewaren, maar ze waren toen immers juist bezig geweest een flauwere
glooiing af te dalen en haar werkgeefster had zelfs op een vrijwel
vlak stuk graniet gestaan toen ze viel. Het was een magnetische berg
waar het kompas niet werkte en je kon makkelijk je evenwicht verliezen. Nee, dat was het niet. De vraag die ze uit de weg ging, was
of juffrouw Fergusson niet zelf haar val had bewerkstelligd, om te
bereiken of te bevestigen wat ze wilde bereiken of bevestigen. Toen
ze de berg met het aureool voor het eerst zagen had juffrouw Fergusson verkondigd dat er voor alles twee verklaringen waren, die
beide geloofsinspanning vereisten en dat we onze vrije wil hadden
gekregen om tussen die beide te kunnen kiezen. Dit dilemma zou
juffrouw Logan nog jaren bezighouden.

7
Drie simpele verhalen

I

Ik was een normale achttienjarige: gesloten, verlegen, onbereisd en vol hoon; intens ontwikkeld, onbehouwen in de omgang, een flapuit in gevoelskwesties. Dat wil zeggen, alle andere achttienjarigen die ik kende waren zo, dus ik nam aan dat het normaal was. Ik had wat tijd over voor ik aan mijn universitaire studie kon beginnen en had net een baan bemachtigd als onderwijzer. De romans die ik had gelezen, stelden me opvallende functies in het vooruitzicht – als repetitor in het oude stenen landhuis, waar pauwen nestelen in de hulsthagen en krijtwit gebeente wordt gevonden in het dichtgemetselde schuilkamertje; als onnozele ingénu op een excentrieke kostschool op de grens van Wales, vol stevige drinkers en gluiperige geilaards. Er zouden luchthartige meisjes en onaandoenlijke butlers zijn. U kent de sociale moraal van het verhaal: de meritocraat wordt aangestoken door snobisme.

De realiteit bleek dichterbij te liggen. Ik gaf een trimester les op een particuliere lagere school op een kilometer afstand van mijn huis, en in plaats van lome dagen door te brengen met schattige kinderen wier van nadrukkelijke hoeden voorziene moeders op een eindeloze, met stuifmeel bespetterde sportdag zouden glimlachen, uit de hoogte doen en flirten tegelijk, bracht ik mijn tijd door met de zoon van de plaatselijke bookmaker (hij leende me zijn fiets; ik reed die aan barrels) en de dochter van de notaris in de duurdere wijk. Toch is een kilometer een hele afstand voor onbereisde mensen; en op je achttiende zijn de kleinste gradaties van de middle-class samenleving opwindend en intimiderend. Er hoorde een gezin bij de school; dat gezin woonde in een huis. Daar was alles anders en dus beter dan thuis: de rechte koperen kranen, het model van de balustrade, de echte olieverfschilderijen (wij hadden ook een echt olieverfschilderij, maar niet zo echt), de bibliotheek die op de een of andere manier meer was dan zomaar een kamer vol boeken, de meubels die oud genoeg waren om houtworm te hebben en de achteloze aanvaarding van geërfde spullen. In de hal hing het afgehakte uiteinde van een roeispaan; in het zwarte blad waren met gouden letters de namen gegraveerd van een studenten-acht, waarvan de leden in zonovergoten vooroorlogse dagen allemaal zo'n trofee hadden gekregen; ik vond het een onwaarschijnlijk exotisch geval. In de voortuin was een schuilkelder die thuis gêne zou hebben teweeggebracht en aan driftige camouflage met vorstbestendige overblijvende planten zou zijn onderworpen; hier wekte hij alleen maar geamuseerde trots op. Het gezin paste bij het huis. De vader was spion; de moeder was actrice geweest; de zoon droeg stijve boorden en double-breasted vesten. Moet ik nog meer vertellen? Als ik genoeg Franse romans had gelezen zou ik hebben geweten wat me te wachten stond; en natuurlijk ben ik daar ook voor het eerst verliefd geweest. Maar dat is een ander verhaal, of in elk geval een ander hoofdstuk.

De grootvader was degene die de school had opgericht en hij woonde er nog altijd. Hoewel hij diep in de tachtig was, was hij pas onlangs uit het curriculum weggeschreven door een sluwe voorganger van me. Af en toe kon je hem door het huis zien wandelen in zijn crème linnen jasje, met de stropdas van zijn *college*–Gonville and Caius, diende je te weten–en zijn pet (bij ons thuis zou een pet ordinair zijn geweest; hier was hij juist sjiek en betekende waarschijnlijk dat je vroeger gejaagd had). Dan was hij op zoek naar zijn 'klas', die hij nooit vond, en had het over 'het laboratorium', dat alleen maar een bijkeukentje was met een bunsenbrander en stromend water. Op warme middagen zat hij buiten voor de deur met een Robertson draagbare radio (de houten kast, ontdekte ik, zorgde voor een betere geluidskwaliteit dan de plastic of metalen omhulsels van de transistors die ik bewonderde) en luisterde naar de cricketverslagen. Hij heette Lawrence Beesley.

Afgezien van mijn overgrootvader was hij de oudste man die ik ooit ontmoet had. Zijn leeftijd en status brachten de gebruikelijke mengeling van ontzag, vrees en brutaliteit bij me teweeg. Zijn staat van verval – de historisch besmeurde kleren, de sliert eiwitkwijl aan de kin – wekte een totale, puberale woede bij me op jegens het leven en het onvermijdelijke afscheid ervan; een gevoel dat zich soepel liet vertalen in haat jegens de persoon die met dat afscheid bezig was. Zijn dochter gaf hem uitsluitend blikjes babyvoeding te eten, wat voor mij nogmaals de wrange grap van het bestaan en de verachtelijkheid van deze oude man in het bijzonder bevestigde. Ik vertelde hem altijd zelfverzonnen cricketstanden. '84 voor 2, Meneer Beesley,' riep ik, als ik langs hem heen liep terwijl hij in de zon zat te suffen onder de sliertende blauweregen. 'West-Indië 790 voor 3 gesloten,' zei ik nadrukkelijk, wanneer ik hem zijn kindermaaltijd bracht op een dienblaadje. Ik vertelde hem standen van wedstrijden die niet gespeeld werden, van wedstrijden die nooit gespeeld hadden kunnen worden, fantastische standen, onmogelijke standen. Hij reageerde met een hoofdknik en ik sloop weg, gniffelend om mijn kleinzielige wreedheid, tevreden omdat ik niet zo'n aardig jongmens was als hij misschien dacht.

Tweeënvijftig jaar voordat ik hem leerde kennen had Lawrence Beesley de maiden-trip van de *Titanic* meegemaakt als passagier tweede klasse. Hij was toen vijfendertig, had kort daarvoor zijn betrekking als scheikundedocent aan Dulwich College opgegeven en maakte de oversteek van de Atlantische Oceaan – volgens de latere familielegende althans – omdat hij op halfslachtige wijze achter een schatrijke Amerikaanse aanzat. Toen de *Titanic* op zijn ijsberg liep, ontkwam Beesley in de onderbevolkte reddingsboot nummer 13 en werd opgepikt door de *Carpathia*. Onder de aandenkens die deze meer dan tachtigjarige overlevende op zijn kamer bewaarde, bevond zich een deken waarop de naam geborduurd was van het schip dat hem gered had. Sceptisch ingestelde familieleden beweerden dat de tekst pas op een aanzienlijk later tijdstip dan 1912 op de deken was aangebracht. Ze vermaakten zich tevens met de speculatie dat hun voorouder de *Titanic* ontvlucht was in vrouwenkleren. Was het niet een feit dat Beesley's naam niet op de oorspronkelijke lijst van geredden voorkwam en op de laatste verlieslijst zelfs bij de verdronkenen had gestaan? Dat gold toch stellig als een concreet bewijs van de hypothese dat de schijndode, die in mysterieuze overlevende was veranderd, zich rokken en een hoge stem had aangemeten tot zijn veilige aankomst in New York, waar hij zijn vermomming stiekem had weggegooid op een toilet in de metro?

Ik hing deze theorie met vreugde aan, want deze bevestigde mijn visie op de wereld. In de herfst van dat jaar zou ik op mijn kamer aan de universiteit een stukje papier voor de spiegel schuiven met de volgende regels: 'Het leven is een groot bedrog/Dat dacht ik eens, dat vind ik nog.' Beesley's geval bevestigde dit: de held van de *Titanic* was een dekenvervalser en een bedrieger in vrouwenkleren; hoe fair en terecht was het dus dat ik hem valse cricketstanden voorschotelde. En in ruimere zin beweerden de theoretici dat leven neerkwam op het overleven van de sterksten: bewees de Beesley-hypothese niet dat de 'sterksten' alleen maar de listigsten waren? De helden, de mannen uit één stuk, het beste voortplantingsmateriaal, zelfs de kapitein (juist de kapitein!)—die waren allemaal nobel met het schip gezonken; terwijl de lafaards, de mensen die in paniek raakten, de bedriegers, redenen vonden om zich te drukken in een reddingsboot. Bewees dit niet behendig dat de kwaliteit van de menselijke genenbank constant minder werd, dat slecht bloed goed bloed verdrong?

Lawrence Beesley maakte geen gewag van vrouwenkleren in zijn boek *Het Verlies van de Titanic*. Door de Amerikaanse uitgever Houghton Mifflin in een pension in Boston geïnstalleerd, schreef hij het verslag in zes weken tijds; het verscheen minder dan drie maanden na de ondergang die erin beschreven wordt en is sinds die tijd telkens herdrukt. Beesley is er een van de bekendste overlevenden van de ramp door geworden en vijftig jaar lang—tot vlak voordat ik hem leerde kennen—werd hij geregeld geraadpleegd door kenners van de maritieme geschiedenis, filmresearchers, journalisten, souvenirjagers, zeurkousen, aanhangers van samenzweringstheorieën en querulanten. Wanneer andere schepen door ijsbergen tot zinken werden gebracht, werd hij opgebeld door verslaggevers die hem gretig verzochten over het lot van de slachtoffers te mijmeren.

Een jaar of veertig na zijn ontsnapping werd hij als adviseur ingehuurd bij de film *A Night to Remember*, die in Pinewood werd opgenomen. De opnamen vonden grotendeels 's avonds na donker plaats, terwijl een replica op halve grootte van het schip gereed hing om weg te zinken in een zee van gekreukt zwart fluweel. Beesley woonde de opnamen enkele avonden achtereen bij met zijn dochter en het volgende is gebaseerd op wat zij me verteld heeft. Beesley werd – niet zo verwonderlijk – geïntrigeerd door de herboren en opnieuw-op-het-randje-van-zinken-gebrachte *Titanic*. Hij was er in het bijzonder op gebrand om zich onder de figuranten te begeven die zich wanhopig aan de reling verdrongen terwijl het schip zonk – erop gebrand, zou je kunnen zeggen, om in fictie een andere versie van de geschiedenis te beleven. De regisseur van de film was al even vastbesloten dat deze adviseur, die het noodzakelijke lidmaatschap van de toneelspelersvakbond ontbeerde, niet op het celluloid zou komen. Beesley, die zich uit iedere noodsituatie wist te redden, vervalste het pasje dat hij nodig had om aan boord te komen van de facsimile *Titanic*, trok historisch juiste kleren aan (kan een echo de waarheid bewijzen van dat, wat de echo teweegbrengt?) en installeerde zich tussen de figuranten. De filmlampen werden aangedaan en de menigte werd geïnstrueerd over haar op handen zijnde dood in het gekreukte zwarte fluweel. Op het allerlaatste moment, toen de camera's juist zouden gaan draaien, kreeg de regisseur in de gaten dat Beesley er op slinkse wijze in was geslaagd door te dringen tot de reling van het schip; hij pakte zijn megafoon en droeg de amateur-komediant op van boord te gaan. En zo verliet Lawrence Beesley voor de tweede keer in zijn leven de *Titanic*, vlak voordat deze zou zinken.

Als intens ontwikkelde achttienjarige kende ik de uitleg die Marx aan Hegel gaf: de geschiedenis herhaalt zich zelf, de eerste keer als tragedie, de tweede keer als farce. Maar ik had nog nooit een voorbeeld van dat proces gezien. Jaren later heb ik nog altijd geen beter kunnen vinden.

2

Wat deed Jona eigenlijk in die walvis? Dat is een verhaal waar een visluchtje aan zit, zoals je zou verwachten.

Het begon allemaal toen God Jona opdroeg te gaan prediken tegen Nineve, een stad die in weerwil van Gods aanzienlijke staat van dienst als vernietiger van zondige steden, nog altijd–hardnekkig, onverklaarbaar–een zondige stad was. Jona, die niets voelde voor deze opdracht, om niet nader verklaarde redenen die mogelijk te maken hadden met angst om doodgestenigd te worden door feest-vierende Ninevieten, sloeg op de vlucht. In Jafo ging hij aan boord van een schip naar het einde van de wereld, voor zover men die toen kende: Tarsis, in Spanje. Hij begreep natuurlijk niet dat de Heer precies wist waar hij zat en dat deze bovendien het dagelijks bevel voerde over de winden en wateren van het oostelijk deel van het Middellandse-Zeegebied. Toen er een buitengewoon hevige storm opstak trokken de zeelui, die bijgelovige lieden waren, lootjes om te bepalen wie van de opvarenden de oorzaak van het kwaad was en het korte strootje, de gebroken dominosteen of de schoppenvrouw werd getrokken door Jona. Hij werd prompt overboord gegooid en even prompt doorgeslikt door een grote vis ofwel walvis, die de Heer speciaal met dat doel door de wateren daarheen had gestuurd.

In de walvis bad Jona drie dagen en drie nachten tot de Heer en zwoer zo overtuigend dat hij voortaan gehoorzaam zou zijn, dat God de vis beval de boeteling uit te braken. Het zal ons niet verba-zen dat Jona de eerstvolgende keer dat de Almachtige hem naar Ni-neve overplaatste, deed wat hem gezegd werd. Hij ging heen en he-kelde de zondige stad en zei dat deze net als alle andere zondige ste-den in het oostelijk deel van het Middellandse-Zeegebied op het punt stond vernietigd te worden. Waarop de feestvierende Nine-vieten, net als Jona in de walvis, berouw kregen; waarop God be-sloot de stad alsnog te sparen; waarop Jona ongelooflijk geïrriteerd raakte, wat niet meer dan normaal was voor iemand die een hoop el-lende had moeten doormaken om de verwoestingsboodschap te brengen en die vervolgens te horen kreeg dat de Heer, ondanks een befaamde, zelfs historische voorliefde voor het te gronde richten van steden, plotseling van mening was veranderd. En alsof dat nog niet genoeg was zadelde God, die onvermoeibaar was in het bewij-zen dat hij de baas was, zijn gunsteling op met een belachelijke gelij-kenis. Eerst liet hij een wonderboom opschieten om Jona tegen de zon te beschermen (bij wonderboom moeten we iets voor ons zien als de wonderolieplant of *Palma Christi*, met zijn sterke groei en al-lesbeschaduwende bladeren); vervolgens stuurde hij, met niet meer

dan een zwaai van de zijden zakdoek, een worm om deze wonderboom te verwoesten, zodat Jona op pijnlijke wijze aan de hitte was
blootgesteld. Gods uitleg van dit staaltje van straattheater luidde als
volgt: jij hebt de wonderboom niet gestraft toen die je in de steek
liet; nou, precies zo ben ik niet van plan om Nineve te straffen.

Als verhaal is het niet veel bijzonders, hè? Zoals in het grootste
deel van het Oude Testament is er sprake van een fnuikend gemis
aan vrije wil – of zelfs maar de illusie van een vrije wil. De enige onzekere factor is hoe de Here het deze keer zal spelen: beginnen met
troeftwee en vervolgens naar het aas toe, beginnen met het aas en
dan oversteken naar de twee, of een combinatie van beide. En omdat je het bij paranoïde schizofrenen maar nooit weet, brengt dat
nog enige vaart in het verhaal. Maar wat moeten we denken van die
geschiedenis met de wonderboom? Als logisch argument is het niet
erg overtuigend: iedereen kan zien dat er een wereld van verschil is
tussen een wonderolieplant en een stad met 120.000 inwoners.
Tenzij het daar natuurlijk juist om draait en de God van het oostelijk deel van het Middellandse-Zeegebied zijn schepping niet hoger
waardeert dan plantaardige materie.

Als we God niet als hoofdpersoon en dwingeland maar als auteur
van het verhaal beoordelen, moeten we hem een onvoldoende geven voor intrige, motivatie, spanning en karaktertekening. Toch
bevat zijn routineuze en tamelijk weerzinwekkende moraliteit één
sensationele, melodramatische vondst – die geschiedenis met de
walvis. Als walvis komt de walvis helemaal niet uit de verf: het
beest is duidelijk evenzeer een pion als Jona; zijn gelukkige verschij-
ning op het moment dat de matrozen Jona overboord gooien heeft
te veel weg van een *deus ex machina*; en de reusachtige vis wordt achteloos uit het verhaal geschreven op het moment dat hij zijn functie
vervuld heeft. Zelfs de wonderboom komt er beter af dan die zielige
walvis, die alleen maar een drijvende gevangenis is waarin Jona drie
dagen lang boete doet voor zijn ongehoorzaamheid. God knipt met
zijn vingers om de blubberige gevangenis te krijgen waar hij hem
hebben wil, zoals een admiraal in een oorlogsspel zijn vloot over
zeekaarten schuift.

En toch, ondanks dit alles, steelt de walvis de show. We vergeten
de allegorische betekenis van het verhaal (Babylon slokt het onge-

hoorzame Israel op), het interesseert ons niet zo erg of Nineve al dan niet gered werd of wat er met de uitgespogen boeteling is gebeurd; maar we herinneren ons de walvis. Giotto laat hem zien terwijl hij op Jona's dijen kauwt en alleen de knieën en de spartelende voeten nog niet naar binnen zijn. Breughel, Michelangelo, Correggio, Rubens en Dali hebben het sprookje geschilderd. In Gouda bevindt zich een glas-in-loodraam waarop Jona uit de bek van de vis komt als een voetganger die uit de muil van een autoveerboot stapt. Jona (op allerhande manieren geportretteerd, van gespierde faun tot baardige wijze) heeft een iconografie die zo voornaam en gevarieerd is dat Noach er jaloers van zou worden.

Welk aspect van Jona's escapade fascineert ons nu eigenlijk zo? Is het dat moment van inslikken, dat schommelen tussen gevaar en redding, wanneer we onszelf in gedachten door een wonder gered zien worden van het verdrinkingsgevaar, louter en alleen om in het gevaar te belanden levend te worden verslonden? Zijn het die drie dagen en nachten in de buik van de walvis, is het dat beeld van opgesloten zijn, van stikken, van levend begraven zijn? (Toen ik een keer met de nachttrein onderweg was van Londen naar Parijs, besefte ik dat ik in een afgesloten slaapcoupé van een afgesloten treinrijtuig in een afgesloten ruim onder de waterspiegel op een veerboot zat; ik dacht op dat moment niet aan Jona, maar misschien was mijn paniek verwant aan de zijne. En is er misschien nog een clichématiger angst bij betrokken: veroorzaakt het beeld van pulserende blubber een dodelijke angst om teruggetransporteerd te worden naar de baarmoeder?) Of zijn we het meest onder de indruk van het derde element van het verhaal, de bevrijding, het bewijs dat er redding en gerechtigheid is na de kwelling van onze opsluiting? Net als Jona worden wij allemaal door de storm heen en weer gesmeten op de zeeën van het leven, doorleven een schijnbare dood en een zekere begrafenis, maar krijgen vervolgens een verblindende wederopstanding als de deuren van het autoveer openzwaaien en we worden teruggegeven aan het licht en aan de erkenning van Gods liefde. Is dat de reden waarom deze mythe door ons geheugen zwemt?

Misschien: of misschien ook helemaal niet. Toen de film *Jaws* werd uitgebracht zijn er veel pogingen gedaan om zijn macht over het publiek te verklaren. Putte hij uit een of andere oermetafoor, een archetypische droom die overal ter wereld bekend is? Buitte hij de botsende elementen land en water uit, en sprong hij in op onze angst voor het begrip amfibianisme? Had het op een of andere manier te maken met het feit dat onze kieuwdragende voorvaderen miljoenen jaren geleden uit de plas zijn gekropen en dat wij sinds die tijd verlamd van angst zijn bij het idee dat we er in terug zouden moeten? De Engelse romanschrijver Kingsley Amis kwam, toen hij nadacht over de film en zijn mogelijke interpretaties, tot de volgende conclusie: 'Het gaat over godvergeten bang zijn om door een godvergeten grote haai te worden opgevreten.'

In wezen is dat de macht die het verhaal van Jona en de walvis nog altijd over ons heeft: angst om verslonden te worden door een groot beest, angst om vermalen, opgeslurpt, naar binnen gegorgeld te worden, weggespoeld te worden met een slok zout water en een school ansjovissen als toetje; angst om verblind, verduisterd te worden, om te stikken, te verdrinken, met je hoofd in de blubber te zitten, angst om verstoken te zijn van zintuiglijke prikkels, waar mensen zoals we weten gek van worden; angst om dood te zijn. Onze reactie is even intens als die van alle andere doodsbange generaties sinds het verhaal verzonnen werd door een sadistische zeeman die de nieuwe scheepsjongen de stuipen op het lijf wilde jagen.

Natuurlijk zien we in dat het verhaal niet op waarheid kan berusten. Wij zijn mensen van de wereld en we zijn in staat het verschil te zien tussen realiteit en mythe. Het zou eventueel kunnen dat een walvis een mens inslikte, ja, we geven toe dat dat aannemelijk is; maar eenmaal binnen zou hij onmogelijk in leven kunnen blijven. Om te beginnen zou hij verdrinken en als hij niet verdronk zou hij stikken; en hij zou naar alle waarschijnlijkheid al aan een hartaanval zijn overleden toen hij die grote gapende muil voelde. Nee, het kan niet dat een man in de buik van een walvis blijft leven. Wij kunnen mythe van realiteit onderscheiden. Wij zijn mensen van de wereld.

Op 25 augustus 1891 werd James Bartley, een vijfendertigjarige matroos op de *Star of the East* voor de Falkland Eilanden door een potvis opgegeten:

Ik herinner me alles heel goed vanaf het moment dat ik overboord viel en met mijn voeten op een zachte substantie stuitte. Ik keek naar boven en zag een lichtroze met wit baldakijn, met grote baleinen, over me heenzakken en het volgende moment voelde ik dat ik achterstevoren naar beneden werd getrokken en besefte dat ik door een walvis werd ingeslikt. Ik werd steeds verder de diepte in getrokken; een muur van vlees omringde en omsloot me aan alle kanten, maar de druk was niet pijnlijk en het vlees week vanzelf opzij bij mijn geringste beweging, als zacht rubber.

Plotseling bevond ik me in een zak die veel groter was dan mijn lichaam, maar helemaal donker. Ik tastte om me heen; en mijn handen kwamen in aanraking met verschillende vissen, waarvan sommige nog schenen te leven, want ze kronkelden tussen mijn vingers en glipten weg naar mijn voeten. Spoedig kreeg ik hevige hoofdpijn en mijn ademhaling werd steeds moeizamer. Tegelijkertijd voelde ik een verschrikkelijke hitte; het was alsof ik erdoor verteerd werd, terwijl het heter en heter werd. Mijn ogen werden gloeiende kolen in mijn hoofd en ik geloofde de hele tijd dat ik gedoemd was in de buik van een walvis te sterven. De kwelling was ondraaglijk, terwijl ik tegelijkertijd bedrukt werd door de afschuwelijke stilte in die verschrikkelijke gevangenis. Ik probeerde op te staan, mijn armen en benen te bewegen, te roepen. Ieder handelen was nu onmogelijk, maar mijn verstand leek uitzonderlijk helder; en met een volledig begrip van mijn afschuwelijke lot, verloor ik tenslotte alle bewustzijn.

De potvis werd later gedood en langszij genomen door de *Star of the East*, wier bemanning, zich niet bewust van de nabijheid van hun verloren kameraad, de rest van die dag en een deel van de nacht bezig was met het flensen van haar vangst. De volgende ochtend bevestigden ze een takel aan de buik en hesen hem aan dek. In het binnenste was een lichte, stuipachtige beweging te bespeuren. De matrozen, die een grote vis of misschien een haai verwachtten, sneden de dikke buik open en vonden James Bartley: bewusteloos, zijn gezicht, hals en handen wit gebleekt door de maagsappen, maar levend. Hij lag twee weken te ijlen, toen zette het herstel in. Hij is uiteindelijk weer helemaal de oude geworden, behalve dat de zuren al het pigment hadden onttrokken aan de huid die eraan blootgesteld was geweest. Hij bleef een albino tot op de dag van zijn dood.

M. de Parville, wetenschappelijk redacteur van het *Journal des Débats*, heeft de zaak in 1914 bestudeerd en kwam tot de conclusie dat het verslag van de kapitein en de bemanning 'geloofwaardig' was. Moderne wetenschappers vertellen ons dat Bartley het niet langer dan enkele minuten in de buik van de walvis had kunnen uithouden, laat staan de halve dag of nog langer die de van niets wetende matrozen op het moederschip er voor nodig hadden om deze moderne Jona te bevrijden. Maar geloven we de moderne wetenschappers, van wie er nog nooit een in de buik van een walvis heeft gezeten? We kunnen toch wel een compromis sluiten met de scepsis van de vaklui en wijzen op luchtbellen (hebben walvissen net als iedereen last van darmgassen?), of maagsappen die aan doeltreffendheid hadden ingeboet door een of andere walvissenziekte.

En als u wetenschapper bent, of aan uw water voelt dat het niet waar kan zijn, bekijkt u het dan eens zo. Veel mensen (onder wie ikzelf) geloven in de mythe van Bartley, net zoals miljoenen mensen hebben geloofd in de mythe van Jona. U hecht er misschien geen geloof aan, maar wat er gebeurd is, is dat het verhaal opnieuw verteld is, aangepast, gemoderniseerd; het is dichterbij gekropen. Voor Jona moet u nu Bartley lezen. En op een dag zal er een geval bekend worden, een waarin zelfs u zult geloven, van een matroos die in de muil van een walvis belandde en uit zijn buik werd gered; misschien niet na een halve dag, misschien al na een half uur. En dan zal men de mythe van Bartley, die ontstaan is uit de mythe van Jona, geloven. Want waar het om gaat is dit: niet dat de mythe terugverwijst naar een oorspronkelijke gebeurtenis, die door de fantasie bewerkt is terwijl hij door het collectieve geheugen gleed, maar dat hij verwijst naar iets dat nog zal gebeuren, dat moet gebeuren. Mythe zal realiteit worden, hoe sceptisch we ook zijn.

3

Op zaterdag 13 mei 1939 vertrok het lijnschip de *St Louis* om 8 uur 's avonds uit de thuishaven Hamburg. Het was een cruiseschip en de meesten van de 937 passagiers die de reis naar de overkant van de

Atlantische Oceaan zouden meemaken, hadden een visum op zak waarin werd bevestigd dat ze 'toeristen' waren, 'reizend voor hun plezier'. Die woorden waren echter een ontwijking, net als het doel van de reis. Op een paar na waren het allemaal joden, vluchtelingen uit een nazistische staat die van plan was hen van alles te beroven, hen te deporteren en uit te roeien. Velen van hen bezaten zelfs al niets meer, omdat mensen die uit Duitsland emigreerden niet meer dan een symbolische tien Reichsmark mochten meenemen. Deze gedwongen armoede maakte hen tot een makkelijker doelwit voor propaganda: als ze niet meer meenamen dan was toegestaan, konden ze worden afgeschilderd als armzalige *Untermenschen*, die als ratten aan de haal gingen; als ze erin slaagden het systeem te slim af te zijn waren het economische delinquenten die er met gestolen goederen vandoor gingen. Dat was allemaal gebruikelijk.

De *St Louis* voerde de swastikavlag, zoals gebruikelijk; onder de bemanningsleden bevond zich een half dozijn Gestapo-agenten, wat ook gebruikelijk was. De scheepvaartmaatschappij had de kapitein opgedragen goedkoop vlees in te slaan, luxeartikelen te verwijderen uit de winkeltjes en gratis ansichtkaarten uit de publieksruimten; maar de kapitein ontdook die instructies grotendeels en bepaalde dat deze reis op andere plezierreizen van de *St Louis* moest lijken en voor zover mogelijk moest verlopen zoals gebruikelijk. Dus toen de joden aan boord kwamen van een vasteland waar ze veracht, systematisch vernederd en gevangen waren geweest, ontdekten ze dat, hoewel dit schip volgens de wet nog deel uitmaakte van Duitsland en de swastika voerde en er grote portretten van Hitler in de publieksruimten hingen, de Duitsers met wie ze te maken kregen hoffelijk, attent en zelfs gehoorzaam waren. Dat was ongebruikelijk.

Geen van deze joden – van wie de helft uit vrouwen en kinderen bestond – was van plan om in de nabije toekomst terug te keren naar Duitsland. Toch hadden ze, conform de regels van de scheepvaartmaatschappij, allemaal een retourbiljet moeten aanschaffen. Deze betaling, vernamen ze, was bedoeld voor 'onvoorziene eventualiteiten'. Wanneer de vluchtelingen in Havana aan land gingen, zouden ze van de Hamburg-Amerikalijn een kwitantie krijgen voor het niet gebruikte deel van het biljet. Het geld zelf was gedeponeerd op een speciale rekening in Duitsland; als ze daar ooit terugkwamen konden ze het komen halen. Zelfs joden die uit concentratiekampen waren vrijgelaten, louter op voorwaarde dat ze het Vaderland onmiddellijk zouden verlaten, waren verplicht een retourbiljet te nemen.

Tegelijk met hun kaartjes hadden de vluchtelingen inreisvergunningen gekocht van de directeur van de Cubaanse immigratiedienst, die zijn persoonlijke belofte had gegeven dat ze zijn land zonder moeilijkheden zouden binnenkomen. Hij was het geweest die hen geclassificeerd had als 'toeristen, reizend voor hun plezier'; en in de loop van de reis slaagden sommige passagiers, in het bijzonder de jongeren, erin de opmerkelijke overgang van geminachte *Untermensch* naar genotzuchtige toerist te maken. Misschien beleefden ze hun ontsnapping uit Duitsland als iets dat net zo wonderbaarlijk was als die van Jona uit de walvis. Elke dag was er eten, drinken en dansen. In weerwil van het feit dat de bemanning door de Gestapo-cel was gewaarschuwd voor overtreding van de Duitse Rassenwetten, vond het geslachtsverkeer doorgang zoals op een plezierreis gebruikelijk was. Tegen het eind van de oversteek van de oceaan had het traditionele gekostumeerde bal plaats. Het orkest speelde Glenn Miller; joden verkleedden zich als piraten, matrozen en Hawaïaanse danseressen. Enkele stoutmoedige meisjes gingen als haremvrouwen, in Arabische kledij die van beddelakens was vervaardigd – een transformatie die de orthodoxen aan boord ongepast vonden.

Op zaterdag 27 mei ging de *St Louis* voor anker in Havana Harbour. Om 4 uur in de ochtend ging de claxon van de reveille en een half uur later de gong voor het ontbijt. Kleine bootjes voeren naar het lijnschip toe, sommige met verkopers van kokosnoten en bananen aan boord, andere met vrienden en familieleden die namen omhoog riepen naar de reling. Het schip voerde een quarantainevlag, wat gebruikelijk was. De kapitein moest tegenover de ambtenaar van de geneeskundige dienst van de Haven van Havana verklaren dat niemand aan boord 'idioot of krankzinnig was, of aan een afschuwelijke of besmettelijke ziekte leed'. Toen dit gebeurd was begonnen immigratiebeambten de stroom passagiers te verwerken, hun papieren te controleren en te vertellen op welk deel van de pier ze hun bagage konden verwachten. De eerste vijftig vluchtelingen verzamelden zich boven aan de ladder en wachtten op de boot die hen aan land zou brengen.

Immigratie is evenals emigratie een proces waarbij geld niet minder belangrijk is dan principes of wetten, en dikwijls overtuigender is dan allebei. Geld geeft het gastheerland – of in het geval van Cuba, het doorgangsland – de verzekering dat de nieuwkomers niet ten laste zullen vallen van de staat. Geld is ook handig om de ambtenaren om te kopen die deze beslissing moeten nemen. De directeur van het Cubaanse immigratiebureau had een heleboel geld verdiend aan eerdere bootladingen joden; de president van Cuba had er niet genoeg aan verdiend. Daarom had de president op 6 mei een decreet uitgevaardigd waarin de geldigheid van toeristenvisa werd ingetrokken als het werkelijke doel van de reis immigratie was. Was dit decreet van toepassing op de opvarenden van de *St Louis* of niet? Het schip was uit Hamburg vertrokken nadat de wet in werking was gesteld; de inreisvergunningen daarentegen waren eerder uitgegeven. Het was een vraag waaraan veel woorden en geld konden worden gespendeerd. Het nummer van het presidentiële decreet was 937 en bijgelovigen had het kunnen opvallen dat dit tevens het aantal passagiers was dat de *St Louis* bij haar vertrek uit Europa aan boord had.

Er ontstond vertraging. Negentien Cubanen en Spanjaarden kregen toestemming van boord te gaan, plus drie passagiers met echte visa; de resterende om en nabij de 900 joden wachtten op nieuws over de onderhandelingen tussen de president van Cuba, de directeur van zijn immigratiedienst, de scheepvaartmaatschappij, het plaatselijke hulpcomité, de kapitein van het schip en een advocaat die uit New York was overgevlogen van het hoofdkwartier van het Joint Distribution Committee. Deze gesprekken namen enkele dagen in beslag. Factoren waarmee rekening diende te worden gehouden waren geld, trots, politieke ambitie en de publieke opinie in Cuba. De kapitein van de *St Louis* wantrouwde weliswaar de plaatselijke politici en zijn eigen maatschappij, maar hij was in elk geval van één ding overtuigd: dat de Verenigde Staten, waarheen de meesten van zijn passagiers op later datum zouden emigreren, hen vast wel eerder zouden toelaten dan afgesproken.

Sommige van de in de steek gelaten passagiers hadden hier minder vertrouwen in en werden nerveus door de onzekerheden, het uitstel, de hitte. Ze hadden er zo lang over gedaan om een veilige plaats te bereiken en ze waren er nu zo dichtbij. Vrienden en familieleden bleven om het schip cirkelen in kleine bootjes; een foxterrier die vooruit was gestuurd uit Duitsland, werd elke dag naar het schip toe geroeid en omhooggehouden naar de reling en zijn verre bazen. Er was een comité van passagiers opgericht, dat gratis mocht telegraferen van de maatschappij; er werden verzoeken om bemiddeling verzonden aan invloedrijke personen, onder wie de vrouw van de Cubaanse president. Het was in die tijd dat twee passagiers een poging tot zelfmoord deden, de ene met een injectiespuit en tranquillizers, de andere door zijn polsen door te snijden en in zee te springen; beiden overleefden het. Vanaf dat moment werd er 's nachts gepatrouilleerd door veiligheidspatrouilles, om verdere zelfmoordpogingen te voorkomen; de reddingsboten waren altijd gereed en het schip werd door schijnwerpers verlicht. Deze maatregelen herinnerden sommige joden aan de concentratiekampen die ze onlangs hadden verlaten.

Het was niet de bedoeling dat de St Louis Havana leeg zou verlaten nadat ze haar 937 immigranten had afgezet. Ongeveer 250 passagiers hadden geboekt voor de terugreis naar Hamburg via Lissabon. Een suggestie was, om in elk geval 250 joden van boord te laten gaan om plaats te maken voor de wachtenden aan wal. Maar hoe moest de selectie plaatsvinden van de 250 personen die de Ark zouden mogen verlaten? Wie moest de reinen van de onreinen scheiden? Moest dat door loting gebeuren?

De hachelijke situatie van de St Louis was geen genegeerde, plaatselijke kwestie. De reis werd op de voet gevolgd door de Duitse, Britse en Amerikaanse pers. Der Stürmer kwam met het commentaar dat de joden, als ze verkozen gebruik te maken van hun retourtje naar Duitsland, ondergebracht dienden te worden in Dachau en Buchenwald. Intussen slaagden Amerikaanse verslaggevers in de haven van Havana erin aan boord te komen van wat ze, misschien te makkelijk, de bijnaam hadden gegeven van 'het schip waarvoor de wereld zich moet schamen'. Dergelijke publiciteit hoeft niet in het voordeel van vluchtelingen te zijn. Als de schaamte de hele wereld toebehoort, waarom zou er dan zo vaak van één land in het bij-zonder—dat al veel joodse vluchtelingen had opgenomen—verwacht worden dat het die zal dragen? De wereld schaamde zich kennelijk niet zo diep dat ze haar portefeuille trok. Dus besloot de Cubaanse regering de immigranten niet toe te laten en beval de *St Louis* de ter-ritoriale wateren van het eiland te verlaten. Dat betekende niet, voegde de president eraan toe, dat hij de deur had gesloten voor ver-dere onderhandelingen; alleen dat hij geen verdere aanbiedingen in overweging wilde nemen voordat het schip de haven had verlaten.

Wat kosten vluchtelingen? Het hangt er vanaf hoe wanhopig ze zijn, hoe rijk hun beschermheren, hoe inhalig hun gastheren. In de wereld van inreisvergunningen en paniek is het altijd een verko-persmarkt. De prijzen zijn willekeurig, speculatief, vluchtig. De advocaat van het Joint Distribution Committee kwam met een eer-ste bod van $50.000 voor de veilige landing van de joden en kreeg te horen dat het nuttig zou zijn als dat bedrag met drie vermenigvul-digd werd. Maar als je het met drie vermenigvuldigt, waarom zou je het dan niet nogmaals met drie vermenigvuldigen? De directeur van het immigratiebureau—die al $150 de man had ontvangen voor de niet gehonoreerde inreisvergunningen—opperde tegen de scheep-vaartmaatschappij dat hij voor een honorarium van $250.000 wel wilde helpen om decreet nummer 937 ingetrokken te krijgen. Een zogenaamde contactpersoon van de president scheen te denken dat de joden voor $1.000.000 wel aan wal zouden mogen komen. De Cubaanse regering zou uiteindelijk besluiten tot een borgsom van $500 per jood. Deze prijs had een zekere logica, want het was het-zelfde bedrag dat iedere officiële immigrant in dat land als garantie moest storten. De 907 passagiers aan boord, die al hadden betaald voor de heenreis en de terugreis, die hun vergunningen hadden ge-kocht en vervolgens niet meer dan een officiële tien Deutschmark ieder hadden mogen houden, moesten dus $453.500 opbrengen.

Toen het schip zijn motoren startte, bestormde een groep vrou-wen de valreep; ze werden teruggedreven door Cubaanse politie-mannen met pistolen. In die zes dagen in de haven van Havana was de *St Louis* een toeristische attractie geworden en haar vertrek werd gadegeslagen door een menigte van naar schatting 100.000 mensen. De kapitein had van zijn meerderen in Hamburg toestemming gekregen naar iedere willekeurige haven te varen die zijn passagiers wilde hebben. Eerst voer hij doelloos rond in steeds grotere cirkels, wachtend tot hij zou worden teruggeroepen naar Havana; toen zette hij koers naar het noorden, naar Miami. Toen het schip de Amerikaanse kust bereikte werd het verwelkomd door een bewakingsschip van de kustwacht der vs. Maar dit ogenschijnlijke welkom was een afwijzing: het bewakingsschip moest er juist op toezien dat de *St Louis* de territoriale wateren niet binnenging. Het ministerie van buitenlandse zaken had al besloten dat de joden, als ze werden weggestuurd door Cuba, geen toestemming zouden krijgen de Verenigde Staten binnen te komen. Geld was hier een minder primaire factor: grote werkeloosheid en niet kapot te krijgen vreemdelingenangst vormden voldoende rechtvaardiging.

De Dominicaanse Republiek bood aan de vluchtelingen op te nemen voor de gestandaardiseerde marktprijs van $ 500 de man; maar dat was gewoon hetzelfde als het Cubaanse tarief. Venezuela, Ecuador, Chili, Colombia, Paraguay en Argentinië werden allemaal benaderd; stuk voor stuk weigerden ze in hun eentje de schaamte van de wereld op zich te nemen. In Miami kondigde de inspecteur van het immigratiebureau aan dat de *St Louis* geen toestemming zou krijgen om welke haven in de vs ook binnen te lopen.

Nu het hele Amerikaanse continent verboden terrein was voor het schip, voer het verder in noordelijke richting. De opvarenden realiseerden zich dat ze het punt naderden waarop het schip naar het oosten zou moeten afbuigen en onvermijdelijk zou terugvaren naar Europa. Toen werd er om 4.05u. in de middag van zondag 4 juni een nieuwsflits opgepikt. De president van Cuba zou toestemming hebben gegeven om de joden te ontschepen op het Isla de Pinos, een voormalige strafkolonie. De kapitein keerde om en de *St Louis* voer terug naar het zuiden. Passagiers brachten hun bagage aan dek. Die avond aan het diner keerde de stemming van de gala-avond terug.

De volgende ochtend, op drie uur varen van het Isla de Pinos, ontving het schip een telegram: de toestemming om van boord te gaan was nog niet bevestigd. Het comité van passagiers, dat tijdens de hele crisis telegrammen had verzonden aan vooraanstaande Amerikanen met het verzoek te bemiddelen, kon niemand meer verzinnen om te benaderen. Iemand suggereerde de burgemeester van St Louis, Missouri, denkend dat de gelijkluidende namen misschien op zijn gemoed zouden werken. Het telegram werd prompt verzonden.

De president van Cuba had een borgsom van $500 per vluchteling gevraagd, plus een extra bedrag voor eten en onderdak in de overgangsperiode op het Isla de Pinos. De Amerikaanse advocaat had (volgens de Cubaanse regering) een totaal van $443.000 geboden, maar tevens bedongen dat dit bedrag niet alleen de vluchtelingen van de *St Louis* zou gelden, maar ook 150 joden op twee andere schepen. De Cubaanse regering kon dit tegenvoorstel niet aanvaarden en trok haar eigen aanbod in. De advocaat van het Joint Committtee reageerde door volledig in te stemmen met de oorspronkelijke eis van de Cubanen. De regering betreurde het op haar beurt dat haar aanbod al was verlopen en niet meer hernieuwd kon worden. De *St Louis* keerde om en zette voor de tweede maal koers naar het noorden.

Toen het schip aan de terugreis naar Europa begon, werden de Britse en Franse regeringen informeel gepolst of hun landen bereid zouden zijn de joden op te nemen. Het antwoord van de Britten luidde dat ze het onderhavige probleem het liefst wilden bezien in de bredere context van de algemene situatie van de vluchtelingen in Europa, maar dat ze wellicht bereid zouden zijn mogelijke toelating van de joden te overwegen na hun terugkeer in Duitsland.

Er waren niet bevestigde of onuitvoerbare aanbiedingen binnengekomen van de president van Honduras, van een Amerikaanse filantroop en zelfs van een quarantaineplaats in de Panamakanaalzone; het schip stoomde verder. Het comité van passagiers richtte zijn verzoeken aan politieke en religieuze kopstukken in heel Europa; hoewel het zijn boodschappen nu beknopter moest houden omdat de maatschappij een eind gemaakt had aan het gratis telegraferen. Een suggestie die in die tijd gedaan werd, was om de beste zwemmers onder de joden met tussenpozen overboord te laten springen, zodat de *St Louis* zou moeten omkeren. Dit zou haar terugreis naar Europa vertragen en meer tijd laten voor onderhandelingen. Het idee werd niet uitgevoerd.

De Duitse radio kondigde aan dat het Vaderland, nu geen enkel land de bootlading joden wilde hebben, verplicht zou zijn hen terug te nemen en te onderhouden. Het was niet moeilijk om te bedenken waar ze onderhouden zouden worden. En als de St Louis gedwongen zou worden haar vracht degénerés en criminelen in Hamburg te dumpen zou dat bovendien bewijzen dat de zogenaamde bezorgdheid van de wereld alleen maar huichelarij was. Niemand wilde de armzalige joden hebben en dus had niemand enig recht om kritiek te leveren op het welkom dat het Vaderland deze smerige parasieten bij hun terugkeer zou bereiden.

Het was in die tijd dat een groep jongere joden het schip trachtte te kapen. Ze drongen door tot op de brug, maar werden door de kapitein van verdere actie weerhouden. Hijzelf bedacht het plan om de St Louis voor Beachy Head in brand te steken, waardoor de reddende natie gedwongen zou worden zijn passagiers op te nemen. Dit wanhoopsplan maakte zelfs enige kans om uitgevoerd te worden. Toen velen de hoop al hadden opgegeven en het schip Europa naderde, kondigde de Belgische regering tenslotte aan dat ze 200 passagiers zou toelaten. In de dagen die volgden, stemde Holland erin toe om er 194 te nemen, Engeland 350 en Frankrijk 250.

Na een reis van 16.000 kilometer liep de St Louis de haven van Antwerpen binnen, op 500 kilometer afstand van haar vertrekhaven. Hulpverleners van de vier betrokken landen hadden al vergaderd over de verdeling van de joden. De meeste opvarenden hadden toestemming om uiteindelijk naar de Verenigde Staten te emigreren en hadden dus een nummer toegewezen gekregen op de quotumlijst van de vs. Het viel op dat de hulpverleners met elkaar wedijverden om passagiers met lage nummers te bemachtigen, aangezien deze vluchtelingen hun doorgangsland het snelst zouden verlaten.

In Antwerpen had een nazistisch gezinde jongerenorganisatie pamfletten uitgedeeld met de tekst: 'Wij willen de joden ook helpen. Als ze zich op ons kantoor vervoegen zullen ze gratis een stuk touw en een lange spijker ontvangen.' De passagiers werden ontscheept. Zij die door België werden opgenomen, werden in een trein gestopt waarvan de deuren op slot gingen en de ramen dichtgespijkerd werden; ze kregen te horen dat die maatregelen nodig waren om hen te beschermen. Zij die door Holland werden opgenomen, werden meteen overgebracht naar een kamp dat omgeven was met prikkeldraad en waakhonden.

Op woensdag 21 juni kwam het Britse contingent van de *St Louis* aan in Southampton. Zij konden overpeinzen dat hun omzwervingen op zee precies veertig dagen en veertig nachten hadden geduurd.

Op 1 september begon de Tweede Wereldoorlog en de passagiers van de *St Louis* deelden het lot van het jodendom in Europa. Hun kansen stegen of daalden afhankelijk van het land waaraan ze waren toegewezen. De schattingen over het aantal overlevenden lopen uiteen.

8
Stroomopwaarts!

Briefkaart

p/a De Jungle

Schat—

Nog net even tijd voor een kaartje—we vertrekken over een half uur—onze laatste avond met de Johnny Walker gehad van nu af aan het inheemse vuurwater of niets—denk eraan wat ik door de telefoon heb gezegd en laat het niet te kort knippen. Hou van je—je Circus Tarzan.

Brief 1

Mijn eigen schat—

Net 24 uur in een bus gezeten met een dashboard dat bedolven was onder Christoffelbeeltenissen of wat het inheemse equivalent hier ter plaatse mag zijn. Had het niet erg gevonden als de chauffeur in iets krachtigers had geloofd—het goeie ouwe christendom had schijnbaar niet veel invloed op zijn rijstijl. Als je niet bij iedere haarspeldbocht moest denken dat je over je nek zou gaan, fantastisch landschap. Gigantisch hoge bomen, bergen—dat idee—ik heb er een stel ansichten van. Lui van de crew momenteel allemaal beetje te opgewonden—als ik nog één keer moet aanhoren hoe crazy ze allemaal werden van Caracas ga ik iemand wurgen, denk ik. Maar goed, dat is normaal op een klus als deze. Niet dat ik ooit eerder zo'n klus heb gehad, heb er ontzettende zin in. Dat mag ook wel na al die naalden die ze in mijn lijf hebben gestoken om te zorgen dat ik geen beriberi en co krijg.

Het is ook een opluchting om niet door iedereen herkend te worden. Weet je, zelfs met die baard en die bril hadden ze in Caracas door dat ik het was. En op het vliegveld natuurlijk, maar dat is gewoon. Nee, het was komisch. Raad eens waarin ze me hadden gezien? Niet in dat exclusieve stukje Angst met dat script van Pinter dat de Palme d'Or heeft gekregen, vergeet het maar. Nee, dat misselijke Amerikaanse soap-serietje dat ik gedaan heb voor Hal Krijgdepestpalotodos. Dat loopt hier NOG. Kinderen komen op straat naar me toe en zeggen: 'Hey, mista Rick, how ya doin'?' Hoe vind je dat? De armoede hier is een klasse apart. Hoewel, na India verbaast niets me meer. Wat heb je nou met je haar gedaan? Ik hoop niet dat je iets stoms heb gedaan alleen om me betaald te zetten dat ik er niet ben. Ik weet precies hoe jullie vrouwen zijn, eerst ga je zeggen dat je het alleen maar kort wilt om te kijken hoe het staat en dan zeg je dat Pedro van de kapsalon het voorlopig niet goed vindt dat je het weer laat groeien en dan zeg je dat je er op je best moet uitzien voor een of andere bruiloft en dat je niet met van die uitgegroeide pieken kan gaan en uiteindelijk laat je het gewoon niet meer groeien en als ik het *niet* elke week zeg denk je dat ik eraan gewend ben en als ik het *wel* elke week zeg vind je dat ik zeur dus zeg ik het niet meer en dan zit ik er dus voorgoed aan vast. En het is niet eerlijk om te zeggen dat het vanwege die baard is want ik kan het niet helpen van die baard, die lieten ze in de jungle gewoon staan in welke eeuw het ook wezen mag als we er eenmaal zijn en ik *weet* dat ik er vroeg mee begonnen ben maar zo ben ik nu eenmaal, ik wil me zo gauw mogelijk beginnen in te leven in mijn rol. Je weet wat Dirk altijd zegt, dat hij bij de schoenen begint en als hij eenmaal de goeie schoenen heeft weet hij hoe het personage verder in elkaar zit en datzelfde heb ik met het gezicht. Sorry dat dat het eerste is wat je 's ochtends ziet, niet iedereen kan trouwens zeggen dat hij met een jezuïet slaapt. En nog wel zo'n oude jezuïet. Het is ontzettend heet, verwacht problemen met de was. Neem nog altijd die maagtabletten in. Heb met Vic gepraat over het script en hij zegt dat ik me geen zorgen moet maken maar dat zeggen ze in dit stadium altijd, nietwaar? Ik heb tegen hem gezegd wat ik door de telefoon ook tegen jou heb gezegd, of hij niet wat duidelijker menselijke trekjes moet krijgen omdat priesters tegenwoordig echt niet meer zo goed liggen bij het publiek en Vic zei dat we het er de volgende keer over zouden hebben. Kan het goed vinden met Matt – er zal vast wel enige rivaliteit ontstaan als we eenmaal bezig zijn maar hij is niet half zo paranoïde als ik had verwacht, een beetje aan de joviale kant, maar dat zal wel komen omdat het een Yank is. Ik heb hem mijn Vanessa-verhaal verteld en hij mij het zijne en we kenden ze allebei al! Gisteravond straallazarus geworden op onze laatste avond in de stad en uiteindelijk draaide het erop uit dat we de Zorba-dans deden in een restaurant! Matt begon borden kapot te smijten maar toen zeiden ze dat dat hier niet de gewoonte was en toen hebben ze ons eruit gegooid! En de borden moesten we ook betalen.

Weet je hoe ze postkantoren hier noemen? Onze Lieve Vrouwe van de Verbindingen. Je moet waarschijnlijk op je knieën gaan liggen als je wilt dat iets er de volgende dag is. Niet dat we er in kilometers eentje hebben gezien. God mag weten of ik dit nog zal kunnen posten voor de jungle begint. Misschien komen we wel een vriendelijke inboorling met een gevorkte staf tegen die de goeie kant opgaat, dan zal ik mijn filmsterrenlach opzetten en het aan hem meegeven. (Grapje). Maak je geen zorgen over me. Hou van je.
– Charlie

Brief 2

Schat –

Als je in je fotoalbum naar onze flat-vernissage zoekt, zul je zien dat er iets ontbreekt. Wees maar niet benauwd – die heb ik. Het is die ene waar je opstaat met je eekhoornsnoetje. Je bent een beetje nat geworden hier – verschrikkelijke slagregens een paar dagen geleden – maar je vindt het nog steeds niet erg als ik je een kus geef voor ik ga slapen. Misschien zul je de komende tijd een beetje verkreukeld raken want voorlopig hebben we ons laatste hotel gehad. Van nu af aan gaan we alleen nog maar padvindertje spelen en bivakken opslaan en tenten opzetten. Hoop dat ik slaap genoeg zal krijgen. Het is zo moeilijk om je helemaal in je werk te gooien als je maar een paar uur hebt kunnen maffen. Hoe dan ook, we zitten nu echt in de jungle. Veel oponthoud. Het gewone gedonder – je spreekt af dat je op die-en-die dag met zoveel mensen en zoveel bagage ergens zult zijn en dat hij je naar de volgende plek zal brengen en als je komt doet hij net of alles veranderd is en of je geen vijftig maar vijftien hebt gezegd en de prijs is trouwens ook omhooggegaan en zo voort en meer van dat gezeik totdat hij het gewenste smeergeld in handen heeft. God, als er dat soort dingen gebeuren heb ik alleen maar zin om heel hard IK WIL WERKEN te schreeuwen. Dat heb ik laatst echt een keer gedaan toen de situatie nog onaangenamer was dan anders, ben naar die bandiet toegelopen die ons probeerde te naaien en heb mijn baard zowat door de zijne gestrengeld en in zijn gezicht ge-krijst Ik Wil Werken Laat Me In Christusnaam Werken, maar Vic zei dat dat de situatie niet beter maakte.

Later. Matt stond in de rivier te pissen toen een van de elektri-ciens kwam zeggen dat hij dat beter niet kon doen. Ze hebben hier schijnbaar een piepklein visje dat wordt aangetrokken door de hitte of zo en dat tegen je pies op kan zwemmen terwijl je staat te pissen. Vond het eerst niet erg waarschijnlijk klinken maar denk bijvoor-beeld eens aan zalm. Wat het dan doet is dat het zo je lul in zwemt en als het eenmaal binnen is steekt het een paar stekels uit naar opzij en blijft zitten. Au pijn en niet zo'n beetje ook, op zijn zachtst ge-zegd. De elektricien zegt dat je het er niet meer uit kan krijgen, het is net alsof er een open paraplu in zit, je moet het hele zaakje laten afhakken in het ziekenhuis. Matt wist niet of hij hem moest geloven maar kun je het risico nemen? In elk geval pist er momenteel nie-mand in de rivier.

Later. Laat in de middag tjoekten we over de rivier en de zon be-gon te zakken boven die reusachtige bomen en er steeg een zwerm grote vogels op, reigers of zo, precies roze watervliegtuigen zoals ie-mand zei en toen ging de tweede assistent ineens staan en brulde Dit is het paradijs, dit is verdomme het paradijs. Zelf voel ik me ei-genlijk een beetje down, lief. Sorry dat ik jou ermee opzadel, niet eerlijk dat weet ik omdat ik waarschijnlijk weer prima in orde ben tegen de tijd dat je dit ontvangt. Ik krijg wat van die stomme Matt. Wat een ego. Je zou denken dat hij de enige is die ooit een film heeft gemaakt en je kan zien hoe hij met de crew aanpapt om te zorgen dat ze het hem naar de zin zullen maken als hij eenmaal voor de camera staat, zodat hij er vijf jaar jonger uit zal zien en ik de glimneus krijg.

Vic is niet hard genoeg voor deze klus, om de waarheid te zeggen. Als je het mij vraagt heb je hier zo'n ouderwetse slavendrijver van een studiobons voor nodig, en niet een gevoelige doctorandus die bij de film is gegaan omdat hij de wolken van Antonioni zo mooi vond en die zichzelf vervolgens heeft omgeturnd tot een Nouvelle Vague-fanaat die op Werkelijkheidsrealisme geilt. Ik vraag je, met zijn veertigen door de jungle sjokken, alleen maar omdat we in dat verhaal van hem zijn getrapt dat we ons geleidelijk moeten inleven in de realiteit van een stel morsdode jezuïetische priesters. Hoe het mogelijk is dat dit ook geldt voor de crew weet ik niet maar Vic zal er wel een theorie over hebben. Dat wij moeten lopen en onze uitrusting per luchtbrug komt is wel zowat het overdrevenste wat je kan bedenken. We mogen zelfs de radiotelefoon niet van hem gebruiken voor we op de afgesproken plek zijn. De vriendin van de camera-assistent verwacht een kind en hij wilde naar het hoofdkwartier in Caracas bellen om te horen of er al nieuws was maar Vic zei nee.

Rotweer. Het is voortdurend bloedheet. Ik zweet als een varken, *comme un porco*. Zit nog steeds over het script in. Denk dat ik het een en ander zal moeten herschrijven aan mijn tekst. Geen mogelijkheid om spullen gewassen te krijgen tenzij we ergens bij een van die zinken hutten een meute wasvrouwen tegenkomen die om klanten verlegen zitten net als we toen in dat dorp in de Provence hebben gezien weet je nog wel? Vanmorgen verdomme een blikken reclamebord voor Coca-Cola bij een handelsnederzetting. Nou vraag ik je, honderden kilometers van alles vandaan verdomme en de reizigers van Coke zijn er al geweest en hebben het landschap verziekt. Of een gabber van Matt heeft het er neergezet om te zorgen dat hij zich thuisvoelt. Sorry dat ik zo doe.

Liefs Charlie

Brief 3

Hai Schoonheid!

Sorry van dat gezanik aan het eind van de vorige brief. Alles nu veel beter. Om te beginnen pissen we allemaal weer in de rivier. We vroegen aan Vis, zoals we die elektricien noemen, hoe hij dat wist van die vis die tegen je pis opzwemt en hij zei dat hij daar een dikke ontdekkingsreiziger op de buis over had horen doorzeuren, wat klonk alsof het best waar kon zijn. Maar toen vroegen we nog even door en toen maakte hij zijn fatale fout. Hij zei dat die ontdekkingsreiziger had gezegd dat hij speciale onderbroeken had laten maken zodat hij veilig in de rivier kon piesen. Volgens de elektricien had hij een cricketbeschermer genomen en het voorste stuk eruitgeknipt en er een theezeefje in gepropt. Nou vraag ik je. Als je beslist moet liegen moet je het eenvoudig houden, zo was het toch? Nooit teveel ei door de pudding doen. Dus toen hebben we de elektricien allemaal hartelijk uitgelachen en allemaal onze gulpen opengedaan en in de rivier gepist of we moesten of niet. De enige die niet meedeed was Vis, die zijn figuur moest redden en bleef volhouden dat het waar was.

Dus daar zijn we een beetje van opgevrolijkt zoals je begrijpt, maar wat ons echt heeft opgevrolijkt is het feit dat we contact hebben gemaakt met de Indianen. Ik bedoel, als iedereen hier net zo was als die bandieten die we onderweg hierheen hebben meegemaakt ('hier' is ergens in de buurt van de Mocapra, voor het geval je het wilt opzoeken in je schoolmeisjesatlas), waarom zouden de Indianen dan woord houden? Matt zei naderhand dat hij min of meer had verwacht dat de hele onderneming op niets zou uitlopen en ik zei dat ik dat ook had gedacht. Maar daar stonden ze, vier stuks, precies waar ze hadden beloofd, op een open plek bij een bocht in de rivier, moedernaakt, kaarsrecht wat ze nog steeds niet erg lang maakte, terwijl ze ons zonder enige angst aankeken. En op een gekke manier ook zonder enige nieuwsgierigheid, wat vreemd was. Je verwacht toch dat ze aan je zullen willen voelen of zo. Maar ze stonden daar gewoon alsof wij merkwaardig waren en niet zij, wat natuurlijk volkomen waar is als je erover nadenkt. Ze keken toe terwijl we de spullen uitpakten en toen gingen we op weg. Boden niet aan te helpen dragen wat ons een beetje verbaasde maar aan de andere kant zijn het natuurlijk geen sherpa's, nietwaar? Het schijnt zo'n twee dagmarsen te zijn naar de rest van de stam en de rivier die we moeten hebben. Wij zagen het pad dat ze volgden helemaal niet— een fantastisch richtingsgevoel moeten ze hier in de jungle hebben.

Jij zou hier zo verdwalen kan ik je vertellen engel, zeker omdat jij niet eens zou weten hoe je zonder politie-escorte van Sheperd's Bush in Hammersmith moest komen.* We hebben een uur of twee gelopen en toen hebben we er voor vandaag een punt achter gezet en vis gegeten die de Indianen hadden gevangen in de rivier terwijl ze op ons wachtten. Doodmoe, maar wat een dag. Kus.

* Grapje (meende ik niet)

Later. De hele dag gelopen. Blij dat ik zo hard getraind heb op het fitness-centrum. Sommige lui van de crew liepen na een half uurtje al te puffen, wat niet verwonderlijk is aangezien hun enige lichaamsbeweging normaliter bestaat uit benen onder tafel stoppen en met hun smoel in de trog duiken. O ja, en hun hand opsteken om nog een fles te bestellen. Matt is behoorlijk fit omdat hij zoveel van die open-luchtfilms heeft gemaakt met olijfolie op zijn borstspieren (hoewel niet zo fit als hij zou moeten zijn) en we hebben de crew met ons tweeën een beetje gepest en gezegd dat vakbondsvoorschriften in de jungle niet golden enzovoort. Ze voelden er niets voor om achterop te raken! Vis, die een beetje de pest in heeft sinds we erachter zijn dat dat verhaal van hem onzin was, vond het verschrikkelijk geestig om de Indianen Zittende Stier en Tonto te noemen en zo, maar ze verstonden het natuurlijk niet en we hebben het trouwens allemaal zo'n beetje genegeerd. Het was hoe dan ook gewoon niet leuk. Ze zijn ongelooflijk, die Indianen. Piemelnaakt lopen ze door het oerwoud, ongelooflijk lenig, worden nooit moe, hebben een aap in een boom gedood met een blaaspijp. Die hebben we 's avonds gegeten, een aantal mensen althans, voor de kieskeurigen onder ons was er een blik cornedbeef. Ik heb aap genomen. Smaakte een beetje naar ossestaart maar veel roder. Een beetje taai maar verrukkelijk.

Dinsdag. God mag weten hoe het postsysteem gaat werken. Momenteel geven we de post gewoon aan Rojas—hij is de vierde assistent en hij komt hier vandaan en is tot postbode benoemd. Dat betekent alleen dat hij de brieven in een plastic zak stopt om te zorgen dat ze niet worden opgegeten door kevers of houtworm of zo. En als de helicopter dan komt brengt hij de post aan boord. Dus god mag weten wanneer je dit krijgt.

Mis je (even wachten terwijl ik mijn Circus Tarzan-kreet doe).

Vandaag hadden we de rest van de stam zullen treffen maar we zijn niet zo fit als het hoort. Ik wed dat er mensen bij de crew zitten die dachten dat we met auto's de jungle in zouden gaan en dat er om de paar kilometer een etenswagen zou staan en dat ze hamburgers en patat zouden krijgen van meisjes met bloemenslingers om hun hals. Dikke Dick de geluidsman heeft waarschijnlijk een Hawaaaaiiiii-hemd bij zich.

In zekere zin moet je je pet afnemen voor Vic. Kleinste crew, laagste budget sedert jaren. Matt en ik doen onze eigen stunts (met die clausule heeft die goeie ouwe Norman me echt de dollars door mijn neus geboord). En niet eens elke dag rushes – de copter komt maar een keer in de drie dagen omdat Vic denkt dat het ons in onze concentratie zal storen of anders heeft hij een andere reden die on-getwijfeld nog dieper en intellectueler is. De labrapporten over de radiotelefoon, de rushes met de copter. En de studio heeft het alle-maal goed gevonden. Ongelooflijk, hè?

Nee, het is niet ongelooflijk en dat weet je best liefje. De studio vindt Vic een genie en ze hebben hem alles gegeven wat ze konden totdat de jongens van de verzekering vierkant zeiden dat er geen sprake van was dat belangrijke sterren in hoofdrollen uit een kano zouden donderen en toen zijn ze het lijstje afgelopen tot ze een paar jongens vonden waar de filmindustrie makkelijk buiten kon.* Dus ik ben soms wel eens een stoute jongen geweest maar ze gaan er van uit dat ik niet kan weglopen als ik in de Jungle zit en Matt is onbere-kenbaar wat betekent dat hij meestal niet werkt tenzij ze hem een wasmand wit poeder geven maar hij schijnt afgekickt te zijn en er slingeren hier niet veel dealers als Tarzan door de bomen. En wij stemmen in Vics voorwaarden toe omdat we verdomme wel moe-ten en diep in ons hart geloven we waarschijnlijk ook dat Vic een ge-nie is.

* Grapje. Althans, min of meer. Niet echt gevaarlijk, vast niet.

Vraag me af of ik gisteravond die aap wel had moeten eten. Die heeft er absoluut voor gezorgd dat ik vandaag niet zo hard opschoot, en Matt zat ook vaak achter de bosjes.

Later. Sorry, woensdag. De stam ontmoet. De belangrijkste dag van mijn leven. Behalve natuurlijk toen ik jou leerde kennen, lek-kertje. Ineens waren ze er, toen we een heuvel over kwamen en een rivier in de diepte zagen. De verloren rivier en het verloren volk zij aan zij–fantastisch. Ze zijn tamelijk klein en je zou denken dat ze mollig waren alleen zijn het allemaal spieren en ze hebben geen draad aan hun lijf. De meisjes zijn ook knap (niet benauwd zijn, engel–vergeven van de enge ziektes). Het merkwaardige is dat er geen ouden van dagen bij schijnen te zijn. Of misschien hebben ze die ergens achtergelaten. Maar we hadden wel degelijk het idee dat de hele stam samen optrok. Raadselachtig. Verder is mijn muggenspul op–dat spul dat echt werkt tenminste. Ik word nogal vaak gebeten. Vic zegt dat ik me geen zorgen moet maken–of ik soms dacht dat vader Firmin al die jaren geleden een insektenafwerend middel had? Ik zei dat authenticiteit prima was maar of hij dacht dat mijn toegewijde fans me echt op het witte doek wilden zien met bulten van een meter doorsnee in mijn gezicht? Vic zei dat ik moest lijden voor mijn kunst. Ik zei tegen Vic dat hij op kon rotten. Stomme zak met zijn Werkelijkheidsrealisme.

Donderdag. We hebben inmiddels ons kamp opgeslagen aan de rivier. Twee kampen eigenlijk, een voor de blanken (die voornamelijk bruin zijn met rode bulten) en een voor de Indianen. Ik zei waarom bouwen we niet een groot kamp, verdomme. Sommige lui van de crew waren tegen omdat ze dachten dat hun horloges gestolen zouden worden (nou vraag ik je) en anderen waren voor omdat ze de vrouwen beter wilden bekijken (nou vraag ik je). Vic zei dat hij twee kampen een goed idee vond omdat er toen natuurlijk ook twee waren en de Indianen zich er op die manier psychisch op konden voorbereiden om hun voorouders te spelen, waarop ik zei dat dat alleen maar gerationaliseerd elitarisme was. Hoe dan ook het liep nogal hoog op en uiteindelijk werd een van de gidsen naar de Indianen gestuurd om het te bespreken en kregen we te horen dat ze helemaal geen kamp met ons wilden delen, wat waarschijnlijk best komisch is.

Daar komt de copter dus ik stop.

Liefs Charlie

Brief 4

Lieve Pips,

Eerste rendez-vous! De helicopter heeft de generator en de rest van de apparatuur gebracht. Enorme opwinding (behalve bij de Indianen die deden of ze niets merkten). Eten, rokertjes. Geen muggenspul aan boord – niet te geloven toch? Nog iets – Vic wou niet hebben dat ze kranten meebrachten, waar ik nijdig om ben. Ik bedoel we zijn toch zeker geen kinderen meer? Het lezen van een twee weken oude *Independent* zal mijn acteerprestaties toch niet versjteren? Nee toch? Het verbaast me nog dat Vic het goed vindt dat we post krijgen. Voor Charlie was er niets bij. Ik weet wel dat ik gezegd heb dat je alleen in noodgevallen moest schrijven maar dat meende ik niet. Heb je hopelijk wel geraden.

Vrijdag. Luister, ik weet dat je er niet over wilt praten, maar ik denk dat zo'n tijdje uit elkaar ons een hoop goed zal doen. In een hoop opzichten. Echt. Ik ben trouwens toch te oud om de beest uit te hangen. 'IK HEB MIJN TIJD ALS BEEST GEHAD,' ZEGT TV'S 'BAD BOY' CHARLIE. Hou van je.

Pippa lief, ik geloof echt dat het de invloed van de Indianen is (O ja, zaterdag). Ze zijn zo open, zo direct. Zo zijn ze helemaal, ze hebben geen draad aan hun lijf, ze zeggen wat ze bedoelen, doen wat ze willen, eten als ze honger hebben, bedrijven de liefde alsof het de gewoonste zaak van de wereld is* en als ze aan het eind van hun leven zijn gekomen gaan ze gewoon dood. Het is echt bijzonder. Ik bedoel niet dat ik het zelf zou kunnen, niet meteen, ik bedoel alleen dat ik een enorm gevoel van verbondenheid met deze mensen krijg. Ik heb bijna het gevoel dat ik hierheen ben gestuurd om van hen te leren wat leven is. Kun je dat begrijpen? Wees maar niet benauwd, liefje, ik kom heus niet terug met een stuk bot door mijn neus maar misschien kom ik terug met een iets minder botte kop. Die geschiedenis met Linda – ik weet dat we hebben afgesproken om er niet over te praten – maar ik voel me hier zo'n klootzak. Omdat ik je pijn heb gedaan. Niet de waarheid heb verteld. Hier, waar de verloren rivier langs mijn voeten stroomt, waar ik de namen leer van vogels waarvan ik de namen niet eens in het Engels ken, heb ik een goed gevoel over ons.

* Geen persoonlijke ervaring. Charlie braaf.

Zondag. Het is niet alleen afstand die bekoring schenkt of hoe was het ook al weer. Het heeft te maken met *hier* zijn. Weet je nog van die Amerikaanse astronauten die naar de maan gingen en totaal veranderd waren bij hun terugkeer doordat ze naar de aarde hadden gekeken en gezien hadden dat het zomaar een planeet was, heel klein en heel ver weg? Eentje is gelovig geworden of geschift meen ik me te herinneren, maar waar het om gaat is dat ze helemaal veranderd waren toen ze terugkwamen. Zo is het met mij ook een beetje, behalve dat ik in plaats van de technologische toekomst in te gaan juist in de tijd terug heb gemoeten. Om de waarheid te zeggen meen ik dat niet echt, dat terug in de tijd. De lui van deze crew vinden allemaal dat de Indianen waanzinnig primitief zijn omdat ze geen radio's hebben. Ik vind ze juist waanzinnig modern en volwassen omdat ze geen radio's hebben. Ze leren me iets zonder te weten dat ze dat doen. Ik begin de dingen veel meer in perspectief te zien. God, het spijt me zo ontzettend van Linda.

Maandag. Een hele tijd bezig geweest met het inrichten van de set, toen begon het te regenen. Een van de meisjes leert me de taal. Maak je geen zorgen, eekhoorntje, vast vergeven van de enge ziektes.* Heb geprobeerd erachter te komen hoe ze zichzelf noemen, de naam van de stam begrijp je wel. En raad eens, ZE HEBBEN HELEMAAL GEEN NAAM VOOR ZICHZELF! En ze hebben ook geen naam voor hun taal. Is dat niet fantastisch! Ongelooflijk volwassen. Zoiets als, nou, weg met het nationalisme.

* Min of meer een gevleugeld woord bij de crew. Als iemand over seks begint of naar de Indiaanse vrouwen kijkt, is er altijd wel iemand die zegt 'Vast vergeven van de enge ziektes'. In Londen waarschijnlijk niet zo geestig.

Dinsdag. Er hangt echt een goeie sfeer nu we begonnen zijn. We trekken er allemaal samen aan. Geen stom gezeik over vakbondsvoorschriften. Iedereen *draagt bij*. Het is vast de invloed van de Indianen. Het is zoals het hoort te zijn.

Woensdag. Ik vind dat mijn uitspraak vooruitgaat. Er is een grote witte vogel die op een ooievaar lijkt en *thkarni* heet. Ik geloof tenminste dat je het zo schrijft. Hoe dan ook, als er eentje opvliegt of op het water neerstrijkt, zeg ik *thkarni* en dat vinden de Indianen ontzettend grappig. Ze vallen gewoon om van het lachen. Nou, zij spreken Charlie heus niet beter uit.

Donderdag. Niets bijzonders. Gestoken door 80 000 000 000 000 muggen. Matt maakt stompzinnige grap. Als je goed kijkt heeft hij o-benen, ik zweer het.

Vrijdag. Als je er even bij stilstaat is het fantastisch. Je hebt een Indianenstam, totaal onbekend, hebben niet eens een naam voor zichzelf. Een paar honderd jaar geleden komen twee jezuïtische missionarissen die de Orinoco proberen terug te vinden ze tegen, halen ze over om een vlot te bouwen en de twee Godsmannen daar een paar honderd kilometer op naar het zuiden te bomen terwijl genoemde Godsmannen het evangelie aan ze verkondigen en hun best doen om ze spijkerbroeken aan te laten trekken. Als ze vlakbij hun bestemming zijn slaat het vlot om, de missionarissen verdrinken bijna en de Indianen verdwijnen. Gaan op in de jungle en niemand ziet ze ooit meer terug totdat Vics researchers ze een jaar geleden opsporen. Nu helpen ze ons een paar honderd jaar later om precies hetzelfde te doen. Wat ik zo dolgraag zou willen weten is of de stam er een herinnering aan bewaart? Kennen ze ballades over het vervoeren van twee blanke mannen in vrouwenkleren over de grote waterige anaconda van het zuiden of hoe ze het ook zouden uitdrukken? Of zijn de blanke mannen net zo volkomen uit het geheugen van de stam verdwenen als de stam verdwenen is voor de blanke man? Zoveel dingen om over na te denken. En wat zal er gebeuren als we weg zijn? Zullen ze dan weer voor tweehonderd, driehonderd jaar verdwijnen? Of voorgoed verdwijnen, uitgeroeid door een dodelijk virus zodat het enige dat er van hen rest een film is waarin ze hun eigen voorouders spelen? Ik weet niet of ik dat wel kan bevatten.

Wees gezegend, mijn kind, zondig niet meer.*

Liefs, Charlie

* Grapje!

Geen post van je, zondag niet en woensdag niet. Hoop dat Rojas morgen een brief voor me heeft. Ik bedoelde niet dat je niet moest schrijven wat ik ook gezegd heb. Verstuur dit toch maar.

Brief 5

Schat –

Dat priesterkostuum is ongetwijfeld het onhandigste kledingstuk dat ooit is uitgevonden voor reizen in de jungle. Je gaat erin zweten als een zwijn, *comme un porco*. Hoe bewaarde die ouwe vader Firmin zijn waardigheid, vraag ik me af. Nou, je zou waarschijnlijk kunnen zeggen dat hij leed voor zijn geloof zoals ik lijd voor mijn kunst.

Zondag. Mijn god, raad eens? Dikke Dick de geluidsman stond gisteravond in de rivier te pissen toen een van de Indianen verschrikkelijk opgewonden naar hem toekwam en allemaal gebaren maakte in gebarentaal, zwembewegingen maakte met zijn handen enzovoort. Dick kan hem niet volgen – hij denkt zelfs dat die vent iets met hem wil wat nogal grappig is als je de Indiaanse vrouwen hebt gezien, totdat die Indiaan wegholt en Miguel erbij haalt, dat is een van de gidsen. Nog veel meer gebaren en verklaringen en Dick maakt razendsnel zijn gulp dicht. Raad eens? Die Indiaan vertelde hem dat er een visje in de rivier zwemt en – de rest kun je wel raden!!! Niet veel kans dat dit speciale lid van deze speciale stam op dezelfde avond naar de Britse tv heeft gekeken als Vis. En niet veel kans dat die ouwe Vis genoeg van het inheemse taaltje heeft geleerd om zo'n grap uit te halen. Dus we moesten gewoon toegeven dat hij al die tijd gelijk had gehad! Jee, wat lachte die in zijn vuistje.

Maandag. Moet je horen wat gek. Hoewel de Indianen in het algemeen schijnen te begrijpen waar we mee bezig zijn – ze vinden het best om opnamen over te doen en ze lijken helemaal niet onder de indruk als dat grote oog op ze gericht wordt – schijnen ze niet te begrijpen wat acteren inhoudt. Ik bedoel goed, ze spelen hun voorouders en ze zijn volkomen bereid (in ruil voor wat Mickey Mouse-presentjes) om een vlot voor ons te bouwen en ons stroomopwaarts te vervoeren en gefilmd te worden terwijl ze dat doen. Maar verder verdommen ze alles. Als Vic zegt kunnen jullie anders gaan staan of de boom op deze manier vasthouden en hij probeert het voor te doen, dan verdommen ze het gewoon. Ze weigeren domweg. Zo bomen wij een vlot en omdat er toevallig een blanke man door die gekke machine van hem staat te kijken, gaan we het heus niet anders doen. Het andere is zelfs nog ongelooflijker. Als Matt en ik verkleed zijn als jezuïeten denken ze echt dat we echte jezuïeten zijn! Dan denken ze dat wij weg zijn gegaan en dat er twee kerels met zwarte jurken voor in de plaats zijn gekomen! Vader Firmin is net zo echt voor ze als Charlie, hoewel ik tot mijn vreugde kan zeggen dat ze Charlie aardiger vinden. Maar je kunt ze niet aan hun verstand brengen hoe het zit. De crew vindt dat behoorlijk stom van ze maar ik vraag me af of het juist niet ongelooflijk volwassen is. De crew gelooft dat ze zo'n primitieve beschaving zijn dat ze nog niet hebben ontdekt wat acteren is. Ik vraag me af of het tegenovergestelde het geval is en of ze een soort van post-acteerbeschaving zijn, misschien de eerste ter wereld. Zoiets van dat ze dat niet meer nodig hebben, dus zijn ze het vergeten en begrijpen het niet meer. Wat een idee!

Woensdag. Had meer moeten vertellen over het werk. Gaat niet slecht. Script is niet wat ik me herinnerde maar dat is het nooit, meestal omdat ze het veranderd hebben. Matt is niet al te vervelend om mee te werken. Ik heb Make-up gevraagd om hem ook een paar muggebeten te geven maar hij weigerde falikant. Zei dat hij ook wel eens een keer de mooiste wilde zijn. Dat is nogal komisch – ik bedoel het is duidelijk dat hij in zijn hart vindt dat hij hartstikke knap is! Ik moet hem waarschijnlijk maar liever niet vertellen wat jij die keer over zijn gezicht zei, dat het eruit zag alsof het uit corned-beef was gehouwen.

Donderdag. Er is iets verschrikkelijks gebeurd. Echt verschrikkelijk. Een van de Indianen is van het vlot gevallen en verdronken. Werd gewoon meegesleurd. We staarden naar het water dat behoorlijk wild was en wachtten tot de Indiaan boven zou komen maar dat gebeurde niet. Natuurlijk zeiden we dat we die dag niet meer zouden werken. En raad eens? De Indianen wilden er niet van horen. Wat een sportieve kerels zijn het toch!

Vrijdag. Nagedacht over het incident van gisteren. Wij waren veel erger van streek dan de Indianen. Ik bedoel, hij moet toch iemand zijn broer of iemand zijn man of weetikwat zijn geweest, maar er werd niet gehuild of niets. Ik had half en half verwacht dat er die avond als we in het kamp kwamen een of andere ceremonie zou zijn – ik weet niet, dat ze een bundeltje kleren zouden verbranden of zo. Maar nee. Hetzelfde gezellige kampvuurleventje als anders. Ik vroeg me af of ze de vent die overboord was geslagen niet hadden gemogen, maar dat is te voor de hand liggend. Misschien maken ze niet op dezelfde manier onderscheid tussen leven en dood. Misschien geloven ze niet dat hij 'er niet meer is' zoals wij dat doen–of in elk geval niet helemaal niet meer. Maar dat hij alleen maar naar een leuker stukje van de rivier is verhuisd. Ik probeerde dit uit op Matt, die zei: 'Hey man, ik wist niet dat je hippiebloed had.' Matt is niet bepaald de spiritueelste, subtielste vent die er bestaat. Gelooft in eigen boontjes doppen, trots hebben, recht door zee zijn, lekkere wijven naaien zoals hij het noemt, en iedereen die je onrecht aandoet in zijn gezicht spugen. Dat schijnt in elk geval het totaal van zijn wijsheid te zijn. Hij vindt de Indianen aandoenlijke kinderen die de videorecorder nog niet hebben uitgevonden. Ik moet zeggen dat het behoorlijk komisch is dat een vent zoals hij een jezuïetenpriester moet spelen die discussies over de leer voert in het regenwoud. Eigenlijk is hij een van die volstrekt efficiënte Amerikaanse acteurs wier carrières worden bepaald door hun imagovormers. Ik vertelde hem dat ik er een half jaar tussenuit was gegaan om toneel te spelen in de provincie, gewoon om weer te voelen wat echt spelen voor een echt publiek is en hij reageerde alsof ik hem verteld had dat ik was ingestort. Je kunt zeggen wat je wilt, maar ik geloof dat het toneel de plaats is waar je leert acteren. Matt kan de gekste bekken trekken met van die rimpeltjes bij zijn ogen in de wetenschap dat zijn jeugdige fans het in hun broek zullen doen van aanbidding. Maar kan hij ook acteren met zijn lijf? Je mag gerust zeggen dat ik ouderwets ben, maar ik vind dat een heleboel Amerikaanse acteurs alleen maar een zwierig loopje in huis hebben en dat het daarmee wel gezegd is. Heb dat allemaal aan Vic proberen uit te leggen, die zei dat ik het prima deed en dat Matt het prima deed en dat hij dacht dat het helemaal zou klikken op het doek. Soms wou ik dat hij eens LUISTERDE naar wat ik zei. Daar komt de post, of liever gezegd de copter. Nog steeds niets van je gehoord.

   – liefs, Charlie

Pippa lief –

Luister ik weet dat we hebben gezegd dat we er niet over zouden praten en misschien is het niet eerlijk omdat ik niet weet hoe je je zult voelen als je dit ontvangt, maar waarom gaan we niet gewoon buiten wonen en kinderen nemen? Nee, ik ben niet in de rivier gevallen of zo. Je hebt geen idee hoe goed het hier voor me is. Ik drink geen koffie meer na de lunch en ik rook bijna niet meer. Nou de Indianen doen het toch ook niet, zeg ik tegen mezelf. De Indianen hebben het niet nodig om de machtige firma Philip Morris Inc. in Richmond Va. in stand te houden. Als ze het moeilijk hebben kauwen ze soms op een klein groen blaadje, wat volgens mij het equivalent is van het rokertje dat je af en toe opsteekt als de regisseur zich aanstelt als een eersterangs oliebol. Dus waarom niet minderen net als zij? En die geschiedenis met Linda. Ik weet dat je haar naam waarschijnlijk nooit meer wilt horen en als dat zo is dan beloof ik het. Maar het heeft toch allemaal te maken met Londen? Eigenlijk helemaal niet met *ons*. Gewoon dat rottige Londen met zijn vuil en zijn smerige straten en de drank. Nou ja dat is toch niet echt leven, wat we in de stad doen? Verder geloof ik dat het aan de stad ligt dat mensen elkaar voorliegen. Denk je dat ik gelijk zou kunnen hebben? Deze Indianen liegen nooit, net zoals ze niet weten hoe je toneel moet spelen. Ze doen nooit alsof. Nu vind ik dat helemaal niet primitief, ik vind het verdomd volwassen. En ik weet zeker dat het komt omdat ze in de jungle wonen en niet in de stad. Ze brengen hun hele leven door in de natuur en het enige wat de natuur niet doet is liegen. De natuur gaat gewoon zijn eigen gang, zoals Matt zou zeggen. Heeft zijn trots en is altijd recht door zee. Misschien is hij soms niet erg aardig maar leugens vertelt hij niet. Daarom geloof ik dat buiten wonen en kinderen de oplossing zijn. En als ik buiten zeg heb ik het niet over een van die dorpen langs de autoweg vol mensen zoals wij die Australische Chardonnay bij de plaatselijke wijnhandel kopen en waar je alleen dialect hoort als je in bad naar de Archers luistert. Ik bedoel echt buiten, ergens in een uithoek – Wales misschien, of Yorkshire.

Zondag. Dat idee van dat kind. Dat heeft op een merkwaardige manier met de Indianen te maken. Je weet toch nog wel dat ik zei dat ze ongelooflijk gezond zijn en dat er toch geen ouden van dagen bij zijn ook al dachten we dat ze samen rondreisden als groep? Nou, ik heb Miguel eindelijk overgehaald om er met ze over te praten en nu blijkt dat er geen ouden van dagen bij zijn omdat ze niet veel ouder worden dan een jaar of 35. Dus ik heb me vergist toen ik dacht dat ze ongelooflijk gezond waren en een reclame voor de jungle. De waarheid is dat alleen de ongelooflijk gezonde lui het redden. Het is dus precies andersom. Maar het punt is, dat ik nu al ouder ben dan de meeste stamleden ooit zullen worden en dat is een gevoel als een kille wind. En als we buiten woonden zou het niet zo zijn dat ik elke avond doodmoe thuiskwam en lekker verwend wilde worden en dat ik in plaats daarvan een jankend kind aantrof. Als ik alleen grote rollen nam en niet meer van die troep voor de tv deed zou ik alleen maar weg zijn als ik moest filmen en als ik thuis was zou ik er echt helemaal zijn. Snap je? Ik zou een box voor hem timmeren en zo'n grote ark voor hem kopen met alle dieren erin en ik zou zo'n zak kunnen kopen waar je baby's in draagt zoals de Indianen dat al eeuwen doen. En dan zou ik wegschrijden over de hei zodat jij een tijdje van ons allebei af was, wat vind je ervan? Het spijt me overigens dat ik Gavin heb geslagen.

Maandag. Beetje down, lief. Heb belachelijk met Vic gekibbeld over een zin. Zes woorden verdomme, maar ik *wist* dat Firmin ze niet zo zou zeggen. Ik bedoel, *ik leef* die vent nu al drie weken en zal Vic me dan even gaan vertellen hoe ik moet praten? Hij zei Oké, maak er dan wat anders van, dus toen heb ik de boel een uur opgehouden en na afloop zei hij dat hij niet overtuigd was. We hebben het toch uitgeprobeerd omdat ik erop stond, en raad eens! Die klote-Matt was ook niet overtuigd. Ik zei dat hij geen regel tekst van een lijntje coke kon onderscheiden en dat zijn gezicht toevallig ook uit corned-beef gehouwen was en toen wou hij me een dreun geven. Stomme klotefilm.

Dinsdag. Nog steeds woedend.

Woensdag. Fantastisch zeg. Je weet nog wel dat ik je vertelde dat de Indianen niet begrijpen wat acteren is. Nou, de afgelopen 2 dagen werden Firmin en Antonio steeds vijandiger (wat niet moeilijk is als je bedenkt hoe Charlie en Matt momenteel tegenover elkaar staan) en je kon echt merken dat de Indianen zich erbij betrokken gingen voelen en alles op de voet volgden vanaf hun kant van het vlot, alsof hun levens ervan afhingen – wat in zekere zin waarschijnlijk ook zo was want we hadden ruzie over de vraag of ze het recht hadden gedoopt te worden en hun ziel te laten redden of niet. Hoe dan ook vandaag deden we die scène waarin Matt me min of meer per ongeluk expres met de paddel moest slaan. Het was eerste kwaliteit balsahout natuurlijk, niet dat de Indianen dat konden weten, maar ik ging prompt onderuit, knockout, en Matt begon te doen alsof het een ongeluk was. De bedoeling was dat de Indianen zouden toekijken alsof die twee blanke mannen met jurken aan geschift waren. Dat was hun gezegd. Maar dat deden ze niet. Ze kwamen in een zwerm op me af en begonnen over mijn gezicht te aaien en mijn voorhoofd nat te maken en zo'n beetje te jammeren en toen draaiden drie van hen zich om naar Matt en ze keken echt vuil. Fantastisch! Bovendien hadden ze hem wel iets kunnen doen als hij niet als de wind zijn soutane had uitgetrokken en zichzelf in Matt had teruggeveranderd, waarna ze bedaarden. Nee maar! Het was gewoon die goeie Matt en die lelijke priester Antonio was verdwenen. Toen kwam ik langzaam overeind en ze begonnen allemaal blij te lachen alsof ik gelukkig toch niet dood was. Het mooiste was dat Vic de camera niet heeft stopgezet zodat we niets gemist hebben. Nu denkt hij dat hij het erin kan verwerken, waar ik blij om ben want als dit de manier is waarop de Indianen op mij en Matt reageren, valt daar misschien uit af te leiden aan welke kant de fans zullen staan.

Donderdag. Vic zegt dat het lab-rapport over die knokpartij van gisteren niet al te kosjer was. Durf te wedden dat die klote-Matt aan zijn kop heeft gezeurd – wist waarschijnlijk dat de camera hem had betrapt terwijl hij keek alsof hij het in zijn broek stond te doen. Ik zei laten we afwachten hoe het eruitziet als het geprint is en Vic stemde toe maar ik ben er niet gerust op. Dat is nou Werkelijkheidsrealisme: als ze het op een presenteerblaadje krijgen gebruiken ze het niet.

Vrijdag. Ik vind het script beneden de maat en het budget is ook te laag, maar ik wil één ding zeggen en dat is dat het ergens over GAAT. Ik bedoel, deze film is niet bang voor de grote vraagstukken.

De meeste films gaan nergens over, hè, daar kom ik meer en meer
achter. 'Two priests in the Jungle' (Dat zingt die goeie Vis af en toe
op de wijs van Red Sails in the Sunset)–goed, maar het gaat over
het soort conflict dat in alle tijden en alle beschavingen in het menselijk leven terug te vinden is. Discipline versus toegeeflijkheid. Je
aan de letter van de wet houden versus je aan de geest ervan houden. Middelen en doelen. Het juiste doen om de verkeerde reden
versus het verkeerde doen om de juiste reden. Hoe geweldige
ideeën zoals de Kerk in bureaucratie verzanden. Hoe het christendom begint als de godsdienst van de vrede maar even gewelddadig
wordt als alle andere godsdiensten. Je zou hetzelfde kunnen zeggen
over het communisme of wat ook, over ieder belangrijk idee. Ik
denk dat deze film in Oost-Europa echt behoorlijk subversief zou
kunnen werken en niet omdat hij over priesters gaat. Of ze hem in
roulatie zouden brengen is een andere vraag. Ik zei tegen Vis de
film heeft ook een boodschap voor de vakbonden als ze hem kunnen
vinden en hij zei dat hij zou blijven zoeken. Pippa, lief, denk je eens
na over dat kind?

Je Charlie

p.s. Er is vandaag iets geks gebeurd. Niet ernstig, maar ik begrijp
de Indianen niet helemaal.

p.p.s. Snap niet waarom je nog niet geschreven hebt.

Brief 7

Liefste Pippa–
   Die kolerejungle. Het houdt gewoon nooit op. Wolken van die
kolerevliegen en bijtende beesten en gonzende engerds en de eerste
paar weken denk je wat bijzonder, nou ja het geeft niet dat je gebeten wordt, iedereen wordt gebeten behalve Matt met zijn persoonlijke muggenafweermiddel van NASA, US-Govt Issue, en zijn corned-beef gelaatsbeschermer. Maar ze gaan goddomme de hele tijd
maar door en maar door. Na een tijdje zou je willen dat de jungle
eens een dagje vrij nam. Toe nou, jungle, het is vandaag zondag,
hou nou op, wil je schreeuwen terwijl hij 24 uur per etmaal aan je

kop ratelt. Ik weet het niet. Misschien is het niet de jungle maar de film. Je voelt de spanning gewoon groeien. Matt en ik worden steeds prikkelbaarder tegen elkaar, niet alleen als we voor de camera staan, maar ook gewoon. Zelfs de Indianen schijnen er niet meer zo zeker van te zijn dat ik niet altijd Firmin ben en Matt Antonio. Het is net of ze denken dat ik *eigenlijk* Firmin ben en af en toe alleen maar doe alsof ik die blanke man ben die Charlie heet. Precies omgekeerd.

Zondag. Dat met die Indianen. Om je de waarheid te zeggen was ik een beetje pissig toen ik erachter kwam, maar nu begin ik het vanuit hun standpunt te bekijken. Ik vertelde je al dat ik de taal leerde- het is echt een schatje en spiernaakt maar zoals ik al zei wees maar niet benauwd, engel, vast vergeven van de enge ziektes, afgezien van de rest bedoel ik. Nu blijkt de helft van de woorden die ze me geleerd heeft helemaal fout te zijn. Ik bedoel het zijn wel echte woorden, maar het zijn niet de goeie. Min of meer het eerste dat ik heb geleerd was *thkarni*, dat is–althans, dat zei zij dat het betekende–die witte ooievaar die we hier zo veel zien. Dus als we er een zagen fladderen riep ik *thkarni* en dan begonnen de Indianen allemaal te lachen. Nu blijkt–en dit ben ik niet van Miguel te weten gekomen maar van onze tweede gids die het grootste deel van deze reis weinig heeft gezegd–dat *thkarni* de Indiaanse naam is–nou ja, een van hun vele namen om precies te zijn–voor je-weet-wel. Dat ding waar dat visje uit de rivier in naar binnen zwemt als je niet uitkijkt. Hetzelfde geldt voor zowat de helft van de woorden die ik van dat kleine kreng heb geleerd. Ik heb er in het geheel zo'n 60 geleerd denk ik en de helft deugt niet–dat zijn schuine woorden of woorden die iets heel anders betekenen. Ik was hogelijk misnoegd op dat moment, zoals je je kunt indenken, maar nu geloof ik toch dat het bewijst dat de Indianen een fantastisch gevoel voor humor hebben. Dus ik was vastbesloten ze te laten merken dat ik best tegen een geintje kon en de eerstvolgende keer dat er een grote ooievaar overvloog deed ik of ik niet wist hoe hij heette en vroeg het aan dat meisje. *Thkarni* zei ze met een uitgestreken gezicht. Ik keek alsof ik er niets van begreep en schudde een heleboel keren mijn hoofd en zei Nee, *thkarni* kan niet goed zijn want *dit* is *thkarni* (nee, ik heb hem niet uit mijn broek gehaald of zo–alleen gewezen). En toen wist ze dat het spelletje afgelopen was en begon te giechelen en ik ook, om te bewijzen dat ik niet boos was.

Maandag. Het zit er nu bijna op. Alleen die grote scène nog. Eerst krijgen we twee dagen vrij. Ik vind dat een stomme beslissing van Vic, maar waarschijnlijk krijgt hij anders de vakbonden op zijn nek. Hij zegt dat het een goed idee is om even op adem te komen voor de grote scène. Ik vind als je er eenmaal in zit, moet je het laten komen zoals het komt. Stil maar schatje, zo praat ik niet echt. Ik doe het om Matt te irriteren, hoewel dat meestal niet lukt omdat hij zo'n dikke huid heeft en denkt dat iedereen echt zo praat, dus waarschijnlijk doe ik het om mezelf te vermaken. 'Hee Matt,' zeg ik tegen hem. 'We moeten het laten komen zoals het komt,' en dan knikt hij als zo'n oude profeet uit De Tien Geboden. Hoe dan ook het plan is vandaag en morgen vrij, dan twee dagen het omslaan van het vlot repeteren, en dan vrijdag de grote dag. Misschien heeft Vic toch wel gelijk, we moeten inderdaad op ons best zijn. Het gaat er niet alleen om dat we het goed moeten doen, maar dat we alle facetten moeten belichten. Zoals in ons contract staat krijgen we allebei een touw om, voor het geval er iets misgaat. Niet *benauwd* zijn, schat, het is niet echt gevaarlijk. We gaan wat opnames maken op een stuk van de rivier waar stroomversnellingen zijn, maar het echte omslaan dat zogenaamd daar gebeurt, gebeurt niet echt daar. De crew heeft een paar machines waarmee ze het water kunnen opkloppen tot schuim en de timmerman heeft een paar rotsblokken gemaakt die ze in de rivierbedding verankeren en die er net echt uit zien. Dus je hoeft niet benauwd te zijn. Ik verheug me er wel op hoewel we er uiteraard een paar ouderwetse ruzies over hebben gehad. Wat er gebeurt is dat de priesters allebei in het water vallen, een van beiden met zijn hoofd op een rotsblok terechtkomt en de ander hem redt. Het punt is, wie doet er wat? Ik bedoel je hebt twee kerels die elkaar de hele weg te vuur en te zwaard bestrijden, er is een gigantisch verschil in opvatting over de leer, een van beiden is autoritair en voorstander van de harde lijn (Ik) en de ander zeer vrijzinnig en met een zwak voor de Indianen (Matt). Volgens mij zou het veel effectiever zijn als degene die de stijfkop speelt en van wie je zou verwachten dat hij de ander zou laten verdrinken, de ander juist redt ook al gelooft hij dat zijn ideeën over de Indianen en zijn plan om ze te dopen als ze de Orinoco bereiken heiligschennis zijn. Maar nee, het moet *Matt* zijn die *mij* redt. Vic zegt dat het indertijd zo is gebeurd en Matt zegt dat dat in het script stond dat hij in Cowboyville North Dakota of waar hij ook woont heeft gelezen en dat hij het zo gaat spelen. '*Niemand* redt Matt Smeaton,' zei hij. Dat zei hij echt, ongelooflijk hè?

'*Niemand* redt Matt Smeaton.' Ik zei dat ik eraan zou denken als ik hem ooit ondersteboven aan een teen aan een kabel van de skilift zag bungelen. Dus nu gaat het precies volgens het script gebeuren.

Donderdag. Tweede rustdag.

Later

Later

Later

–liefs Charlie

Brief 8

Jezus Pippa. Ik kon gewoon niet verder gaan met die laatste brief. Grappige nieuwtjes na iedere opnamedag. Kon er niet mee doorgaan, niet na wat er gebeurd is. Maar ik red het wel. Ik red het heus wel.

Later. Die arme ouwe Matt. Shit, het was een prima vent. Goed, hij kon op je zenuwen werken maar dat zou Franciscus van Assissi ook doen op zo'n klus. Die zou de hele tijd naar die kolerevogels in de jungle hebben gekeken in plaats dat hij zijn spiekbriefjes las. Sorry, lief. Niet zoals het hoort, ik weet het. Ik weet gewoon niet hoe ik het onder woorden moet brengen. Ontzettend down. Arme ouwe Matt. Ik ben benieuwd hoe jij het nieuws zult horen en wat je zult denken.

Jezus die klote-Indianen. Ik geloof dat ik doodga. Ik kan deze balpen nauwelijks vasthouden. Zweet als een varken, *comme un porco*. God ik hou echt van je Pippa, dat is mijn enige houvast.

C

Brief 9

Ik haal de foto van je eekhoornsnoetje te voorschijn en geef je een kus. Dat is het enige dat er toe doet, jij en ik en kinderen nemen. Laten we het doen, Pippa. Je moeder zou er toch blij om zijn? Ik zei tegen Vis heb jij kinderen, hij zei ja het zijn mijn oogappels. Toen heb ik zomaar mijn arm om hem heen geslagen en hem aan mijn hart gedrukt. Zulke dingen maken dat een mens verder kan, nietwaar?

Wat ze zeggen is waar. Ga naar de jungle en je ontdekt echt hoe mensen in elkaar zitten. Vic is een zanik, altijd geweten. Zit maar door te zaniken over die rotfilm. Ik zei maak je geen zorgen je kunt altijd je memoires nog aan de krant verkopen. Dat vond hij niet leuk.

Waarom hebben ze het gedaan? Waarom hebben ze het gedaan? liefs C

P.S. Wou dat je geschreven had. Zou ik nu iets aan hebben.

Brief 10

Het had mij ook kunnen overkomen. Ik had het net zo goed kunnen zijn. Wie beslist er over die dingen? Is er iemand die beslist? Hee daar, jullie daar in de hemel, is er toevallig iemand thuis?

Ik heb de hele dag met deze gedachte gezeten. Ik zei tegen die goeie Vis heb je kinderen en hij zei ja het zijn mijn oogappels en toen hebben we elkaar omhelsd waar iedereen bij was en sinds dat moment vraag ik me de hele tijd af wat het betekent. Mijn oogappels. Wat betekent dat? Je zegt zulke woorden en iedereen weet wat ze betekenen maar als je ze goed bekijkt begrijp je ze niet. Met de film is het net zo, deze hele reis is net zo. Je denkt voortdurend dat je precies weet wat alles betekent en dan kijk je er eens goed naar en dan slaat het nergens meer op en je denkt misschien sloeg het alleen maar ergens op omdat iedereen net deed alsof. Slaat dat ergens op? Ik bedoel het is net als de Indianen met die nep-rotsblokken die de timmerman had gemaakt. Ze keken er naar en keken er naar en hoe meer ze keken des te minder begrepen ze ervan.

Het begon ermee dat ze wisten dat het rotsblokken waren en het eindigde ermee dat ze niets wisten. Je kon het aan hun gezichten zien.

Ik ga dit nu aan Rojas geven. Hij liep een paar minuten geleden langs en zei dat is de derde brief die je vandaag schrijft waarom stop je ze niet in dezelfde envelop om port uit te sparen? Ik ging staan en weet je ik zweer dat ik even in Firmin veranderde toen ik zei: 'Luister, Onze Lieve Vrouwe van de Verbindingen, ik zal precies zoveel brieven schrijven en jij zult goddomme precies zoveel brieven per dag meenemen als ik toevallig zin heb om te schrijven.' Nou ja, Firmin zou natuurlijk nooit verdomme hebben gezegd, maar het was wel zijn toon. Een beetje grimmig en pissig over alles wat niet helemaal volmaakt is op de wereld. Nou ja, zal maar gaan zeggen dat het me spijt anders gooit hij ze allemaal weg.

–liefs C

Brief 11

In afwachting copter

Pippa lief–

Als we hier weg zijn ga ik de volgende dingen doen. De meest gigantische bel whisky drinken die ze in Caracas kunnen schenken. Het meest gigantische bad nemen dat ze in Caracas kunnen laten vollopen. Het langste telefoongesprek met jou voeren dat er bestaat. Ik kan je stem al horen als je opneemt, net of ik even sigaretten ben gaan kopen en te laat thuis kom. Dan ga ik naar de Engelse Ambassade om een Daily Telegraph te halen en het kan me niet schelen of hij weken oud is en dan ga ik iets lezen waar ik anders nooit naar omkijk de natuurrubriek bijvoorbeeld als ze die hebben. Ik wil vernemen dat de huiszwaluwen al nestelen of dat je een das kunt zien als je geluk hebt. Gewone dingen die altijd doorgaan. Ik wil de cricket-uitslagen lezen en doen alsof ik een keurige oude heer uit de provicie ben met een gestreepte blazer en een pink gin in zijn knuist. Misschien ga ik ook de geboorteaankondigingen lezen. Suzie, dochter van Emma en Nicholas, zusje van Alexander en Bill. Ha die Alexander en Bill, zal ik zeggen, nu hebben jullie kleine Suzie om mee te spelen. Jullie moeten voorzichtig met haar zijn, jullie moeten zorgen dat ze jullie oogappel wordt. God Pippa, ik huil, de tranen stromen gewoon over mijn gezicht.

liefs C

Brief 12

Caracas, 21 juli

Pippa lief, ik kan het niet geloven, ik bedoel ik kan het gewoon niet geloven. Eindelijk bereiken we wat we lachend de beschaafde wereld noemen, eindelijk komen we bij een telefoon die in staat is transatlantische telefoontjes te verwerken, eindelijk ben ik aan de beurt, eindelijk krijg ik een verbinding met thuis en dan ben je er niet. 'Nummer geen gehoor, meneer.' Nog een keer. 'Nummer nog altijd geen gehoor.' Nog een keer. 'Oké meneer, nummer nog altijd geen gehoor.' Waar zit je? Ik heb geen zin om iemand anders op te bellen. Ik heb geen zin om je moeder te bellen en te zeggen hoor eens we hebben een klein probleempje gehad maar nu zijn we terug in Caracas en Matt is dood, ja dat had je al op het nieuws gehoord maar ik wil er niet over praten. Ik wil alleen met jou praten, schatje, en dat kan niet.

Nog een keer geprobeerd.

Nog een keer geprobeerd.

Goed, nu heb ik dus een fles whisky die zowat 50 pond kostte en als de studio hem niet betaalt werk ik nooit meer voor ze, en een grote stapel van dat dunne briefpapier van het hotel. De anderen zijn de stad in. Ik kon dat niet aan. Ik moet steeds denken aan die laatste avond dat we hier waren – zelfde hotel en alles – en dat Matt en ik samen gingen stappen en straallazarus zijn geworden en tenslotte de Zorba-dans hebben gedaan en eruit gegooid werden en dat Matt toen naar me wees en tegen de obers zei Hee herkennen jullie Mista Rick uit Parkway Peninsula niet en dat deden ze dus niet en toen moesten we de borden betalen.

We hadden onze rustdagen gehad, moesten nog maar drie dagen werken. De eerste ochtend repeteerden we in het schuimwater, behoorlijk voorzichtig mag ik wel zeggen. Vic en de crew stonden op de kant, Matt en ik stonden op het vlot met een stuk of twaalf Indianen die peddelden en boomden. Voor alle zekerheid was het vlot aan een lang touw vastgemaakt dat om een boom aan de waterkant was geslagen zodat het touw het vlot zou tegenhouden als de Indianen het niet meer in bedwang konden houden. Matt en ik hadden touwen om zoals contractueel bepaald. Dus die ochtend repeteerden we en het ging oké en die middag werkten we in het ondiepe gedeelte met de schuimmachine. Ik vond dat we niet nog een dag hoefden te repeteren maar Vic stond erop. Dus de tweede ochtend gingen we er allemaal weer op uit maar dit keer hadden we ook nog radiomicrofoons. Vic had nog niet besloten of hij zou indubben of niet. Het touw werd om de boom geslagen, de crew richtte de set in op de oever en we maakten ons klaar om drie of vier keer voorbij de camera te varen terwijl Matt en ik het zo druk hadden met ruziemaken over het dopen van de Indianen dat we het gevaar achter ons niet zagen terwijl het publiek dat met eigen ogen kon zien. Ik heb wel een miljoen keer nagedacht over wat er toen gebeurd is en ik weet het antwoord nog steeds niet. Het gebeurde tijdens de derde keer. We kregen een seintje, begonnen aan onze ruzie en merkten toen iets vreemds op. In plaats van twaalf Indianen op het vlot waren er maar twee, ieder met alleen een boom, achter op het vlot. Ik denk dat we dachten dat Vic zeker gezegd had probeer het zo eens want Matt en ik waren al bezig met onze ruzie en het bewijst wel dat hij een vakman was in hart en nieren dat hij verder ging alsof er niets aan de hand was. Ik ook, trouwens. Toen viel het ons aan het eind van de scène op dat de Indianen niet deden wat ze anders deden namelijk hun bomen in de bedding stoten om het vlot te stoppen. Ze boomden als gekken door en Matt schreeuwde 'Hee jongens, cut,' maar ze luisterden niet en ik weet nog dat ik dacht misschien proberen ze het touw uit om te kijken of dat het zal houden en Matt en ik draaiden ons op precies hetzelfde moment om en zagen waar de Indianen ons naartoe boomden—recht op een berg rotsblokken en schuimend water af—en toen wist ik dat het touw gebroken moest zijn of iets dergelijks. We schreeuwden, maar door het lawaai van het water en omdat we hun taal niet kenden hielp dat natuurlijk niet en toen lagen we in het water. Ik dacht aan jou toen we omsloegen, Pippa, eerlijk waar. Ik zag je gezicht voor me en probeerde aan je te denken. Toen probeerde ik te zwemmen, maar de stroom en die klotesoutane–en toen beng kreeg ik een dreun in mijn ribben alsof iemand me een schop had gegeven en ik dacht dat ik er geweest was, vast een rotsblok dacht ik en ik gaf het op en raakte min of meer buiten westen. Wat er aan de hand was, was dat het touw waaraan ze me hadden vastgebonden ineens strak stond. Verder weet ik niets meer tot ik op de kant stond, water uit te braken en in de modder te kotsen terwijl de geluidsman op mijn rug bonkte en met zijn vuisten in mijn maag stompte. Mijn touw heeft het gehouden, dat van Matt is gebroken. Zo is het gegaan, ik heb geluk gehad.

Iedereen was in een shocktoestand, zoals je je kunt indenken. Een aantal lui van de crew probeerden langs de rivier te lopen–je weet dat mensen soms worden gevonden terwijl ze zo'n kilometer verderop aan overhangende takken hangen. Maar dat was niet het geval. Zulke dingen gebeuren alleen in films. Matt was verdwenen, en de crew kon hoe dan ook niet meer dan 20, 30 meter voorbij de set komen want het begrip jaagpad kennen ze in de jungle niet. 'Waarom waren er maar twee?' zei Vic de hele tijd. 'Waarom maar twee?' Ze zochten de Indianen die hadden geholpen de set op te bouwen maar die waren weg. Toen gingen ze terug naar het kamp en daar was alleen Miguel, de tolk, die een lang gesprek had gevoerd met een van de Indianen en toen hij zich omkeerde bleken alle andere Indianen hem gesmeerd te zijn.

Toen gingen we kijken wat er met het touw om de boom was gebeurd en daar was niets van over, het was gewoon verdwenen. Wat nogal merkwaardig was omdat het vastzat met zo'n ingewikkelde knoop die eenvoudig niet los kan raken. Contractueel bepaald, ongetwijfeld. Verdomd verdacht. Toen praatten we weer met Miguel en het bleek dat die Indiaan dat lange gesprek met hem moest hebben aangeknoopt voordat wij het ongeluk hadden. Dus waarschijnlijk wisten ze wat er ging gebeuren. En toen we in het kamp keken hadden ze alles meegenomen–kleren, eten, apparatuur. Waarom hebben ze de kleren meegenomen? Die dragen ze niet eens.

Het wachten op die copter duurde verdomd lang, dat kan ik je vertellen. De Indianen hadden de radiotelefoons meegenomen (als ze een hijskraan hadden gehad zouden ze de generator ook nog hebben meegenomen) en Caracas dacht dat ze gewoon weer eens kapot waren en kwam dus op de gewone tijd. Twee dagen wachten die verdomme wel twee maanden leken. En ik maar denken dat ik waarschijnlijk een of andere smerige koorts had opgelopen ondanks de prikken. Het schijnt dat het eerste was wat ik zei toen ik bijkwam, toen ze me uit de rivier haalden en het water uit mijn pens ramden: 'Vast vergeven van de enge ziektes,' waarop de crew niet meer bijkwam van het lachen. Kan het me niet herinneren, maar het klinkt als Charlie. Dacht dat ik misschien beriberi en co zou krijgen. Au pijn en niet zo'n beetje ook, dacht ik.

Waarom hebben ze het gedaan? Dat vraag ik me steeds weer af. Waarom? De meesten denken dat ze het gedaan hebben omdat ze primitief zijn–je weet wel, geen blanken, inboorlingen moet je nooit vertrouwen enzovoort. Dat klopt niet. Ik heb nooit gevonden dat ze primitief waren en ze vertelden altijd de waarheid (behalve toen ze me de taal leerden) en ze waren een stuk betrouwbaarder dan sommige blanken die aan deze klus meewerkten. Het eerste dat ik bedacht was dat we ze beledigd hadden zonder het zelf te weten– dat we hun goden een verschrikkelijke krenking hadden aangedaan of zo. Maar ik kon gewoon niets verzinnen.

Zoals ik het bekijk, bestaat er een verband met wat er een paar honderd jaar geleden is gebeurd of er bestaat geen verband. Misschien is het gewoon puur toeval. Toevallig waren de afstammelingen van de oorspronkelijke Indianen wier vlot omsloeg ook verantwoordelijk voor een vlot dat bijna op dezelfde plek in de rivier is omgeslagen. Misschien zijn dit Indianen die het na een tijdje op hun zenuwen krijgen als ze jezuïeten over de rivier moeten bomen en knapt er dan vanzelf iets en worden ze gevaarlijk en duwen ze ze overboord. Niet erg waarschijnlijk, hè? Of er is toch een verband tussen die twee incidenten. Dat denk ik in elk geval. Ik heb het idee dat de Indianen–onze Indianen–wisten wat er al die jaren geleden met vader Firmin en vader Antonio was gebeurd. Het is zo'n verhaal dat wordt doorverteld terwijl de vrouwen de maniokwortel zitten te stampen of wat ook. Die jezuïeten waren waarschijnlijk heel belangrijk in de geschiedenis van de Indianen. Denk je in dat het verhaal van de ene generatie aan de andere werd doorverteld, elke keer dat ze het doorvertelden werd het boeiender en overdrevener. En dan komen wij, weer een groep blanke mannen die ook twee kerels in lange zwarte jurken bij zich hebben, die ook stroom-opwaarts naar de Orinoco geboomd willen worden. Goed, er zijn verschillen, ze hebben zo'n eenogige machine bij zich enzovoort, maar in wezen is het precies hetzelfde en we vertellen hun zelfs dat het net zo gaat aflopen en dat het vlot zal omslaan. Ik bedoel, het is moeilijk om een equivalent te bedenken, maar stel dat jij een inwo-ner van Hastings was in het jaar 2066 en je ging op een dag naar het strand en er kwamen allemaal Vikingschepen op je af en daar stap-ten allemaal mensen in maliënkolders met punthelmen uit en die zeiden dat ze voor de slag bij Hastings kwamen en of je koning Ha-rold even wilde halen zodat ze hem door zijn oog konden schieten en hier had je een enorme portefeuille vol geld en die mocht je hou-den als jij jouw rol speelde. In eerste instantie zou je misschien best bereid zijn om dat te doen, nietwaar? En dan zou je erover gaan na-denken waarom *zij* wilden dat je het deed. En dan zou je misschien bedenken—dit is alleen maar een idee van mij, Vic is er niet zo zeker van—dat ze (d.w.z. wij) teruggekomen waren om de ceremonie over te doen om een reden die van het grootste belang is voor hun stam. Misschien dachten de Indianen dat het iets religieus was, zoiets als de viering van de 500ste verjaardag van een kathedraal of zo.

En dan is er nog een mogelijkheid—dat de Indianen de onenig-heid tussen de jezuïeten echt volgden en er veel meer van snapten dan we dachten. Ze—dat wil zeggen Matt en ik—hadden onenigheid over het dopen van de Indianen en op het moment dat het vlot om-sloeg zag het ernaar uit dat ik de discussie aan het winnen was. Ik was tenslotte de oudste priester en ik was tegen dopen—op zijn minst totdat de Indianen hun leven beterden en ophielden met een aantal van hun smerige praktijken. Dus misschien begrepen de In-dianen dat en lieten ze het vlot omslaan omdat ze vader Firmin (mij!) wilden vermoorden zodat vader Antonio zou blijven leven en ze kon dopen. Hoe vind je die? Alleen zagen de Indianen de eerste keer dat Firmin het overleefd had en liepen ze weg omdat ze bang waren en de tweede keer zagen ze dat ze Antonio hadden vermoord, wat precies was wat ze niet wilden, dus liepen ze weg omdat het al-lemaal fout was gegaan.

Klopt dat? Ik weet gewoon dat het ingewikkelder is dan het in de kranten zal komen te staan. Het zou me niets verbazen als Hollywood een vliegtuig stuurde om de Indianen te bombarderen en ze voor de dood van Matt te straffen. Of dat ze een remake gaan maken – ja, dat ligt verdomme veel meer voor de hand. Wie krijgt de rol van Matt? Wat een kans om beroemd te worden. Nou vraag ik je.

Schijnen hier nog wel een weekje te moeten zitten. Die klotestudio met zijn kloterige advocaten. De film schijnt op een of andere manier officieel afgelast te moeten worden en dat kost tijd.

Ga hiermee naar Onze Lieve Vrouwe van de Verbindingen en verstuur het per expresse. Weer eens wat anders om het aan iemand van de echte posterijen te geven.

Heel veel liefs, Charlie

Brief 13

Christus doe me dat niet meer aan, nooit meer bedoel ik. Ben ik twee dagen weg uit die klotejungle nadat ik bijna dood ben gegaan, en jij legt de hoorn erop. Luister, ik probeerde je uit te leggen dat ze hier voor haar werk was, het was volslagen toeval. Ik weet dat ik me een tijdlang gedragen heb als een zwijn, *comme un porco*, maar lees alsjeblieft al mijn brieven uit de jungle dan zul je zien dat ik een ander mens ben. Er is niets meer tussen Linda en mij, dat heb ik je al verteld voor ik wegging. En ik maak toch niet uit waar het mens werkt? Ja ik wist inderdaad dat ze in Caracas zou zijn en Nee dat heb ik je niet verteld en Ja dat was verkeerd maar zou het beter zijn geweest als ik het je verteld had? Hoe ben je er trouwens in hemelsnaam achtergekomen? Nee, ze is hier momenteel niet, voor zover ik weet en het er ene moer toe doet zit ze in West-Indië. In godsnaam, Pippa, laten we niet vijf jaar weggooien.

– je Charlie

P.S. Verstuur dit per expresse.

P.P.S. Caracas smerig rotgat. Moet hier minstens tot de 4de blijven.

P.P.S. Hou van je.

Telegram

BEL CHARLIE ZO GAUW MOGELIJK HOTEL INTERCONTINENTAL
STOP LIEFS CHARLIE STOP

Telegram

IN GODSNAAM BEL INTERCONTINENTAL MOET ZO GAUW MOGE-
LIJK PRATEN STOP LIEFS CHARLIE

Telegram

BEL DONDERDAG TWAALF UUR JOUW TIJD VEEL TE BESPREKEN
STOP CHARLIE

Telegram

VERDOMME PIPPA NEEM TELEFOON OP OF BEL ME STOP CHARLIE

Brief 14

Lieve Pippa –

Aangezien je niet schijnt te reageren op telegrammen om redenen
die je zelf wel het beste zult kennen, laat ik je op deze manier weten
dat ik niet meteen naar huis kom. Ik heb tijd en ruimte nodig, niet
alleen om de afgrijselijke dingen te verwerken die me zijn overkomen en waarvoor jij niet veel belangstelling lijkt te hebben maar ook
om te bedenken hoe het met ons tweeën verder moet. Het lijkt me
zinloos om te zeggen dat ik ondanks alles van je hou omdat dat je alleen maar schijnt te irriteren om redenen die je zelf wel het beste
zult kennen en die je verkiest uit te leggen noch toe te lichten. Ik zal
contact opnemen als ik er een beetje uit ben gekomen.
    Charlie

223

p. s. Ik stuur dit per expresse.

p. s. Als iets van dit alles ook maar iets te maken heeft met die en-ge Gavin zal ik persoonlijk zijn persoonlijke rotnek breken. Ik had hem die keer veel harder moeten slaan. En voor het geval het je nog niet is opgevallen, hij kan voor geen cent acteren. Geen talent. Geen cojones.

Brief 15

St Lucia
Kan me niet verdommen wat voor dag

Luister kreng waarom rot je niet op uit mijn leven, toe dan rot op ROT OP. Je hebt altijd alles verziekt dat is toch zo dat was je enige grote talent dingen verzieken. Mijn vrienden zeiden ze deugt niet en je had haar nooit bij je moeten laten intrekken en ik ben zo god-vergeten stom geweest om ze niet te geloven. Christus als je vindt dat ik een egoïst ben moet je eens in de spiegel kijken lekkertje. Na-tuurlijk ben ik dronken wat dacht je dat is een manier om jou uit mijn hoofd te zetten. En nu ga ik straallazarus worden. In vino veri-tas trut.

Charlie 'Het Beest'

p. s. Ik stuur dit per expresse.

Telegram

ARRIVEER MAANDAG VIJFTIEN IN LONDEN STOP VERWIJDER JE-ZELF EN BEZITTINGEN VOOR DIE TIJD UIT FLAT STOP LAAT SLEUTEL ACHTER STOP MAAK HET UIT STOP

Intermezzo

Ik zal u iets over haar vertellen. Het is die middenmoot van de nacht wanneer er geen licht door de gordijnen sijpelt, wanneer het enige straatgeluid het drenzen is van een Romeo die naar huis teruggaat en de vogels nog niet zijn begonnen met hun routineuze maar geruststellende gedoe. Ze ligt op haar zij, met haar rug naar me toe. Ik kan haar niet zien in het donker, maar aan de hand van de kalme deining van haar adem zou ik de kaart van haar lichaam voor u kunnen tekenen. Als ze gelukkig is kan ze urenlang in dezelfde houding slapen. Ik heb over haar gewaakt in al die aardedonkere uren van de nacht en ik kan onder ede verklaren dat ze niet beweegt. Dat kan natuurlijk gewoon door een goede spijsvertering en vredige dromen komen; maar volgens mij is het een teken van geluk.

Onze nachten zijn verschillend. Zij valt in slaap als iemand die zich overgeeft aan de zachte deining van een warme golfstroom en blijft argeloos drijven tot het ochtend is. Ik bied meer verzet tegen de slaap en vecht tegen de golven, de ene keer onwillig om een goede dag los te laten, de andere keer nog met de pest in over een rotdag. Er lopen verschillende stromingen door onze perioden van bewusteloosheid. Eens in de zoveel tijd word ik uit bed geslingerd door angst voor de tijd of voor de dood, door paniek over de naderende leegte; met mijn voeten op de vloer en mijn hoofd in mijn handen, schreeuw ik zinloos (en teleurstellend weinig expressief) 'nee, nee, *nee*,' terwijl ik wakker word. Dan moet zij mijn ontzetting uit me wegstrelen, zoals je een hond afspoelt die blaffend uit een smerige rivier komt.

Minder vaak is het haar slaap die onderbroken wordt door een gil en mijn beurt om angstig en beschermend over haar heen te kruipen. Ik ben akelig wakker en zij vertelt me met slaperige lippen waarom ze zo gilde. 'En *hele* grote tor,' zegt ze, alsof ze me niet zou hebben lastig gevallen als het een kleinere was geweest; of 'De treden waren glad'; of alleen maar (wat me cryptisch, bijna tautologisch in de oren klinkt) 'Een eng ding'. Dan, nadat ze met die natte pad, die handvol rioolblubber heeft afgerekend, zucht ze en valt gelouterd weer in slaap. Ik lig wakker terwijl ik krampachtig een glibberig amfibie vasthoud, een kwak druipend rioolslib van mijn ene hand in mijn andere overpak, verontrust en bewonderend. (Ik beweer overigens niet dat mijn dromen belangrijker zijn. Angst wordt gedemocratiseerd door de slaap. De verschrikking van een verloren schoen of een gemiste trein zijn hier even gigantisch als die van een guerrilla-aanval of kernoorlog.) Ik bewonder haar omdat ze dit karwei, dit slapen dat we allemaal elke nacht weer moeten doen, onafgebroken, totdat we doodgaan, veel beter onder de knie heeft dan ik. Zij gaat er mee om als een ervaren reizigster die zich niet bedreigd voelt door een nieuw vliegveld. Terwijl ik daar in de nacht lig met een verlopen paspoort en een bagagekarretje met een piepend wiel naar de verkeerde bagageband duw.

Maar goed... ze ligt te slapen op haar zij, met haar rug naar me toe. De gewone listen en veranderingen van houding hebben me niet in slaap weten te brengen, dus besluit ik tegen de zachte zigzag van haar lijf aan te kruipen. Terwijl ik beweeg en mijn scheenbeen tegen een kuit wil nestelen waarvan de spieren door de slaap verslapt zijn, voelt ze intuïtief wat ik aan het doen ben en zonder wakker te worden brengt ze haar linkerhand omhoog en strijkt het haar weg van haar schouders naar boven op haar hoofd, zodat ik me tegen haar blote nek kan nestelen. Iedere keer dat ze dit doet gaat er een huivering van liefde door me heen vanwege de stiptheid van deze slapende voorkomendheid. Tranen prikken in mijn ogen en ik moet me beheersen om haar niet wakker te maken en haar eraan te herinneren dat ik van haar houd. Op dat moment heeft ze onbewust een geheime snaar in me geraakt. Dat weet ze natuurlijk niet; ik heb haar nooit verteld over dit minuscule, minutieuze, nachtelijke genot. Hoewel ik het haar waarschijnlijk nu vertel...

U denkt dat ze eigenlijk wakker is wanneer ze dit doet? Misschien lijkt het inderdaad een beetje op bewuste voorkomendheid – een sympathiek gebaar, maar beslist niet een dat betekent dat liefde wortels heeft onder de gom van het bewustzijn. Uw skepsis is terecht: we mogen maar tot op zekere hoogte toegeeflijk tegenover geliefden staan, wier ijdelheden die van politici evenaren. Maar ik heb nog meer bewijs. Haar haar, weet u, hangt tot op haar schouders. Maar een paar jaar geleden, toen ze ons beloofden dat de zomerse hitte maanden zou duren, heeft ze het kort laten knippen. De hele dag noodde haar blote nek tot kussen. En in het donker, terwijl we alleen maar onder een laken lagen en ik Calabrische hoeveelheden zweet produceerde, als de middenmoot van de nacht korter was maar nog altijd moeilijk om door te komen – wanneer ik me dan omdraaide naar die slordige S naast me, probeerde ze met een zacht gemompel het verloren haar uit haar nek te tillen.

'Ik hou van je,' fluister ik tegen die slapende nek, 'ik hou van je.' Alle romanschrijvers weten dat hun werk met omwegen tot stand komt. Wanneer hij in de verleiding komt om te gaan schoolmeesteren, dient de schrijver zich een opgedofte zeekapitein voor ogen te roepen die naar de storm recht vooruit kijkt en van instrument naar instrument loopt in een werveling van goudgalon, terwijl hij kernachtige orders door de spreekbuis naar beneden roept. Maar beneden is niemand; de machinekamer is nooit geïnstalleerd en het roer is eeuwen geleden al gebroken. De kapitein brengt misschien een uitstekende act, waarmee hij niet alleen zichzelf maar zelfs sommige passagiers overtuigt; hoewel het niet van hem afhangt of hun drijvende wereld het zal redden, maar van de onstuimige winden en de eigenzinnige stromingen, van de ijsbergen en de onverwachte rifkorsten.

Toch is het logisch dat de romanschrijver zich soms ergert omdat de romankunst zoiets stuurloos is. Op de onderste helft van El Greco's 'Begrafenis van de Hertog van Orgaz' in Toledo is een groep magere rouwdragers met plooikragen te zien. Ze turen alle kanten op in theatraal verdriet. Slechts een van hen kijkt ons recht aan vanuit het schilderij en hij boeit ons met zijn zwaarmoedig en ironisch oog – een niet geflatteerd oog bovendien, valt ons onwillekeurig op. De traditie wil dat deze figuur El Greco zelf is. Dit heb ik gedaan, zegt hij. Dit heb ik geschilderd. Ik ben verantwoordelijk en dus kijk ik jullie aan.

Dichters lijken gemakkelijker over de liefde te kunnen schrijven

dan prozaïsten. Om te beginnen zijn zij de bezitters van dat flexibe-
le 'Ik' (als ik 'Ik' zeg, wilt u binnen een alinea of twee weten of ik Julian Barnes bedoel of iemand die ik heb verzonnen; een dichter kan
tussen die twee heen en weer slingeren en zowel om zijn diepe gevoel als om zijn objectiviteit geprezen worden). Bovendien schijnen
dichters in staat te zijn slechte liefde–egoïstische, lullige liefde–in
goede liefdespoëzie te veranderen. Prozaschrijvers ontberen het
vermogen een dergelijke bewonderenswaardige, oneerlijke transformatie tot stand te brengen. Wij kunnen van slechte liefde alleen
maar proza over slechte liefde maken. Dus als dichters tegen ons
over liefde beginnen, zijn we jaloers (en een beetje wantrouwig).

En dan schrijven ze ook nog iets dat liefdespoëzie heet. Dat
wordt gebundeld in boeken met titels als De Valentijn-Wereld-
bloemlezing van Liefdespoëzie door Grote Minnaars of hoe u het
noemen wilt. En dan heb je de liefdesbrieven; die worden bijeenge-
bracht in Het Gouden Ganzeveder-Liefdesbrievenboek (per post-
order te verkrijgen). Maar er bestaat geen genre dat aan de naam
liefdesproza beantwoordt. Dat klinkt trouwens knullig, bijna te-
genstrijdig. Liefdesproza: Een Handboek voor Ploeteraars. Kijkt u
maar op de afdeling Doe-Het-Zelf.

De Canadese schrijfster Mavis Gallant heeft het zo verwoord:
'Het mysterie, wat een paar precies *is*, is bijna het enige mysterie
dat we nog overhebben en als we daarmee klaar zijn, zal er geen literatuur meer nodig zijn–en ook geen liefde, trouwens.' De eerste
keer dat ik dit las heb ik er in de kantlijn de aantekening '!?' bij gezet,
die bij het schaken gebruikt wordt voor een zet die, hoewel mogelijk
briljant, waarschijnlijk niet goed doordacht is. Maar het gezichtspunt wordt steeds overtuigender en de aantekening wordt gewij-
zigd in '!!'

'What will survive of us is love.' Dat is de behoedzaam bereikte
conclusie van Philip Larkins gedicht 'An Arundel Tomb'. Die regel
verrast ons, want het werk van deze dichter was immers grotendeels een uitgeknepen washand van ontgoocheling. We willen
graag opgevrolijkt worden; maar eerst moeten we prozaïsch het
voorhoofd fronsen en ons over deze poëtische zinsnede afvragen: Is
dat nou wel zo? Is onze liefde datgene wat er van ons zal voortleven?
Dat zouden we graag willen geloven. Het zou een hele troost

zijn als de liefde een energiebron was die na onze dood bleef gloeien. Bij de vroege televisietoestellen bleef er als je ze afzette een lichtvlek midden op het scherm over, die langzaam van de omvang van een gulden tot een stervend spikkeltje slonk. Als kind keek ik elke avond naar dit proces, met de vage wens het tegen te houden (terwijl ik er met puberale melancholie het speldepuntje van het menselijk bestaan in zag, dat onverbiddelijk uitdoofde in een zwart universum). Is de liefde voorbestemd om nog een tijdje op die manier na te gloeien nadat het toestel is uitgeschakeld? Zelf zie ik dat anders. Wanneer de langstlevende van een paar sterft, sterft de liefde ook. Als er iets van ons voortleeft, zal het waarschijnlijk iets anders zijn. Wat er van Larkin voort zal leven is niet zijn liefde maar zijn poëzie: dat ligt voor de hand. En telkens wanneer ik het slot van 'An Arundel Tomb' lees moet ik aan William Huskisson denken. Dat was in zijn tijd een bekend politicus en financier: maar tegenwoordig weten we alleen nog wie hij was omdat hij op 15 september 1830, bij de opening van de spoorlijn tussen Liverpool en Manchester, de eerste mens werd die door een trein werd overreden en daarbij om het leven kwam (dat is wat hij *werd*, waarin hij veranderde). En had William Huskisson lief? En leefde zijn liefde voort? Dat weten we niet. Het enige dat er van hem is overgebleven is zijn moment van ultieme onoplettendheid: de dood heeft hem bevroren tot een leerzame anekdote over het wezen van de vooruitgang.

'I Love You.' Om te beginnen moeten we deze woorden maar op een bovenste plank opbergen; in een vierkant kastje stoppen achter glas, dat we met onze elleboog moeten breken; op de bank zetten. We moeten ze niet in huis laten rondslingeren als een buisje vitamine C. Als we te makkelijk bij die woorden kunnen, zullen we ze gebruiken zonder erbij na te denken; dat zullen we niet kunnen laten. O, we zeggen wel van niet, maar we zullen het toch doen. We zullen dronken worden of eenzaam of—dat is het waarschijnlijkst—doodgewoon hoopvol en hup, weg zijn de woorden, gebruikt, bezoedeld. We denken dat we misschien verliefd zijn en we proberen de woorden uit om te horen of ze van toepassing zijn. Hoe kunnen we weten wat we denken totdat we horen wat we zeggen? Kom nou; wat een onzin. Dit zijn grote woorden; we moeten zeker weten dat we ze verdiend hebben. Luister nog maar eens: 'I love you.' Onderwerp, werkwoord, lijdend voorwerp: een onopgesmukte, onweerlegbare zin. Het onderwerp is een kort woord, dat de ondergeschiktheid aangeeft van de persoon die liefheeft. Het werkwoord is langer maar ondubbelzinnig, een demonstratief moment waarbij de tong verlangend van het gehemelte wegschiet om de klinker los te laten. Het lijdend voorwerp heeft net als het onderwerp geen medeklinker en wordt gevormd doordat de lippen getuit worden als voor een kus. 'I love you.' Wat ernstig, wat zwaar, wat beladen klinkt dat.

Ik zie een klanksamenzwering voor me van alle talen van de wereld. Ze besluiten op een conferentie dat deze woorden altijd moeten klinken als iets dat verdiend moet worden, waarvoor je je moet inspannen, dat je waardig moet zijn. *Ich liebe dich*: de fluistering van een doorrookte stem op de late avond, met dat gelukkige rijm van onderwerp en lijdend voorwerp. *Je t'aime*: een andere werkwijze, waarbij het onderwerp en het lijdend voorwerp eerst worden afgehandeld, zodat die lange, aanbiddende klinker zo lang mogelijk kan worden gesavoureerd. (De grammatica is ook geruststellend: omdat het lijdend voorwerp als tweede komt, zal niet plotseling blijken dat de beminde iemand anders is. *Ja tebja ljoebljoe*: het lijdend voorwerp wederom op die geruststellende tweede plaats, maar ditmaal–ondanks het zinspelend rijm van onderwerp en lijdend voorwerp–een stilzwijgende suggestie van moeilijkheden, hindernissen die genomen moeten worden. *Ti amo*: dat klinkt misschien een beetje te veel als een aperitief, maar structureel is het vol overtuigingskracht omdat onderwerp en werkwoord, dader en daad, in hetzelfde woord besloten liggen.

Neemt u me mijn dilettantistische benadering niet kwalijk. Ik zal het project met liefde overdragen aan een filantropische stichting die uitbreiding van het totaal der menselijke kennis als doelstelling heeft. Laten ze maar aan een onderzoeksteam opdracht geven om de zin in alle talen van de wereld te bestuderen, om te zien in welke opzichten hij verschilt, te ontdekken wat de klanken betekenen voor de mensen die ze horen, erachter te komen of de mate van geluk evenredig is aan de rijkdom van de gebruikte taal. Een vraag uit de zaal: zijn er volkeren in wier woordenboek de woorden *ik hou van je* niet voorkomen? Of zijn die allemaal uitgestorven?

We moeten deze woorden bewaren in hun kastje achter glas. En als we ze eruit halen moeten we er voorzichtig mee zijn. Mannen zeggen 'Ik hou van je' om een vrouw in bed te krijgen; vrouwen zeggen 'Ik hou van je' om een man in het huwelijksbootje te krijgen; beiden zeggen 'Ik hou van je' om angst op een afstand te houden, om zichzelf met het woord van het feit te overtuigen, om zichzelf te verzekeren dat de beloofde toestand ontstaan is, om zichzelf wijs te maken dat die nog niet voorbij is. We moeten oppassen dat we de woorden niet op die manier gaan gebruiken. *Ik hou van je* mag geen gemeengoed worden, geen betaalmiddel worden, geen aandeel worden dat we te gelde kunnen maken, dat ons winst zal opleveren. Dat zal zeker gebeuren als we er geen stokje voor steken. Bewaart u deze volgzame zin nou maar om in een nek te fluisteren waaruit het niet aanwezige haar zojuist is weggestreken.

Ik ben op het ogenblik niet bij haar; misschien had u dat al geraden. De transatlantische telefoon produceert een spottende, ja-dat-wisten-we-al-echo. 'Ik hou van je' en voor ze antwoord kan geven hoor ik mijn metalige andere ik reageren: 'Ik hou van je.' Dat was de bedoeling niet; de echoënde woorden zijn openbaar geworden. Ik probeer het nog een keer, met hetzelfde resultaat. *Ik hou van jou Ik hou van jou* – het is een schelle song geworden waar je een maand mee wordt doodgegooid en die dan wordt verbannen naar het disco-circuit waar mollige rockers met brillantine in hun haar hem met hunkerende stem zullen gebruiken om de meisjes die als zandzakken op de eerste rij zitten uit de kleren te krijgen. *I love you I love you*, terwijl de eerste gitaar giechelt en de tong van de drummer nat in zijn open mond ligt.

We moeten zorgvuldig omgaan met de liefde, haar taal en haar gebaren. Als ze onze redding moet worden, moeten we even nuchter naar haar kijken als we naar de dood moeten leren kijken. Zou liefde op de scholen onderwezen moeten worden? Eerste trimester: vriendschap; tweede trimester: tederheid; derde trimester: hartstocht. Waarom niet? Ze leren kinderen koken en auto's repareren en hoe ze met elkaar moeten neuken zonder zwanger te worden; en de kinderen van tegenwoordig zijn veel beter in al die dingen dan wij vroeger waren, nemen we aan, maar wat hebben ze aan dat alles als ze niets afweten van liefde? Er wordt van ze verwacht dat ze het in hun eentje uitvogelen. De Natuur wordt verondersteld het heft in handen te nemen, net als de automatische piloot in een vliegmachine. Maar de Natuur, die wij met de verantwoordelijkheid opzadelen voor alles wat we niet kunnen bevatten, is niet zo goed als hij op automatisch wordt gezet. Goedgelovige maagden die de huwelijksplicht moesten vervullen kwamen nooit tot de ontdekking dat de Natuur alle antwoorden in petto had als ze het licht uitdeden. Goedgelovige maagden kregen te horen dat de liefde het beloofde land was, een ark waarop twee mensen aan de Zondvloed konden ontsnappen. Misschien is het ook wel een ark, maar dan een waarop kannibalisme hoogtij viert; een ark met als gezagvoerder een krankzinnige grijsaard die je om je oren slaat met een goferhouten staf en die je elk moment overboord kan smijten.

Laten we bij het begin beginnen. Maakt liefde je gelukkig? Nee. Maakt liefde de persoon die je liefhebt gelukkig? Nee. Maakt liefde alles goed? Zeker niet. Vroeger geloofde ik dat natuurlijk allemaal wel. Wie niet (wie trouwens nog steeds niet, ergens op een benedendek van de psyche)? Het staat in al onze boeken, al onze films; het is de zonsondergang van duizend verhalen. Waar zou liefde *anders* voor zijn dan om alles op te lossen? We kunnen uit de kracht van ons streven ernaar toch opmaken dat liefde, eenmaal verworven, de pijn van het dagelijks leven verzacht, een moeiteloze verdoving teweegbrengt?

Twee mensen houden van elkaar, maar ze zijn niet gelukkig. Wat concluderen we hieruit? Dat een van beiden niet echt van de ander houdt; dat ze tot op zekere hoogte van elkaar houden maar niet genoeg? Ik bestrijd dat *echt*; ik bestrijd dat *genoeg*. Ik heb twee keer in mijn leven liefgehad (wat ik zelf nogal veel vind), één keer gelukkig, één keer ongelukkig. Van die ongelukkige liefde heb ik het meest geleerd over het wezen van de liefde—hoewel niet op het moment zelf, maar pas jaren later. Data en details—vul maar in wat u wilt. Maar ik was verliefd en ik had lief, een hele tijd, vele jaren. Eerst was ik schaamteloos gelukkig, hardnekkig vervuld van solipsistische vreugde; toch had ik de meeste tijd een onbegrijpelijk, zeurend ongelukkig gevoel. Hield ik niet genoeg van haar? Ik wist dat ik dat wel deed—en mijn halve toekomst voor haar uitstelde. Hield zij niet genoeg van mij? Ik wist dat ze dat wel deed—en haar halve verleden voor me had opgegeven. We hebben vele jaren naast elkaar geleefd, piekerend over wat er fout was aan het sommetje dat we hadden bedacht. Wederzijdse liefde had geen geluk als uitkomst. Wij hielden koppig vol van wel.

En later heb ik bedacht hoe liefde volgens mij in elkaar zit. Wij beschouwen het als een actieve kracht. Mijn liefde *maakt* haar gelukkig; haar liefde *maakt* mij gelukkig: wat zou daar fout aan kunnen zijn? Toch is het fout; het roept een verkeerd beeld op. Het impliceert dat liefde een toverstafje is, een toverstafje dat de ingewikkelde knoop losmaakt, de hoge hoed met zakdoeken vult, de lucht besproeit met duiven. Maar het beeld is niet ontleend aan de goochelkunst, maar aan de deeltjesfysica. Mijn liefde maakt haar niet, kan haar niet gelukkig maken; mijn liefde kan alleen het vermogen in haar losmaken om gelukkig te worden. En nu klinkt het allemaal begrijpelijker. Hoe komt het dat ik haar niet gelukkig kan maken, hoe komt het dat zij mij niet gelukkig kan maken? Eenvoudig: de atoomreactie die je verwacht vindt niet plaats, de straal waarmee je de deeltjes bestookt zit op de verkeerde golflengte.

Maar liefde is geen atoombom, dus laten we een alledaagser vergelijking nemen. Ik schrijf dit in het huis van een vriend in Michigan. Het is een gewoon Amerikaans huis met alle snufjes die de technologie maar kan verzinnen (behalve een snufje om geluk te maken). Gisteren heeft hij me van het vliegveld van Detroit hier naartoe gereden. Toen we de oprijlaan opreden stak hij zijn hand in het handschoenenvak en pakte de afstandsbediening; na een deskundige druk op de knop zoefden de garagedeuren omhoog en verdwenen uit het gezicht. Dat is het voorbeeld dat ik bedoel. U komt thuis—dat denkt u tenminste—en terwijl u op de garage afrijdt, wilt u uw gebruikelijke goocheltruc doen. Er gebeurt niets; de deuren blijven dicht. U doet het nog een keer. Weer niets. U zit op de oprijlaan met draaiende motor, eerst niet begrijpend, dan bezorgd, dan razend van ongeloof; u zit daar weken, maanden, jaren te wachten tot de deuren opengaan. Maar u zit in de verkeerde auto, voor de verkeerde garage, voor het verkeerde huis te wachten. Een van de problemen is dit: het hart is niet hartvormig.

'We must love one another or die,' schreef W. H. Auden, wat aan E. M. Forster de verklaring ontlokte: 'Omdat hij eens heeft geschreven "We must love one another or die" ben ik bereid hem overal te volgen.' Auden zelf was echter niet tevreden over deze befaamde regel uit 'September 1, 1939'. 'Dat is een vervloekte leugen!' was zijn commentaar. 'We moeten in ieder geval sterven.' Dus toen het gedicht herdrukt werd, veranderde hij de regel in het logischer: 'We must love one another and die.' Later heeft hij hem helemaal geschrapt.

De verandering van *or* in *and* is een van de beroemdste wijzigingen in de poëzie. Toen ik hem voor het eerst tegenkwam, juichte ik de eerlijke meedogenloosheid toe waarmee de criticus Auden de dichter Auden had herzien. Als een regel prachtig klinkt maar niet waar is, weg ermee – deze benadering vertoont een opwekkend gebrek aan dichterlijke zelfingenomenheid. Nu twijfel ik een beetje. *We must love one another and die* heeft in elk geval de logica aan zijn kant; als informatie over de condition humaine is het ongeveer net zo interessant en net zo frappant als *We moeten naar de radio luisteren en sterven* of *We moeten eraan denken dat we de ijskast moeten ontdooien en sterven*. Auden stond terecht achterdochtig tegenover zijn eigen retoriek; maar de bewering dat de regel *We must love one another or die* onwaar is omdat we hoe dan ook zullen doodgaan (of omdat zij die elkaar niet liefhebben niet onmiddellijk de laatste adem zullen uitblazen), duidt op een bekrompen of vergeetachtig standpunt. De regel met *or* kan op een heleboel net zo logische en overtuigender manieren worden geïnterpreteerd. De eerste, voor de hand liggende, is deze: we moeten van elkaar houden want als we dat niet doen zullen we elkaar waarschijnlijk vermoorden. De tweede is: we moeten van elkaar houden want als we dat niet doen, als onze levens niet gevoed worden door liefde, dan kunnen we net zo goed dood zijn. Het is immers geen 'vervloekte leugen' om te beweren dat mensen die hun diepste bevrediging uit andere dingen putten lege levens leiden, ijdele krabben zijn die in geleende schilden over de zeebedding paraderen.

Dit is moeilijk terrein. We moeten zorgvuldig te werk gaan en we mogen niet sentimenteel worden. Als we de liefde moeten afzetten tegen slimme, gespierde begrippen als macht, geld, geschiedenis en de dood, mogen we niet onze toevlucht nemen tot zelfverheerlijking of snobistische vaagheid. De vijanden van de liefde profiteren van de onduidelijkheid van haar aanspraken, van haar immense neiging tot isolationisme. Dus waar zullen we beginnen? Liefde kan al dan niet geluk veroorzaken; onverschillig of ze dat uiteindelijk wel of niet doet, werkt ze in de eerste plaats activerend. Bent u ooit zo welbespraakt geweest, hebt u ooit minder slaap nodig gehad, hebt u ooit zo vurig nog een keer gewild als toen u pas verliefd was? Mensen met bloedarmoede krijgen blosjes, terwijl mensen met een normale gezondheid onuitstaanbaar worden. Voorts geeft ze een ruggegraatstrekkend zelfvertrouwen. Je hebt het gevoel dat je voor het eerst van je leven rechtop staat; zolang dit gevoel voortduurt kun je alles, je kunt de hele wereld aan. (Zullen we dit onderscheid maken: dat liefde het zelfvertrouwen verdiept, terwijl seksuele veroveringen alleen het ego ontwikkelen?) Dan veroorzaakt ze ook nog helderheid van blik: ze is een ruitewisser voor de oogbol. Hebt u de dingen ooit zo duidelijk gezien als toen u pas verliefd was?

Wanneer we naar de natuur kijken, is daar dan ergens sprake van liefde? Niet echt. Hier en daar tref je dieren aan die voor het leven schijnen te paren (hoewel, denk eens aan de mogelijkheden tot overspel op al die lange zwemtrektochten en nachtvluchten); maar over het geheel genomen zien we louter machtsuitoefening, dominantie en seksueel eigenbelang. De feministe en de macho interpreteren de Natuur verschillend. De feministe zoekt voorbeelden van onbaatzuchtig gedrag in het dierenrijk en ziet het mannetje hier en daar werkjes doen die in de menselijke samenleving als 'vrouwelijk' geïnterpreteerd kunnen worden. Denk maar eens aan de koningspinguïn: het is het mannetje dat het ei uitbroedt, het meedraagt op zijn poten en het maandenlang tegen het weer op de zuidpool beschermt met een plooi van zijn onderbuik... Jawel, antwoordt de macho, en het mannetje van de zeeolifant dan? Dat ligt de hele dag op het strand en naait alle wijfjes in zijn omgeving. Het ziet er helaas naar uit dat het gedrag van de zeeolifant gebruikelijker is dan dat van de mannetjespinguïn. En omdat ik mijn sekse ken, ben ik geneigd twijfels te koesteren over de motivatie van laatstgenoemde. Misschien heeft de mannetjespinguïn wel bedacht dat het, als je jarenlang vastzit op de zuidpool, het slimste is om thuis op het ei te passen terwijl je het vrouwtje eropuit stuurt om vis te vangen in het ijskoude water. Het zou kunnen dat hij het zo had geregeld omdat dat hem het beste uitkwam.

Dus waar dient de liefde voor? Absoluut nodig hebben we haar toch niet? We kunnen dammen bouwen als de bever, zonder liefde. We kunnen complexe samenlevingen op poten zetten zoals de bij, zonder liefde. We kunnen grote afstanden afleggen zoals de albatros, zonder liefde. We kunnen onze kop in het zand steken zoals de struisvogel, zonder liefde. We kunnen als soort uitsterven zoals de dodo, zonder liefde.

Is het een nuttige mutatie die het mensdom in stand houdt? Dat geloof ik niet. Is ons bijvoorbeeld liefde ingeplant opdat krijgers harder zouden vechten voor hun leven als ze diep in hun hart de kaarsverlichte herinnering aan de huiselijke haard bewaarden? Beslist niet: de geschiedenis van de wereld leert ons dat de beslissende factoren in oorlogen het nieuwe model pijlpunt, de listige generaal, de volle maag en het vooruitzicht van plundering zijn, en niet de sentimentele geesten die kwijlend aan thuis denken.

Is liefde dan een luxe die ontstaan is in tijden van vrede, zoiets als lappendekens maken? Iets dat plezierig en complex is, maar niet essentieel? Een toevallige, door de cultuur versterkte ontwikkeling, die liefde is maar net zo goed iets anders had kunnen zijn. Soms denk ik dat het zo zit. Er was eens een Indianenstam in het uiterste noordwesten van de Verenigde Staten (ik verzin dit niet), die een buitengewoon makkelijk leven had. Hun isolement beschermde hen tegen vijanden en de grond die ze bebouwden was grenzeloos vruchtbaar. Ze hoefden maar een verschrompelde boon over hun schouder te gooien en er spoot al een plant uit de grond, die peulen regende. Ze waren gezond en tevreden en hadden geen enkele voorliefde ontwikkeld voor broederoorlog. Dientengevolge hadden ze een hoop vrije tijd. Ze blonken ongetwijfeld uit in de dingen waar alle indolente samenlevingen in gespecialiseerd zijn: ongetwijfeld vlochten ze op den duur mandjes met rococomodellen, werd hun erotische gymnastiek steeds spectaculairder en hun gebruik van geplette bladeren om afstompende trances te veroorzaken steeds efficiënter. Over die aspecten van hun leven weten we niets, maar we weten wel waarmee ze hun vele vrije uren voornamelijk vulden. Ze bestalen elkaar. Dat vonden ze leuk en dat werd een cultus. Wanneer ze wankelend uit hun tenten kwamen en er weer zo'n geile, smetteloze dag uit de Stille Oceaan aan kwam schuifelen, snoven ze de honingzoete lucht op en vroegen elkaar wat ze de afgelopen nacht hadden uitgehaald. Het antwoord was een verlegen–of zelfgenoegzaam snoevende–bekentenis van diefstal. Kleine Grijze Wolf heeft Oude Roodgezicht zijn deken weer gepikt. Nee maar! Die Kleine Grijze Wolf toch, hij gaat echt vooruit. En wat heb jij uitgevoerd? Ik? O, ik heb alleen de wenkbrauwen boven in de totempaal gepikt. Hè get, alwéér. Wat *Afgezaagd*.

Moeten we zo over de liefde denken? Onze liefde helpt ons niet om te overleven, net zo min als het stelen van die Indianen dat deed. Toch geeft ze ons onze individualiteit, ons doel. Als ze hun vrolijke dieverijen niet hadden, zouden die Indianen zichzelf minder makkelijk kunnen definiëren. Is het dan alleen maar een willekeurige mutatie? Het is niet iets dat we nodig hebben voor de uitbreiding van onze soort; nee, liefde is zelfs schadelijk voor een geordende beschaving. Seksuele begeerte zou veel makkelijker zijn als we ons geen zorgen hoefden te maken over liefde. Het huwelijk zou veel minder ingewikkeld zijn–en misschien duurzamer–als we niet zo op liefde aasden, niet zo opgetogen waren bij haar komst, niet zo benauwd dat ze weer zal vertrekken.

Wanneer we naar de geschiedenis van de wereld kijken, verrast het ons dat er liefde in voorkomt. Het is een uitwas, een monstruositeit, een punt dat op het nippertje op de agenda is gezet. Het doet me denken aan die halve huizen die er kadastraal eigenlijk niet zouden moeten zijn. Een week of wat geleden heb ik ergens in Noord-Amerika het volgende adres bezocht: 2041 1/2 Yonge Street. De eigenaar van 2041 moet op een gegeven moment een stukje grond hebben verkocht en toen is dit half erkende huis met het halve nummer gebouwd. En toch kunnen mensen er heel comfortabel in wonen, mensen noemen het thuis... Tertullianus heeft over het christelijk geloof gezegd dat het waar was omdat het onmogelijk was. Misschien is de liefde essentieel omdat ze onnodig is.

Zij is het middelpunt van mijn wereld. De Armeniërs geloofden dat Ararat het middelpunt van de wereld was; maar de berg werd onder drie wereldrijken verdeeld en de Armeniërs hielden geen centimeter over, dus ik zal deze vergelijking maar niet voortzetten.

Ik hou van je. Ik ben weer thuis en de woorden hebben geen spottende echo meer. *Je t'aime*. *Ti amo* (met soda). En als je geen tong had, geen taal voor je cultus, dan zou je dit doen: je handen kruisen bij de pols, met de handpalmen naar je toe; je gekruiste polsen op je hart leggen (midden op je borst in elk geval); en vervolgens je handen een klein eindje naar buiten bewegen en ze openen in de richting van het voorwerp van je liefde. Dat is net zo welsprekend als praten. En stelt u zich alle tedere variaties voor die mogelijk zijn, de subtiele nuances die je kunt aanbrengen door het kussen van knokkels, identieke handpalmen en speelse vingertoppen, met hun groefjes die het bewijs van onze individualiteit bevatten.

Maar identieke handpalmen zijn misleidend. Het hart is niet hartvormig, dat is een van onze problemen. Wij zien immers een keurig tweekleppig ding voor ons met een vorm die een code is voor de manier waarop de liefde twee helften, twee aparte grootheden, tot een geheel samensmelt? We stellen ons een bondig symbool voor, vuurrood van het heftig blozen, en vuurrood van het door begeerte opgestuwde bloed. Een medisch handboek helpt ons niet meteen uit de droom; hier is het hart getekend als een kaartje van de Londense metro. De aorta, de linker en de rechter longslagader en longaderen, de linker en de rechter ondersleutelbeenslagader, de linker en de rechter kransslagader, de linker en de rechter halsslagader... het ziet er elegant en vastberaden uit, een zelfbewust netwerk van pompende buizen. Hier stroomt het bloed op tijd, denk je.

Behartigenswaardige feiten:

– het hart is het eerste orgaan dat in het embryo tot ontwikkeling komt; als we nog maar zo groot zijn als een kievitsboon is ons hart al zichtbaar en pompt er op los;
– bij een kind is het hart naar verhouding veel groter dan bij een volwassene: 1/30 van het totale lichaamsgewicht, tegenover 1/300;
– in de loop van het leven zijn afmetingen, vorm en plaats van het hart onderhevig aan aanzienlijke variaties;
– na de dood neemt het hart de vorm van een piramide aan.

Het ossehart dat ik bij Corrigans kocht woog 1290 gram en kostte 2 pond 42 pence. Het grootste beschikbare dierlijke exemplaar; maar bovendien een met menselijke connotaties. 'Hij had het hart van een os': een uitdrukking uit de literatuur van het Britse Rijk, uit avonturenromans, uit kinderboeken. Die van tropenhelmen voorziene galanten die neushoorns omlegden met een enkele goedgemikte kogel uit een legerpistool terwijl de dochter van de kolonel achter de apebroodboom verscholen zat, hadden simpele zielen maar geen simpele harten, als je op deze os mocht afgaan. Het orgaan was zwaar, plomp, bloederig, samengeklemd als een woedende vuist. In tegenstelling tot het metrokaartje in het handboek, bleek het werkelijke ding gesloten en gaf het zijn geheimen met tegenzin prijs.

Ik sneed het samen met een bevriend radiologe in stukken. 'Die os zou niet lang meer geleefd hebben,' merkte ze op. Als dit het hart van een van haar patiënten was geweest, zou deze zich niet vaak meer een weg door de jungle gebaand hebben met zijn kapmes. Ons eigen reisje maakten we met behulp van een keukenmes van Sabatier. We hakten ons een weg naar de linker boezem en de linker hartkamer, terwijl we de dikte en de zwaarte van de spieren bewonderden. We streelden de zijdachtige rue de Rivoli-voering, staken onze vingers in wonden. De aderen waren van stretchelastiek, de slagaderen dikke brokken inktvis. Een postmortale bloedprop lag als een wijnrode kogel in de linker hartkamer. We verdwaalden vaak in dat samengepakte vlees. De twee helften van het hart weken niet uiteen zoals ik me met mijn rijke fantasie had voorgesteld, maar klampten zich wanhopig aan elkaar vast als verdrinkende geliefden. We sneden twee keer dezelfde hartkamer open, omdat we dachten dat we de andere hadden gevonden. We bewonderden het slimme kleppensysteem en de *chordae tendineae* die ervoor zorgen dat de beide kleppen niet te ver open gaan: een taai parachuteharnasje dat voorkomt dat het scherm zich tezeer ontplooit.

Toen wij ermee klaar waren, heeft het hart de rest van de dag op een besmeurd bed van krantepapier gelegen, teruggebracht tot een weinig aanlokkelijk avondmaal. Ik bladerde kookboeken door om te kijken wat ik er mee zou kunnen doen. Ik vond inderdaad een recept, gevuld hart met gekookte rijst en citroenpartjes, maar dat klonk niet erg aantrekkelijk. Het verdiende zeker de naam niet die de Denen, die het verzonnen hadden, eraan hadden gegeven. Zij noemen dit gerecht Hartstochtelijke Liefde.

Herinnert u zich die paradox van de liefde, van de eerste paar weken en maanden van de Hartstochtelijke Liefde (in het begin schrijf je het met hoofdletters, net als het recept)–die paradox wat de tijd betreft? Je bent verliefd, je verkeert in een toestand waarin trots en angst in je binnenste knokken. Aan de ene kant zou je willen dat de tijd langzamer ging: want dit, zeg je bij jezelf, is de beste periode van je hele leven. Ik ben verliefd, ik wil ervan genieten, het bestuderen, er loom in wegzinken; laat vandaag eeuwig duren. Dat is je poëtische kant. Maar er bestaat ook nog een prozakant, die de tijd smeekt om niet langzamer te gaan maar juist op te schieten. Hoe weet je dat dit liefde is, fluistert je prozakant als een ongelovige advocaat, het is er nog maar een paar weken, een paar maanden. Je zult pas weten of het echt is als jij (en zij) over, nou, minstens een jaar of zo nog steeds hetzelfde voelt: dat is de enige manier om te bewijzen dat dit geen zeepbel is. Zorg dat je dit zo snel mogelijk achter de rug hebt, ook al geniet je er nog zo van; dan kun je er achterkomen of je *echt* verliefd bent of niet.

Een foto wordt ontwikkeld in een schaal met vloeistof. Tot die tijd was het alleen maar een blanco vel afdrukpapier, opgesloten in een lichtdichte envelop; nu heeft het een functie, een beeld, een zekerheid. We laten de foto gauw in de schaal met fixeer glijden om dat duidelijke, kwetsbare moment vast te leggen, het beeld te verharden, zodat het niet kan afschilferen en tenminste voor een jaar of wat vastligt. Maar als je hem in de fixeer dompelt en de chemische stof niet werkt? Deze ontwikkeling, deze amoureuze beweging denk je, kon ook weleens weigeren zich te stabiliseren. Hebt u wel eens een foto gezien die meedogenloos doorgaat met zich zelf te ontwikkelen totdat het hele oppervlak zwart is en het moment waarom het allemaal begonnen was vernietigd is?

Is het een normale of een abnormale toestand, verliefd zijn? Statistisch is hij natuurlijk abnormaal. Op een trouwfoto zijn de interessante gezichten niet die van bruid en bruidegom, maar die van de gasten die hen omringen; de jongere zuster van de bruid (zal dit mij ook overkomen, dit overweldigende?), de oudere broer van de bruidegom (zal ze hem laten zitten zoals dat loeder mij heeft laten zitten?), de moeder van de bruid (al die herinneringen die bovenkomen), de vader van de bruidegom (als die jongen wist wat ik nu weet—als ik toen had geweten wat ik nu weet), de geestelijke (vreemd hoe zelfs verlegen mensen door deze eeuwenoude geloften tot welsprekendheid worden gebracht), de stuurs kijkende puber (*waarom* moeten ze zo nodig trouwen?) enzovoort. Het centrale paar verkeert in een intens abnormale toestand; probeer ze dat maar eens aan hun verstand te brengen. Hun situatie voelt normaler aan dan ooit tevoren. *Dit* is normaal, zeggen ze tegen elkaar; al die tijd daarvoor, toen we dachten dat alles normaal was, die was juist helemaal niet normaal.

En die overtuiging van normaal zijn, die zekerheid dat hun essentie ontwikkeld en gefixeerd is door de liefde en nu voorgoed zal worden ingelijst, verleent hun een ontroerende arrogantie. Dat is beslist abnormaal: is arrogantie anders ooit ontroerend? In dit geval wel. Kijk nog eens naar de foto: kijk door die blije grijns heen en bestudeer de ernstige zelfgenoegzaamheid van het ogenblik. Daar moet je toch wel door ontroerd worden? Paren die met hun liefde te koop lopen (want niemand anders heeft ooit liefgehad—niet echt—nietwaar?) kunnen irritant zijn, maar je kunt niet met ze spotten. Zelfs als er iets aan de hand is waar de gevoelsconformist om zal meesmuilen—een enorm verschil in leeftijd, uiterlijk schoon, opleiding, pretentie—heeft het paar op dit moment een laklaagje: de spuugbelletjes van de lach kunnen gewoon worden weggeveegd. De jonge man aan de arm van de oudere vrouw, de slons aan die van de fat, de societydame die zich heeft gebonden aan de asceet: ze voelen zich allemaal intens normaal. En dat hoort ons te ontroeren. *Zij* zullen toegeeflijk gestemd zijn tegenover ons, omdat wij niet zo duidelijk, zo wild verliefd zijn; maar wij moeten in ons hart ook toegeeflijk zijn tegenover hen.

U moet me niet verkeerd begrijpen. Ik beveel niet één vorm van liefde aan boven een andere. Ik weet niet of verstandige liefde beter is dan roekeloze liefde, of rijke liefde zekerder is dan arme, of heteroseksuele liefde opwindender is dan homoseksuele, of huwelijkse liefde sterker is dan vrije liefde. Ik ben misschien geneigd om de schoolmeester uit te hangen, maar dit is geen vragenrubriek. Ik kan u niet vertellen of u verliefd bent of niet. Als u dat nog moet vragen bent u het waarschijnlijk niet, dat is mijn enige advies (en zelfs dat

is misschien verkeerd). Ik kan u niet vertellen wie u moet liefhebben, of hoe u moet liefhebben: die cursussen op de scholen zouden
evenzeer over hoe-doe-ik-het-niet als over hoe-doe-ik-het-wel gaan
(het is net zoiets als een cursus creative writing–je kunt ze niet leren
hoe ze moeten schrijven of wat ze moeten schrijven, je kunt je alleen
verdienstelijk maken door aan te wijzen waar ze in de fout gaan en
hun tijd besparen). Maar ik kan u wel vertellen waarom u moet liefhebben. Omdat de geschiedenis van de wereld, die alleen bij het
halve huis van de liefde stopt om het met een bulldozer in puin te
rijden, zonder liefde lachwekkend is. De geschiedenis van de wereld gaat gruwelijk gewichtig doen zonder liefde. Onze willekeurige mutatie is essentieel omdat hij onnodig is. De liefde zal de geschiedenis van de wereld niet veranderen (die onzin over Cleopa-
tra's neus is louter voor romantici), maar ze zal iets veel belangrij-
kers doen: ons leren ons te verzetten tegen de geschiedenis, zijn mi-
litaire tred te negeren. Ik accepteer je voorwaarden niet, zegt de
liefde; sorry, ik ben niet onder de indruk en wat een stom uniform
heb je trouwens aan. Natuurlijk, we worden niet verliefd om de
wereld van zijn egoprobleem af te helpen; maar dat is een van de
meer voorspelbare effecten van de liefde.

Liefde en waarheid, dat is het essentiële verband, liefde en waarheid. Hebt u ooit zo vaak de waarheid verteld als toen u pas verliefd
was? Hebt u de wereld ooit zo duidelijk gezien? Liefde laat ons de
waarheid zien, maakt het onze plicht om de waarheid te vertellen.
Als we in bed liggen: luister naar de waarschuwende onderstroom
in die zinsnede. *Als we in bed liggen vertellen we de waarheid*: dat klinkt
als een paradoxale zin uit een filosofisch leerboek voor eerstejaars
studenten. Maar het is meer (en minder) dan dat: de beschrijving
van een morele plicht. Rol niet met dat oog, kreun niet onoprecht,
boots dat orgasme niet na. Vertel de waarheid met je lichaam,
zelfs als–juist als–die waarheid niet melodramatisch is. Het
bed is een van de beste plaatsen om te liegen zonder te worden
betrapt, een plek waar je in het donker kunt brullen en grommen en
naderhand opscheppen over hoe goed je weer was. Seks is niet to-
neelspelen (hoezeer we ons eigen script ook bewonderen); seks gaat
over de waarheid. Hoe je in het donker tegen elkaar aan ligt is bepa-
lend voor je visie op de wereldgeschiedenis. Zo eenvoudig is het.

De geschiedenis jaagt ons angst aan; we laten ons op onze kop zitten door jaartallen.

In veertien negentig en twee
Vertrok Columbus over zee

En toen? Werd iedereen toen wijzer? Hielden de mensen toen op met nieuwe getto's bouwen om de oude vervolgingen voort te zetten? Hielden ze op met het maken van de oude fouten, of van nieuwe fouten, of van nieuwe versies van oude fouten? (En herhaalt de geschiedenis zichzelf werkelijk, de eerste keer als tragedie, de tweede keer als farce? Nee, dat is te zwaar, te weloverwogen voor wat er aan de hand is. De geschiedenis laat alleen maar boeren en wij proeven het broodje rauwe ui dat hij eeuwen geleden heeft ingeslikt.) Jaartallen vertellen de waarheid niet. Ze schreeuwen tegen ons – links, rechts, links, rechts, schiet een beetje op daar, waardeloos tuig. Ze willen dat we denken dat we altijd vooruitgang boeken, altijd voorwaarts gaan. Maar wat gebeurde er na 1492?

In veertien drieënnegentig
Zeilde hij meteen weer terug

Dat is het soort jaartal waar ik van hou. Laten we 1493 vieren, niet 1492; de terugkeer, niet de ontdekking. Wat gebeurde er in 1493? De voorspelbare roem natuurlijk, het koninklijke gevlei, de heraldische bevorderingen op het wapenschild van Columbus. Maar er gebeurde ook dit. Voor het vertrek was er een beloning van 10.000 maravedi's uitgeloofd voor de eerste man die de Nieuwe Wereld zou zien. Deze bonus was gewonnen door een gewone matroos, maar toen de expeditie terugkeerde eiste Columbus hem zelf op (nog altijd de duif die de raaf uit de geschiedenis verdringt). De matroos vertrok teleurgesteld naar Marokko, waar hij naar verluidt een renegaat is geworden. Een interessant jaar, 1493.

Geschiedenis is niet wat er gebeurd is. Geschiedenis is alleen maar wat historici ons vertellen. Er was een patroon, een plan, een beweging, expansie, de opmars van de democratie; het is een wandtapijt, een stroom van gebeurtenissen, een complex verhaal, vol verbanden, uitlegbaar. Van het ene mooie verhaal komt het andere. Eerst ging het over koningen en aartsbisschoppen met enig goddelijk gerotzooi in de coulissen, toen ging het over de opmars van ideeën en de bewegingen van de massa's, toen over lokale gebeurtenisjes die voor iets groters staan, maar het gaat steeds over verbanden, vooruitgang, betekenis, dit heeft geleid tot dat, dit is gebeurd vanwege dat. En wij, die de geschiedenis lezen, die onder de geschiedenis lijden, tasten het patroon af op zoek naar hoopvolle conclusies, naar de weg vooruit. En we houden vast aan de geschiedenis als een reeks salonschilderijen, genrestukjes wier personages we in gedachten makkelijk weer leven kunnen inblazen, terwijl het al die tijd veel meer wegheeft van een multi-media collage waarop de verf is aangebracht met een roller en niet met een kameelharen penseel.

De geschiedenis van de wereld? Alleen maar stemmen die nagalmen in het donker; beelden die een paar eeuwen opgloeien en dan verbleken; oude verhalen die elkaar soms lijken te overlappen; vreemde schakels, irrelevante verbanden. Wij liggen in het ziekenhuisbed van het heden (wat een heerlijk schone lakens krijgen we tegenwoordig) terwijl het dagelijkse nieuws ons druppel voor druppel via een infuus wordt toegediend. We geloven dat we weten wie we zijn, hoewel we niet precies weten waarom we hier zijn of hoe lang we hier zullen moeten blijven. En terwijl we piekeren en woelen in het verband van de onzekerheid – hebben we ons vrijwillig laten opnemen? – fabuleren we. We verzinnen een verhaal om de feiten te verklaren die we niet kennen of niet aanvaarden; we behouden een paar ware feiten en verzinnen er een nieuw verhaal omheen. Onze paniek en onze pijn worden alleen verlicht door dat geruststellende fabuleren; we noemen het geschiedenis.

Eén ding moet ik de geschiedenis nageven. Hij is reuzegoed in het vinden van dingen. Wij proberen ze te verdoezelen, maar de geschiedenis laat niet af. Hij heeft de tijd aan zijn kant, de tijd en de wetenschap. Hoe furieus we onze eerste gedachten ook doorstrepen, de geschiedenis vindt altijd wel een manier om ze te lezen. We begraven onze slachtoffers in het geheim (gewurgde prinsjes, bestraalde rendieren), maar de geschiedenis komt erachter wat we met ze hebben gedaan. We zijn de *Titanic* kwijtgeraakt in die inktzwarte diepten, voorgoed naar we dachten, maar ze hebben hem gevonden. Niet zo lang geleden hebben ze het wrak van de *Medusa* gevonden voor de kust van Mauretanië. Er was geen hoop op buit, dat wisten ze; en het enige dat ze na honderdzeventig jaar hebben opgehaald waren een stuk of wat koperen spijkers uit de kiel van het fregat en een paar kanonnen. Maar ze hebben het toch maar gevonden.

Wat kan liefde nog meer? Als dit een verkoopraatje is, moeten we erop wijzen dat liefde ook het beginpunt van burgerlijk plichts-gevoel is. Je kunt niet van iemand houden zonder inlevingsvermo-gen, zonder dat je de wereld vanuit een ander gezichtspunt begint te zien. Je kunt geen goed minnaar, geen goed kunstenaar of goed politicus zijn zonder dit vermogen (je kunt wel doen alsof, maar dat is niet wat ik bedoel). Wijs me de tirannen maar eens aan die grote minnaars waren. Waarmee ik geen grote neukers bedoel; we weten alles van macht als afrodisiacum (ook als auto-afrodisiacum). Zelfs onze democratische held Kennedy naaide vrouwen zoals een arbei-der aan de lopende band autocarrosserieën spuit.

In deze laatste stervende millennia van het puritanisme is er een steeds terugkerend conflict over het verband tussen seksuele recht-zinnigheid en de uitoefening van macht. Als een president zijn gulp niet dicht kan houden, verliest hij dan het recht om over ons te rege-ren? Als een overheidsambtenaar zijn vrouw bedriegt, maakt dat het dan waarschijnlijker dat hij de kiezers zal bedriegen? Ikzelf word liever geregeerd door een overspelige figuur, door een of an-dere ontuchtige bedrieger, dan door een preutse celibatair of een echtgenoot met een dichte rits. Zoals misdadigers meestal gespecia-liseerd zijn in bepaalde misdaden, zijn corrupte politici meestal in hun eigen knoeierijen gespecialiseerd: de ontuchtige schurken hou-den zich bij het neuken, de omkoopbaren bij omkoperij. In welk ge-val het logischer zou zijn op mensen te stemmen wier overspelig-heid bewezen is, in plaats van hen te verhinderen aan het openbare leven deel te nemen. Ik bedoel niet dat we het door de vingers moe-ten zien—integendeel, we moeten hun schuldgevoel aanwakkeren. Maar door dat nuttige gevoel te gebruiken, zorgen we dat hun zon-den tot het erotische beperkt blijven, zodat hun integriteit zich vol-ledig in hun bestuurlijke werk kan ontplooien. Dat is mijn theorie tenminste.

In Groot-Brittannië, waar de meeste politici mannen zijn, is het in de Conservatieve Partij traditie om de vrouwen van potentiële kandidaten te interviewen. Dit is natuurlijk een vernederend gebeuren, waarbij de vrouw door de plaatselijke leden aan de tand wordt gevoeld om te zien of ze normaal is. (Is ze geestelijk gezond? Is ze evenwichtig? Heeft ze de juiste huidskleur? Zijn haar opvattingen gedegen? Is het een del? Zal ze er goed uitzien op foto's? Kunnen we haar erop uitsturen om stemmen te werven?) Ze stellen die vrouwen, die braaf met elkaar wedijveren in bemoedigende saaiheid, een heleboel vragen en de vrouwen zweren plechtig op hun gezamenlijk geloof in kernwapens en de heiligheid van het gezin. Maar ze stellen hun nooit de belangrijkste vraag: houdt uw man van u? Deze vraag mag niet geïnterpreteerd worden als louter praktisch (is uw huwelijk vrij van schandalen?) of sentimenteel, het is een exact informeren naar de geschiktheid van de kandidaat om andere mensen te vertegenwoordigen. Het is een testen van zijn inlevingsvermogen.

We moeten zorgvuldig omgaan met liefde. O, u wilt misschien beschrijvingen horen? Wat voor benen ze heeft, wat voor borsten en lippen, wat voor kleur dat haar is? (Ja, kom nou.) Nee, zorgvuldig omgaan met liefde betekent aandacht hebben voor het hart, zijn kloppen, zijn zekerheden, zijn waarheid, zijn macht–en zijn onvolkomenheden. Na de dood wordt het hart een piramide (het is altijd al een van de wereldwonderen geweest); maar zelfs tijdens het leven is het hart nooit hartvormig geweest.

Leg het hart naast het brein en let op het verschil. Het brein is keurig, gesegmenteerd, in twee helften verdeeld, zoals wij vinden dat het hart eigenlijk zou moeten zijn. Met het brein kun je zaken doen, denk je; het is een receptief orgaan, een dat erom vraagt begrepen te worden. Het brein ziet er functioneel uit. Natuurlijk is het gecompliceerd, met al die rimpels en fronzen en geulen en vakjes; het lijkt op koraal en roept de vraag bij je op of het misschien stiekem de hele tijd in beweging is en stilletjes uitdijt zonder dat je het merkt. Het brein heeft zijn eigen geheimen, hoewel het ongetwijfeld mogelijk zal zijn die mysteries te doorgronden wanneer cryptoanalisten, doolhofbouwers en chirurgen zich er gezamenlijk over buigen. Zoals ik al zei, met het brein kun je zaken doen; het ziet er functioneel uit. Terwijl het hart, het menselijk hart, helaas nergens op lijkt.

Liefde is anti-mechanisch, anti-materialistisch: daarom is slechte liefde nog altijd goede liefde. We zullen er misschien ongelukkig van worden, maar ze houdt vol dat het mechanische en het materialistische niet de overhand hoeven te krijgen. Het geloof is slap en prozaïsch of terminaal krankzinnig of louter zakelijk geworden – doordat het vroomheid verwart met giften aan liefdadigheid. De kunst, die vertrouwen heeft geput uit het verval van het geloof, roept zich uit tot hoogste goed (en houdt stand, houdt stand! de kunst verslaat de dood!) maar deze aankondiging is niet voor iedereen te begrijpen, en waar begrijpelijk niet altijd bezielend of welkom. Dus moeten geloof en kunst het afleggen tegen de liefde. Die geeft ons onze menselijkheid, en ook onze mystiek. We zijn meer dan we zijn.

De nuchteren laten natuurlijk niet veel heel van de liefde; van niets trouwens. Liefde komt neer op feromonen, zeggen ze. Dat bonken van het hart, die heldere blik, dat activerende, die morele zekerheid, die vervoering, die gemeenschapszin, dat gemompelde *ik hou van je*, ze worden allemaal veroorzaakt door een subtiele lucht die de ene partner afgeeft en die de ander onderbewust ruikt. We zijn gewoon een luxeuezere uitvoering van die kever die met zijn kop tegen een kistje stoot bij het geluid van een tikkend potlood. Geloven we dat? Nou, laten we het voorlopig maar even geloven, want het maakt de triomf van de liefde des te groter. Waar is een viool van gemaakt? Van stukjes hout en eindjes schapedarm. Verlaagt deze constructie de muziek tot iets alledaags? Integendeel, ze wordt er des te verhevener door.

En ik wil ook niet beweren dat liefde u gelukkig zal maken – dat wil ik bovenal niet beweren. Als ik iets geloof, is het dat ze u ongelukkig zal maken: hetzij op slag ongelukkig, machteloos omdat u niet bij elkaar past, hetzij later ongelukkig, wanneer de houtworm jarenlang stilletjes geknaagd heeft en de troon van de bisschop instort. Maar je kunt dat geloven en toch volhouden dat de liefde onze enige hoop is.

Ze is onze enige hoop zelfs als ze ons in de steek laat, hoewel ze ons in de steek laat, omdat ze ons in de steek laat. Druk ik me niet

zorgvuldig genoeg meer uit? Ik ben op zoek naar de juiste vergelijking. Liefde en waarheid, ja, dat is het belangrijkste verband. We
weten allemaal dat de objectieve waarheid niet te vinden is, dat we
als er iets gebeurt een veelheid van subjectieve waarheden zullen
hebben, die we beoordelen en vervolgens tot geschiedenis fabuleren, tot een alziende versie van wat er 'werkelijk' gebeurd is. Deze
alziende versie is nep–aandoenlijke, onmogelijke nep, net als die
middeleeuwse schilderijen waarop alle stadia van het lijden van
Christus zich tegelijk afspelen op verschillende plaatsen van het
schilderij. Maar ook al weten we dit, we moeten toch blijven geloven dat de objectieve waarheid te vinden is; of we moeten geloven
dat hij voor 99 procent te vinden is; en als we dat niet kunnen geloven, moeten we geloven dat 43 procent objectieve waarheid beter is
dan 41 procent. Dat moeten we doen, want als we het niet doen zijn
we verloren, dan vallen we in de verlokkelijke kuil van de relativi-
teit, dan hechten we evenveel waarde aan de versie van de ene leu-
genaar als aan die van de andere, dan heffen we onze handen ten hemel omdat het allemaal zo verwarrend is, dan geven we toe dat de
overwinnaar niet alleen recht op de buit heeft maar ook op de waarheid. (Welke waarheid hebben we trouwens liever, die van de overwinnaar of die van het slachtoffer? Zijn trots en mededogen grotere
verdraaiers dan schaamte en angst?)

En zo is het met de liefde ook. We moeten erin geloven, anders
zijn we verloren. Misschien vinden we haar niet, of misschien vinden we haar om vervolgens te ontdekken dat ze ons ongelukkig
maakt; toch moeten we erin geloven. Als we dat niet doen, geven
we ons alleen maar over aan de geschiedenis van de wereld en de
waarheid van iemand anders.

Het zal verkeerd aflopen met deze liefde; waarschijnlijk wel. Dat
verwrongen orgaan is, net als die klomp ossevlees, onbetrouwbaar
en gesloten. Ons huidige heelalmodel is opgebouwd rond entropie,
wat op alledaags niveau te vertalen valt met: dingen gaan naar de
kloten. Maar wanneer de liefde ons in de steek laat, moeten we er
toch in blijven geloven. Ligt het in code opgeslagen in iedere mole-
cule dat alles naar de kloten zal gaan, dat de liefde het onderspit zal
delven? Misschien wel. Toch moeten we geloven in de liefde, zoals
we ook moeten geloven in de vrije wil en de objectieve waarheid. En

als de liefde faalt, moeten we de geschiedenis van de wereld de schuld geven. Als die ons maar met rust had gelaten hadden we gelukkig kunnen zijn, dan hadden we gelukkig kunnen blijven. Onze liefde is verdwenen en dat is de schuld van de geschiedenis van de wereld.

Maar zo ver is het nog niet. Misschien gebeurt het wel nooit. 's Nachts kun je de wereld trotseren. Jawel, dat kan, we kunnen de geschiedenis overbluffen. Ik lig opgewonden te woelen en te schoppen. Ze gaat verliggen en slaakt een onderaardse, een onderzeese zucht. Maak haar maar niet wakker. Op dit moment klinkt het als een sublieme waarheid, maar morgenochtend begrijp je misschien niet meer dat je haar daarvoor hebt gestoord. Ze slaakt een zachtere, minder diepe zucht. Ik voel de landkaart van haar lichaam naast me in het donker. Ik ga op mijn zij liggen, vorm een parallelle zigzag en wacht op de slaap.

9
Project Ararat

Het is een prachtige middag en je rijdt over de Outer Banks van North Carolina–waar de Atlantische kust grimmig repeteert voor de Florida Keys. Je steekt Currituck Sound over van Point Harbor naar Anderson, dan rijd je over de 158 naar het zuiden en even later ben je op Kitty Hawk. Aan de andere kant van de duinen ligt het nationale monument voor de gebroeders Wright; maar misschien wil je dat liever tegoed houden en dat is trouwens niet wat je je van Kitty Hawk herinnert. Nee, je herinnert je dit: rechts van de weg, aan de westkant, staat een ark, die met zijn hoge voorsteven naar de oceaan wijst. Hij is zo groot als een huis, met planken wanden, en hij is bruin geschilderd. Terwijl je in het voorbijrijden geamuseerd je hoofd omdraait, besef je dat het een kerk is. Waar eigenlijk de naam van het schip zou moeten staan en misschien de thuishaven, lees je nu welke functie deze ark heeft: WORSHIP CENTER, staat er. Ze hebben je gewaarschuwd dat je in de Carolina's allerlei religieuze uitwassen kunt verwachten, dus je beschouwt het als een staaltje van fundamentalistische rococo, best grappig in zekere zin, maar nee, je stopt niet.

Later op de avond neem je de veerboot van zeven uur van Hatteras naar Ocracoke Island. Het is vroeg in het voorjaar en kil, en je hebt het een beetje koud en voelt je een beetje verdwaald in het donker, op dat zwarte water, terwijl de Grote Beer ondersteboven boven je hoofd hangt aan een helle hemel die ze gehuurd hebben bij Universal Pictures. De veerboot is er ook niet gerust op en valt met zijn enorme zoeklicht het water op twintig meter afstand aan; met veel lawaai maar zonder overtuiging schokschoudert hij tussen de rode, groene en witte lichtboeien door. Nu pas, nu je aan dek stapt en je adem zichtbaar wordt, denk je terug aan die replica-ark. Die staat daar natuurlijk met een bedoeling en als je even had nagedacht in plaats van alleen maar vrolijk je voet van het gaspedaal te halen, zou je misschien hebben begrepen waarvoor hij stond. Je was naar de plaats gereden waar de mens voor het eerst het luchtruim had gekozen; en in plaats daarvan word je herinnerd aan een eerdere, belangrijker gebeurtenis, toen de mens voor het eerst de wijk nam naar zee.

De ark stond er nog niet toen Spike Tiggler, die de korte broek nog maar een jaar of twee was ontgroeid, in 1943 door zijn vader werd meegenomen naar Kitty Hawk. Je weet toch nog wel wie Spike Tiggler was? Jezus, *iedereen* weet wie Spike Tiggler was. Die vent die die voetbal gooide op de maan. O, die vent die die kolerebal gooide op de maan? Precies. De langste pass in de geschiedenis van de NFL, vierhonderdvijftig meter, zo in de uitgestoken handen van een vulcanische krater. Touchdown! Dat riep hij en dat hoorden we hier op aarde door het geknetter heen. Touchdown Tiggler, zo kende de ademloze wereld hem, een zomer of twee tenminste. Touchdown Tiggler, die vent die een bal meenam in de capsule (hoe heeft-ie het voor mekaar gekregen?). Weet je nog dat ze hem vroegen waarom hij het had gedaan, dat uitgestreken smoel van hem? 'Altijd al bij de Redskins gewild,' zei hij. 'Ik hoop maar dat de jongens hebben gekeken.' De jongens hadden inderdaad gekeken, net zoals ze toen naar zijn persconferentie keken, en ze schreven Touchdown een brief om te vragen of ze de bal mochten hebben en boden er een prijs voor die ons zelfs nu nog heel redelijk lijkt. Maar Spike had hem ver weg in die grijze krater laten liggen – voor het geval er een *running-back* van Mars of Venus langskwam.

Touchdown Tiggler: zo noemden ze hem op het spandoek dat over de straat was gespannen in Wadesville, North Carolina, een kleine stad met maar één bank, waar het benzinestation tevens als drankwinkel dienst moest doen om een beetje in de buurt van winst te komen. WADESVILLE VERRWELKOMT VOL TROTS ZIJN EDELSTE ZOON, TOUCHDOWN TIGGLER. De hele stad was uitgelopen op die hete ochtend in 1971, toen Tiggler er doorheen reed in een filmsterrenlimousine met het dak naar beneden. Zelfs Mary-Beth, die Spike twintig jaar tevoren bepaalde vrijheden had toegestaan en toen een week of twee in de zenuwen had gezeten en die nauwelijks een goed woord voor hem had overgehad totdat hij werd uitgekozen voor Project Apollo, kwam naar de intocht kijken en herinnerde de omstanders eraan – ze had hun geheugen al een paar keer opgefrist – dat er een tijd geweest was dat zij en Spike, nou ja, echt intiem waren. Zelfs toen al, beweerde ze, had ze geweten dat hij het ver zou brengen. Hoe ver is hij met jou gegaan, Mary-Beth, vroeg een vinnig, pas getrouwd vrouwtje en Mary-Beth glimlachte gelukzalig, als de Heilige Maagd in een kleurboek, omdat ze wist dat haar aanzien hoe dan ook alleen maar kon stijgen.

Ondertussen was Touchdown Tiggler aan het eind van Main Street gekomen en omgekeerd bij de kapperszaak die Geknipt Voor U heette, waar ze ook je poedel knipten als je hem bij de achterdeur afleverde, en terwijl de geluidsinstallatie eindeloos 'I'm just a country boy / Who's always known the love and joy / Of coming home...' speelde, werd Spike Tiggler drie keer verwelkomd aan de ene kant en drie keer aan de andere. De open wagen reed langzaam, omdat Spike na de eerste triomfrit achterop was gaan zitten zodat iedereen hem kon zien en elke keer dat de limousine met een slakkengang langs de benzinepomp-annex-drankwinkel kwam schreeuwde Buck Weinhart, de eigenaar: 'Vort met die geit!' ter herinnering aan Spikes gewoonte om slome autobestuurders uit te schelden toen ze zoveel jaar geleden met hun tweeën de stad op stelten zetten. Zes keer brulde Buck: 'Hee Spike, vort met die geit!' en Spike, een gedrongen gestalte met donker haar, zwaaide terug met zo'n hoofdknikje van ouwe-jongens-onder-mekaar. Later, tijdens een officiële lunch in het wegrestaurant van Wadesville, waar Spike het ooit erg deftig had gevonden maar dat hem nu aan een rouwkamer deed denken, hield de teruggekeerde held, die in het begin net een vreemde leek met zijn borstelige astronautenhaar en dat donkere pak waarin hij eruitzag alsof hij auditie deed voor president Eisenhower, een toespraak die erover ging dat je altijd moet onthouden waar je vandaan komt ook al breng je het nog zo ver, wat de aanwezigen prachtig en plechtig vonden, en een van de mensen die spontaan op zijn woorden reageerden stelde zelfs voor ter ere van de roemrijke daad van hun uitverkoren zoon met de naam Wadesville te kappen en de stad Moonsville te noemen, een idee dat een paar weken een bloeiend leven leidde en toen een rustige dood stierf, deels vanwege het verzet van de oude Jessie Wade, de laatst overgebleven kleindochter van Ruben Wade, een reiziger die helemaal aan het begin van deze eeuw had besloten dat de grond in deze streek weleens geschikt zou kunnen wezen voor de pompoenenteelt. Met die pompoenen was het overigens niets geworden, maar dat was geen reden om de man nu zo schandelijk te behandelen.

Spike Tiggler was in Wadesville niet altijd zo populair geweest als op die dag in 1971, en de moeder van Mary-Beth was niet de enige die hem wild had gevonden en het betreurd had dat de oorlog zo gauw was afgelopen dat ze Tiggler niet meer naar het Oosten konden sturen om tegen de Jappen te vechten, in plaats van met de halve stad te knokken. Hij was vijftien toen ze de bom op Hiroshima gooiden, een gebeurtenis die Mary-Beths moeder om louter lokale redenen betreurde; maar Spike kreeg uiteindelijk ook zijn oorlog en werd vliegenier op de F-86, waarmee hij tot boven de Jaloe vloog. Achtentwintig vluchten, twee MIG-15's neergeschoten. Reden genoeg voor feest in Wadesville, hoewel Tiggler zelf toen nog niet terug was en de eerste tijd daarna ook nog niet. Zoals hij in 1975 tijdens zijn eerste fondswervingsbijeenkomst in het Moondust-restaurant (een naamsverandering die zelfs Jessie Wade had goedgekeurd) zou uitleggen, wordt de beweging in het leven van een man, in ieder mensenleven, gekenmerkt door vluchten en terugkeren. Vluchten en terugkeren, vluchten en terugkeren, zoals eb en vloed af en aan golven in Abermale Sound en in de Pasquotank River tot aan Elizabeth City. We laten ons allemaal meevoeren door de stroom en als het tij keert komen we terug. Sommige toehoorders waren in hun leven niet zo erg vaak uit Wadesville weg geweest, dus kon er niet van hen verwacht worden dat ze hier een mening over hadden, en Jeff Clayton merkte naderhand op dat hij, toen hij een jaar of wat geleden via Fayetteville en Fort Bragg naar het Golfmuseum in Pinehurst was gereden en weer op tijd thuis was geweest om zijn pilsrantsoen van Alma in ontvangst te nemen, niet het gevoel had gehad dat hij iets deed dat met eb en vloed in de Pasquotank River te maken had; maar goed, wat wist Jeff Clayton nou helemaal en iedereen was het erover eens dat ze Spike het voordeel van de twijfel moesten gunnen, omdat Spike niet alleen wist wat er op de wereld te koop was, maar – zoals de oude Jessie Wade zelf het zo gedenkwaardig uitdrukte—ook wist wat er buiten de wereld te koop was.

Voor Spike Tiggler viel het allereerste begin van deze cyclus van vluchten-en-terugkeren in zijn leven samen met de dag waarop zijn vader hem had meegenomen maar Kitty Hawk, lang voordat de replica-ark werd gebouwd als gebedscentrum. Op dat tijdstip was er alleen de vlakke landingsbaan met daarboven de effen, wijde hemel en verder, aan de overkant van een lege weg waarop in de verte nog net de glinstering van een vrachtwagen was te zien, wat lage duinen en de zachtjes golvende zee. Terwijl andere kinderen werden aangetrokken door de lipstick en de jazz van het bruisende stadsleven, werd Spike dat door de natuurlijke rust van het land, de zee en de lucht bij Kitty Hawk. Zo legde hij het althans uit tijdens een ander fondswervingsdiner en iedereen geloofde hem, ook al hadden Mary-Beth en Buck Weinhart hem indertijd nooit zo horen praten.

Spike Tigglers geboortestad had veel op met de Democraten en nog meer met de baptisten. Op de zondag na zijn uitstapje naar Kitty Hawk hoorden mensen Spike voor de Kerk van het Heilige Doopsel iets te oneerbiedig lucht geven aan zijn enthousiasme voor de gebroeders Wright, en de oude Jessy Wade zei tegen de dertienjarige dat God ons wel vleugels zou hebben gegeven als hij gewild had dat we zouden vliegen. 'Maar God wilde toch ook dat we zouden autorijden?' antwoordde de jeugdige Spike, zo snel dat het onbeleefd was, terwijl hij ten overvloede naar de glanzend gepoetste Packard wees waarin de bejaarde vrouw die hem de les las de tweehonderd meter naar de kerk had afgelegd; waarop Spikes vader hem voorhield dat de Here, als het vandaag niet toevallig sabbat geweest was, misschien wel gewild zou hebben dat Spike een draai om zijn oren kreeg. Deze woordenwisseling was wat de inwoners van Wadesville zich herinnerden van Spike Tigglers conversatie anno 1943, en geen woord over land en zee en lucht.

Er gingen een paar jaar voorbij, de bom viel op Hiroshima, te vroeg volgens Mary-Beths moeder, en Spike ontdekte dat hoewel God hem geen wielen had gegeven, zijn vader gelukkig bereid was hem af en toe de auto te lenen. Op warme avonden speelden hij en Buck Weinhart hun spelletje: een langzame automobiel uitzoeken op een landweggetje en die volgen totdat hun radiatorscherm bijna in de kofferbak van de ander zat. Dan, terwijl ze hem geruisloos in-haalden en passeerden, riepen ze unisono: 'Vort met die geit, man!' Het was in diezelfde auto en omstreeks diezelfde tijd dat Spike, met ogen die uitpuilden van hoop, tegen Mary-Beth zei: 'Maar als God niet wilde dat we er gebruik van maakten, waarom heeft hij ons dan zo geschapen?'–een opmerking waardoor hij zijn doel nogal wat weken later bereikte dan zijn plan was, omdat Mary-Beth veel meer opkeek tegen de kerk dan Spike en omdat dit hoe dan ook niet de overtuigendste manier was om iemand het hof te maken. Een week of wat later mompelde Spike echter op de achterbank: 'Ik geloof dat ik echt niet buiten je kan, Mary-Beth,' en dat voldeed kennelijk.

Niet zo lang daarna ging Spike weg uit Wadesville en zo'n beetje het volgende wat de stad over hem hoorde, was dat hij in Korea pi-loot was op de F-86 Sabre en de communistische MIGs verhinderde de Jaloe over te steken. Er was een reeks momenten en gevoelens, niet allemaal met een logische samenhang, voor nodig geweest om hem daar te krijgen en wanneer Spike zijn leven probeerde te com-primeren tot een stripverhaal, zoals hij soms deed, zag hij zich aller-eerst op de duinen van Kitty Hawk naar de zee staan kijken; dan een duik doen naar Mary-Beths borst zonder terechtgewezen te worden en denken: 'God kan me hiervoor niet doodslaan, dat kan gewoon niet'; en dan in de schemering rondrijden met Buck Weinhart, wachtend tot de eerste sterren zouden verschijnen. Natuurlijk had het ook te maken met zijn liefde voor machines, en met vaderlands-liefde en met het sterke gevoel, dat hij er best geinig uitzag in zijn blauwe uniform; maar in zekere zin waren het de vroegste dingen die hij zich het duidelijkst herinnerde. Dat bedoelde hij, toen hij in 1975 zijn eerste verzoek om kapitaal deed en zei dat je leven terug-keerde naar de plaats waar het was begonnen. Het was ongetwijfeld verstandig van hem dat hij dit algemene gevoelen niet in duidelijke herinneringen vertaalde, want anders had hij om te beginnen waar-schijnlijk geen bijdrage van Mary-Beth losgekregen.

Tegelijk met de auto van zijn vader en een boze Mary-Beth liet Spike ook zijn geloof achter toen hij wegging uit Wadesville. Hoe-wel hij bij de marine op alle formulieren plichtmatig 'baptist' invul-de, dacht hij niet aan de geboden van de Heer, of aan de goddelijke genade, of aan gered worden, zelfs niet op die rotdagen dat een van

zijn medevliegers – wat zeg ik, een van zijn vrienden – de pijp uitging. Dan was je wel een vriend kwijt, maar je probeerde geen ra-
dioverbinding met de Heer te krijgen. Spike was een vliegenier, een
man van de wetenschap, een technicus. Je kon Gods bestaan erkennen op formulieren, net zoals je beleefd was tegen je meerderen op
de basis; maar het moment dat je het meest jij was, dat je echt
Spike Tiggler was, het joch dat het van een geleende auto op een stil
weggetje gebracht had tot een brullend gevechtsvliegtuig in een lege hemel, was wanneer je steil omhoog was geklommen en je zilveren vleugels in horizontale stand terugbracht, hoog in de heldere
lucht ten zuiden van de Jaloe. Dan was je helemaal de baas, en dan
was je ook het meest alleen. Dit was het leven en de enige die jou in
de steek kon laten was jijzelf. Op de neus van zijn F-86 had Spike de
leuze 'Vort Met Die Geit!' geverfd, als waarschuwing aan iedere
MIG die de pech had luitenant Tiggler zowat in zijn kont te voelen
kruipen.

Na de Koreaanse oorlog werd hij overgeplaatst naar de testpilo-
tenschool van de marine in Patuxent River, Maryland. Toen de
Russen hun eerste Spoetnik lanceerden en Project Mercury op gang
kwam gaf Spike zich op als vrijwilliger, ook al was er iets in hem – en
nogal wat vliegers in zijn omgeving waren het met hem eens – dat
volhield dat ze op die eerste vluchten net zo goed een chimpansee
konden gebruiken, Jezus, ze *gingen* ook een chimpansee gebruiken.
Het enige wat je hoefde te doen was in een raket zitten; je was een
stuk ballast met overal draden aan je lijf, een brok vlees waar de wetenschappers op wilden studeren. Ergens was hij niet teleurgesteld
toen hij niet bij de eerste zeven uitverkorenen was, maar ergens ook
wel; en de volgende keer meldde hij zich weer aan en werd aangenomen. Het stond op de voorpagina van de *Fayetteville Observer* met
een foto erbij, zodat Mary-Beth hem alles vergaf en hem een brief
schreef; maar omdat Betty, die sinds kort zijn vrouw was, last had
van jaloezie deed hij alsof hij zich dat meisje uit Wadesville niet herinnerde en ze kreeg geen antwoord op haar brief.

In de zomer van 1974 stond Spike Tiggler op de maan en gooide
een voetbal over een afstand van vierhonderdvijftig meter. Touchdown! Dit gebeurde tijdens een half uur waarin er geen specifieke
opdrachten waren en de twee mannen op de maan alles mochten

onderzoeken wat hun nieuwsgierigheid had opgewekt. Nou, Spike was altijd al nieuwsgierig geweest hoe ver je een bal kon gooien in die ijle atmosfeer en nu wist hij het. Touchdown! De stem op het controlecentrum klonk mild en collega-astronaut Bud Stomovicz ook, toen Spike zei dat hij die bal eventjes terug ging halen. Hij sprong door het dode landschap als een prairiehaas met slangetjes. De maan zag er in Spikes ogen behoorlijk ruig en geblutst uit en het stof dat hij deed opwaaien en dat in slow motion terugviel, leek op zand van een smerig strand. Zijn bal lag naast een kleine krater. Hij schopte hem zachtjes in de dorre kuil en draaide zich om, om te kijken hoe ver hij had gelopen. De maansloep, die zich bijna buiten zijn gezichtsveld bevond, zag er heel klein en onveilig uit, een speelgoedspin met een piepende batterij. Spike was geen man die tijdens opdrachten veel nadacht over zichzelf – trouwens, het werkschema was juist opgesteld om introspectie tegen te gaan – maar nu viel hem in dat hij en Bud (plus Mike, die nog steeds boven rondcirkelde in het bemanningscompartiment) zo ver van de rest van de menselijke soort vandaan waren als een mens momenteel maar kon zijn. Gisteren hadden ze de aarde zien opkomen en hoewel ze het ene geintje na het andere hadden gemaakt, was het een fantastisch gezicht geweest waar je duizelig van werd. Nu, op deze plek, had hij het gevoel dat hij op de rand van alles stond. Als hij tien meter verder liep zou hij van de vleugelpunt van de wereld kunnen vallen en, laarzen over helm, tollend in de verste ruimte verdwijnen. Hoewel hij wist dat het wetenschappelijk onmogelijk was dat dit zou gebeuren, had Spike Tiggler toch dat gevoel.

Precies op dat moment zei een stem tegen hem: 'Zoek de Arke Noachs.'

'Versta je niet,' antwoordde hij, want hij dacht dat het Bud was.

'Zei ook niks.' Ditmaal was het Buds stem. Spike herkende hem duidelijk en hij kwam trouwens gewoon uit zijn koptelefoon. Met die andere stem was het net geweest alsof hij door de lucht kwam, om hem heen was, binnen in hem, vlak bij hem, luid en toch vertrouwelijk.

Hij had een meter of twaalf in de richting van de maansloep gelopen, toen de stem zijn bevel herhaalde. 'Zoek de Arke Noachs.' Spike zette zijn luchtige maansprongetjes voort, terwijl hij zich afvroeg of dit een grap van iemand was. Maar niemand had een recorder in zijn helm kunnen stoppen – er was geen plaats voor, hij zou het gemerkt hebben, ze zouden het niet goedgevonden hebben. Je kon iemand gek maken met zo'n geintje en hoewel enkele van zijn collega-astronauten iemand behoorlijk op het verkeerde been konden zetten, ging hun humor meestal niet verder dan een stukje uit je meloen boren, het gat vol mosterd stoppen en de prop er weer in doen. Maar dit was een klasse apart.

'Je zult hem vinden op de Ararat, in Turkije,' vervolgde de stem. 'Zoek hem, Spike.'

De meeste van Spikes lichamelijke reacties werden door elektroden gecontroleerd en hij vermoedde dat ze de naaldjes als gekken zouden zien uitslaan boven het grafiekpapier wanneer dit deel van de vlucht werd geëvalueerd. In dat geval zou hij er niet voor terugschrikken om een goeie smoes te verzinnen. Op dit moment wilde hij alleen maar nadenken over wat hij gehoord had, wat het zou kunnen betekenen. Dus toen hij bij de maansloep terugkwam maakte hij een grap over de *receiver*, die de bal uit zijn handen had laten glippen, en werd weer een gewone astronaut, dat wil zeggen een testpiloot die chimpansee was geworden die nationale held was geworden die stuntman was geworden en die nu een toekomstig congreslid was of anders iemand die door zijn aanwezigheid de raad van commissarissen van een tiental ondernemingen status zou verlenen. Hij was niet de eerste man geweest die op de maan stond, maar er zouden er nooit zoveel komen dat hij niet uitzonderlijk meer zou zijn, iemand die recht had op roem en geld. Spike Tiggler was een behoorlijk handige jongen en Betty was nog stukken handiger, iets waar hun huwelijk bij verschillende gelegenheden van had geprofiteerd. Hij dacht dat hij een lang, atletisch meisje met een goed figuur trouwde, dat *Koken met Vreugde* las op hun huwelijksreis en niet losliet hoe bang ze geweest was als hij laat op de basis terugkeerde; maar ze bleek heel wat beter vertrouwd met de voortplantingsgewoonten van de dollar dan hij. 'Hou jij je nou maar bij het vliegen, dan denk ik wel aan ons allebei,' zei ze soms tegen hem en dat klonk als een plagerijtje, in elk geval deden ze allebei meestal alsof het alleen maar een plagerijtje was. Dus ging Spike Tiggler verder met zijn opdracht en werkte zijn schema af en liet tegenover niemand merken dat er iets veranderd was, dat alles veranderd was.

Na de landing in zee kwam het persoonlijke hallo van het Witte Huis, toen het medisch onderzoek, de debriefing, de eerste keer dat hij Betty mocht bellen, de eerste *nacht* dat hij weer met Betty samen was... en de roem. In de zinderende steden die hij altijd had gewantrouwd–het zelfvoldane Washington, het cynische New York, het maffe San Francisco–was Spike Tiggler belangrijk; in North Carolina was hij een god. Serpentines werden op zijn hoofd omgekeerd als schalen spaghetti; hij werd gekust, omarmd, betast, geslagen, gestompt. Kleine jongetjes groeven in zijn vestzak en vroegen schaamteloos om maanstof. Het liefst van alles wilden mensen gewoon *bij hem* zijn, een paar minuten in zijn gezelschap verkeren, de lucht inademen die hij uitademde, met bevreemding kijken naar die man uit de ruimte, die tevens de man uit de naburige provincie was. Na een paar maanden koortsachtige landelijke verwennerij kondigde het wetgevend lichaam van North Carolina, trots op zijn jongen en een beetje jaloers omdat hij op de een of andere manier eigendom van de hele natie scheen te zijn geworden, aan dat er een medaille zou worden geslagen die hem tijdens een speciale plechtigheid zou worden uitgereikt. Iedereen was het erover eens dat er geen geschikter plek bestond dan Kitty Hawk, op het vlakke land onder die effen lucht. Er werden die middag toepasselijke woorden gesproken, maar ze drongen maar half tot Spike door; Betty had een nieuw pakje aan met een hoed notabene en ze had behoefte aan de verzekering dat ze er fantastisch uitzag, wat waar was, maar die kreeg ze niet. Er werd een grote gouden medaille om zijn hals gehangen, met de Kitty Hawk aan de ene kant en de Apollo-capsule aan de andere; Spikes hand werd wederom tientallen malen geplet; en al die tijd, terwijl hij zijn beleefde glimlach lachte en zijn hoofd op de bekende manier scheefhield, dacht hij aan dat moment onderweg, dat moment toen hij het had geweten.

Er had een hartelijke, om niet te zeggen vleiende sfeer gehangen achter in de limousine van de gouverneur en Betty had er zo prachtig uitgezien dat hij vond dat hij het tegen haar moest zeggen, maar dat durfde hij niet waar de gouverneur en zijn vrouw bij waren. Ze voerden de gebruikelijke conversatie over zwaartekracht en maansprongetjes en aardopgang en vertel eens, wat deed je nou als je naar de wc moest, toen hij ineens, net toen ze vlak bij Kitty Hawk waren, de ark opzij van de weg zag. Een gigantische, gestrande ark, met hoge uiteinden en houten planken wanden. De gouverneur volgde met milde blik Spikes hoofd terwijl het 180 graden draaide, en beantwoordde zijn vraag zonder dat deze gesteld werd. 'Een soort kerk,' zei de gouverneur. 'Ze hebben hem niet zo lang geleden gebouwd. Waarschijnlijk zitten er beesten in.' Hij lachte en Betty deed voorzichtig mee.

'Gelooft u in God?' vroeg Spike plotseling.

'Anders zou ik geen gouverneur van North Carolina kunnen zijn,' was het opgewekte antwoord.

'Nee, gelooft u in *God*,' herhaalde Tiggler met een nadrukkelijkheid waarmee je iemand makkelijk tegen de haren in zou kunnen strijken.

'Schat,' zei Betty zacht.

'Ik geloof warempel dat we er bijna zijn,' zei de vrouw van de gouverneur, terwijl ze een dubbele plooi gladstreek met een wit gehandschoende hand.

Die avond op hun hotelkamer was Betty eerst geneigd zich met hem te verzoenen. Het moet behoorlijk zwaar zijn, dacht ze, hoe fantastisch het ook is. *Ik* zou niet graag de hele tijd op podiums moeten klimmen en iedereen voor de vijftigste keer vertellen hoe het geweest was en wat een trots gevoel ik had, ook al had ik een trots gevoel en ook al *wilde* ik er voor de vijftigste keer over praten. Dus ze vertroetelde hem een beetje en vroeg of hij moe was en probeerde een willekeurige verklaring uit hem los te peuteren voor het feit dat hij niet één keer, de hele dag verdomme *niet één keer* iets over haar pakje had gezegd en of hij soms niet wist dat ze helemaal niet zo zeker was dat primulageel echt haar kleur was. Maar dat lukte niet en dus vroeg Betty, die nooit kon slapen tenzij alle kaarten op tafel lagen, of hij een borrel wilde en waarom hij ineens zo raar had gedaan vlak voor de plechtigheid, en als ze het eerlijk mocht zeggen zou hij zijn toekomstige carrière het snelst verpesten door aan staatsbestuurders te vragen of ze in God geloofden of niet, Jezusnogantoe. Wie dacht hij wel dat hij was?

'Mijn leven is veranderd,' zei Spike.

'Wat probeer je me te vertellen?' Betty was van nature achterdochtig en het was haar opgevallen hoeveel brieven een beroemd man ontvangt van vrouwen die hem niet kennen, van meisjes zoals Mary-Beth en van alle meisjes die een Mary-Beth zouden kunnen worden.

'Ja,' antwoordde hij. 'Je komt terug waar je begonnen bent. Ik heb 380.000 kilometer gereisd om de maan te zien – en het was de aarde die echt de moeite waard was om naar te kijken.'

'Je moet *echt* maar een borrel nemen.' Halverwege de minibar bleef ze staan, maar hij had niets gezegd, niet bewogen, geen gebaar gemaakt. 'Verdomme, dan neem *ik* maar een borrel.' Ze ging naast haar man zitten met een whisky-cocktail en wachtte af.

'Toen ik een jochie was heeft pa me meegenomen naar Kitty Hawk. Ik was een jaar of twaalf, dertien. Daardoor ben ik vliegenier geworden. Vanaf die dag wou ik niets anders meer.'

'Dat weet ik, schat.' Ze pakte zijn hand beet.

'Ik ben bij de marine gegaan. Ik was een goeie vliegenier. Ik ben overgeplaatst naar Pax River. Ik heb me opgegeven voor Project Mercury. Eerst namen ze me niet, maar ik heb volgehouden en toen namen ze me tenslotte toch. Ik werd aangenomen voor Project Apollo. Ik heb de hele training meegemaakt. Ik ben op de maan geland...'

'Dat weet ik, schat.'

'...en daar... *daar*,' vervolgde hij en kneep in Betty's hand terwijl hij aanstalten maakte er voor het eerst tegen haar over te praten, 'heeft God me opgedragen de Arke Noachs te zoeken.'

'O.'

'Ik had net die bal gegooid. Ik had net die bal gegooid en hem teruggevonden en in dat kratertje geschopt en ik stond me af te vragen of de camera me nog kon zien en of ze dan zouden zeggen dat hij niet echt zat, toen God tegen me begint te praten. *Zoek de Arke Noachs.*' Hij keek zijn vrouw aan. 'Het had iets van, je bent een volwassen man en je bent helemaal naar de maan gegaan en wat wil je? Ballen gooien. Tijd om af te leggen wat kinderlijk was, dat was wat God tegen me zei.'

'Hoe weet je zo zeker dat het God was, schat?'

Spike negeerde deze vraag. 'Ik heb het tegen niemand gezegd. Ik weet dat het geen hallucinatie was. Ik weet dat ik gehoord heb wat ik gehoord heb, maar ik praat er niet over. Misschien ben ik er toch niet helemaal zeker van, misschien wil ik het vergeten. En wat gebeurt er? Op de dag dat ik terugga naar Kitty Hawk waar het al die jaren geleden is begonnen, op de eigenste dag dat ik terugga, zie ik die verdomde ark. *Vergeet niet wat ik gezegd heb*—dat is Zijn boodschap, nietwaar? Zo duidelijk als wat. Dat betekent het. *Neem gerust die medaille in ontvangst, maar vergeet niet wat ik heb gezegd.'*

Betty nam een slokje van haar whisky. 'En wat ga je nu doen, Spike?' Anders zei ze niet *je*, maar *we* als ze het over zijn carrière had; ditmaal stond hij alleen.

'Ik weet het nog niet. Ik weet het nog niet.'

De door Betty geraadpleegde psychiater van NASA beschikte over een uitgebreid assortiment hoofdknikken, alsof hij wilde suggereren dat ze hem veel buitensporiger dingen zou moeten vertellen voordat hij zijn pen zou neergooien en toegeven dat er een steekje los zat aan die vent, dat hij zo gek was als een deur. Hij knikte, en zei dat zijn collega's en hij rekening hadden gehouden met enkele *aanpassingsproblemen*, tenslotte moest iemand die naar de maan ging en dan naar de aarde keek zich ongeveer net zo voelen als de eerste vent die ooit op zijn hoofd had gestaan en de wereld van die kant had bekeken, wat iemands *gedragspatroon* kon beïnvloeden; en de stress tijdens de vlucht in aanmerking genomen en de enorme publiciteit waarmee de ruimtereizen gepaard gingen, was het niet zo verbazingwekkend dat er een zekere *herstructurering van de realiteit* had plaatsgevonden, maar het was niet aannemelijk dat de gevolgen daarvan ernstig of langdurig zouden zijn.

'U geeft geen antwoord op mijn vraag.'

'Hoe luidt uw vraag dan?' De psychiater besefte niet dat ze er een had gesteld.

'Is mijn man—ik weet niet welke technische term u zou gebruiken, dokter—maar is mijn man geschift?'

Er volgde weer een groot aantal hoofdknikken, ditmaal in het horizontale in plaats van het verticale vlak, er werden voorbeelden gegeven van *zintuiglijke desoriëntatie* en Spikes dossier werd bestudeerd, waarin hij op iedere bladzij gedecideerd *baptist* had ingevuld, en Betty kreeg het gevoel dat de psychiater verbaasder zou zijn geweest als Spike God *niet* had horen spreken op de maan, en toen ze hem vroeg 'Had Spike een hallucinatie?' antwoordde hij alleen maar: 'Wat denkt u zelf?' wat naar Betty's mening het verloop van het gesprek niet ten goede kwam, het leek zelfs bijna alsof *zij* gek was omdat ze aan haar man had getwijfeld. Een gevolg van het gesprek was dat Betty er vandaan kwam met het gevoel dat ze haar man had verraden in plaats van geholpen; en het andere was dat er, toen Spike drie maanden later ontslag vroeg uit het ruimtevaartprogramma, niet heftig tegen zijn verzoek geprotesteerd werd zolang het maar geruisloos werd afgehandeld, omdat uit het rapport van de psychiater duidelijk bleek dat er *een steekje loszat* aan Spike, dat hij zo gek was als een deur, dat hij hartstikke geschift was en dat hij na nauwgezette persoonlijke inspectie waarschijnlijk geloofde dat de maan van groene kaas was gemaakt. Dus werd hij eerst op kantoor gezet bij de voorlichting en toen teruggeplaatst naar de marine bij de opleiding, maar nog geen jaar nadat hij in de grijze as had rondgesprongen was Spike terug in de burgermaatschappij en vroeg Betty zich af hoe het verder moest als je op fluweel had gezeten en er vanaf was gelazerd.

Spikes aankondiging dat hij het Moondust-restaurant in Wadesville had afgehuurd voor zijn eerste fondswervingsbijeenkomst, was voor Betty aanleiding om zich af te vragen of het niet het minst pijnlijk zou zijn als ze *Koken met Vreugde* dichtsloeg en zo gauw mogelijk ging scheiden. Spike had bijna een jaar niets uitgevoerd, behalve dat hij op een dag een bijbel was wezen kopen. Na die tijd was hij 's avonds soms ineens verdwenen en dan vond ze hem op de veranda achter het huis, de Heilige Schrift opengeslagen op zijn knieen en zijn blik gericht op de sterren. Haar vriendinnen leefden op vermoeiende wijze met hen mee; het was tenslotte vast heel moeilijk als je terugkwam van *daarboven* en je weer moest aanpassen aan de dagelijkse tredmolen. Het was Betty duidelijk dat Touchdown Tigglers roem heel wat jaartjes mee zou kunnen zonder dat hij een poot hoefde uit te steken, en het was even duidelijk dat ze op steun kon rekenen – omdat roem gevolgd door instorten niet zomaar Amerikaans was, maar gewoonweg bijna patriottisch – maar toch voelde ze zich genomen. Na al die jaren doen wat goed was voor Spikes carrière, heen en weer gezeuld worden door het hele land, nooit echt een thuis hebben, afwachten, hopen op het lot uit de loterij... en dan, als het zover is, als die harde ronde dollars uit de automaat komen stromen, wat doet Spike? In plaats dat hij zijn hoed eronder houdt om ze op te vangen, gaat hij op de veranda naar de sterren zitten kijken. Dat is mijn man, die daar met die bijbel op zijn knieën en die gescheurde broek en die vreemde blik in zijn ogen. Nee, hij is niet overvallen, hij is alleen maar van het fluweel gelazerd.

Toen Betty aan Spike vroeg wat ze zou aantrekken voor zijn eerste openbare bijeenkomst in het Moondust-restaurant, klonk er een licht sarcasme in haar stem door; en toen Spike antwoordde dat hij altijd gesteld was geweest op die lichtgele jurk die ze gekocht had voor die keer dat hij zijn medaille kreeg op Kitty Hawk, hoorde ze wederom een stem in haar binnenste die stellig niet die van de Almachtige was en het woord *echtscheiding* fluisterde. Maar het vreemde was dat hij het scheen te menen en hij merkte tot twee keer toe op, één keer voor ze van huis vertrokken en nog een keer toen ze van de grote weg afgingen, dat ze er prachtig uitzag. Dit was haar opgevallen als nieuw. Tegenwoordig meende hij altijd wat hij zei en hij zei alleen wat hij meende, en meer niet. Hij scheen zijn grappen, zijn plagerijen, zijn lef te hebben achtergelaten bij zijn bal in die krater (dat was ook een stomme stunt geweest, als je er even over nadacht, daardoor had haar eerder een licht moeten opgaan). Spike was serieus geworden; hij was saai geworden. Hij zei nog altijd dat hij van haar hield, wat Betty geloofde, hoewel ze zich soms afvroeg of een vrouw daar genoeg aan had. Maar zijn flair was hij kwijt. Als dit het afleggen van de kinderlijkheid betekende, vond Betty dat er een hoop te zeggen viel voor kinderlijkheid.

Het Moondust-restaurant was vol op die avond in april 1975, toen Spike Tiggler zijn eerste fondswervingscampagne begon. Bijna de hele stad was er, plus een stel journalisten en een fotograaf. Betty vreesde het ergste. Ze zag al koppen voor zich als: GOD HEEFT TOT MIJ GESPROKEN, VERKONDIGT ONTSLAGEN ASTRONAUT en STEEKJE LOS AAN MAN UIT WADESVILLE. Zenuwachtig zat ze naast haar man, terwijl de plaatselijke dominee hem welkom heette in de samenleving waarin hij was opgegroeid. Er werd geklapt; Spike pakte teder haar hand en liet die pas los toen hij al overeind stond en zijn mond opendeed om het woord te nemen.

'Het is fijn om terug te zijn,' zei Spike terwijl hij het zaaltje rond-keek en hallo-knikjes uitdeelde aan iedereen die hij herkende. 'Weten jullie, pas geleden zat ik nog achter op mijn veranda naar de sterren te kijken en te denken aan het joch dat ik vroeger was, al die jaren geleden in Wadesville. Ik moet een jaar of vijftien, zestien zijn geweest en ik denk dat ik nogal onhandelbaar was en Jessie Wade, ze ruste in vrede, ik neem aan dat velen van jullie zich Jessie herinneren, die zei tegen me: "Jonge man, als je op die manier blijft gillen en schreeuwen dan vlieg je op een dag nog eens de lucht in" – en die oude Jessie Wade wist kennelijk het een en ander, want vele jaren later heb ik dat inderdaad gedaan, hoewel ze helaas niet lang genoeg geleefd heeft om haar voorspelling in vervulling te zien gaan, de Heer hebbe haar ziel.'

Betty was stomverbaasd. Hij stond de boel te belazeren. Hij stond de boel goddomme te belazeren. Vroeger praatte hij nooit met veel genegenheid over Wadesville; dat verhaal over die oude Jessie Wade kende ze zelfs helemaal niet; en nu stond hij daar herinneringen op te halen en de lui uit Dorpsstraat Ons Dorp stroop om hun monden te smeren. Hij vertelde een heleboel verhalen over zijn jeugd, en nog een aantal over toen hij astronaut was, want daar waren ze toch in de eerste plaats voor gekomen, maar de boodschap die in alles lag besloten was dat Spike zonder deze lui niet verder zou zijn gekomen dan Fayetteville, dat het in werkelijkheid *deze lui* waren die hem op de maan hadden neergezet, en niet die knappe kerels met hun oorknoppen in het controlecentrum. Wat Betty evenzeer verbaasde, was dat hij dit onderdeel van zijn toespraak bracht met alle oude grappen en plaagstoten waarvan ze gedacht had dat hij er niet meer toe in staat was. En toen kwam hij bij die passage dat het leven van iedere man een proces van vluchten en terugkeren, vluchten en terugkeren was, dat op eb en vloed in de Pasquotank River leek (en dat was het moment waarop Jeff Clayton bedacht dat hij het helemaal niet zo ervaren had toen hij naar het Golfmuseum in Pinehurst was gereden); en uitlegde dat je altijd terugkeerde naar de dingen en plaatsen waar je begonnen was. Net zoals hij jaren geleden uit Wadesville was weggegaan en nu terug was; zoals hij zijn hele jeugd een trouwe bezoeker van de Kerk van Het Heilige Doopsel was geweest, later was afgedwaald van het pad des Heren, maar er nu op teruggekeerd was–wat nieuw was voor Betty, maar nauwelijks onverwacht.

En nu, ging hij verder, werd het tijd voor het serieuze gedeelte van de avond, het doel van deze bijeenkomst (en Betty hield haar adem in terwijl ze dacht *hartstikke geschift*, hoe zullen ze het opvatten als hij vertelt dat God gezegd heeft dat hij zijn bal in die krater moest laten liggen en liever op zoek moest gaan naar de Ark). Maar Betty had Spike alweer onderschat. Hij zei niets over bevelen van de Almachtige op de maan, niet één keer. Hij haalde enige malen zijn geloof aan, en begon weer van voren af aan over terugkeren naar waar je vandaan kwam, en hij had het over de moeilijkheden die ze hadden moeten overwinnen in het ruimtevaartprogramma; dus toen hij eindelijk begon uit te leggen dat hij over dat soort zaken had nagedacht terwijl hij op zijn achterveranda naar de sterren zat te kijken en dat hij vond dat het na al die jaren tijd werd om te gaan zoeken naar waar we vandaan kwamen en dat hij van plan was een expeditie op touw te zetten om de resten terug te vinden van de Arke Noachs, die zoals iedereen wist op de top van de Grote Ararat lag in de nabijheid van de grens van Turkije met Iran, klonk het allemaal logisch, als een logische ontwikkeling. Je kon Project Ararat zelfs zien als logische volgende stap voor NASA; en de toehoorders zouden zelfs kunnen concluderen dat NASA een beetje zelfzuchtig, een beetje materialistisch en bekrompen was door zich uitsluitend te concentreren op ruimtevluchten, terwijl er projecten waren die hart en ziel van de belastingbetaler meer beroerden, waar ze hun verfijnde technologie beter voor konden gebruiken.

Hij had de boel belazerd, hij had ze goddomme belazerd, dacht Betty toen haar man ging zitten in de rumoerige zaal. Hij had het niet eens over geld gehad, alleen gevraagd of ze hem met hun aanwezigheid wilden vereren terwijl hij hun een paar ideetjes voorlegde, en als ze vonden dat hij op het goede spoor zat dan zou hij van zijn krent af komen en op zoek gaan naar mensen die hem konden helpen. Zo ken ik mijn Spike weer, mompelde Betty, ook al was het een nogal andere Spike dan die waarmee ze getrouwd was.

'Mevrouw Tiggler, wat vindt u van het plan van uw man?' werd haar gevraagd, toen ze hand in hand tegenover de fotograaf van de *Fayetteville Observer* stonden.

266

'O, ik sta voor honderdtien procent achter hem,' antwoordde ze, terwijl ze naar Spike opkeek met de glimlach van een bruidje. De *Observer* vermeldde haar commentaar en de journalist wist er zelfs bij te vertellen dat mevrouw Tiggler er zo aantrekkelijk had uitgezien in haar mosterdkleurige japon met bijpassende hoed (*mosterd*, zei Betty tegen Spike, *dan eet hij zeker altijd rosbief met primula's*). Toen ze die avond thuiskwamen was Spike ontzettend opgewonden, zoals ze hem al zowat een jaar niet had meegemaakt, en er was geen sprake van dat hij zich met zijn bijbel op de veranda onder de sterren terugtrok; nee, hij duwde haar zowat de slaapkamer binnen, waar ze al een hele tijd niet veel meer deden dan slapen en Betty, die dit helemaal niet onaangenaam vond ook al was ze er niet op voorbereid, mompelde in hun geheimtaal iets over de badkamer, maar Spike zei dat dat niet nodig was en Betty vond het wel leuk dat hij zo bazig deed.

'Ik hou van je,' zei Spike later op die avond.

Van een kort bericht in de *Fayetteville Observer* kwam een hoofdartikel in *Greensboro News and Record*, waaruit weer een klein landelijk nieuwsbericht voortkwam. Daarna werd het stil, maar Spike was nog steeds vol vertrouwen en herinnerde zich de vreugdevuren waar hij als kind naar had gekeken, toen het er ook altijd uitzag of er niets gebeurde totdat het hele ding tegelijk vlam vatte; en hij kreeg gelijk, want plotseling schitterde hij op de voorpagina's van de *Washington Post* en de *New York Times*. Toen arriveerden de mensen van de televisie, waaruit nieuwe belangstelling van de schrijvende pers voortkwam, gevolgd door de buitenlandse televisie en de buitenlandse pers, en al die tijd werkten Betty en Spike hard (ze waren weer een team, net als in het begin) om Project Ararat van de grond te krijgen. Verslaggevers kregen informatiefolders waarin de nieuwste bijdragen en steunbetuigingen stonden vermeld, of een gift van touwen en tenten van een bekend warenhuis. Algauw stond er op het gazon voor het huis van Spike en Betty een grote houten campagne-thermometer; elke maandagmorgen pakte Spike zijn kwast en verfde het kwik een paar streepjes hoger.

Het is niet verwonderlijk dat Spike en Betty deze kritische tijd vergeleken met het lanceren van een raket: de countdown is opwindend, het moment van ontbranden aangrijpend, maar totdat je ziet dat die zware sodemieter van een zilveren buis van zijn achterste begint te komen en zich sidderend een weg naar de hemel baant, weet je dat er altijd een kans bestaat dat het een gênante en zeer openbare miskleun zal worden. Wat Betty ook mocht willen, nu ze eenmaal besloten had voor honderdtien procent achter haar man te staan, wilde ze dat in geen geval. Betty was van nature niet bijzonder gelovig en in het diepst van haar hart wist ze niet wat ze van Spikes ervaring op de maan moest denken; maar als iets mogelijkheden had, zag ze dat meteen. Na een jaar chagrijnige bijbelstudie waarin haar vriendinnen zo met haar hadden meegeleefd dat ze wel kon gillen, was het niet zo gek dat Spike Tiggler weer in het nieuws was. Na Project Apollo Project Ararat–wat lag er meer voor de hand dan deze progressie, dit minuscule alfabetische stapje? En niemand, niet één van de kranten had zelfs maar gesuggereerd dat er misschien een steekje loszat aan Spike, dat hij zo gek was als een deur.

Spike redde zich heel aardig en vertelde niet één keer hoe God voor president Kennedy had gespeeld en het balletje aan het rollen had gebracht. Dit maakte het voor Betty makkelijker om mensen geïnteresseerd te krijgen die misschien niet zo enthousiast op het plan zouden hebben gereageerd als ze gevonden hadden dat er een geschift luchtje aan zat. Zelfs de gouverneur van North Carolina was bereid Spikes barse nieuwsgierigheid naar de waarachtigheid van zijn geloof door de vingers te zien en stemde welwillend toe tafelpresident te zijn bij een fondswervingsdiner à $100 per couvert. Bij dergelijke gelegenheden droeg Betty lichtgeel met een regelmaat die haar vriendinnen onnodig, om niet te zeggen onmodieus vonden; maar Spike hield vol dat het zijn gelukskleur was. Als hij met verslaggevers sprak, vroeg Spike weleens of ze ook een regeltje aan de jurk van zijn vrouw wilden wijden, die zoals ze ongetwijfeld hadden opgemerkt mosterdkleurig was. Sommige journalisten, hetzij lui hetzij kleurenblind, deden dit gehoorzaam, zodat Spike moest grinniken als hij de kranten las.

Hij trad ook op als gast in een aantal religieuze tv-shows. Betty sidderde soms van angst als de zoveelste verkoper in driedelig kostuum na de reclame met het inleidende praatje kwam dat Gods liefde op het stille centrum van een wervelwind leek en dat een van de gasten die hier vandaag aanwezig waren werkelijk in een wervelwind had gezeten en kon bevestigen dat daar volmaakte rust heerste, maar dat dit betekende dat het christendom een geloof was dat voortdurend in beweging was omdat je niet stil kon blijven staan in een wervelwind, en dat bracht hem op zijn tweede gast, Spike Tiggler, die in zijn tijd zelfs nog sneller gereisd had dan een wervelwind maar nu op zoek was naar dat centrum, naar die volmaakte rust, de Heer zij geloofd. En Spike, die zich weer een astronautenkapsel en een blauw pak had aangemeten, gaf overal beleefd antwoord op en vermeldde niet één keer – terwijl de verkoper dat dolgraag had willen horen – dat God *erbij* was geweest, in zijn helm, in zijn oor had gefluisterd. Hij kwam over als een goed, argeloos en betrouwbaar mens, zodat de cheques voor Project Ararat binnenstroomden, ten name van Betty Tiggler, die zich zelf natuurlijk een salaris uitbetaalde.

Ze vormden een comité: dominee Lance Gibson, in het grootste gedeelte van de staat een gerespecteerd of in elk geval bekend man, een tikkeltje fundamentalistisch volgens sommigen maar niet zo extreem dat hij goed geld afschrikte; dr. Jimmy Fulgood, eens een beroemd student-basketbalspeler, thans geoloog en scubaduiker, die de expeditie wetenschappelijk aanzien zou geven; en Betty zelf, voorzitster, coördinatrix en penningmeesteres. De gouverneur gaf toestemming hem op het briefpapier te vermelden als Beschermheer; en het enige probleempje bij de hele countdown voor Ararat was, dat het niet lukte het project erkend te krijgen als liefdadige instelling.

Belezen journalisten vroegen Spike nogal eens hoe het kwam dat hij zo door en door zeker was dat ze de Ark op de Ararat zouden aantreffen. Zei de koran niet dat hij op de Judi was geland, enige honderden kilometers verderop, in de nabijheid van de grens met Irak? En was de joodse traditie niet even afwijkend, omdat zij meenden dat het ergens in het noorden van Israël was gebeurd? Op zulke momenten haalde Spike al zijn charme voor de dag en antwoordde dat iedereen natuurlijk recht had op zijn eigen mening en dat hij het prima vond als een Israëlische astronaut in Israël wilde zoeken en als een astronaut die in de koran geloofde dat in Irak deed, vond hij dat ook prima. Sceptische verslaggevers gingen na afloop naar huis met het gevoel dat Tiggler misschien argeloos was, maar niet achterlijk.

Een andere vraag die van tijd tot tijd werd gesteld, was of de Ark – vooropgesteld dat zijn theoretische rustplaats te vinden was – in de afgelopen godweethoeveel duizend jaar niet zou zijn weggerot of opgevreten door termieten. Ook dan liet Spike zich niet uit zijn tent lokken en onthulde vooral niet hoe hij wist dat hij niet verrot of opgevreten kon zijn, omdat Gods opdracht om de Ark te zoeken duidelijk aangaf dat er iets van over was. In plaats daarvan verwees hij de vragensteller naar zijn bijbel, die de vragensteller kennelijk niet bij zich had, maar waarin hij zou kunnen lezen dat de Ark van goferhout was gemaakt, dat buitengewoon hard was, daar was iedereen het over eens, en daarom waarschijnlijk zowel tegen houtrot als tegen termieten bestand; dan noemde Spike voorbeelden van verschillende dingen die door de eeuwen heen op wonderbaarlijke wijze bewaard waren gebleven; mammoeten die in gletsjers waren gevonden met vlees dat zo vers was als een tartaartje van de plaatselijke supermarkt; en tenslotte suggereerde hij dat als God Almachtig had gewild dat er door een wonder iets bewaard zou blijven door de eeuwen heen, de Ark toch stellig hoge ogen gooide als kandidaat?

Dominee Lance Gibson raadpleegde kerkhistorici aan baptistische universiteiten om te weten te komen wat de huidige opvattingen waren over de rustplaats van de Ark; terwijl Jimmy Fulgood zich verdiepte in vermoedelijke wind- en getijpatronen ten tijde van de zondvloed. Toen die twee hun bevindingen vergeleken, begonnen ze het meest te voelen voor een gebied aan de zuidoostkant van de berg, een paar kilometer onder de top. Prima, stemde Spike in, dan zouden ze daar beginnen met zoeken, maar wat dachten ze van zijn plan om helemaal bovenaan te beginnen en af te dalen zoals spinnen hun web weven, zodat het hele terrein systematisch werd afgezocht? Jimmy vond het een idee waar zeker iets in zat, maar hij kon er als bergbeklimmer niet mee akkoord gaan, dus op dat punt gaf Spike zich gewonnen. Jimmy's tegenvoorstel was dat Spike zijn connecties bij NASA en bij de marine moest gebruiken om een stel goede luchtverkenningsfoto's van de berg te krijgen, dan konden ze die vergroten en kijken of er iets op te zien viel dat op een ark leek.

Spike gaf toe dat dit een logische benadering was, maar vroeg zich af of God werkelijk wilde dat ze het zich zo makkelijk maakten. Was de hele opvatting over het project juist niet dat het een christelijke bedevaart was en hadden de pelgrims zich vroeger niet altijd moeten behelpen? Hoewel hij niet wilde opperen dat ze niet het allerbeste mee moesten nemen op het gebied van tenten en touwen en laarzen en polshorloges, vond hij toch dat ze moesten hopen dat ze, als ze er eenmaal waren, door iets anders geleid zouden worden dan de moderne technologie.

Dominee Gibsons pastorale werkzaamheden verhinderden hem de reis naar Turkije mee te maken, maar hij zou geestelijke steun bieden en de Almachtige er in zijn gebeden aanhoudend aan herinneren dat zijn twee mede-comitéleden in een ver land de Here dienden. Betty zou thuis blijven en de media te woord staan, die vast zouden staan te dringen. De leden van de expeditie – Spike en Jimmy – zouden in juli van dat jaar, 1977, vertrekken. Ze waagden zich niet aan voorspellingen over hoe lang ze weg zouden blijven. Je daagde God niet uit tot een duel tenzij je een kogel in je donder wilde, zei dominee Gibson.

Er waren allerlei voorraden geschonken door aanhangers, kerkgemeenten en bedrijven die zich specialiseerden in overlevingsuitrustingen; en terwijl Betty de pakketten openmaakte die tot aan de vooravond van hun vertrek bleven binnenstromen, vroeg ze zich af hoe men het project in sommige kringen zag. Er waren geschenken bij die bepaald onchristelijk waren. Iemand die een blik in de expeditiekamer van de Tigglers had geworpen, had daaruit kunnen opmaken dat Spike en Jimmy een stel naakte vluchtelingen waren die er als huurmoordenaars op uitgestuurd werden om het grootste deel van Aziatisch Turkije uit te roeien.

Ze lieten een berg afgedankte kleren achter, een aantal automatische wapens, vier verdovingsgranaten, een wurgijzer en een paar zelfmoordpillen die door een zeloot waren geschonken. Wat ze meenamen waren een lichtgewicht kampeeruitrusting, vitaminetabletten, een Japanse camera met zo'n nieuwe zoomlens, credit cards, traveller cheques van American Express, hardloopschoenen, een halve liter bourbon, thermische sokken en ondergoed, een grote plastic zak met zemelvlokken voor de stoelgang, tabletten tegen diarree, een infrarood nachtvizier, pillen om het water te zuiveren, gevriesdroogd, vacuümverpakt voedsel, een gelukshoefijzer, zaklantaarns, tandpleister, reservebatterijen voor hun elektrische scheerapparaten, een paar kapmessen die scherp genoeg waren om goferhout door te hakken of een aanvaller van onder tot boven open te rijten, een muggenwerend middel, zonnebrandcrème en de bijbel. Toen Jimmy stiekem hun bagage controleerde vond hij een opgevouwen voetbal en een klein tankje met samengeperste lucht; met een toegeeflijke grijns stopte hij beide weer terug. Toen Spike stiekem de bagage controleerde vond hij een doosje condooms, dat hij weggooide zonder er ooit een woord over te zeggen tegen Jimmy. Het comité beraadslaagde over de cadeautjes die de expeditie moest meenemen om de boerenbevolking van Aziatisch Turkije gunstig te stemmen. Betty dacht aan kleurenansichten van Spike op de maan, maar Spike vond dat helemaal verkeerd, omdat dit geen persoonlijke egotrip was maar een reis in dienst van de Here. Nadat ze nog een tijdje hadden nagedacht namen ze tweehonderd buttons mee van de inauguratie van President Jimmy Carter en zijn First Lady, de schone Rosalynn, die ze ver onder de kostprijs hadden kunnen krijgen van een kennis van dominee Gibson, die blij was om ervanaf te komen.

Ze vlogen naar Ankara, waar ze smokings moesten huren voor het voortreffelijke diner dan hun werd aangeboden door de ambassadeur. Spike verborg zijn teleurstelling toen de meeste gasten alleen maar over astronautica wilden praten en duidelijk geen zin hadden hem ook maar iets over Project Ararat te vragen. Later bleken ze niet onder de indruk, om niet te zeggen domweg gierig, toen Spike in zijn after-dinner toespraak een patriottisch verzoek om fondsen deed.

De boodschap die Betty via Interchurch Travel naar Erzerum had gestuurd over het huren van een jeep of Land Rover was kennelijk niet aangekomen, dus reisde de expeditie verder in een grote Mercedes. Eerst in oostelijke richting naar Horasan, toen oost-zuid-oostwaarts naar Dogubayazit. Het landschap was mooi, zo'n beetje zachtgroen en zachtbruin tegelijk. Ze aten verse abrikozen en deelden foto's van de glimlachende Carters uit aan kleine kinderen, van wie sommige tevreden leken, terwijl andere bleven zeuren om dollars of desnoods ballpoints. Het leger was overal, wat Spike aan het denken zette over de strategische betekenis van de omgeving. Jimmy hoorde ervan op dat de Ararat, of Agri Dagi zoals de plaatselijke bevolking hem hardnekkig bleef noemen, nog maar honderd jaar geleden de ontmoetingsplaats was geweest van drie grote mogendheden–Rusland, Perzië en Turkije–en dat de berg onder die drie was verdeeld.

'Ik vind het maar raar dat de Sovjets er ook een stuk van hebben gekregen,' was Jimmy's commentaar.

'Toen waren het natuurlijk nog geen Sovjets,' zei Spike. 'Toen het nog gewoon Russen waren, waren het christenen net als wij.'

'Misschien heeft de Heer hun dat stuk berg weer afgepakt toen het Sovjets werden.'

'Wie weet,' antwoordde Spike, die er niet helemaal zeker van was wanneer de grenzen waren verlegd.

'Omdat Hij zijn heilige berg niet in handen wou laten vallen van ongelovigen.'

'Ik snap het heus wel,' zei Spike een beetje geërgerd. 'Maar de Turken zijn ook niet bepaald christenen.'

'Maar niet zo ongelovig als de communisten.' Jimmy leek onwillig zijn theorie bij de eerste tegenwerping te laten varen.

'Oké.'

Terwijl ze vanaf Dogubayazit naar het noorden reden, riep Spike plotseling dat Jimmy moest stoppen. Ze stapten uit en Spike wees naar een beekje. Het water stroomde langzaam maar ontegenzeggelijk heuvelopwaarts.

'De Heer zij geprezen,' zei Spike Tiggler en knielde neer om te bidden. Jimmy boog zijn hoofd een graad of wat, maar bleef staan. Een paar minuten later ging Spike naar de Mercedes en vulde twee plastic flessen met water uit de beek.

'Dit is het land van de wonderen,' verkondigde hij toen ze weer wegreden.

Jimmy Fulgood, geoloog en scuba-duiker, wachtte een kilometer of wat voordat hij trachtte uit te leggen dat het wetenschappelijk niet onmogelijk was dat een beek heuvelopwaarts stroomde. Het hing af van een zeker gewicht en van de druk van het water hoger op de berg, en of het schijnbaar opwaartse stuk een betrekkelijk

273

klein onderdeel was van de totale afdaling. Voor zover hij wist was er verschillende malen verslag gedaan van dit fenomeen. Spike, die nu aan het stuur zat, bleef opgewekt knikken. 'Je kan het vast wel op die manier verklaren,' merkte hij tenslotte op. 'Het punt is, wie heeft het water heuvelopwaarts laten stromen? Wie heeft het daar neergelegd zodat wij het zouden zien als we langsreden op weg naar Ararat? Onze Lieve Heer, en niemand anders. Dit is het land van de wonderen,' herhaalde hij, tevreden knikkend.

Jimmy had Spike altijd een optimistisch type gevonden; maar hier in Turkije werd hij bepaald uitbundig. Muggen noch tegenslagen deden hem iets; hij gaf fooien met ware christelijke gulheid; en hij had de gewoonte, telkens als ze onderweg een koe passeerden, zijn raampje neer te laten en tegen de eigenaar, of alleen maar tegen de omgeving te schreeuwen: 'Vort met die geit, man!' Soms was dit irritant, maar Jimmy was voor honderd procent in dienst van Project Ararat, dus liet hij deze uitgelatenheid over zich heen komen zoals hij dat ook met humeurigheid zou hebben gedaan.

Ze reden door totdat de weg ophield en ze in de verte de silhouetten van de Grote en de kleine Ararat zagen.

'Net man en vrouw, hè?' merkte Spike op.

'Hoe bedoel je?'

'Nou, broer en zus, Adam en Eva. Die grote daar en dat lekkere schatje ernaast. Zie je wel? *Man en vrouw schiep Hij hen.*'

'Denk je dat de Here daar op dat moment aan dacht?'

'De Here denkt aan alles,' zei Spike Tiggler. 'De hele tijd.'

Jimmy Fulgood keek naar de twee silhouetten in de verte en verzweeg zijn overpeinzing dat Betty Tiggler een centimeter of vijf langer was dan Spike.

Ze zochten hun spullen uit voordat ze verder gingen op de twee benen die de Here hun had gegeven. Ze lieten de bourbon in de kofferbak achter, omdat ze intuïtief aanvoelden dat het verkeerd was alcohol te gebruiken op de berg van de Here; en de buttons van Carter hadden ze ook niet meer nodig. Ze namen hun travellers' cheques, hun hoefijzer en de bijbel mee. Tijdens het overbrengen van de voorraden zag Jimmy dat Spike stiekem de opgevouwen voetbal in zijn rugzak stopte. Toen gingen ze op weg, de zuidhelling van de berg op, de slungelige voormalige basketballster een paar meter achter de geestdriftige astronaut, als een lagere officier die achter een generaal aanloopt. Van tijd tot tijd wilde de geoloog in Jimmy stil blijven staan om de rotsbodem te bestuderen; maar iedere keer stond Spike erop dat ze doorliepen.

Ze waren alleen op de berg en vonden hun eenzaamheid verheffend. Op de lagere hellingen zagen ze hagedissen en op de hogere steenbokken en wilde geiten. Ze klommen boven het niveau uit waar haviken en buizerds opereren, in de richting van de sneeuwgrens waar het sporadisch wegrennen van een kleine vos de enige beweging was. Op de koude avonden werkte Jimmy het expeditiejournaal bij terwijl Spike in zijn bijbel las bij het kale, sissende licht van hun gaslamp. Ze begonnen op de zuidoosthelling, dat gebied waarover vage overeenstemming tussen kerk en wetenschap bestond. Jimmy was er niet zeker van of het de bedoeling was dat ze de complete Ark zouden vinden – in dat geval konden ze hem waarschijnlijk niet over het hoofd zien – of alleen maar een evident overblijfsel ervan: het roer misschien, of een paar planken die nog met bitumen waren gebreeuwd.

Hun eerste globale onderzoek leverde niets op, wat hun verbaasde noch teleurstelde. Ze passeerden de sneeuwgrens en gingen op weg naar de top. Tegen het eind van de klim begon de hemel langzaam van kleur te veranderen en tegen de tijd dat ze de top bereikten was hij felgroen. Deze berg was vol wonderen. Spike knielde neer in gebed en ook Jimmy deed dat een ogenblik. Vlak onder hen lag een zacht glooiende vallei van sneeuw die naar een lagere top voerde. Dit zou een ideale plaats voor de Ark zijn geweest. Maar ze doorzochten hem zonder resultaat.

De noordkant van de berg was gespleten door een enorme kloof. Spike wees naar de plek waar deze kloof ophield, zo'n duizend meter lager, en zei dat daar vroeger een klooster had gestaan. Met echte monniken en zo. In 1840, vertelde hij, had een verschrikkelijke aardbeving de berg gegrepen en door elkaar geschud zoals een hond dat doet met een rat en het kerkje was ingestort en het dorp dat eronder lag ook, een naam die met een A begon. Daarbij scheen iedereen omgekomen te zijn en anders zou dat even later wel zijn gebeurd. Zie je die scheur daar, nou, vier of vijf dagen na de aardbeving begon daar een samengepakte massa sneeuw en water doorheen te stromen. Daar was niets tegen bestand. Alsof de Here wraak had genomen. Het klooster en het dorpje waren van de aardbodem weggevaagd.

Jimmy Fulgood knikte ernstig bij zichzelf terwijl hij naar het verhaal luisterde. Dat was allemaal gebeurd in de tijd dat de Sovjets eigenaar waren van dit stuk van de berg, zei hij bij zichzelf. Natuurlijk waren het toen nog Russen en christenen, maar het bewees dat de Here duidelijk iets tegen de Sovjets had zelfs voordat het Sovjets waren.

Ze zochten drie weken. Jimmy vroeg zich af of de Ark misschien diep in de richel van ijs begraven was, die de berg omsloot; en Spike was het met hem eens dat dit mogelijk was, maar dan zou de Heer het ongetwijfeld op een of andere manier laten weten. De Heer zou hen niet de berg op sturen en dan de reden waarom hij hen erheen had gestuurd verbergen; zo was de Here niet. Jimmy gaf toe dat Spike gelijk had. Ze zochten met hun ogen, met verrekijkers en met het infra-rode nachtvizier. Spike wachtte op een teken. Was hij er zeker van dat hij het teken zou herkennen als het kwam? Misschien zouden ze moeten zoeken in de richting waar de wind hen heen woei. Ze zochten in de richting waar de wind hen heen woei. Ze vonden niets.

Iedere dag vormde zich, terwijl de zon de vlakte beneden hen verwarmde en de warme lucht opsteeg, een aureool van wolken rond de bergtop, zodat ze de lagere hellingen niet meer konden zien; en iedere avond losten de wolken op naarmate de lucht afkoelde. Aan het eind van drie weken daalden ze af om nieuwe voorraden uit de kofferbak van de Mercedes te halen. Ze reden naar het dichtstbijzijnde dorp, waar Spike een kaart aan Betty stuurde met Geen Nieuws is Goed Nieuws, wat naar Betty's mening minder duidelijk was dan wenselijk. Toen beklommen ze de berg weer en zochten nog eens drie weken. In die tijd was het volle maan en elke avond tuurde Spike ernaar en herinnerde zich hoe zijn huidige opdracht daar was begonnen, in dat bewegende stof. Op een avond kwam Jim naast hem staan en bestudeerde samen met hem het roomwitte, met putjes overdekte hemellichaam. 'Hij ziet er echt uit als een custardpudding,' concludeerde Jimmy met een zenuwachtig lachje. 'Als je erop staat heeft hij meer van een vuil strand,' antwoordde Spike. Hij bleef naar boven kijken, wachtend op een teken. Er kwam geen teken.

Het gebeurde tijdens hun derde periode op de berg – waarvan afgesproken was dat het de laatste van dat jaar zou zijn – dat Spike een ontdekking deed. Ze bevonden zich zo'n duizend meter onder de top en waren zojuist een verraderlijke helling met losse stenen afgedaald, toen ze op een paar naast elkaar gelegen grotten stuitten. Net alsof de Heer twee vingers in de rots had gestoken, vonden ze allebei. Met het onverbeterlijke optimisme dat Jimmy zo nobel verdroeg, verdween de voormalige astronaut monter in de eerste grot; er viel een stilte, toen klonk er een galmend gebrul. Jimmy dacht aan beren – aan de verschrikkelijke sneeuwman zelfs – totdat het aangehouden brullen haast zonder adempauze overging in een reeks vreugdekreten.

Voor in de grot vond Jimmy Spike Tiggler, die op zijn knieën lag te bidden. Er lag een menselijk skelet voor hem. Jimmy zonk naast Spike neer. Zelfs op zijn knieën was de gewezen basketballster langer dan de voormalige astronaut. Spike deed zijn zaklantaarn uit en Jimmy volgde zijn voorbeeld. In het koude donker verstreken enkele minuten van de zuiverste stilte, toen mompelde Spike: 'We hebben Noach gevonden.'

Jimmy gaf geen antwoord. Na een tijdje knipten ze hun zaklantaarns weer aan en de twee lichtbundels tastten eerbiedig het skelet af dat voor hen lag. Het lag met zijn voeten naar de grotopening toe en was voor zover ze konden nagaan intact. Tussen de beenderen hingen een paar lapjes stof – sommige wit, andere grauw van kleur.

'De Heer zij geprezen,' zei Spike Tiggler.

Een paar meter bergafwaarts zetten ze hun tent op en doorzochten vervolgens de andere grot. Spike hoopte in stilte dat ze Noachs vrouw zouden vinden of misschien het logboek van de Ark, maar ze vonden niets meer. Later, toen het donker werd, klonk in de tent het sissen van samengeperste lucht en toen gooide Spike Tiggler zijn voetbal over de rotsen van de Grote Ararat, in de aarzelende armen van Jimmy Fulgood. Keer op keer kwam de bal met een bonk in Jimmy's grote ex-basketballershanden terecht. Zijn eigen worpen waren dikwijls belabberd, maar daardoor liet Spike zich niet uit het veld slaan. Hij bleef maar gooien die avond, totdat de lucht koud was en de twee gedaanten alleen nog maar verlicht werden door de opkomende maan. Zelfs toen was Spikes oog onfeilbaar; Jimmy voelde de bal op zich afvliegen met de nachtelijke precisie van een vleermuis. 'Hee Spike,' schreeuwde hij op een gegeven moment, 'je gebruikt dat infraroodvizier toch niet?' en hoorde zijn nauwelijks zichtbare partner grinniken.

Toen ze gegeten hadden pakte Spike zijn zaklantaarn en ging terug naar Noachs graf, zoals ze het inmiddels gedoopt hadden. Jimmy bleef in de tent, uit tact of uit bijgelovigheid. Een uurtje later kwam Spike vertellen dat het skelet precies zo lag dat de stervende Noach naar buiten had kunnen kijken en de maan had kunnen zien–diezelfde maan waar Spike Tiggler zo kort geleden op had gestaan. 'De Heer zij geloofd,' herhaalde hij, terwijl hij de tent dichtritste voor de nacht.

Na een tijdje werd duidelijk dat geen van beiden sliep. Jimmy kuchte even. 'Spike,' zei hij, tamelijk voorzichtig. 'Het is... nou ja, naar mijn mening zitten we met een probleem.'

'Met een probleem? We zitten met een *wonder*!' antwoordde Spike.

'Natuurlijk is het een wonder. Maar we zitten ook met een probleem.'

'Vertel dan eens welk probleem dat naar jouw mening is, Jimmy.' De toon was vermaakt, toegefelijk, bijna neerbuigend; de toon van een *quarterback*, die wist dat ze van zijn worp op aan konden.

Jimmy ging behoedzaam te werk, omdat hij zelf niet zo goed wist wat hij moest geloven. 'Nou, laten we maar doen alsof ik hardop lig te denken, Spike, en laten we doen alsof ik het allemaal niet zo zie zitten.'

'Mij best.' Spikes humeur kon gewoon niet stuk. Deze mengeling van intense opgetogenheid en opluchting deed hem denken aan het moment waarop zijn ruimtevaartuig veilig in zee was geland.

'We zijn toch op zoek naar de Ark? Jij... jou is toch *gezegd* dat we de Ark zouden vinden.'

'Ja. Dat zullen we ook. Dat staat nu wel vast, de volgende keer misschien.'

'Maar we zochten de Ark,' hield Jimmy vol. 'We... jij... jou is *gezegd* dat je de Ark moest zoeken.'

278

'We hebben op zilver gemikt en goud gewonnen.'

'Oké. Ik vroeg me alleen maar af... is Noach niet ergens anders naartoe gegaan nadat de Ark gestrand was? Ik bedoel, hij heeft toch nog een paar eeuwen geleefd volgens de bijbel?'

'Ja. Driehonderdvijftig jaar. Ja. Dat dorp waar ik je over vertelde toen we op de top stonden. Arguri. Daar heeft Noach zijn eerste nederzetting gehad. Daar heeft hij zijn wijnstokken geplant. Zijn eerste boerderij gehad. Zijn bedrijf weer opgebouwd.'

'Was dat het dorp van *Noach*?'

'Jazeker. In de Sovjet-sector,' ging Spike plagerig verder.

Jimmy begreep er steeds minder van. 'Dus God heeft Noachs nederzetting laten verwoesten tijdens een aardbeving?'

'Zallie wel een reden voor hebben gehad. Heeft-ie altijd. Hoe dan ook, daar gaat het niet om. Het gaat erom dat Noach zich daar gevestigd heeft. Misschien is hij verder getrokken, misschien niet. Hoe dan ook, wat is er nou logischer dan dat hij teruggegaan is naar Ararat om begraven te worden? Toen hij oud en der dagen zat was? Waarschijnlijk heeft hij die grot op het oog gehad vanaf het moment dat hij uit de Ark stapte. Heeft hij besloten dat hij als teken van dankbaarheid en gehoorzaamheid aan de Heer die hem gespaard had, zijn oude botten de berg op zou slepen wanneer hij wist dat zijn uur geslagen had. Net zoiets als olifanten in het oerwoud.'

'Spike, die beenderen in de grot−zien die... zien die er niet een tikkeltje, hoe zal ik het zeggen, goed geconserveerd uit? Ik bedoel, ik speel alleen maar voor advocaat van de duivel, begrijp je wel.'

'Rustig maar Jimmy, je doet het prima.'

'Maar ze zien er toch goed geconserveerd uit?'

'Jimmy, dit gaat over wonderen en tekens. Je zou toch *verwachten* dat ze er goed geconserveerd uitzagen? Noach was een hele bijzondere vent. Hoe dan ook, hoe oud was hij toen hij doodging? Negenhonderdvijftig jaar. Hij was zeer gezegend in het oog des Heren. Als zijn botten sterk genoeg waren om hem duizend jaar te dragen, zou je toch niet verwachten dat ze in standaardtempo zouden wegrotten?'

'Je hebt gelijk, Spike.'

'Nog meer dat je dwars zit?' Hij leek blij te zijn met Jimmy's twij-

fels, vervuld van zekerheid dat hij iedere bal die hem werd toegeworpen kon terugspelen.

'Nou, wat gaan we precies doen?'

'We gaan het aan de wereld verkondigen, dat gaan we doen. En
de wereld zal zich verheugen. En vele zielen zullen het geloof omar-
men als gevolg van deze ontdekking. En er zal weer een kerk gebouwd worden op deze berghelling, een kerk op Noachs graf.' In de
vorm van een ark, misschien. Of anders in de vorm van een Apollo-
ruimtecapsule. Dat zou nog toepasselijker zijn, daarmee zou de cirkel rond zijn.

'Ik snap welke gevolgen je bedoelt, Spike. Maar ik wil je iets
voorleggen. Jij en ik zijn mannen des geloofs.'

'En mannen van de wetenschap,' zei de astronaut tegen de geoloog.

'Oké. En als mannen des geloofs willen we ons geloof natuurlijk
beschermen tegen onnodige lasterpraat.'

'Natuurlijk.'

'Nou, voordat we het nieuws bekend maken, moeten we als mannen van de *wetenschap* misschien nachecken wat we als mannen des
geloofs hebben ontdekt.'

'Hoe bedoel je?'

'Ik bedoel dat ik vind dat we onze waffels moeten houden tot we
een paar laboratoriumproeven hebben laten doen met Noachs kleren.'

Er heerste stilte in de andere helft van de tent, terwijl Spike zich
voor het eerst realiseerde dat de hele wereld misschien niet zou
staan te juichen zoals ze gedaan had voor de astronauten, toen die
van de maan terugkeerden. Tenslotte zei hij: 'Daar zit een hele hoop
in, Jimmy. Je hebt mij ook aan het denken gezet, of er misschien een
probleem is met de kleren.'

'Hoe bedoel je?'

Nu was het Spikes beurt om de scepticus uit te hangen. 'Nou, ik
verzin maar wat. Herinner je je het verhaal over Noachs naaktheid?
Dat zijn zoons hem bedekten? Nou, we kunnen er zeker van zijn dat
Noachs botten bijzonder zijn, maar betekent dat dat zijn kleren ook
bijzonder zijn?' Er viel een stilte, toen sprak hij verder. 'Ik vind niet
dat we de ongelovige Thomassen in de kaart moeten spelen. Stel

dat Noach hier werd neergelegd in zijn lijkwade en dat die na een paar eeuwen tot stof en as was verwaaid. Dan komt er een pelgrim – misschien een pelgrim die later niet veilig weet te ontkomen aan de mohammedaanse stammen – en die vindt het lijk. Net alsof je Noachs naaktheid helemaal opnieuw ziet. Dus die pelgrim geeft Noach *zijn* kleren – wat zou verklaren waarom hij niet door de vijandelijke linies is teruggekeerd om het nieuws bekend te maken. Maar het betekent wel dat die koolstofdatering ons een behoorlijk foute uitslag zal geven.'

'Je hebt gelijk,' zei Jimmy. Er volgde een langdurige stilte, alsof elk de ander min of meer uitdaagde om de volgende logische stap te zetten. Tenslotte deed Jimmy dat. 'Ik vraag me af hoe het juridisch zit.'

'Nnn,' antwoordde Spike, niet afwijzend.

'Wie denk je dat de eigenaar van Noachs botten is? Afgezien van God Almachtig natuurlijk,' besloot Jimmy haastig.

'Er kunnen jaren overheen gaan met al die rechtbanken. Je weet hoe advocaten zijn.'

'En of,' zei Jimmy, die nog nooit een rechtszaal van binnen had gezien. 'Ik geloof niet dat de Heer van ons zou verwachten dat we de hele juridische procedure volgden. Omdat dat net zoiets zou zijn als je tot Caesar wenden of zo.'

Spike knikte en dempte zijn stem, ook al waren ze helemaal alleen op de berg des Heren. 'Die jongens hebben toch niet veel nodig?'

'Nee. Nee. Niet zo veel, waarschijnlijk.' Jimmy liet zijn kortstondige droom over een marinehelicopter die het hele zaakje per luchtbrug kwam halen varen.

Zonder er verder over te praten gingen de voormalige astronaut en de scubaduiker-geoloog met twee bevende zaklantaarns terug naar de grot en begonnen te overwegen welke stukken van Noachs skelet ze Aziatisch Turkije uit zouden smokkelen. Piëteit, gemakzucht en inhaligheid waren allemaal stilzwijgend aanwezig. Uiteindelijk verwijderden ze een botje dat deel uitmaakte van de linkerhand, plus een nekwervel die losgeraakt was en over het rechter sleutelbeen was gerold. Jimmy nam het stukje vinger en Spike het nekbotje. Ze waren het erover eens dat ze gek zouden zijn als ze niet ieder apart terug naar huis vlogen.

Spike kwam het land binnen in Atlanta, maar de media waren er als de kippen bij. Nee, hij kon op dit moment niets zeggen. Ja, Project Ararat had een prima start gehad. Nee, geen problemen. Nee, dr. Fulgood zat op een andere vlucht, die had voor hun vertrek nog een paar dingen moeten afronden in Istanboel. Wat voor dingen? Ja, er zou te zijner tijd een persconferentie worden gehouden en ja, Spike Tiggler hoopte dat hij bij die gelegenheid specifiek, misschien wel verheugend nieuws voor hen zou hebben. Hoe gaat het met u (van top tot teen in het geel), mevrouw Tiggler? O, ik sta voor honderdtien procent achter mijn man en ik ben dolblij dat hij terug is.

Na aarzeling en veel gebed stemde dominee Gibson ermee in dat de twee stukjes van Noachs skelet aan een wetenschappelijk onderzoek werden onderworpen. Ze stuurden de nekwervel en het vingerkootje naar Washington via een vertrouwensman die beweerde dat hij ze in Griekenland had opgegraven. Betty was benieuwd of het Spike gelukt was zich weer op het fluweel te hijsen.

Washington meldde dat de botjes die voor onderzoek waren opgestuurd omstreeks honderdvijftig jaar oud waren, met een speling van plusminus twintig jaar naar beide kanten. Ze voegden eraan toe dat de nekwervel bijna zeker aan een vrouw had toebehoord.

Een zeemist schuift lusteloos over het zwarte water terwijl de veerboot van zeven uur zich zijn weg baant van Cape Hatteras naar Ocracoke Island. Het zoeklicht valt aan op het water vooruit. Elke avond moet het schip opnieuw zijn weg vinden, alsof het de eerste keer is. Witte, groene en rode lichtboeien staan het schip bij op zijn nerveuze reis. Je gaat aan dek, trekt je schouders op vanwege de kou en kijkt naar boven, maar ditmaal heeft de mist de sterren afgeschermd en je kunt niet eens zien of er een maan zou moeten zijn. Je trekt nogmaals je schouders op en gaat terug naar de rokerige kajuit.

Honderdzestig kilometer verder naar het westen kondigt Spike Tiggler in het Moondust-restaurant de lancering van het tweede Project Ararat aan, terwijl hij een plastic fles ophoudt met water uit een beek die bergopwaarts stroomt.

10
De droom

Ik droomde dat ik wakker werd. Dat is de oudste droom die er bestaat en die heb ik net gehad. Ik droomde dat ik wakker werd.

Ik lag in mijn eigen bed. Dat verbaasde me eerst een beetje, maar bij nader inzien vond ik het logisch. In wiens bed zou ik anders wakker moeten worden? Ik keek om me heen en ik zei bij mezelf: Zo, zo, zo. Niet zo'n diepe gedachte, dat geef ik toe. Maar ja, hebben we op belangrijke momenten ooit de juiste woorden bij de hand?

Er werd op de deur geklopt en er kwam een vrouw binnen, zijdelings en achterstevoren tegelijk. Het had er onhandig moeten uitzien maar dat deed het niet; nee, het gebeurde soepel en elegant. Ze had een dienblad bij zich, daarom kwam ze op die manier binnen. Toen ze zich omdraaide, zag ik dat ze een soort uniform droeg. Een verpleegster? Nee, ze leek meer op een stewardess van een luchtvaartmaatschappij waarvan je nog nooit gehoord hebt. 'Room service,' zei ze met een lachje, alsof ze niet gewoon was dit te doen, of alsof het voor mij iets bijzonders was; of allebei.

'Room service?' herhaalde ik. Waar ik vandaan kom gebeuren zulke dingen alleen maar in films. Ik ging overeind in bed zitten en ontdekte dat ik geen kleren aan had. Waar was mijn pyjama gebleven? Dat was ongewoon. Ook ongewoon was, dat ik me helemaal niet geneerde toen ik overeind in bed ging zitten en besefte dat ze kon zien dat ik piemelnaakt was tot aan mijn middel, als u begrijpt wat ik bedoel. Dat was prettig.

'Je kleren hangen in de kast,' zei ze. 'Haast je niet. Je hebt de hele dag de tijd. En morgen ook,' vervolgde ze met een bredere glimlach.

Ik keek naar mijn dienblad. Ik zal u dat ontbijt eens beschrijven. Het was zonder enige twijfel het ontbijt van mijn leven. De grapefruit om te beginnen. U weet natuurlijk hoe een grapefruit in elkaar zit: de manier waarop het sap op je overhemd spuit en de manier waarop zo'n ding de hele tijd uit je hand glibbert tenzij je het tegenhoudt met een vork of iets dergelijks, de manier waarop het vruchtvlees aan die witte vliesjes blijft vastzitten en dan ineens losschiet met de helft van de velletjes eraan vast, de manier waarop hij altijd zuur smaakt en je je toch schuldig voelt als je er een berg suiker op doet. Zo zit een grapefruit in elkaar, nietwaar? Dan zal ik u nu over *deze* grapefruit vertellen. Om te beginnen was het vruchtvlees roze, niet geel, en ieder partje was zorgvuldig van zijn kleverige vlies ontdaan. De vrucht zelf was aan het bord verankerd met een spies of een vork door zijn onderkant, zodat ik hem niet hoefde tegen te houden of zelfs maar aan te raken. Ik zocht naar de suiker, maar dat was alleen maar gewoonte. De smaak leek zich in twee fasen te openbaren – een opwekkende tinteling, die meteen gevolgd werd door een golf van zoet; en ieder van die kleine bolletjes (die zo groot waren als kikkervisjes) leek apart in mijn mond uit elkaar te spatten. Het was de grapefruit van mijn dromen, dat wil ik u gerust vertellen.

Als een keizer duwde ik de lege schil weg en tilde een zilveren cloche van een bord met een wapen erop. Natuurlijk wist ik wat er onder zou liggen. Drie plakken gegrild, doorregen spek waarvan zwoerd en kraakbeen verwijderd waren, terwijl het knapperige vet gloeide als een vreugdevuur. Twee eieren, gebakken, met dooiers waarover een melkachtig waas lag omdat ze keurig met boter waren bedropen tijdens het bakken, terwijl de buitenste randen van het wit op opengewerkt, gevlochten gouddraad leken. Een gegrilde tomaat die ik alleen maar kan beschrijven door te vertellen wat hij niet was. Het was geen ingezakt bakje dat uit een kroontje, pitten, vezel en rood water bestond, maar hij was compact, snijdbaar, overal even gaar en hij smaakte – ja, dat is wat ik me voornamelijk herinner – hij smaakte naar tomaat. Het worstje: alweer, geen rolletje lauw paardevlees in een condoom, maar diepbruin en sappig… een… een worstje, dat is het enige woord ervoor. Al die andere worstjes, al die andere waarvan ik in mijn vorige leven gedacht had dat ze me goed smaakten, waren alleen maar vingeroefeningen geweest voor dit; ze hadden auditie gedaan – en ze zouden de rol nooit krijgen. Er was een klein, halvemaanvormig bordje met een halvemaanvormig zilveren deksel. Ik tilde het op: en ja hoor, daar lagen mijn apart gegrilde spekzwoerdjes te wachten, om op te knabbelen.

De toost, de marmelade–nou ja, die kunt u zelf wel bedenken, daar kunt u zelf wel over fantaseren. Maar ik moet u nog over de theepot vertellen. De thee was natuurlijk perfect en smaakte alsof hij geplukt was door de persoonlijke entourage van een radja. Wat die theepot betreft... Jaren geleden ben ik eens naar Parijs geweest met zo'n geheel verzorgde reis. Ik raakte de anderen kwijt en wandelde rond in een buurt waar sjieke mensen wonen. Waar ze inkopen doen en eten, tenminste. Ik kwam langs een café op een hoek. Het zag er niet bijzonder duur uit en ik overwoog vluchtig om er te gaan zitten. Maar dat deed ik niet, want aan een van de tafeltjes zag ik een man zitten die thee dronk. Terwijl hij zich nog een kopje inschonk, viel me een snufje op dat me bijna als een definitie van luxe voorkwam; aan de tuit van de theepot, aan drie dunne zilveren kettinkjes, hing een zeefje. Terwijl de man de pot optilde om zijn kopje vol te schenken, zwaaide het zeefje van de tuit vandaan om de theeblaadjes op te vangen. Ik kon niet geloven dat er ooit serieus was nagedacht over de vraag hoe men deze theedrinkende heer de ongelooflijke moeite zou kunnen besparen om met zijn vrije hand een ordinair theezeefje op te pakken. Ik liep bij dat café vandaan met een licht meerderwaardigheidsgevoel. Nu stond er op mijn dienblad een theepot met het kenmerk van een deftig Parijs café. Aan de tuit was met drie zilveren kettinkjes een zeefje bevestigd. Plotseling zag ik er de zin van in.

Na het ontbijt zette ik het dienblad op het tafeltje naast mijn bed en liep naar de kast. Daar hingen ze, al mijn lievelingskleren. Het sportcolbert waar ik nog steeds op gesteld was, zelfs nadat iedereen was begonnen te zeggen wat een apart jasje, heb je dat tweedehands gekocht, over twintig jaar wordt het vast wel weer mode. De corduroy broek die mijn vrouw had weggegooid omdat het kruis niet meer te repareren was; maar iemand was erin geslaagd het te repareren en de broek zag er bijna uit als nieuw, maar niet zo nieuw dat je niet van hem kon houden. Mijn overhemden strekten hun armen naar me uit en waarom ook niet, zo waren ze nog nooit van hun leven vertroeteld–in keurige rijen op met fluweel beklede hangers. Er waren schoenen om wier dood ik getreurd had; sokken met gaten waar geen gaten meer inzaten; stropdassen die ik in etalages had gezien. Het was geen garderobe om jaloers op te zijn, maar daar ging het niet om. Ik voelde me gerustgesteld. Ik zou mezelf weer zijn. Ik zou meer zijn dan mezelf.

Naast het bed was een schellekoord met een kwast, dat ik nog niet eerder had opgemerkt. Ik gaf er een rukje aan en toen schaamde ik me een beetje en klom weer onder de lakens. Toen de verpleegster-stewardess binnenkwam, gaf ik een pets op mijn maag en zei: 'Weet je, ik zou zo weer opnieuw kunnen beginnen.'

'Dat verbaast me niets,' antwoordde ze. 'Ik verwachtte al zo'n beetje dat je dat zou zeggen.'

Ik kwam de hele dag mijn bed niet uit. Ik at ontbijt voor het ontbijt, ontbijt voor de lunch, en ontbijt voor het avondeten. Ik vond dat een goed systeem. Morgen zou ik me weleens zorgen gaan maken over de lunch. Of liever gezegd, morgen zou ik me helemaal nergens zorgen over maken. Tussen mijn ontbijt-lunch en mijn ontbijt-avondeten (ik begon dat systeem van dat zeefje echt te waarderen – terwijl je inschenkt kun je je vrije hand rustig blijven gebruiken voor je croissant) sliep ik een hele tijd. Toen nam ik een douche. Ik had ook in het bad kunnen gaan, maar ik heb het gevoel dat ik tientallen jaren van mijn leven in het bad heb doorgebracht, dus nam ik een douche. Ik vond een gewatteerde kamerjas met op de borstzak mijn initialen in goudgalon. Hij zat goed, maar die initialen vond ik zo aanstellerig als de pest. Ik was hier niet gekomen om erbij te lopen als een filmster. Terwijl ik naar die goudkleurige kronkels staarde verdwenen ze op slag. Ik knipperde met mijn ogen en ze waren weg. Met een gewone zak zat die kamerjas veel lekkerder.

De volgende ochtend werd ik wakker – en nam weer een ontbijt. Het smaakte net zo lekker als de vorige drie. Het ontbijtprobleem was duidelijk opgelost.

Toen Brigitta het blad kwam weghalen mompelde ze: 'Boodschappen doen?'

'Natuurlijk.' Daar had ik net aan zitten denken.

'Wil je boodschappen gaan doen of boodschappen blijven doen?'

'Gaan doen,' zei ik, zonder dat ik het verschil echt begreep.

'Goed.'

De broer van mijn vrouw kwam eens terug na tien dagen in Florida en zei: 'Als ik doodga wil ik niet naar de Hemel, dan wil ik boodschappen doen in Amerika.' Op die tweede ochtend begon ik te begrijpen wat hij bedoelde.

Toen we in de supermarkt kwamen vroeg Brigitta of ik wilde lopen of rijden. Ik zei laten we maar gaan rijden, dat lijkt me leuk – een antwoord dat ze scheen te verwachten. Bij nader inzien moet haar baan in sommige opzichten behoorlijk saai zijn – ik bedoel, we reageren waarschijnlijk allemaal min of meer hetzelfde, nietwaar? Hoe dan ook, we gingen rijden. De boodschappenkarretjes zijn gemotoriseerde winkelwagentjes van draadgaas die als kermisautootjes rondzoeven, ze komen alleen nooit in botsing omdat ze van een soort elektronisch oog zijn voorzien. Net als je denkt dat je jezelf te pletter gaat rijden, scheur je met een boog om je tegenligger heen. Geinig is dat, proberen te botsen.

Het systeem heb je zo onder de knie. Je hebt een plastic kaartje dat je in een gleuf stopt naast de artikelen die je wilt kopen, dan toets je de hoeveelheid in die je wilt hebben. Na een paar seconden krijg je je kaartje terug. Dan wordt het spul automatisch bezorgd en van je rekening afgeschreven.

Ik vermaakte me prima in mijn ijzeren wagentje. Ik weet nog dat ik vroeger, als ik in de voorbije tijd boodschappen deed, soms kleine kinderen in de kooi van zo'n boodschappenwagentje zag zitten, voortgeduwd door hun ouders; en dan was ik jaloers. Nu hoefde dat niet meer. En jee, wat ik die ochtend niet allemaal heb gekocht! Ik heb zowat de hele voorraad roze grapefruit opgekocht. Dat gevoel had ik tenminste. Ik kocht ontbijten, ik kocht lunches, ik kocht avondmaaltijden, ik kocht elfuurtjes, lekkere dingen voor bij de thee, knabbeltjes voor bij de borrel, feestelijke soupers. Ik kocht fruit waarvan ik niet wist hoe het heette, groentes die ik nog nooit gezien had, vreemdsoortige vleesgerechten, afkomstig van beesten die ik kende, en bekende vleesgerechten van beesten die ik nog nooit had gegeten. Op de Australische afdeling vond ik krokodillestaartbiefstuk, haasbiefstuk van de waterbuffel, *terrine de kangarou*. Ik kocht het allemaal. Ik plunderde het hoekje voor fijnproevers. Gevriesdroogde kreeftsoufflé met een laagje kersesnippers: hoe had ik zoiets kunnen weerstaan?

Wat de drankenafdeling betreft... ik had geen idee dat er zoveel middelen waren uitgevonden om dronken te worden. Zelf ben ik meer een bier-en-gedistilleerd-drinker, maar ik wilde geen bekrompen indruk maken dus ik kocht ook een paar kisten wijn en cocktails. Er zaten nuttige etiketten op de flessen: ze gaven gedetailleerde aanwijzingen over hoe dronken je van de inhoud zou worden, rekening houdend met factoren als geslacht, gewicht en dikte van de vetlaag. Er was een kleurloze alcoholische drank met een heel smerig etiket. Het heette Straallazarus (made in Yugoslavia) en er stond op: 'Deze fles zal u dronkener maken dan u ooit geweest bent.' Nou, toen moest ik er wel een doos van nemen, begrijpt u?

Het was een welbestede ochtend. Misschien had ik nog nooit zo'n welbestede ochtend gehad. U hoeft overigens niet neerbuigend te doen. U zou waarschijnlijk min of meer hetzelfde hebben gedaan. Ik bedoel, als u geen boodschappen was gaan doen, wat zou u dan gedaan hebben? Beroemdheden ontmoeten, seks hebben, golf spelen? De mogelijkheden zijn niet oneindig–dat is een van de dingen die u niet uit het oog mag verliezen, over hier en over daar. En dat ik nu toevallig eerst boodschappen ben gaan doen, komt omdat mensen zoals ik zo zijn. Ik zal ook niet op u neerkijken als u liever eerst beroemdheden had ontmoet, of seks had willen hebben, of was gaan golfen. Trouwens, dat heb ik later ook allemaal gedaan. Zoals ik al zei, we verschillen niet zo veel.

Toen we thuiskwamen was ik... niet precies moe–je wordt hier niet moe–maar een beetje loom. Die boodschappenwagentjes waren geinig; ik dacht niet dat ik ooit nog zin zou hebben om te lopen– trouwens, nu ik erover nadenk heb ik niemand zien lopen in de supermarkt. Toen was het tijd om te lunchen en Brigitta kwam mijn ontbijt brengen. Daarna deed ik een dutje. Ik verwachtte dat ik zou dromen, omdat ik altijd droom als ik 's middags slaap. Maar ik droomde niet. Ik vroeg me af waarom niet.

Brigitta kwam me wekken met thee, met de koekjes erbij die ik had uitgezocht. Het waren krentekoekjes die speciaal waren bedacht voor mensen zoals ik. Ik weet natuurlijk niet hoe u erover denkt, maar ik heb me er mijn hele leven aan geërgerd dat ze niet genoeg krenten in de krentekoekjes doen. Uiteraard mogen er niet *te veel* krenten in zo'n koekje zitten, want dan heb je alleen maar een kwak krenten in plaats van een koekje, maar ik ben altijd van mening geweest dat de verhouding van de ingrediënten kon worden bijgesteld. Ten gunste van de krenten natuurlijk – laten we zeggen ongeveer fifty-fifty. Zo heetten deze koekjes ook, bedenk ik nu – Fifty-Fifties. Ik had er drieduizend pakken van ingeslagen.

Ik sloeg de krant open die Brigitta attent op het blad had gelegd en morste bijna met mijn thee. Nee, ik morste echt met mijn thee – maar over zulke dingen zit je hier niet meer in. Het stond groot op de voorpagina. Ja, logisch nietwaar? Leicester City had de Engelse voetbalbeker gewonnen. Echt waar, Leicester City had verdomme echt de Engelse voetbalbeker gewonnen! Dat had u toch ook nooit gedacht? Nou ja, *u* misschien wel, als u niets van voetbal afwist. Maar *ik* weet het een en ander van voetbal af en ik ben mijn hele leven al supporter van Leicester City en *ik* had het nooit gedacht, daar gaat het om. Begrijp me goed, ik zit niet op mijn club te katten. Het is een goeie club, een uitstekende club soms, maar toch schijnen ze nooit echt in de prijzen te vallen. Kampioen tweede divisie, zo vaak als je wilt, jawel, maar van de eerste divisie zijn ze nooit kampioen geweest. Ja, goed, ze zijn één keer tweede geworden. Maar de beker... het is een feit, een onomstotelijk feit dat ze in al die tijd dat ik supporter was van Leicester City (en ook in al die tijd vóór die tijd) nooit de beker hadden gewonnen. Sinds de oorlog zijn ze keer op keer in de finale doorgedrongen – en evenzovele keren hebben ze de beker aan hun neus voorbij zien gaan. 1949, 1961, 1963, 1969, dat zijn de zwarte jaren en een paar van die nederlagen waren mijns inziens bijzonder ongelukkig, en dan heb ik het in het bijzonder over... Oké, ik kan wel merken dat u niet geïnteresseerd bent in voetbal. Doet er niet toe, zolang u het belangrijkste feit maar begrijpt, dat Leicester City altijd alleen maar goed was geweest voor het kleine werk en nu voor het eerst in de geschiedenis van de club de Engelse voetbalbeker had gewonnen. De wedstrijd was ook nog ontzettend spannend geweest, volgens de krant: City won met 5–4 in blessuretijd, nadat ze niet minder dan vier keer achter hadden gestaan. Wat een prestatie! Wat een mengeling van kundigheid en klinkklare moed! Ik was trots op onze jongens. Morgen zou ik de videoband wel krijgen van Brigitta, ik wist zeker dat ze daar aan zou kunnen komen. Ondertussen nam ik vast een glaasje champagne bij mijn ontbijt van die avond.

De kranten waren grandioos. In zekere zin herinner ik me de kranten het best. Leicester City won de Engelse voetbalbeker, zoals ik misschien al verteld heb. Ze vonden een middel om kanker te genezen. Mijn partij won keer op keer de algemene verkiezingen, totdat iedereen inzag dat zij er de juiste ideeën op nahielden en de oppositie zich bij ons aansloot. De voetbaltoto werd iedere week gewonnen door oude vrouwtjes. Mensen die wegens seksmisdrijven waren veroordeeld kregen berouw, mochten terugkeren in de samenleving en leidden smetteloze levens. Piloten van luchtvaartmaatschappijen leerden hoe ze botsingen in de lucht moesten voorkomen. Iedereen deed zijn kernwapens weg. De Engelse bondscoach koos het hele elftal van Leicester City *en bloc* uit om Engeland te vertegenwoordigen bij de wereldbeker en ze keerden terug met de Jules-Rimetbeker (nadat ze Brazilië in de finale hadden verslagen met de gedenkwaardige uitslag 4–1). Als je de krant las bleef er geen drukinkt aan je vingers zitten en de verhalen bleven niet in je hoofd hangen. Kinderen waren weer onschuldige wezens; mannen en vrouwen waren aardig voor elkaar; niemand hoefde meer naar de tandarts om gaatjes te laten vullen; en vrouwen kregen geen ladders meer in hun panty's.

Wat heb ik die eerste week nog meer gedaan? Zoals ik al zei heb ik golf gespeeld en seks gehad en beroemde mensen ontmoet en me niet één keer lullig gevoeld. Laat ik met het golf beginnen. Ik was nooit zo goed in die sport geweest maar ik vond het altijd wel aardig om over zo'n gemeentelijke golf course rond te rauzen, waar het gras op een kokosmat lijkt en niemand de moeite neemt losse graszoden terug te leggen omdat er zoveel gaten in de baan zitten dat je niet eens kunt zien waar de jouwe vandaan komen. Maar toch had ik de meeste beroemde courses op de televisie gezien en ik was benieuwd hoe het zou zijn om–nou, om het golf van mijn dromen te spelen. En zodra ik mijn driver contact voelde maken met die eerste tee en de bal een paar honderd meter weg zag zoeven, wist ik dat ik in de zevende hemel was. Mijn clubs lagen precies goed in de hand; de fairways veerden uitbundig en hielden je de bal voor zoals een ober dat met een blad drankjes doet; en mijn caddie (ik had nog nooit een caddie gehad, maar hij behandelde me alsof ik Arnold Palmer was) was een en al nuttige raad, maar nooit opdringerig. Deze golf course had schijnbaar alles—beekjes en meertjes en antieke bruggetjes, stukjes golf course zoals ze aan de Schotse kust hebben, stukken met bloeiende kornoelje en azalea's uit Augusta, beukenbos, dennenbos, varens en gaspeldoorns. Het was een moeilijke course, maar een met mogelijkheden. Op die zonnige ochtend ging ik rond in 67 slagen, wat vijf onder par was en twintig slagen beneden mijn persoonlijk record op de gemeentelijke golf course.

Ik was zo tevreden over mijn prestatie dat ik bij mijn terugkeer aan Brigitta vroeg of ze met me naar bed wilde. Ze zei dat ze dat natuurlijk dolgraag wilde en me erg aantrekkelijk vond en dat ze er, hoewel ze alleen mijn bovenste helft maar had gezien, behoorlijk zeker van was dat de rest ook in goede conditie zou zijn; er waren een paar probleempjes, ze was bijvoorbeeld intens verliefd op iemand anders en in haar arbeidscontract stond dat werknemers ontslagen zouden worden als ze seksuele gemeenschap hadden met nieuwkomers en ze had ook een lichte hartafwijking, wat betekende dat iedere extra inspanning gevaarlijk kon zijn, maar als ik een paar minuten geduld had zou ze meteen even sexy ondergoed gaan aantrekken. Nou, ik zat een tijdje te piekeren over de voors en tegens van wat ik had voorgesteld en toen ze terugkwam, in een wolk van parfum en met een décolleté tot aan haar navel, zei ik dat ik bij nader inzien vond dat we het waarschijnlijk toch maar niet moesten doen. Ze was behoorlijk teleurgesteld en ging tegenover me zitten en sloeg haar benen over elkaar, wat een heerlijk gezicht was, dat kan ik u verzekeren, maar ik was onvermurwbaar. Pas later—de volgende ochtend eigenlijk pas—drong het tot me door dat *zij mij* had afgewezen. Ik was nog nooit op zo'n aardige manier afgewezen. Zelfs nare dingen maken ze hier prettig.

Ik dronk een magnum champagne bij mijn steur met patat (katers heb je hier ook niet) en zakte juist in slaap met de herinnering aan die sluwe back-spin die ik op de zestiende hole met mijn wedge had uitgevoerd om de bal op het bovenste deel van die uit twee lagen bestaande green te houden, toen ik voelde dat mijn dekens werden opgetild. Eerst dacht ik dat het Brigitta was en ik voelde me al een beetje schuldig vanwege haar hartafwijking en omdat ze haar baan zou kwijtraken en op iemand anders verliefd was, maar toen ik mijn arm om haar heen sloeg en 'Brigitta?' fluisterde, fluisterde een stem:

'Nee, het is Brigitta niet' en het was een ander accent, ontzettend hees en buitenlands, en toen besefte ik door andere dingen dat het Brigitta niet was, hoe aantrekkelijk Britta in vele opzichten ook mocht zijn. Wat er toen gebeurde–en met 'toen' bedoel ik geen korte spanne tijds–is, tja, moeilijk te beschrijven. Ik kan nog het beste zeggen dat ik die ochtend in 67 slagen rond was gegaan, wat 5 onder par is en twintig slagen minder dan mijn vroegere persoonlijke record, en wat er die nacht gebeurde was daarmee te vergelijken. U begrijpt wel dat het helemaal mijn bedoeling niet is om mijn dierbare vrouw in dat opzicht af te kammen; maar ja, na een aantal jaren, u weet hoe dat gaat, en de kinderen, en je bent moe, nou ja, je kunt het niet helpen dat je elkaar de zin beneemt. Het is nog altijd best prettig, maar je doet min of meer het strikt nodige, begrijpt u wel? Wat ik me niet gerealiseerd had, was dat als twee mensen elkaar de zin kunnen benemen, twee andere mensen elkaar zin kunnen geven. Jeetje! Ik wist niet dat ik dat kon! Ik wist niet dat iemand dat kon! We schenen allebei instinctief te weten wat de ander wilde. Dat had ik echt nog nooit meegemaakt. Maar begrijp me goed, ik wil niet de indruk wekken dat ik kritiek heb op mijn dierbare vrouw.

Ik verwachtte dat ik wel moe zou zijn als ik wakker werd, maar het was meer zo'n aangenaam loom gevoel als ik na het boodschappen doen had gehad. Had ik het allemaal maar gedroomd? Nee: er lagen twee lange rode haren op mijn hoofdkussen om te bevestigen dat het waar was. Die kleur bewees ook dat mijn bezoekster zeker niet Brigitta was geweest.

'Heb je lekker geslapen?' vroeg ze met een uitdagend lachje toen ze mijn ontbijt kwam brengen.

'Het was helemaal een heerlijke dag,' antwoordde ik, misschien een beetje hoogdravend, omdat ik wel vermoedde dat ze het wist. 'Behalve wat je me over je hartafwijking vertelde,' vervolgde ik haastig. 'Dat vind ik reuze vervelend voor je.'

'O, ik red me wel,' zei ze. 'Het motortje gaat nog wel een paar duizend jaar mee.'

We gingen boodschappen doen (ik was nog niet zo lui dat ik boodschappen wilde blijven doen), ik las de krant, lunchte, golfte, probeerde bij te raken met lezen met behulp van zo'n Dickens-videoband, at steur met patat, deed het licht uit en had niet lang daarna seks. Het was een aangename manier om de dag door te brengen, bijna volmaakt vond ik, en ik was alweer in 67 rondgegaan. Als ik op de achttiende hole mijn bal niet in die kornoeljes had geslagen— ik denk dat ik gewoon te opgewonden was—had ik 66 of misschien wel 65 op mijn kaart kunnen bijschrijven.

En zo ging het leven verder, zoals dat heet. Maandenlang, in elk geval—misschien nog wel langer; na een tijdje kijk je niet meer welke datum er op de krant staat. Ik besefte dat het een juiste beslissing was geweest om niet met Brigitta naar bed te gaan. We raakten goed met elkaar bevriend.

'Hoe moet dat nu als mijn vrouw komt?' vroeg ik haar op een dag. Mijn dierbare vrouw was namelijk niet meegekomen.

'Ik dacht wel dat je je daar zorgen over maakte.'

'O nee, *daar* maak ik me geen zorgen over,' zei ik, doelend op mijn nachtelijke bezoekster, want zakenlui doen die dingen toch ook als ze op reis zijn in het buitenland? 'Ik bedoelde meer in het algemeen.'

'Er bestaat geen meer in het algemeen. Dit is jouw zaak. En de hare.'

'Zal ze het erg vinden?' vroeg ik, en ditmaal had ik het wel over mijn bezoekster.

'Zal ze het weten?'

'Ik denk dat we problemen zullen krijgen,' zei ik, ditmaal weer meer in het algemeen.

'Dit is de plaats waar problemen worden opgelost,' antwoordde ze.

'Je zult wel gelijk hebben.' Ik begon ervan overtuigd te raken dat het allemaal zou uitpakken zoals ik hoopte.

Ik had bijvoorbeeld altijd deze droom gehad. Nou ja, ik bedoel niet precies een droom, ik bedoel iets dat ik ontzettend graag wilde. Een droom dat er een vonnis over me geveld zou worden. Nee, zo bedoel ik het niet, dat klinkt alsof ik wilde dat mijn hoofd zou worden afgehakt door de guillotine of dat ik gegeseld zou worden of zo. Dat bedoel ik niet. Nee, ik wilde *beoordeeld* worden, begrijpt u? Dat willen we toch allemaal? Ik wilde, nou, een soort conclusie. Ik wilde dat mijn leven zou worden beoordeeld. Dat overkomt ons nooit, tenzij we voor de rechtbank verschijnen of door een psychiater worden nagekeken, wat ik geen van beide heb meegemaakt en daar was ik niet echt rouwig om, omdat ik geen misdadiger of halvegare was. Nee, ik ben een normaal mens en ik wilde alleen maar wat een heleboel normale mensen willen. Ik wilde dat mijn leven zou worden beoordeeld. Begrijpt u?

Op een dag begon ik dit uit te leggen aan mijn vriendin Brigitta, hoewel ik er niet zeker van was dat ik het beter onder woorden zou weten te brengen dan ik hierboven heb gedaan, maar ze begreep het meteen. Ze zei dat het een verzoek was dat vaak gedaan werd en dat het niet moeilijk zou zijn om te regelen. Dus ging ik er een paar dagen later heen. Ik vroeg of ze met me mee wilde gaan als steuntje en dat vond ze best.

Eerst was het precies wat ik verwacht had. Het was zo'n deftig oud gebouw, met pilaren en een bovenrand waarin allemaal woorden waren gebeiteld in het Grieks of het Latijn of zo en er waren geüniformeerde lakeien, zodat ik blij was dat ik voor deze gelegenheid absoluut een nieuw pak had willen hebben. Binnen was een gigantische trap, zoëen die zich in tweeën splitst en uiteenbuigt in een grote cirkel en dan bovenaan weer bij elkaar komt. Er was allemaal marmer en pas gepoetst koper en enorme lappen mahoniehout waarvan je wist dat er nooit houtworm in zou komen.

De zaal was niet zo groot, maar dat hinderde niet. Het belangrijkste was dat er een goeie sfeer hing, plechtig maar ook weer niet zo dat het eng was. Het was er bijna gezellig door allemaal oude fluwelen spulletjes die er nogal sjofel uitzagen, alleen gebeurden er serieuze dingen. En het was een aardige oude heer, die vent die mij moest doen. Leek een beetje op mijn vader – nou nee, eigenlijk meer op een oom. Vriendelijke ogen die je recht aankeken en je kon zien dat hij niet van flauwekul hield. Hij had mijn hele dossier gelezen, zei hij. En daar lag het, bij zijn elleboog, mijn levensgeschiedenis, alles wat ik gedaan en gedacht en gezegd en gevoeld had, de hele mikmak, de leuke stukjes en de vervelende. Het was een hele stapel, zoals u zich kunt voorstellen. Ik wist niet of ik het woord tot hem mocht richten, maar ik deed het gewoon. Nou, u kunt ook snel lezen, zei ik. Hij zei dat hij een hoop oefening had gehad en daar moesten we even om lachen. Toen keek hij op zijn horloge – nee, hij deed het heel beleefd–en vroeg of ik mijn vonnis wilde horen. Ik merkte dat ik mijn schouders naar achteren trok en mijn handen tot vuisten balde langs mijn zijden, met de duimen langs de broeknaden. Toen knikte ik en zei: 'Jawel edelachtbare,' en ik was echt een beetje zenuwachtig.

Hij zei dat ik Oké was. Nee echt, dat zei hij letterlijk: 'Je bent Oké.' Ik wachtte even af of hij nog meer zou zeggen, maar hij sloeg zijn ogen neer en ik zag dat zijn hand naar het bovenste stuk van een ander dossier ging. Toen keek hij op, glimlachte vluchtig en zei: 'Nee heus, je bent Oké.' Ik knikte weer en ditmaal ging hij echt weer aan het werk, dus draaide ik me om en liep weg. Toen we buiten kwamen bekende ik Brigitta dat het me een beetje was tegengevallen en ze zei dat de meeste mensen dat hadden, maar dat ik het niet moest opvatten alsof het tegen mij persoonlijk was bedoeld, dus deed ik dat niet.

Het was omstreeks die tijd dat ik aan mijn ontmoetingen met beroemdheden begon. Eerst was ik een beetje schuchter en vroeg alleen om filmsterren en sportmensen die ik bewonderde. Ik maakte bijvoorbeeld kennis met Steve McQueen en Judy Garland; John Wayne, Maureen O'Sullivan, Humphrey Bogart, Gene Tierney (ik had altijd een zwak voor Gene Tierney gehad) en Bing Crosby. Ik maakte kennis met Duncan Edwards en de andere spelers van Manchester United die bij de vliegramp bij München om het leven waren gekomen. Ik maakte kennis met een heel stel jongens uit de begintijd van Leicester United, maar de meeste namen zullen u waarschijnlijk toch niets zeggen.

Na een tijdje drong het tot me door dat ik iedereen kon ontmoeten die ik wilde. Ik maakte kennis met John F. Kennedy en met Charlie Chaplin, Marilyn Monroe, president Eisenhower, Paus Johannes XXIII, Winston Churchill, Rommel, Stalin, Mao Tse-Toeng, Roosevelt, generaal de Gaulle, Lindbergh, Shakespeare, Buddy Holly, Patsy Cline, Karl Marx, John Lennon en koningin Victoria. De meesten waren over het geheel genomen reuze aardig, heel gewoon eigenlijk, helemaal niet deftig of uit de hoogte. Het leken net gewone mensen. Ik vroeg om een ontmoeting met Jezus Christus, maar ze zeiden dat ze niet wisten of dat wel ging, dus toen heb ik maar niet aangedrongen. Noach heb ik wel ontmoet, maar we hadden een klein communicatieprobleem, wat niet zo verwonderlijk was. Sommige mensen wilde ik alleen maar zien. Hitler bijvoorbeeld, dat is een vent die ik nooit een hand zou willen geven, maar ze regelden het zo dat ik me achter de bosjes kon verstoppen terwijl hij gewoon voorbijliep in dat enge uniform van hem, net echt.

Raad eens wat er toen gebeurde? Ik begon me zorgen te maken. Ik maakte me zorgen over de idiootste dingen. Mijn gezondheid, bijvoorbeeld. Is dat niet krankzinnig? Misschien kwam het doordat Brigitta me over haar hartafwijking had verteld, maar ik begon me ineens te verbeelden dat er van alles met me mis zou gaan. Wie had dat ooit gedacht? Ik werd ontzettend kieskeurig en hield precies bij wat ik at; ik schafte een roeimachine en een hometrainer aan, ik trainde met gewichten; ik at geen zout en geen suiker, geen dierlijke vetten en geen slagroompunten; zelfs mijn verbruik van Fifty-Fifties beperkte ik tot een half pak per dag. Ik had ook tijden dat ik over kaal worden piekerde, over mijn ritjes in de supermarkt (waren die karren echt veilig?), mijn functioneren op het seksuele vlak en mijn banksaldo. Waarom piekerde ik over mijn banksaldo terwijl ik niet eens een bank had? Ik verbeeldde me dat mijn kaartje niet meer zou werken in de supermarkt. Ik voelde me schuldig omdat ik kennelijk zo ver rood mocht staan. Wat had ik gedaan om dat te verdienen?

De meeste tijd vermaakte ik me natuurlijk best met boodschappen doen, golfen, seks en ontmoetingen met beroemdheden. Maar om de zoveel tijd dacht ik, stel dat ik geen achttien holes meer kan lopen? Stel dat ik die Fifty-Fifties eigenlijk niet kan betalen? Uiteindelijk biechtte ik deze gedachten op aan Brigitta. Zij vond dat het tijd werd dat ik aan iemand anders werd overgedragen. Brigitta's werk was afgelopen, gaf ze te kennen. Ik was bedroefd en vroeg wat ik voor haar kon kopen als blijk van mijn dankbaarheid. Ze zei dat ze alles had wat ze nodig had. Ik probeerde een gedicht te schrijven, omdat Brigitta op bitter rijmt, maar verder kon ik alleen maar op pitten en vitten komen, dus toen heb ik het maar opgegeven en ik dacht trouwens dat ze waarschijnlijk wel vaker zulke gedichten had gekregen.

Voortaan zou Margaret voor me zorgen. Ze zag er serieuzer uit dan Brigitta, in goedgesneden mantelpakken en met ieder haartje op zijn plaats – zo iemand die de finale van zo'n wedstrijd om de titel Zakenvrouw van het Jaar bereikt. Ik was een beetje bang voor haar – ik kon me beslist niet voorstellen dat ik zou zeggen dat ik met haar naar bed wilde zoals ik tegen Brigitta gedaan had – en ik verwachtte eigenlijk dat ze het leven dat ik leidde zou afkeuren. Maar dat deed ze natuurlijk niet. Nee, ze zei alleen maar dat ze er van uitging dat ik inmiddels behoorlijk vertrouwd was met de voorzieningen en dat zij er was voor als ik behoefte had aan meer dan praktische hulp.

'Ik heb een vraag,' zei ik bij onze eerste ontmoeting. 'Het is zeker stom dat ik me zorgen maak over mijn gezondheid?'

'Volstrekt onnodig.'

'En ook stom dat ik me zorgen maak over geld?'

'Volstrekt onnodig.'

Iets in haar toon wees erop dat ik waarschijnlijk wel dingen zou kunnen vinden die echt de moeite waard waren om je zorgen over te maken, als ik bereid was verder te kijken dan mijn neus lang was; ik ging hier niet op in. Ik had nog genoeg tijd voor de boeg. Tijd was iets waar ik nooit gebrek aan zou hebben.

Nu ben ik niet de snelste denker van de wereld en in mijn vorige leven was ik geneigd gewoon te doen wat ik moest doen of wilde doen en er niet te veel over te piekeren. Dat is normaal, nietwaar? Maar als je iemand genoeg tijd geeft zal hij ooit een keer echt gaan nadenken en op een paar kernvragen komen. Bijvoorbeeld, wie hadden hier eigenlijk de leiding en waarom had ik die lui nog maar zo weinig gezien? Ik had aangenomen dat er misschien een soort toelatingsexamen zou zijn of anders een doorlopende beoordeling; maar afgezien van dat eerlijk gezegd nogal teleurstellende staaltje van rechtspreken door die oude snuiter die gezegd had dat ik oké was, had niemand me lastig gevallen. Ze lieten me er gewoon elke dag tussenuit knijpen om mijn golf te verbeteren. Mocht ik alles zo vanzelfsprekend vinden? Verwachtten ze iets van me?

En dan was er die kwestie met Hitler. Je wachtte achter een struik en dan wandelde hij voorbij, een stevige gedaante in een eng uniform en met een vals lachje op zijn gezicht. Goed, ik had hem nu gezien en mijn nieuwsgierigheid was bevredigd maar ja, ik moest mezelf toch afvragen wat hij hier überhaupt deed. Bestelde hij zijn ontbijt net als iedereen? Ik had zelf gezien dat hij zijn eigen kleren mocht dragen. Betekende dit dat hij ook mocht golfen en seks hebben als hij daar zin in had? Hoe werkte het hier?

Dan was er het feit dat ik me zorgen gemaakt had over mijn gezondheid en over geld en over die karretjes in de supermarkt. Daar maakte ik me nu geen zorgen meer over. Nu maakte ik me zorgen over het feit dat ik me zorgen had gemaakt. Hoe zat dat eigenlijk? Was dit meer dan een veel voorkomend aanpassingsprobleem, zoals Brigitta gesuggereerd had?

Ik geloof dat het door het golf kwam dat ik tenslotte naar Margaret ging om me een paar dingen te laten uitleggen. Er was geen twijfel aan, in de loop van de maanden en jaren dat ik op die heerlijke, weelderige golf course met zijn kleine grapjes en verleidinkjes speelde (hoe vaak heb ik de bal niet in het water geslagen op die korte elfde hole!) ging mijn spel oneindig vooruit. Op een dag zei ik dat tegen Severiano, mijn vaste caddie: 'Mijn spel is oneindig vooruitgegaan.' Hij beaamde het en pas later, tussen het avondeten en de seks, begon ik na te denken over wat ik had gezegd. In het begin had ik die course in 67 slagen gedaan en mijn score was geleidelijk gezakt. Een tijdje geleden ging ik geregeld in 59 slagen rond en nu, onder wolkeloze luchten, zakte ik langzaam naar de vijftig. Ik haalde makkelijk 300 meter met mijn afslag, mijn pitchen was onherkenbaar veranderd, mijn putts zoefden het gat in alsof ze door een magneet werden aangetrokken. Ik zag mijn score al beneden de 40 zakken en dan–een psychologisch belangrijk moment–door de barrière van 36 breken, dat wil zeggen een gemiddelde van twee slagen per hole, en vervolgens langzaam de 20 naderen. *Mijn spel is oneindig vooruitgegaan*, dacht ik en herhaalde het woord *oneindig* bij mezelf. Maar dat was natuurlijk juist onmogelijk: er moest een eind komen aan mijn vorderingen. Op een dag zou ik de hele course in 18 slagen doen, ik zou Severiano op een paar borrels tracteren en later een feestje bouwen met steur en patat en seks–en dan? Had iemand, zelfs hier, ooit een golf course in 17 slagen gedaan?

Margaret reageerde niet op een schellekoord met een kwast, zoals de blonde Brigitta; je moest een onderhoud aanvragen per videofoon.

'Ik maak me zorgen over mijn golf,' begon ik.

'Dat is niet echt een specialiteit van me.'

'Nee. Zie je, toen ik hier pas was ging ik in 67 rond. Nu zit ik ergens voorin de vijftig.'

'Dat kan ik niet als een probleem zien.'

'En ik zal nog beter worden.'

'Gefeliciteerd.'

'En op een dag zal ik de hele course in 18 slagen doen.'

'Je ambitie is bewonderenswaardig.' Ze klonk alsof ze me voor de gek hield.

'Maar wat moet ik daarna?'

'Proberen om iedere keer in 18 slagen rond te gaan?'

'Zo werkt het niet.'

'Waarom niet?'

'Nou, daarom niet.'

'Er zijn ongetwijfeld nog een heleboel andere golf courses…'

'Zelfde probleem,' viel ik haar in de rede, een beetje onbeschoft waarschijnlijk.

'Nou, je kunt toch een andere sport gaan doen? En pas weer gaan golfen als je daar genoeg van krijgt?'

'Maar het probleem blijft hetzelfde. Dan heb ik de course toch een keer in 18 slagen gedaan. Dat betekent dat golf er voor mij niet meer in zit.'

'Er zijn nog zo veel andere sporten.'

'Ja, maar daar raak je ook op uitgekeken.'

'Wat eet je 's ochtends voor je ontbijt?' Ik weet zeker dat ze het antwoord al kende, vanwege de manier waarop ze knikte toen ik het haar vertelde. 'Zie je wel. Je eet elke ochtend hetzelfde. En van ontbijten krijg je nooit genoeg.'

'Nee.'

'Nou, als je dan eens over golf probeerde te denken zoals je over je ontbijt denkt. Misschien krijg je er nooit genoeg van om in 18 slagen rond te gaan.'

'Misschien,' zei ik aarzelend. 'Ik heb de indruk dat jij nog nooit gegolft hebt. Er is trouwens nog iets.'

'Wat dan?'

'Moe worden. Je wordt hier niet moe.'

'Is dat een klacht?'

'Dat weet ik niet.'

'Vermoeidheid valt te regelen.'

'Jawel,' antwoordde ik. 'Maar ik wed dat het een prettige vermoeidheid zou zijn. Niet zo'n slopende vermoeidheid die maakt dat je alleen nog maar dood wilt.'

'Vind je zelf niet dat je nu een beetje in de contramine bent?' Ze sprak zakelijk, bijna ongeduldig. 'Wat had je dan gewild? Wat had je gehoopt?'

Ik knikte bij mezelf en we namen afscheid. Mijn leven ging verder. Dat was nog zo'n uitdrukking waarom ik een beetje moest grijnzen. Mijn leven ging verder en mijn golf was oneindig vooruitgegaan. Ik deed allerlei andere dingen:

–Ik maakte verschillende cruises;

–Ik leerde kanoën, berg beklimmen, ballon varen;

–Ik kwam in allerlei gevaren terecht en ontsnapte;

–Ik ging op ontdekkingsreis in het oerwoud;

–Ik woonde een rechtszaak bij (was het niet eens met de uitspraak);

–Ik beproefde mijn geluk als schilder (niet zo slecht als ik gedacht had!) en als chirurg;

–Ik werd natuurlijk verliefd, vele malen;

–Ik deed alsof ik de laatste mens op de wereld was (en de eerste).

Dit alles betekende niet dat ik ophield met doen wat ik altijd al deed sinds ik hier was. Ik had seks met steeds meer vrouwen, soms met meerdere tegelijk; ik at steeds bijzonderder en vreemder dingen; ik maakte kennis met beroemdheden tot aan de grenzen van mijn geheugen. Ik heb bijvoorbeeld alle voetballers ontmoet die ooit geleefd hebben. Ik begon met de sterren, toen nam ik de spelers die ik bewonderde maar die niet zo bekend waren, toen de middelmatige, toen spelers wier namen ik me herinnerde maar waarvan ik niet meer wist hoe ze eruitzagen of speelden; en tenslotte vroeg ik naar de enige die ik nog niet had ontmoet, de onaangename, saaie, ruwe spelers die ik helemaal niet bewonderde. Ik vond het niet leuk ze te ontmoeten–buiten het voetbalveld waren ze net zo onaangenaam, saai en ruw als erop–maar ik wilde niet door mijn voetballers heen raken. Toen raakte ik door mijn voetballers heen. Ik vroeg weer een gesprek aan met Margaret.

'Ik heb alle voetballers ontmoet,' zei ik.

'Van voetbal weet ik helaas ook niet veel af.'

'En ik droom ook nooit,' vervolgde ik klaaglijk.

'Wat voor zin zou dat hebben?' antwoordde ze. 'Wat voor *zin*?'

Ik voelde intuïtief dat ze me op een bepaalde manier op de proef stelde om te zien hoe serieus ik was. Was het dan allemaal toch meer dan een simpel aanpassingsprobleem?

'Ik vind dat ik recht heb op een verklaring,' kondigde ik aan – een beetje hoogdravend, dat geef ik toe.

'Zeg maar wat je wilt weten.' Ze schoof achteruit op haar kantoorstoel.

'Nou kijk, ik heb behoefte aan duidelijkheid.'

'Een bewonderenswaardig verlangen.' Zo praatte ze, nogal bekakt.

Ik vond dat ik maar bij het begin moest beginnen. 'Kijk, dit is toch de Hemel, nietwaar?'

'Jawel.'

'Nou, hoe zit het dan met de zondag?'

'Ik begrijp niet wat je bedoelt.'

'Voor zover ik kan nagaan, want ik hou de dagen niet meer zo goed bij,' zei ik, 'speel ik op zondag golf, ga boodschappen doen, eet mijn avondeten, heb seks en voel me niet lullig.'

'Is dat niet... volmaakt?'

'Ik wil niet ondankbaar lijken,' zei ik voorzichtig, 'maar waar is God?'

'God. Wil je God? Is dat wat je wilt?'

'Gaat het erom wat ik wil?'

'Ja, dat is precies waar het om gaat. Wil je God?'

'Ik dacht eigenlijk dat het andersom was. Ik dacht eigenlijk dat hij bestond of dat hij niet bestond. En dat ik daar wel achter zou komen. Ik dacht niet dat het in enig opzicht van mij afhing.'

'Natuurlijk wel.'

'O.'

'Het gaat tegenwoordig democratisch toe in de Hemel,' zei ze. En toen: 'Als je dat tenminste wilt.'

'Wat bedoel je met democratisch?'

'We dringen mensen de Hemel niet meer op,' zei ze. 'We luisteren naar hun verlangens. Als ze hem willen, kunnen ze hem krijgen; zo niet, niet. En ze krijgen natuurlijk ook het soort Hemel dat ze willen.'

'En wat voor een willen ze er over het geheel genomen?'

'Nou, onze ervaring is dat ze een voortzetting van het leven willen. Maar dan... beter, uiteraard.'

'Seks, golf, boodschappen doen, eten, beroemdheden ontmoeten en geen lullig gevoel hebben?' vroeg ik, een beetje defensief.

'Dat is verschillend. Maar als ik eerlijk ben, moet ik zeggen dat het niet zoveel verschilt.'

'Niet zoals vroeger.'

'Ah, vroeger.' Ze glimlachte. 'Dat was natuurlijk voor mijn tijd, maar ja, dromen over de Hemel waren vroeger veel ambitieuzer.'

'En de Hel?' vroeg ik.

'Wat wou je daarover weten?'

'Bestaat er een Hel?'

'Nee hoor,' antwoordde ze. 'Dat was alleen noodzakelijke propaganda.'

'Dat vroeg ik me namelijk af. Omdat ik Hitler heb ontmoet.'

'Dat doen erg veel mensen. Hij is een soort... een toeristische attractie, eigenlijk. Wat vond je van hem?'

'O, ik heb hem niet *gesproken*,' zei ik ferm. 'Die man zou ik nooit een hand willen geven. Ik zat achter de bosjes en toen heb ik hem voorbij zien lopen.'

'Ja ja. Er zijn nogal wat mensen die het liever op die manier doen.'

'Dus toen dacht ik, als hij hier is bestaat er dus geen Hel.'

'Een redelijke gevolgtrekking.'

'Ik zou toch weleens willen weten wat *hij* de hele dag doet,' zei ik. In gedachten zag ik hem iedere middag naar de Olympische Spelen van 1936 in Berlijn gaan en kijken hoe de Duitsers alles wonnen terwijl Jesse Owens omviel, en daarna naar huis gaan voor een bord zuurkool, Wagner en een nummertje met een zuiver Arische blondine met een dikke boezem.

'Dat is vertrouwelijke informatie, die we niet mogen verstrekken.'

'Natuurlijk.' Zo hoorde het ook. Ik zou bij nader inzien ook niet willen dat iedereen wist wat ik uitvoerde.

'Dus er bestaat geen Hel?'

'Nou, er is wel iets dat we de Hel *noemen*. Maar dat lijkt meer op een pretpark. Je weet wel, skeletten die tevoorschijn schieten om je aan het schrikken te maken, takken in je gezicht, stinkbommen, dat soort dingen. Gewoon om mensen lekker bang te maken.'

'Lekker bang in plaats van akelig bang?' merkte ik op.

'Precies. We hebben ontdekt dat mensen tegenwoordig niet meer willen dan dat.'

'Weet je hoe het vroeger in de Hemel was?'

'Wat, in de Oude Hemel? Ja, over de Oude Hemel weten we alles. Het zit allemaal in het archief.'

'Wat is er mee gebeurd?'

'Nou, hij is min of meer opgedoekt. De mensen wilden er niet meer heen. De mensen hadden er geen behoefte meer aan.'

'Maar ik heb toch mensen gekend die naar de kerk gingen, hun kinderen lieten dopen, geen krachttermen gebruikten. Hoe zit het daarmee?'

'O, die krijgen we hier ook,' zei ze. 'Daar wordt rekening mee gehouden. Die bidden en danken zoals jij golf speelt en seks hebt. Ze schijnen het wel naar hun zin te hebben, te hebben gekregen wat ze wilden. We hebben een aantal hele mooie kerken voor ze gebouwd.'

'Bestaat God voor hen?' vroeg ik.

'O, zeker wel.'

'Maar niet voor mij?'

'Het schijnt van niet. Tenzij je je hemelse eisen wilt wijzigen. Dat kan ik zelf niet in orde maken. Maar ik kan je doorverwijzen.'

'Ik denk dat ik voorlopig wel even genoeg heb om over na te denken.'

'Mooi zo. Nou, tot de volgende keer.'

Die nacht sliep ik slecht. Mijn gedachten waren niet bij de seks, ook al deden ze allemaal hun uiterste best. Was het indigestie? Had ik mijn steur te haastig naar binnen geschrokt? Zie je wel, daar lag ik me alweer zorgen te maken over mijn gezondheid.

De volgende dag deed ik de golf course in 67 slagen. Mijn caddie Severiano reageerde alsof het de mooiste ronde was die hij ooit van me had gezien, alsof hij niet wist dat ik het in 20 slagen minder kon. Na afloop vroeg ik de weg en reed op de enige donkere lucht af die er te bekennen viel. Zoals ik verwacht had was de Hel een grote teleurstelling: het onweer op de parkeerplaats was waarschijnlijk nog het spannendst. Er waren werkeloze acteurs die andere werkeloze acteurs aanporden met lange vorken en ze in vaten duwden waarop 'Kokende Olie' stond. Namaakdieren met aangegespte plastic snavels pikten in schuimrubber lijken. Ik zag Hitler in de spooktrein zitten met zijn arm om een Maedchen met vlechten heen. Er waren vleermuizen en doodkisten met krakende deksels en het stonk er naar rotte vloerplanken. Was dat wat iedereen wilde?

'Vertel eens wat over de Oude Hemel,' zei ik de week daarop tegen Margaret.

'Die kwam in grote trekken overeen met jullie beschrijvingen ervan. Ik bedoel, dat is het principe van de Hemel, dat je krijgt wat je wilt, wat je verwacht. Ik weet dat sommige mensen denken dat het anders is, dat je krijgt wat je verdient, maar dat is nooit het geval geweest. Die mensen moeten we uit de droom helpen.'

'Zijn ze dan boos?'

'Meestal niet. Mensen krijgen liever wat ze willen dan wat ze verdienen. Hoewel het sommigen een tikkeltje irriteerde dat anderen niet genoeg gekweld werden. Het scheen deel uit te maken van hun verwachting over de Hemel dat andere mensen naar de Hel zouden gaan. Niet bepaald christelijk.'

'En waren ze... lichaamloos? Draaide alles om de geest en zo?'

'Jazeker. Zo wilden ze het. Althans, in sommige tijden. Er is in de loop der eeuwen nogal verschillend gedacht over vergeestelijking. Momenteel bijvoorbeeld, ligt de nadruk veel meer op het behoud van je eigen lichaam en je eigen persoonlijkheid. Het kan zijn dat dit maar een fase is, net als alle andere.'

'Waarom lach je?' vroeg ik. Ik was nogal verbaasd. Ik dacht dat Margaret er alleen maar was om informatie te geven, net als Brigitta. Maar ze was duidelijk iemand met een eigen mening en had er niets op tegen om daar uiting aan te geven.

'Ik lach alleen maar omdat ik het soms vreemd vind dat mensen zo hardnekkig wensen vast te houden aan hun eigen lichaam. Natuurlijk vragen ze af en toe om een kleine ingreep. Maar het is net alsof, nou, bijvoorbeeld een andere neus of een gladgestreken wang of een handje siliconen het enige is, dat tussen hen en hun idee van hun volmaakte ik staat.'

'Wat is er met de Oude Hemel gebeurd?'

'O, die is nog een tijdje blijven bestaan nadat de Nieuwe Hemelen waren gebouwd. Maar er was steeds minder vraag naar. Iedereen scheen liever naar de Nieuwe Hemelen te gaan. Dat was niet zo verwonderlijk. De toekomst ligt hier.'

'Wat is er met de Oude Hemelaren gebeurd?'

Margaret haalde haar schouders op, een beetje zelfingenomen, als een planoloog wiens voorspellingen tot het laatste cijfertje achter de komma zijn uitgekomen. 'Die zijn uitgestorven.'

'Zomaar? Bedoel je dat jullie hun Hemel hebben gesloten en dat ze toen zijn uitgestorven?'

'Nee, absoluut niet, integendeel. Zo werkt het niet. Volgens de grondwet moest er een Oude Hemel bestaan zolang de Oude Hemelaren dat wilden.'

'Zijn er nog Oude Hemelaren in leven?'

'Ik geloof dat er nog een stuk of wat over zijn.'

'Kan ik er een te spreken krijgen?'

'Ze ontvangen helaas geen bezoek. Vroeger wel. Maar de Nieuwe Hemelaren gedroegen zich altijd alsof ze naar een kermisattractie keken, ze stonden voortdurend te wijzen en onnozele vragen te stellen. Dus toen hebben de Oude Hemelaren alle verdere ontmoetingen geweigerd. Ze wilden alleen nog maar praten met andere Oude Hemelaren. Toen begonnen ze dood te gaan. Er zijn er inmiddels niet veel meer over. We hebben ze uiteraard van etiketten voorzien.'

'Zijn ze lichaamloos?'

'Sommigen wel, anderen niet. Dat hangt van de sekte af. Voor de lichaamlozen is het natuurlijk niet moeilijk om de Nieuwe Hemelaren te ontlopen.'

Ja, dat was duidelijk. Het was zelfs allemaal duidelijk, behalve het belangrijkste. 'Hoe bedoel je dat eigenlijk, dat de anderen zijn uitgestorven?'

'Iedereen heeft de mogelijkheid om dood te gaan als hij dat wil.'

'Dat wist ik niet.'

'Nee. Er moeten toch een paar verrassingen overblijven. Zou je echt willen dat je alles van tevoren had geweten?'

'En hoe gaan ze dood? Plegen ze zelfmoord? Maken jullie ze dood?'

Margaret keek een beetje geschokt vanwege de botheid van mijn gedachte. 'Goeie genade, nee. Ik zei toch al, tegenwoordig gebeurt alles democratisch. Als je dood wilt, dan ga je dood. Je moet het alleen lang genoeg willen, dat is genoeg, dan gebeurt het. De dood is geen kwestie van toeval of trieste onvermijdelijkheid, zoals de eerste keer. Wij hebben de vrije wil hier perfect geregeld, zoals je misschien is opgevallen.'

Ik wist eigenlijk niet of ik het allemaal kon bevatten. Ik zou er eens rustig over moeten nadenken. 'Vertel nog even,' zei ik, 'die problemen die ik de laatste tijd heb gehad met mijn golf en die zorgen die ik had. Reageren andere mensen ook zo?'

'O jee, ja. We krijgen hier bijvoorbeeld vaak mensen die om lelijk weer vragen of die willen dat er iets misgaat. Ze missen de dingen die misgaan. Soms vragen ze om pijn.'

'Om pijn?'

'Inderdaad. Jij klaagde laatst toch ook dat je je niet moe genoeg voelde om—zoals je het meen ik uitdrukte—dood te willen. Dat vond ik een interessante manier van uitdrukken. Mensen vragen om pijn, dat is niet zo vreemd. Het is ook wel voorgekomen dat ze om operaties vroegen. Ik bedoel geen kosmetische, maar echte.'

'Krijgen ze die dan?'

'Alleen als ze er werkelijk op staan. We proberen wel te suggereren dat het verlangen om geopereerd te worden in werkelijkheid een symptoom van iets anders is. Gewoonlijk zijn ze het met ons eens.'

'En hoe groot is het percentage mensen dat gebruik maakt van de mogelijkheid om dood te gaan?'

Ze keek me strak aan en maakte me met haar blik duidelijk dat ik kalm moest blijven. 'Nou, honderd procent natuurlijk. In de loop van vele duizenden jaren natuurlijk, volgens de oude tijdrekening. Maar ja, iedereen maakt vroeg of laat van de mogelijkheid gebruik.'

'Dus het is net als de eerste keer? Uiteindelijk ga je altijd dood?'

'Ja, alleen moet je niet vergeten dat de kwaliteit van het bestaan hier veel beter is. Mensen gaan dood als ze besluiten dat ze er genoeg van hebben en niet eerder. De tweede keer is het in alle opzichten bevredigender, omdat het dan gewenst is.' Ze zweeg even en voegde er toen aan toe: 'Zoals ik al zei, we geven iedereen wat hij wil.'

Ik nam haar niets kwalijk. Zo zit ik niet in elkaar. Ik wilde er alleen achter komen hoe het systeem werkte. 'Dus... zelfs mensen, gelovige mensen die hier komen om God tot in der eeuwigheid te aanbidden... die geven het na een paar jaar, na honderd jaar, na duizend jaar ook op?'

'Inderdaad. Zoals ik al zei, er zijn nog een paar Oude Hemelaren over, maar het worden er steeds minder.'

'En wie vragen er het eerst om de dood?'

'Ik vind *vraagt* een verkeerd woord. Het is iets dat je wilt. Er worden hier geen fouten gemaakt. Als je het maar intens genoeg wilt, ga je dood, dat is altijd het uitgangspunt geweest.'

'Nou, wie?'

'Tja, wie. Kijk, ik vrees – om op je vraag terug te komen – dat de mensen die het eerst om de dood vragen een beetje op jou lijken. Mensen die een eeuwigheid van seks, bier, drugs, snelle auto's willen – zulke dingen. Eerst kunnen ze hun geluk niet op en dan, na een paar honderd jaar, kunnen ze hun ongeluk niet op. Dan beseffen ze dat ze dat soort mensen zijn. Dan zitten ze met zichzelf opgescheept. Duizenden en duizenden jaren waarin ze zichzelf moeten zijn. Die gaan het eerst dood.'

'Ik gebruik nooit drugs,' zei ik ferm. Ik voelde me nogal gepikeerd. 'En ik heb maar zeven auto's. Dat is niet zo veel voor hier. En ik rijd niet eens hard.'

'Nee, natuurlijk niet. Ik dacht alleen in algemene categorieën van dingen die bevrediging schenken, begrijp je.'

'En wie houden het het langst uit?'

'Nou, sommige Oude Hemelaren waren tamelijk volhardende figuren. Door hun geloof hielden ze het eeuwen en eeuwen vol. Tegenwoordig... advocaten houden het vrij lang uit. Ze vinden het heerlijk om hun oude zaken door te nemen en daarna die van alle anderen. Daar doen ze soms een eeuwigheid over. Bij wijze van spreken dan,' vervolgde ze snel. 'En boekenwurmen, die blijven meestal

307

het langst hangen. Die willen gewoon lekker lezen, alle boeken die er zijn. En ze vinden het heerlijk om erover te discussiëren. Sommige van die discussies'–ze sloeg haar ogen ten hemel–'duren duizenden jaren. Het schijnt ze om de een of andere reden jong te houden, die discussies over boeken.'

'En de mensen die de boeken schrijven?'

'Nee, die houden het niet half zo lang uit als de mensen die erover discussiëren. Dat geldt ook voor schilders en componisten. Op de een of andere manier weten ze wanneer ze hun beste werk hebben gemaakt en dan kwijnen ze min of meer weg.'

Ik bedacht dat ik me nu neerslachtig zou moeten voelen, maar dat was niet het geval. 'Zou ik me nu niet neerslachtig moeten voelen?'

'Natuurlijk niet. Je bent hier om te genieten. Je hebt gekregen wat je wilde.'

'Ja, dat zal wel. Misschien kan ik niet aan het idee wennen dat ik ooit een keer dood zal willen.'

'Daar is tijd voor nodig,' zei ze, kordaat maar vriendelijk. 'Daar is tijd voor nodig.'

'O ja, nog een laatste vraag'–ik zag dat ze aan haar potloden zat te prutsen, ze op een rijtje legde–'Wie zijn jullie precies?'

'Wij? Nou, we lijken heel veel op jullie. We zouden jullie zelfs kunnen zijn. Misschien zijn we jullie wel.'

'Ik kom nog weleens een keer, als het mag,' zei ik.

In de eeuwen die volgden–het kan ook langer geweest zijn, ik hield het niet meer bij in oude tijd–werkte ik serieus aan mijn golfspel. Na een tijdje ging ik iedere keer in 18 slagen rond en de verbazing van mijn caddie werd routineus. Ik stopte met golf en ging tennissen. Het duurde niet lang voor ik alle groten uit de eregalerij had verslagen op shingle, klei, gras, hout, beton, tapijt–wat voor ondergrond ze ook kozen. Ik stopte met tennis. Ik speelde voor Leicester City in de bekerfinale en hield er een eremedaille aan over (mijn derde goal, een keiharde kopbal op twaalf meter afstand, besliste de wedstrijd). Ik sloeg Rocky Marciano tot moes in de vierde ronde in Madison Square Garden (en hield hem de laatste paar rondes zo'n beetje overeind), wist het marathonrecord op 28 minuten te krijgen, won de wereldcompetitie darts; mijn innings van 750 runs in de eendaagse internationale tegen Australië op Lords zal voorlopig niet worden overtroffen. Na een tijdje werd Olympisch goud zoiets als kleingeld voor me. Ik hield op met sporten.

Ik wijdde me serieus aan het boodschappen doen. Ik at meer beesten dan er aan boord van de Arke Noachs waren geweest. Ik dronk alle soorten bier van de wereld en nog meer, werd een wijnkenner en sloeg de beste oogsten achterover; ze waren te gauw op. Ik maakte kennis met massa's beroemdheden. Ik had seks met een steeds grotere verscheidenheid van partners, op steeds meer verschillende manieren, maar het aantal partners en het aantal manieren zijn eindig. Ik hoop overigens dat u me niet verkeerd begrijpt: ik beklaag me niet. Ik heb echt van iedere minuut genoten. Ik bedoel alleen dat ik wist wat ik deed terwijl ik het deed. Ik zocht een uitweg.

Ik probeerde combinaties van genoegens uit en stortte me op seks met beroemdheden (nee, ik vertel niet wie–ze vroegen of ik hun privacy wilde respecteren). Ik zette me zelfs aan het lezen. Ik herinnerde me wat Margaret gezegd had en probeerde–nou, een eeuw of wat–over boeken te discussiëren met andere mensen die dezelfde boeken hadden gelezen, maar dat vond ik een behoorlijk duf leven, vergeleken met het leven zelf tenminste, en niet een dat me de moeite van het rekken waard leek. Ik sloot me zelfs aan bij de mensen die in de kerk zongen en baden, maar dat was niets voor mij. Ik deed het alleen omdat ik alle mogelijkheden wilde verkennen voordat ik dat gesprek met Margaret had, waarvan ik wist dat het het laatste zou zijn. Ze zag er nog ongeveer hetzelfde uit als een paar duizend jaar geleden, toen we elkaar voor het eerst hadden ontmoet; maar ik ook.

'Ik heb een idee,' zei ik. Ach ja, na zoveel tijd moet je toch eens een keer op iets komen? 'Luister, als je in de Hemel krijgt wat je wilt, waarom zou je dan niet willen dat je iemand was die nooit genoeg kreeg van de eeuwigheid?' Ik ging achteruit zitten, een tikkeltje zelfingenomen. Tot mijn verbazing knikte ze bijna bemoedigend.

'Je mag het gerust proberen,' zei ze. 'Ik kan je overplaatsing wel regelen.'

'Maar…?' vroeg ik, omdat ik wist dat er een *maar* moest zijn.

'Ik regel je overplaatsing wel,' herhaalde ze. 'Het is louter een formaliteit.'

'Vertel eerst maar wat het *maar* is.' Ik wilde niet onbeschoft zijn.

Maar aan de andere kant wilde ik ook geen duizenden jaren verspillen met gemodder als iemand me die tijd kon besparen.

'Het is al geprobeerd,' zei Margaret, op een toon die duidelijk meelevend was, alsof ze me echt geen pijn wilde doen.

'En wat is de moeilijkheid? Wat is het *maar?*'

'Nou, er schijnt een logische moeilijkheid te zijn. Je kunt niet iemand anders worden zonder op te houden met zijn wie je bent. En daar kan niemand tegen. Dat is onze ervaring tenminste,' vervolgde ze, half suggererend dat ik de eerste zou kunnen worden die dit probleem onder de knie kreeg. 'Iemand–iemand die van sport moet hebben gehouden zoals jij, zei dat het net was alsof je van hardloper veranderde in een perpetuum mobile-machine. Na een tijdje wil je weer gewoon hardlopen. Begrijp je dat?'

Ik knikte. 'En iedereen die het geprobeerd heeft, heeft zich terug laten plaatsen?'

'Ja.'

'En naderhand hebben ze allemaal gebruik gemaakt van de mogelijkheid om dood te gaan?'

'Inderdaad. En meestal vroeger dan later. Misschien zijn er nog een paar in leven. Die wil ik er wel bij halen, als je nog vragen hebt.'

'Ik geloof je zo ook wel. Ik dacht wel dat er een addertje onder het gras zou zitten.'

'Sorry.'

'Nee, zeg dat alsjeblieft niet.' Ik had beslist geen klachten over de wijze waarop ik behandeld was. Iedereen was van begin af aan eerlijk tegen me geweest. Ik haalde diep adem. 'Ik heb het gevoel,' ging ik verder, 'dat de Hemel een erg goed idee is, een perfect idee zou je kunnen zeggen, maar niet voor ons. Wij zijn er niet geschikt voor.'

'We houden er hier niet van om conclusies te beïnvloeden,' zei ze. 'Maar toch begrijp ik helemaal wat je bedoelt.'

'Waar dient het dan allemaal voor? Waarom hebben we de Hemel? Waarom dromen we over de Hemel?' Ze scheen geen zin te hebben om daar antwoord op te geven, misschien druiste dat tegen haar beroepsethiek in; maar ik hield aan. 'Vooruit, geef me eens een paar ideetjes.'

'Misschien omdat jullie het nodig hebben,' opperde ze. 'Omdat jullie niet buiten die droom kunnen. Het is niets om je over te schamen. Het lijkt me volstrekt normaal. Hoewel jullie er waarschijnlijk niet om zouden vragen als jullie van tevoren wisten hoe het in de Hemel was.'

'Och, dat weet ik zo net nog niet.' Het was allemaal heel plezierig geweest: boodschappen doen, golf spelen, seks, ontmoetingen met beroemdheden, je niet lullig voelen, niet dood zijn.

'Na een tijdje begint altijd krijgen wat je wilt erg veel te lijken op altijd niet krijgen wat je wilt.'

De volgende dag ging ik golfen, uit sentimentele overwegingen. Ik was nog helemaal in vorm: achttien holes, achttien slagen. Ik was het niet verleerd. Ik lunchte met een ontbijt en 's avonds at ik ook een ontbijt. Ik keek naar mijn videoband van Leicester City's 5-4 zege in de bekerfinale, hoewel het niet hetzelfde was als je wist wat er zou gebeuren. Ik dronk een kopje warme chocolademelk met Brigitta, die zo lief was om bij me langs te komen; later had ik seks, maar met maar één vrouw. Na afloop zuchtte ik en draaide me om, terwijl ik wist dat ik de volgende ochtend zou beginnen met nadenken over mijn besluit.

Ik droomde dat ik wakker werd. Dat is de oudste droom die er bestaat en die heb ik net gehad.

Noot van de schrijver

Hoofdstuk 3 is gebaseerd op gerechtelijke procedures en authentie-
ke rechtszaken, zoals die beschreven staan in *The Criminal Prosecu-
tion and Capital Punishment of Animals* van E. P. Evans (1906). Feiten
en taalgebruik in het eerste deel van hoofdstuk 5 zijn ontleend aan
de in 1818 in Londen verschenen vertaling van het verslag van Savigny en Corréard, *Narrative of a Voyage to Senegal*; voor het tweede
deel heb ik intensief gebruik gemaakt van Lorentz Eitners voorbeel-
dige *Géricault: His Life and Work* (Orbis, 1982). De feiten in het derde deel van hoofdstuk 7 zijn geput uit *The Voyage of the Damned* van
Gordon Thomas en Max Morgan-Witts (Hodder, 1974). Ik ben
dank verschuldigd aan Rebecca John, die me zeer heeft geholpen bij
mijn research; aan Anita Brookner en Howard Hodgkin, die mijn
kunsthistorische kennis hebben gecontroleerd; aan Rick Chiles en
Jay McInerny, die mijn Amerikaans hebben nagekeken; aan
dr. Jacky Davis in haar hoedanigheid van operatie-assistente; aan
Alan Howard, Galen Strawson en Redmond O'Hanlon; en aan
Hermione Lee.

J. B.